新潮文庫

扇野

山本周五郎著

新潮社版

2733

目次

扇野

夫婦の朝

一

霜月のよく晴れた日であった。

お由美は婢《はした》のよねを伴《つ》れて浅草寺《せんそうじ》に詣《もう》でたが、小春日和《びより》の、如何《いか》にも快い陽射《ひざ》しに誘われて、ついに大川端の方へ足が向き、それから橋場の先まで歩いたので、帰りにはさすがに少し疲れ、茶屋町まで来てふと通りがかりの掛け茶屋へ休みに入った。舌を焦《こ》がすような渋茶を啜《すす》りながら、お由美は摘《つ》んで来た野菊の枝を揃《そろ》えた。もう葉は霜枯れているのに、鮮やかな紫の三五輪の花は、そのまま深い秋の色をとどめている。

——御物《おもの》川の岸にも咲いていた。

ふと故郷の山河が眼にうかんで来た。

「きれいな色でございますこと」

よねも眼を細めながら云《い》った。

「秋らしくて、いい花ね。いちばん好きよ、秋田へ行くと一面にこれが咲いているの、御物川という大きな川の堤なのよ……子供のじぶん親しいお友達と二人きりで、誰にも教えない約束をして、大事にしていた場所があったわ」

「あちらはずっと北国でございますか」

「そう、今じぶんはもう雪だわ」

お由美は遠くを見るように眼を上げた。

雪国で育った肌は絖《ぬめ》のように白くひき緊《しま》って、眉《まゆ》つき眼許《めもと》の淋《さび》しいなかに、飽くまで朱《あか》い湿った唇だけが、身内にひそんでいる情熱を結んでみせたかのように嬌《なま》めかしい、……江戸の下町で生立ったよねなどからみると、それは妖《あや》しいほどの美しさであった。

「あの……もし」

そう呼ばれてお由美が振返ると茶汲《ちゃく》み女の一人が側へ来て、

「ちょっとこれを」

云いながら小さな紙片を差出した。

なんの気もなく受取ってみると、二つ折にした中になにか書いてある、披《ひら》いたお由美の眼へいきなり「新五郎」という署名がとびこんで来た。

お話があります、供の者をお帰しなさい、不承知なら其処《そこ》へ名乗って出ます。

その短い文字はお由美の全身の血を凍らせた。息の止るようなとはこの事であろう。

お由美は懸命に驚愕《きょうがく》を抑えながら、素早くその紙片を丸め、

「分りました、これで」

と銭入《ぜにいれ》から夢中で、幾らとも知れず取出して女の手へ渡し、

「よね、参りましょう」

そういって立上った。

震える足を踏みしめながら二三十間行くと、尖《とが》ったお由美の神経は直《す》ぐに、後から跟《つ》けて来る人の跫音《あしおと》を感じた。

……不承知なら其処へ名乗って出ます、そういう声を、すでに忘れて久しい男の蒼《あお》白《じろ》い、眼の鋭い顔が歴々《ありあり》と思い出される。

「……ああ、よね」

お由美はふと立止った。

「おまえの家はたしか、この近くではなかったかえ」

「はい、瓦《かわら》町と申しまして此処《ここ》から」

「宜《い》いからね、おまえは家へ寄っておいで、私は出たついでにこれからお友達を訪ね

ます」

　口早に云って銭入を取出し、

「これで家へなにか買って行っておやり」

「……まあ、奥様」

「日暮れまえに帰って来れば宜いからね」

　そう云い捨てると、よねが口を挿《はさ》む隙《すき》もなく、もう足早に歩きだしていた。よねが怪しみはせぬかという心配より、男が理不尽なことをしたらと思う方が怖《おそ》ろしかったのだ。……振向きもせず、東本願寺の方へ曲って暫《しば》く行くと、後ろの跫音がすたすたと追いついて来て、

「そこを左へお曲りなさい」

　と囁《ささや》いた。

「左側に桔梗《ききよう》という料理茶屋があります、そこへお入りなさい」

　もう糸に操られる木偶《でく》のようだった。

　後ろから囁く嗄《しやが》れた声の命ずるままに、料理茶屋の横庭口から入ると、出て来た女が心得顔に導くあとから上へあがり、長い廊下の端にある小さな部屋へと入って行った。

——帰らなくてはいけない、こんな場所にいてはいけない。

紊《みだ》れた胸いっぱいに、まるで誰か人がいて喚《わめ》くような声を感じながら身動きもならず立竦《たちすく》んでいると、……後ろから浪人態《てい》の男が一人、刀を右手にぬっと入って来た。

お由美は愕《ぎょっ》としながら振返った。

男は不健康な、蒼白い疲れた顔に、眼ばかり大きくぎらぎら光らせている。太い眉の片方をあげ、唇を左へ歪《ゆが》めたの、しかかるような表情で、

「しばらくでしたな、お由美どの」

そう云いながら後手に襖《ふすま》を閉めた。

二

焜炉《こんろ》の上では貝鍋《かいなべ》が煮えていた。

秋田の国許から、季節になると名物の鱩魚《はたはた》を雪詰めにして届けて来る、それが家臣たちにも少しずつ贈《たま》わるので、故郷の山菜と共に塩汁で煮るのが冬になっての楽しみのひとつだった。

お由美はそっと良人《おっと》の横顔を見た。

三右衛門《さんえもん》は黙々と箸《はし》を動かしている、……ふだんから口数の寡《すく》い方で、濃い一文字

眉と、髭《ひげ》の剃跡《そりあと》の青い角張った顎《あご》は、ちょっと近付き難いほどの威力を持っているが、なにげなく振返る時の表情や、ぽつりぽつり語る言葉の韻《ひびき》には、思い懸けないほど温かな底の深いものを感じさせる。……加納三右衛門という名は佐竹家でも名誉の家柄で、食禄《しょくろく》こそ五百石足らずであるが年寄の格式をもっていた。

「……どうしたのだ」

ふと三右衛門が眼をあげた。

「溜息《ためいき》など吐《つ》いて、気分でも悪いのか」

「はあ、……いいえ別に」

「顔色も悪いぞ」

お由美はぐっと喉《のど》の詰る気がした。……そして思い切ったように、

「実は、お願いがございまして」

「……なんだ」

「あのう……金子《きんす》を少し頂きたいのでございますが」

三右衛門は不審《いぶか》るように妻を見た。お由美は震えて来る声を懸命に抑えながら、

「実は弟の半之助が江戸へ来て居《お》りまして」

「半之助が来た……?」

お由美の弟に半之助というのがいる、まだ前髪の頃から悪童の群れと近づき、絶えず悶着《もんちゃく》の種となって親を困らせていたが、遂《つい》に身持がおさまらぬため十九歳のとき勘当されて了《しま》った。……三右衛門は彼の少年時代を知っているし、勘当されて以来その行衛《ゆくえ》が知れぬので毎《いつ》も案じていたのである。

「それはよかった。いま何処《どこ》にいる」

野「今日浅草寺の戻りに会いまして、色々と事情を聞いたのでございますが、ひどく苦労した様子で……すっかり躰《からだ》を悪くして居りますの」

「それはいけないな、江戸へ来たなら訪ねて参ればよいのに。……とにかく明日にでも拙者が行って伴《つ》れて来よう、何処にいるのだ」

扇「それが……あの」

握り合わせたお由美の指はじっくりと汗ばんでいた。

「半之助が申しますには、今の姿を御覧に入れることはどうしても出来ませぬ、これから上方《かみがた》へ行って修業を仕直し、立派な武士になったうえ、改めてお眼にかかりたいと申しますの」

「うん。……然《しか》し躰を悪くしていては直ぐに旅立つという訳にも参るまいが」

「わたくし、弟の心任せにしてやりたいと存じますが、お聴《き》き届け下さいませんでしょうか、十金ほど遣わしまして、必ず立派な者になるよう申し訓《さと》してやりとう存じますが」

嫁《か》して来て足掛け三年、苦労を知らぬ明るい気質で、眉を顰《しか》めること一度なかったお由美である、それが今宵はすっかり取乱し、唇の色もなく、黝《くろ》い大きな眸子《ひとみ》までが哀願の顫《ふる》えを帯びていた。

「いいとも」

三右衛門は無造作に頷《うなず》いた。

「半之助だってもう二十一歳になる、自分でそう云うほどなら本当に眼が覚めたのだろう、では拙者は知らぬ積りにしているから、おまえ熟《よ》く云い聞かせて今度こそ武士らしく立直るように云ってやるがいい」

「有難う存じます」

お由美の眼にふっと泪《なみだ》が溢《あふ》れた。

「御迷惑を掛けまして、本当に申訳ございません」

「なんだ、可笑《おかし》いぞ泣いたりして」

三右衛門は微笑しながら箸を措《お》いた。

「おまえの弟なら拙者にも弟だ、改まって礼を云うなんて他人行儀だぞ、このくらいのことで半之助が武士に成れれば仕合せではないか、……然し、今夜は鱩魚《はたはた》が来たり半之助の信《たより》があったり、ふしぎと故郷に縁のある日だったな」

お由美はそっと泪を拭《ふ》きながら、

――嬉《うれ》しゅうございます。

と心の裡《うち》に呟《つぶや》いていた。

その明くる日、勤めから退出して来た三右衛門は、妻が珍しく薄化粧をし、自分の好きな着物を着てけざやかに微笑しながら出迎えたのを見て、ほうと眼を瞠《みは》った。お由美の眼は活々《いきいき》と艶《つや》を取戻していた。

野「行って来たか」

扇「はい、行って渡して参りました」

良人の脱ぎ捨てた衣服を畳みながら、お由美はすっかり元気になった声で、

「よく申し聞かせましたら、もう二度と御迷惑は掛けませぬ、必ず立派な人間になってお伺い致しますと、泣きながら申して居りました」

「よかった、よかった」

三

「半之助が真人間になれば故郷でも心配の種が無くなるというものだ。それとなく義《ち》父《ち》上《うえ》にお知らせ申すがいいな」

「はい……」

お由美はどきっとした様子だったが、

「でもまだ、なんだか知らせるには早いように存じますけれど」

「直ぐでなくともいいさ」

三右衛門は妻の様子に気付かなかった。

「そのうち次手《ついで》があるだろうから、ともかくも行衛の知れたことだけは知らせるがいい、そうすれば義父上も一応御安心なさる」

「……はい」

「拙者から書いてあげてもいいぞ」

「いいえ、わたくしそう申して遣《や》ります」

「ああ腹が空《す》いた」

三右衛門は締めた帯を叩《たた》きながら、

「さあ食事にするかな」

と居間へ入って行った。

三右衛門はお由美と五つ違いの二十八であった。父が勘定奉行だった関係で二十歳の時に江戸詰の留守役を命ぜられ、今では筆頭の席に就いている。……まえにも記《しる》した通り寡黙《かもく》の質で、別に世故に長《た》けたところがある訳でもないが、駈引《かけひき》の要《い》る留守役という職を実に手際《てぎわ》よく取仕切るので、内外の評も極めて好く、家中《かちゅう》の衆評は未来の勘定奉行と決っていた。

お由美は嫁いで来てから暫くのあいだは、黙って冗談も云わない良人が如何にも近付き悪《にく》く、咳払《せきばら》いを聞いてもはっと胸を躍らせるほどであったが、いつか次第に気心が知れて来て、

――こんないいお方だったのか。

とようやく気付いたときには、いつか自分が良人の静かな愛情にしっかりと包まれているのを知って、身の顫えるような歓《よろこ》びを感じたのであった。

――由美は仕合せ者よ。

既に三年になるこの頃でも、折に触れては心からそう呟くほど、お由美の生活は幸福に溢れていたのである。

「半之助はもう出立したかな」

明くる夜も三右衛門はそう云《い》った。

「若い時分に道楽をするくらいの者は、いちど眼が覚めると吃驚《びっくり》するほど変るものだ。……きっと半之助もよくなって帰るぞ」

「そうあってくれると宜《よろ》しゅうございますが」

「早くいい信《たより》が見たいな」

そんなことを話し合ってから、五日ほど経《た》った或《ある》朝だった。

お由美が出仕する良人の支度を手伝っていると、家士の彦右衛門が一通の書面を持って入って来た。

「申し上げます。唯今《ただいま》、見知らぬ使の者がこの書面を持参致しまして、奥様へお眼に掛けて下さるようと申しまするが」

「私に……」

お由美はさっと顔色を変えた。

受取って見ると表には姉上様とあり、裏には半之助と認《したた》めてあった。分りましたと家士に答えてそのままふところへ入れようとすると、

「……半之助からだな」

と三右衛門が見咎《みとが》めて云った。

「披《ひら》いて読んで御覧」

「はい、でも後でわたくしが……」

「読んで御覧」

静かではあるが拒むことを許さない声音《こわね》だった。……お由美は震える手で封をひらいた。

なんとも申訳ありません、頂いた金子で直ぐに上方へ出立する積りだったのですが、滞っている借銭などを払っている内に足りなくなりふと魔がさして博奕場《ばくちば》へ入って了いました。旅費だけ拵《こしら》える積りだったのが逆に五十両負け、退引《のっぴき》ならぬ場合に立《たち》到《いた》っています。明朝十時までにこの金が出来ぬと縄目の恥辱《ちじょく》を受けなければなりません。姉上……真《まこと》に申訳のないことですが……

「矢張りいけなかったか」

みなまで聞かず三右衛門は立った。

それっきりで後はなにも云わず、大剣を差して出る良人を、お由美は玄関へ送って出たが、そのまま暫くのあいだ其処《そこ》に茫然《ぼうぜん》と居竦《いすく》んでいた。

「……やっぱり、いけなかった」

良人の言葉がふと唇《くち》に出た。

お由美は自分の呟きにはっと気付いて、きらきらと光る眼を大きく瞠《みひら》きながら、玄関の庇《ひさし》越しに空を見上げたが、

——そうだ、このひまに。

と頷いて立上った。

着替えをするのももどかし気に、急に入用の買物があるからと云い残して家を出ると、七軒町の辻《つじ》で駕《かご》を拾いそのまま田原町の料理茶屋「桔梗」へと急がせた。

四

お由美が入って行ったとき、その部屋では風態の悪い三人の男が酒を呑《の》んでいた。いつぞやの新五郎と名乗る浪人者の他《ほか》は、二人とも破落戸《ごろつき》と見える男で、お由美が入って来たのを見ると、卑《いや》しい愛相笑いをしながら、なにやら執持《とりもち》でもするという風に、襖《ふすま》を明けて何処かへ立去った。

お由美は蒼白《あおじろ》く、ひきつったような硬い表情で、立ったまま先刻の書面を取出し、

「これ、お返し申します」

と投げ出した。

「まあお坐《すわ》りなさい」

新五郎は嗄《しやが》れた静かな声で云った、「立っていたって仕様がない、火の側へ寄って先《ま》ず手でも煖《あたた》めたらいいでしょう」

「これで結構です、……沼部さま」

お由美は怒りを抑えながら、

「貴方《あなた》は先日お約束なすったことをお忘れではございますまいね、わたくし良人のある躰でございますのよ、……貴方がお躰を悪くしてその日の生活にも困ると仰有《おつしや》ったので、わたくし出来ないことを無理にして差上げたのです。それなのにまたこんな、……こんな無法なことを云って寄来すなんて、貴方はお由美をどう思っていらっしゃるのですか」

「もっと静かに話したらどうです、そんなに一途《いちず》に怒られても仕様がない、それでは相談が出来ませんよ」

新五郎は唇を左へ歪《ゆが》めながら、まるでお由美の怒りを楽しんででもいるように見上げた。

「相談などする必要はございません、先日お金を都合して差上げたことがわたくしの落度でございました。これで失礼いたします」

「お待ちなさい」

新五郎は少しも騒がずに云った。

「お帰りになるなら止めようと云わないが、明朝までに五十両、待っていますよ」

「そんなこと、……お断わり申します」

「無情なことを云うものじゃない、今こそこんなに落魄《おちぶ》れているが、貴女《あなた》にとってはこれでも一度は良人と呼ばれた躰ですよ」

「なにを仰有います」

「なにをって、……嘘《うそ》だとでも云うんですか」

唇を歪め、片方の眉《まゆ》を吊上《つりあ》げながら、相変らず氷《こおり》のように冷たく静かな口調だった。

「貴女が十五で拙者が十九の春、秋田の八橋《やばせ》の丘で行末を語り合ったあのときのことを、貴女はまさか忘れはしないでしょう」

「沼部さま」

お由美はさっと色を変えた。

「貴方はあんな、子供時代の戯《たわむ》れを」

「子供の戯れだと云うんですか。なるほど、そうかも知れないな、末は夫婦《めおと》と誓いながら平気で加納へ嫁入ったくらいだから、貴女は一時の戯れかも知れない、然し拙者はそうは思っていませんよ」

野「わたくし末は夫婦などとお誓いした覚えはございません、それは貴方のお間違いです」

「誓いの有無は水掛け論だ、此処《ここ》で幾ら論じたところで埒《らち》の明くことではない、然し一応お断わりして置きますが、拙者はただ昔の思い出だけで物を云っているのではありませんよ。……こういう品を肌身離さず持っているんだから」

新五郎はふところから、ひと束の古い封書を取出して其処へ置いた。

「…………」

「どんな文字が書いてあるかは、貴女がよく御存じだろう」

扇「…………」

「お由美どの」

新五郎は初めてにやりと冷笑した。

「拙者は困っている、五十両の金が是非とも入用なのだ。昔の恋人がこんなに困窮しているのだから、五十や百の都合はして下さるのが人情じゃありませんか」

「…………」

「貴女がどうしても出来ないと仰有《おつしや》るなら、この手紙を持って加納を訪ねるだけです。

……加納は筆頭留守役、妻の昔の恋文なら五十両が八十両でも買ってくれるでしょう」

お由美は慄然《りつぜん》と身を震わした。相手の態度の落着いた、何処《どこ》までも静かにじわじわと詰寄って来る調子は、まるで眼に見えぬ縄で十重《とえ》二十重《はたえ》にお由美を縛り上げるようなものであった。

「分りました」お由美は辛うじて答えた。

「明朝十時までに参ります」

「五十両ですよ」

相手の声も夢心地に聞いて、お由美はよろめくように其処を立出《い》でた。

沼部新五郎。彼は秋田藩士で二百石の馬廻りだった、……お由美とは兄の友達として幼い頃から親しく、一時はまるで家族のように往来《ゆきき》したこともある。兄と弟のあいだに一人の女子として愛されて育ったお由美は、美貌《びぼう》で才気のある新五郎にいつか乙女心のほのかな憧憬《あこがれ》を感じ、別に重大なこととも気付かず、その年頃にありがちな物語でも読むような綺麗《きれい》な気持で、幼い恋心を燃えたたせたこともあった。

五

八橋の丘の青草に埋れながら、御物川の流を見て半日一緒に暮したこともある。

……また文を求められて、古今集などから歌を索《ひ》いて書送ったこともあった。

然《しか》し、それは何処《どこ》までも乙女心の夢のような憧憬《あこがれ》に過ぎない、いちばん身近な者に対象を置いて、まだ見ぬ恋の手習いをするというほどのものに過ぎなかった。

……むろん、それがはしたないことだったのは事実で、自分でもそれに気付くと直《す》ぐ彼から遠退いて了《しま》ったのだ。

新五郎は美貌で才子だったが、その二つのものが身に禍《わざわ》いして、間もなく大きな不始末をしたため藩を追放された。

以来まる八年。

浅草寺に詣《もう》でた帰りに、見違えるほど変った相手を見たときでも、お由美は殆《ほと》んどそのことは忘れていたのである。そして……病気で食うにも困っているからという相手に心を動かされて、良人《おっと》から金子を貰《もら》って遣ったのだ。

然しそれがいけなかった。

――このお金は弟に遣ると云って持って来たものです、どうかこれで御病気を治して、立派な武士にお成り下さい。

と云った言葉を逆に利用された。そして昔の文反古《ふみほご》などを持出して、更に五十両という大金を強請《ねだ》りだしたのである。もし厭《いや》なら良人の許《もと》へ行くという、恐らく本当に訪ねて来るだろう。……そうしたら、良人はどう思うだろう、幼い戯れとして笑殺してくれるだろうか、否《いな》、否、否！

——良人に知らせてはならない。

お由美は胸のなかで絶叫した。

今ほど強く、烈《はげ》しく良人を愛したことがあったろうか、お由美は空想のなかで良人を抱緊《だきし》め、祈り叫ぶように稚《わか》きあやまちの赦《ゆる》しを願った。

……然しそうする後から新五郎の冷やかな眼が見えて来る、五十両はさて措《お》き十両の金も自分には得られない。

——もう一度良人に頼もうか。

そうすれば良人は自分で会うと云うに違いない。そして半之助でないことが知れたら更に結果は悪いだろう。

蹌踉《そうろう》と家に帰ったお由美は、まるで憑《つ》かれた者のように、閉籠《とじこも》った居間の中で徒《いたず》らにおろおろと刻《とき》を過していた。……良人が帰宅した時も、よねに知らされて慌《あわ》てて出迎えたほどであった。

「どうした、ひどく顔色が悪いぞ」

三右衛門は着替えをしながら、

「加減が悪いなら休まなくてはいけないな、おまえが来てからこの家は俄《にわ》かに明るくなった、だからおまえが浮かぬと直ぐ家中の者が陰気になる、……以前はそんなことに気付かなかったが、ふしぎなくらい覿面《てきめん》だ」

「……御気分を損じまして、申訳ございませぬ」

「謝るやつがあるか、おまえのことを心配しているんだ」

三右衛門は笑って、

「風呂《ふろ》がよかったら入りたいな、それから、今夜は久しぶりに酒を飲ませて貰う」

「はい、……なにか支度を」

「いや有る物でいい、夕食のあとでちょっと外出して来るから」

「お出掛けでございますか」

「うん、碁仲間が集まって会をやるのだ、これから御用繁多になるから今の間に打ちだめをして置こうという訳さ」

なんの屈託もない明るい調子だった。

三右衛門が明るいほど、お由美の自責は烈しかった。……良人の健康な顎《あご》が、逞《たくま》しく食事をする動きにさえ、胸を刺されるような苦しさが感じられる。

——五十両の金。

——なにをするか知れない新五郎。

——良人の恥辱。

そんな言葉が断《き》れ断《ぎ》れに、紊《みだ》れた頭のなかで火花を散らしながら旋回する。

「先に寝ていていいぞ」

そう云って三右衛門が出て行くと、お由美の追詰められた感情はもうぬきさしならぬ絶望の壁へ突当っていた。心が狭いとひと口に云う、云うのは男、男から見るとそうかも知れない、然し女は男ほど生活のひろがりを持っていない、艱難《かんなん》に順応することは出来ても、これを打開する力を恵まれていない、退引《のつぴき》ならぬ穽《あな》に追込まれた女性が多く選ぶ方法は、だから大抵は一つところに帰着する。

——もうどうしようもない。

お由美は決心した。

今宵ひと夜を名残りに、明日は行ってこの身の貞潔を証《あか》し、良人の汚名になるものを除いて了おう。

用簞笥《ようだんす》の中から懐剣を取出して来たお由美は、行燈《あんどん》の火に刃《やいば》を照しながら、いつまでも凝《じっ》乎と瞠《みつ》めていた。

六

「彦右衛門、此処だ」

「は、……行って参りました」

伝法院の土塀《どべい》に添って片側は田圃《たんぼ》、空はいちめんの星で、肌を刺すような北風が吹きつけて来る。……三右衛門は覆面をしていた。

「疑われはしなかったか」

「いえ、夜の方が人眼につかぬから、茶屋町の辻《つじ》でお待ちになっていると申しましたら、三人とも直ぐ此方《こちら》へ来る様子でございます」

「御苦労だった」三右衛門は微笑しながら、「ではもういいからその方は帰って居《お》れ、今宵のことは他聞を禁ずるぞ」

「仰《おお》せまでもございませんが、私も此処に」

「いや、いけない」

固く首を振って遮《さえぎ》った、「その方がいたところで邪魔になる許《ばか》りだ、それより帰ったら奥の様子に気をつけてくれ」

「奥様になにか……」

「別に仔細《しさい》はないが頼む、……早く行け」

彦右衛門は心残るさまだったが、やがて下谷の方へと小走りに立去った。

三右衛門は大剣の鯉口《こいぐち》を切った。

ずっと見通しの田圃から、吹渡って来る風は強くはないが、その冷たさに指が凍《こご》えて来るのを、ふところで温めながら暫《しばら》く待っていると……やがて田原町の方から提灯《ちようちん》がひとつ、三人の人影が近づいて来た。

二三間やり過しておいて、

「ああ其処《そこ》へ行く方々、……此処でござる」と呼びながら出た。

三人は愕《ぎよつ》として振返った。殊《こと》に新五郎はお由美が待っているものと信じて来たので、咄嗟《とつさ》に刀の柄《つか》へ手をかけながら、

「誰だ、誰だ」と暗がりを透かすように居合腰になった。

「なにをそんなに驚かれる、貴公の望み通り五十金を持参したのだ、貴公の方でもむろん、約束の品はお忘れあるまいな」

「お由美どのの手紙か」

新五郎は手紙の束を出して、「此方《こっち》はちゃんと持って来ている、……だが貴公は誰だ、お由美どのに頼まれて来たのか、それとも」

「いや誰にも頼まれぬ、今朝あの人の心配そうな姿を見て後を跟《つ》け、『桔梗』で隣りの部屋から仔細《しさい》を聞いたのだ、……余計なことかも知れないが買って出る、その手紙を五十両で売ってくれぬか」

「よかろう、商売は拙速を貴しとする、先《ま》ず金を拝ませて貰おうか」

三右衛門はふところから金包を取出して渡した。……新五郎は用心深く、伴《つ》れの提灯で封を切って検《あらた》めたが、

「慥《たし》かに五十両、忝《かたじ》けない」

とふところへ捻込《ねじこ》んで振返り、

「では慥かに受取ったと、お由美どのにそう伝えてくれ、頼むぜ三右衛門」

「そうか」

三右衛門は苦笑して、「矢張り拙者と知っていたのだな、遉《さすが》に才子沼部新五郎、いまの駈引《かけひき》はみごとなものだ、その才を旨《うま》く使ったら立派な者に成れたろうが」

「ふん、そんな御託は家へ帰ってからにしろ、此方《こっち》は酔醒《よいざ》めが来そうだ、行くぜ」

「待て待て、約束の品をどうする」

「おや、おめえ本当にこの手紙を取返せる積りでやって来たのか。冗談じゃあねえ、これせえあれあ金の蔓《つる》、まだまだ当分のあいだは役に立つ品だ。これっぱかりの端金《はしたがね》でおいそれと渡せるものか、面《つら》を洗って出直して来い」

言葉も態度もがらりと破落戸《ごろつき》の性根を出した。……三右衛門は然し静かに笑って、

「そうか、では仕方がない」

と羽折《はおり》の紐《ひも》を解きさま、

「沼部、貴公の性根は見届けた、生かしておけばいずれ故主の名を汚《けが》すだろう、成敗するぞ」

「やるか！」

と叫んで身を退《ひ》こうとした。

然しそれより疾《はや》く、三右衛門が踏込んだと見ると、提灯の光を截《き》って大剣が伸び、新五郎は右へ躰《からだ》を捻《ひね》りながら、まるで躓《つまず》きでもしたように、がくんと其処へ膝《ひざ》を突いた。

見ていた二人はあっ、と、悲鳴のような叫びをあげて逃げようとする。

「待て待て、逃げるな」

三右衛門は烈しく呼止めた。

「貴様たちまで斬《き》ろうとは云《い》わぬ、早く医者を呼んで手当をしてやるがよい、片足は

無くなろうが命には別状ない筈《はず》だ」

「……へえ」

「暫く何処かへ隠れていて、傷が治ったら江戸を立退け、拙者はこれから五十金盗難に遭《あ》ったと届出る、まごまごしていると縄にかかるぞ」

「へえ、……か、か」

畏《かしこま》りましたと云う積りであろう。……三右衛門は手紙の束を抜取ると一応検《あらた》めてから大剣に拭《ぬぐ》いをかけて鞘《さや》に納め、

「沼部、身にしみろよ」

と云い残して大股《おおまた》に立去った。

七

お由美は仏壇に燈明《とうみよう》をあげていた。

寒気の厳しい朝で、指にかけた水晶の数珠《じゆず》が骨へしみるほど冷たい、……肌も潔《きよ》め、髪も梳《す》き、肌着も白い物を着けている。

――これで再び帰らないのだ。

そう思っても、既に覚悟が出来ているせいか案外心は平らかだった。暫く祈念して

燈明をしめし、もういちど自分の居間へ帰って不始末なところはないかと検めてみた。夜のうちに片付け物は済ませてあるので、もう遺書の上書きさえすれば出られる。

——これで大丈夫。

と立上ったとき、庭の方から、

「由美、由美」

と良人の呼ぶ声がした。

「ちょっと来て手伝ってくれ」

「……は、はい」

お由美は心を鎮《しず》めながら、慎ましく縁側へ出て行った。

昨夜の寒気を語るように、外はいちめん雪のような霜である、良人の三右衛門は庭の霜柱を踏みながら、枯枝を折って小さな焚火《たきび》をしているところだった。

「……なんぞ御用でございますか」

「うん、其処に、その」

と三右衛門は顎をあげて、「古い手紙があるだろう、そいつを焼いて了おうと思うんだ、おまえ小さく裂いて渡してくれ」

「……はい」

お由美は云われるままに縁側の端に置いてある手紙の束を取上げたが、その表を見、裏を返すなり、危うくあっと叫びそうになった。

――どうしてこれが。

どうしてこれがと眼も眩《くら》みそうに愕《おどろ》いた。

そのために死のうとまで覚悟した自分の手紙、稚《おさな》き日のあやまちの手紙、どうしてこれが良人《おっと》の手にあるのか、どうして新五郎の手から此処《ここ》へ来たのか。

「さあ、どんどん裂いてくれ」

三右衛門は勢いよく燃えはじめた焔《ほのお》を見ながら促した。

「考えることはない、早く裂いて此方《こっち》へ寄来さないか、……焼いて了えば灰になる、それですっかり鳧《けり》が着くのだ」

「……あなた」

「いいんだ、分っているよ」

三右衛門はなんども頷《うなず》いた。

お由美は夢中で手紙を引裂いた。その一通ずつが、自分の命を取返す救いの神のように思われた。……三右衛門は裂かれた文反古《ふみほご》を、次々と火にくべた。

薄青い煙の尾は、研いだような青空へゆらゆらと立昇った。

——良人は知っていた。

——良人は新五郎の始末をしてくれた。

——自分は赦《ゆる》された。

お由美は感動に胸を塞《ふさ》がれながら、袂《たもと》で顔を蔽《おお》いつつ噎《むせ》びあげた。……三右衛門は振返って静かな声で云った。

「お由美、……おまえは三右衛門の妻だ、おまえは三右衛門をもっと信じなくてはいけないぞ、歓《よろこ》びも悲しみも、互いに分け合うのが夫婦というものだ、こんな……詰らぬことで、二人のあいだにもし不吉なことでも出来たらどうする」

「…………」

「三右衛門は舟だ、おまえは乗手だ、確《しっか》りと拙者に捉《つかま》っているがよい、拙者はおまえの良人だぞ」

お由美は泪《なみだ》の溢《あふ》れる眼をあげて良人を見た、三右衛門は微笑をしていた。

……そして、さも快さそうに胸を張りながら空を見上げて云った。

「さあ泪を拭《ふ》いて庭へおいで、よく晴れている、お城の天守が霜で銀のように光っているぞ」


（「婦人倶楽部《クラブ》」昭和十六年三月号）

合歓木《ねむ》の蔭《かげ》

一

誰かが自分を見ている。奈尾《なお》はさっきからそのことに気がついていた。もちろん右側の男たちの席からである、さりげなく振り向いてみるが、その人はすばやく視線をそらすとみえて、どうしてもその眼をとらえることが出来なかった。――こんど完成した二の丸御殿の舞台で、こけら落しとかいう、江戸から観世《かんぜ》一座が呼ばれ、殿さまも安宅《あたか》の弁慶をおつとめになる演能《えんのう》に、寄合以上の者が家族といっしょに拝見を許された。母のない奈尾は叔母のまさ女に付き添われて来たのだが、席へつくとすぐ叔母は知合いの婦人と会い、その婦人がさらに三人ほどつれを呼んできた。旧友がひとかたまりになったというかたちで、奈尾はいつか会話の外へ残されてしまった。……市蔵という兄だけでおんな姉妹《きょうだい》もないし父が厳しくて稽古《けいこ》ごとなどもみんな師匠を家へ呼んで習ったから奈尾には友達というものがなかった。まわりを見ると同じ年ごろの娘たちはたいていつれがあって、おかしそうに耳こすりをしたり、ささやいたり眴《めま》ぜをしあったりしている、慎ましくとりつくろっているだけ余計に楽しそうである。なかには男の席から会釈《えしゃく》をおくられて、羞《はず》かしそうに赤くなる者や、勇敢に挨拶《あいさつ》を返してつれの娘に叩《たた》かれる者などもいた。

「さあこんどは安宅ですよ奈尾さん、殿さまの弁慶は江戸ではたいそうな評判だそうですから、よく気をつけて拝見しましょうね」

叔母がそう教えてくれた。奈尾は黙ってうなずいたが興味はわかなかった。もう三番ほど能役の演《や》るのを見るのは見たけれども、言葉もしぐさもよくわからず、物語の筋もはっきりしないから少しも面白くないのである。――またあの眼が見ている。こっちの視野にははいらないが、その凝視が自分の顔に向けられていることはたしかだ。不愉快ではないがいらいらしてくる、舞台では安宅が始まった。見物席はこれまでと違った緊張におおわれ、鳴物もひときわ高く冴《さ》えて聞える。しかしやはりあの眼はこっちを見ていた。ときどき脇《わき》へそらすがまたすぐにこっちをじっとみつめる、右の高《たか》頬《ほお》のあたりにそれがはっきりと感じられてるのである。……奈尾はその視線の当るところが熱くなるように思った。するとそれが胸に伝わって、しぜんと動悸《どうき》が強くなり、あまやかに唆《そそ》るようなふしぎな幸福感に軀《からだ》ぜんたいを包まれた。

――どなただろう、兄上のお友達かしら、奈尾を知っていらっしゃる方かしら。

見覚えのある人を思いだしてみた。岩田半三郎の顔も想像したが、どれもいま見られている感じとはぴったりしない、その人たちなら見るにしてももっと違った見ようをするであろう、たしかに知らない人である。そしてそれは無礼なことなのだが、奈尾には少しも怒りの感情が起らなかった。むしろあやされるような秘《ひそ》やかな歓《よろこ》びが胸にあふれて、十七になる今日までかつて知らなかった一種のするどい快楽のような感じにとらえられるのであった。

安宅が終ると席がざわざわとくずれだした。多くの人たちが手洗いに立ち、どの席でもにぎやかに弁当をひらいた。奈尾はそっと振り向いて、このあたりと思うところを眼で捜した、するとこちらへ会釈をする者があった、ちょっとどきっとしたが、それは岩田半三郎であった。兄の市蔵や藤巻三之助や池田伊兵衛など、いつもの仲間が四五人いっしょにいた。奈尾は半三郎の会釈を気づかない風によそおってそらしてしまった。

――たしかに、あの人たちではない。

能はそれから二番あって、婦人たちはお城をさがることになった。それからは賜餐《しさん》の宴《うた》げが張られるのである。持ち物を始末して叔母といっしょに席を出た。萩《はぎ》のお廊下は往来する人で混雑し、中ノ口へ出るまでは叔母とはぐれそうになったこともある。叔母はつれの婦人たちと殿さまの弁慶のすぐれてよかったこと富樫《とがし》をつとめた観世なにがしの美貌《びぼう》であったことなどを、その混雑のなかで話し興じていた。

「あなた今日はお行儀が悪かったのね」叔母は外へ出るとすぐにこう云《い》った、「おちつかなくて脇見ばかりしておいでじゃないの、ああいう席ははじめてだろうけれど、もっとしゃんとしていなければおかしいことよ」

「お能って退屈なものだわ」奈尾はこうこたえながら、顔が赤くなるのをおさえられなかった、「あの声を聞いていると眠くなってしまうの、がまんするのに困ってしまいましたわ」

「あなたにはどこかに怖《こわ》いようなところがあるのね、亡《な》くなったお祖母《ばあ》さまに似たのかしら、――」叔母はこう云って疑わしげにこっちを見た、「花を見ても美しい衣装を見ても満足しないような眼だわ、あなたの眼はいつも途方もなく遠いところを見ているようなのね、……そういう気質《きしつ》はあぶなくってよ、気をおつけにならないと、本当にあぶないわ」

口数の多いうわ調子な、云うあとからすぐに云ったことを忘れてしまう叔母だ。奈尾は聞きながしにして、はな紙を出そうと思い、左の袂《たもと》へ手を入れた、すると妙な物がさわったのでそっと出してみた。――それは結び文《ぶみ》であった。

二

叔母はすぐ帰ると云いながら、ばあやのそのと長いこと話しこみ、日の傾いたのに驚いてあわてて座を立った。――袂に火でも入れているような気持で辛抱づよく待っていた奈尾は、叔母が去るとすぐに居間へはいり、その結び文を解いて読んだ。――今宵十時よりお庭の合歓木《ねむ》の蔭《かげ》にてお待ち申し上げそろ、神ぞしろしめせ、おいでなくばこの命ひとつ今宵かぎりにそろ。

新古今からでもとったらしい恋歌《れんか》を一首添えて署名はただ「き」とだけ記してあった。奈尾の顔は蒼《あお》ざめた、けれども眼は酔ったように恍惚《こうこつ》とうるみを帯び、それがしぜんと閉じられた。まちがいはない、あの眼のぬしである、烈《はげ》しくいちずに、じっとこっちを凝視していたあの眼のぬしである。おそらく萩の廊下で袂へ入れられたものだろう、とすれば自分はその人を見たかもしれない。――奈尾の躰《からだ》をしびれるような感覚がはしり深いあえぐような溜息《ためいき》が出た。

むろんそれは長い時間のことではない、奈尾はすぐに身震いをして眼をあけた。罪を宣告するように叔母の言葉が思いだされたのだ――あなたにはこわいようなところがある、お祖母さまに似たのかも知れない、気をつけないとあぶない。……叔母は父のただ一人の妹である、数馬五郎左衛門という五百石の大寄合へ嫁《か》したが、娘時代から明けっ放しのがらがらした性質で、無遠慮になんでもずばずば云う癖がある、云ってしまえばさっぱりするらしい、人はごくいいので、そのために憎まれるほどのこともないが、深い付合いをする人もないようだ。今日もいきなり「お祖母さま」と云いだしたが、椙原《すぎはら》の家では奈尾の幼いじぶんからお祖母さまのことには話しを触れないのが習慣である、病身でいつも寝たり起きたりしていた母がまだ生きていたころ、ばあやのそのとそれらしい話をしているのを聞いたこともあるが、子供ごころになにか綺羅《きら》びやかに美しい罪という感じがしただけで、くわしいことはなにも覚えていない。けれどもその「綺羅びやか」に「美しく」しかもそれが罪であるという印象は、奈尾にとって胸のときめく秘やかな憧憬《あこがれ》の一つだったのである。

花を見ても美しい衣装を見ても満足しない眼、いつも途方もない遠いところを見ているような眼。叔母はそう云った。自分ではわからないが、そんなところがあるかもしれない。小さいときから現実の自分とは別に、本当の自分がどこかに生きているような気持をときどき感じることがあった。それは乞食《こじき》のように哀れな身の上であったり、王姫《おうき》のように耀《かがや》かしい生活であったりするが、どっちにしてもそういう空想のほうが現実よりなまなましく、実感がこもっているように思えたのはふしぎである。岩田半三郎と婚約ができ、祝言《しゅうげん》の日どりが定《きま》ってからも、ふとすると誰かが遠くから自分を呼んでいるような錯覚におそわれる。

――さあ早くおいで、なにを迷っているんだ、早く来ないと取り返しのつかないことになるよ。その声はこういう風に呼ぶ。早く早くさあ、そのまま出て来ればいいんだよ。

奈尾は今じっと反省してみる、自分のこういう性分は本当にあぶないことかも知れない、婚約者があるのに、袂へ入れられた見も知らない人の文を隠れて読むなんて、普通の娘ならこんなことはしないであろう、すぐに親へ告げるか、読まずに裂いて捨ててしまうに違いない、――奈尾は持っていた文を裂こうとした。けれどもそれより強い感情がそうさせなかった。ためらっているうちに足音がして、「奈尾さま」と、ばあやの呼ぶのが聞えた。

「はい、ばあや、ここよ」

彼女はそう答えながら、手文庫の中へその文をしまった。「旦那《だんな》さまのお帰りでございます」

ばあやはこう告げて玄関のほうへゆく、奈尾は片手でそっと手文庫の蓋《ふた》を押え、五拍子ばかり息をひそめていた。

父は成田将監《なりたしょうげん》という碁友達をつれて帰り、客間へ酒のしたくをさせて碁を始めた。兄は賜宴《しえん》からよそへまわったのだろう、九時になっても戻るようすがない、……奈尾は蒼白《あおじろ》い顔をして、居間の小机にもたれたままじっと眼をつむっていた。ばあやは台所で下女や小間使たちを指図しながら、まだ客間の接待をつづけている。酒を入れた碁はいつも長い、しばしば夜半を過ぎることがある、——庭へ出ることは出来ないだろうか、いや奈尾は少しもそんなことを躊躇《ちゅうちょ》してはいない、自分を戒しめる声ももう聞えない、ただ時間のくるのを待っているだけだ、やがて寝間へはいるだろう、それから燈を消し出てゆけばよい、どんな障害も起らないことを奈尾は知っている、理由《わけ》を証明することは出来ないが、決して障害の起らないことが感じられる、……蒼白《そうはく》めいた透きとおるような奈尾の顔に、あるかなきかの微笑がうかんだ。

客間の障子には明るく燈がさしていた、夜空は暗く、一つの星も見えなかった。寝間をぬけ出た奈尾は、庭の片隅にある合歓木のほうへ、静かにすべるように歩いていった。

三

「奈尾は軀のぐあいが悪いんじゃないのか、四五日こっち顔色も冴《さ》えないし、なんとなくぼんやりして精がないようにみえるが」

兄の市蔵がそう云って眉《まゆ》をひそめた。奈尾はじっくりと振り返った、そして哀《かな》しいほど深いまなざしで兄の眼を見ながら云った。

「十八日までにあと六日しか残っていませんわ」

市蔵はその意味を悟るとひどくこたえたような眼をした。それから寄って来て、妹の髪の毛からなにかをつまんで取った、なにもついていたわけではない、単純ないたわりの表現である。

「知っているだろう、岩田は温厚ないい人間だ、心配することなんかなにもありはしない。ばあやもついてゆくんじゃないか」

「いいえ、ばあやには来てもらわないわ」奈尾はそっと首を振った、「そんなことではないの、お兄さまにはおわかりにならないことよ」

「そうだろうけど、——それでも心配だよ」

奈尾は笑いながら兄の手をそっと撫《な》でた。

「大丈夫よお兄さま、あちらへいらっしゃいまし、本当はただ気がふさぐだけなんですから、おんなって、——おかしなものだわ」

その夜もまた奈尾は寝間からぬけ出ていった。うす月の光を吸って、合歓木の花が夢のようにおぼろに夜空を暈《ぼ》かしていた。三歩を隔てて垣根があり、男はその外に来て待っていた。――奈尾は合歓木の樹蔭《こかげ》へ身を寄せた。昼の日光で暖められた土や雑草が、ほのかに唆《そそ》るように匂《にお》っていた。男はああと声をあげた、喉《のど》から出るのではない、口のなかで、ほとんど舌のさきだけでささやくのであった。

「あなたはまた来てくださいました、私はあなたの足音が、母屋《おもや》からここへ来るまでの、一歩一歩を数えることができました、軽くてやさしい地面に触れるか触れないような、たおやかな足音、――私は今夜で三晩それを聞きました、それでもやはりあなたがそこへいらっしゃるまでは、あなたではないだろうという疑いで血が凍るように思うのです」

男は深い嘆息をもらした、それから奈尾がなにか云おうとするのを恐れるもののように、臆病《おくびょう》な哀願の調子でこう続けた、

「いいえなにもおっしゃらないでください、私は自分を知っています、私は卑《いや》しい無能な人間です、こうして名も知られず姿も見られないからこそ、あなたにものを申し上げることが出来るんです、私はこの世に生きるねうちのない人間です、生れて来ないほうがよかったと、どれほど考えたかしれません、あなたに御想像がつくでしょうか、人間が自分を生れて来ないほうがよかったと考えるなんて、――けれども今は違

います。私はあなたのお姿を見ました、こうしてあなたに話すことができる、はじめて私は生きて来たことを、自分が生きていることを神に感謝しました」

男のささやきはおよそ四半刻《しはんとき》も続いた。奈尾の全神経はしびれたようになり、合歓木の幹にもたれた軀は地上から浮きあがって、泡沫《あわ》のように空間へ消えてゆきそうに思えた。

「お手をとは申しません」男はやがてささやきの哀訴をした「せめてお袖《そで》の端に触らせてください、あなたが私を怒ってはいらっしゃらないということが知りたいのです」

「いいえお寄りにならないで」奈尾はおののくように云った、「わたくしここへまいるだけで精いっぱいなのです、これだけでさえ、もし人に知られたら」

「ああそのあとをおっしゃってはいけません、私はよく知っています、あなたがもうすぐお輿入れ《こしい》をなさるということをね、――私が絶望したり泣いたりするとお思いですか、いいえあなたはただよそへお輿入れをなさるだけです、境遇が変り姓が変るだけです、本当のあなたはそのまま少しの変化もなく私の心に生きていらっしゃる、私の眼にはあの日のお美しい姿がいつまでも残っているのです……なにものも、どんなちからも、私のなかに生きているこのあなたを、持ち去ったりうち消したりすることはできません、これでも私が仕合せでないでしょうか――」

「人が来ます」奈尾はこうさえぎった、「兄かもしれませんわ、おいでになってください」

話しごえと足音がこっちへ来る。垣根の外から男がささやいた。

「あすの晩もういちど、どうかもういちどだけ」

忍び足に去ってゆくのを聞きながら、奈尾は合歓木の幹に背をもたせ、放恣《ほうし》な姿勢でじっと眼をつむった。――話しごえはもうそこへ来た、兄のほかに池田伊兵衛と藤巻三之助が一緒らしい、そのあとからばあやが下女たちになにか運ばせて来る。「この辺がいい」兄が芝生の端まで来て立ちどまった、「毛氈《もうせん》をこっちへもらおう、それはそこへ置いといていいよばあや、いやもう少しこっちだ」酒宴のしたくである、合歓木の花を眺めながら、庭で夜宴を催すのは毎年の例であった。

「岩田はまだ来ないね」池田伊兵衛のこう云うのが聞えた、「おれより先に来ているはずなんだがね、――いい月だ、燭台《しょくだい》はいらないぜ」

四

彼らが席を設けているうちに、植込みの蔭を伝って、奈尾は家のほうへまわっていった。すると前庭《まえにわ》のところで岩田半三郎に会った。彼は急いで来たとみえ、珍しく息をせいていたが、奈尾を見ると立ちどまって声をかけた。

「ああ、あなたもいらっしゃるんですか、今夜は」

奈尾はふしぎな戦慄《せんりつ》を感じた。その言葉のずっと奥のほうに、さっきの垣根の外の声が隠れているように思えたのだ。もちろんそんなことがあるはずはない、奈尾はええとうなずいた。

「お待ちしていましたの、どうぞおつれくださいまし」

「そんな薄着でいいのかな」半三郎は包むような眼で見た、「もうすぐ夜露がおりますよ」

「だって、そんなに長くはおりませんわ」

奈尾はとつぜん浮き浮きした声になり、つと自分の手を半三郎の腕にからんだ。

「さあまいりましょう、きれいな月だわ」

夜宴の席は奈尾を迎えてにぎやかになった。ばあやも盃《さかずき》を持たせられ、藤巻三之助が小謡《こうたい》をうたったりした。奈尾は絶えず空想と現実とのあいだをたゆたい、思いがけないときに声をあげて笑った。

「お庭に合歓木を植えましょう、ねえ」奈尾はこう半三郎にささやいた。

「そして花の咲くころにはわたくしたちもこのように宴《うた》げを催しましょう、わたくしたちがお爺《じい》さんになりお婆《ばあ》さんになったら、誰も招かずに二人だけで静かに宴げをいたしましょう、――ねえ」

「お望みならすぐにそうします」半三郎はそっと笑った、「けれどもまだ結婚の式もあげないうちから、爺さん婆さんの話は早すぎるでしょう」

奈尾の眼はうっとりと夜空を見ていた。耳のすぐ側であの声がささやいていた。

――あすの晩もういちど、どうかもういちどだけ。

六月十八日に奈尾は岩田へ輿入れをした。椙原は八百五十石の年寄肝入役《としよりきもいりやく》であり、岩田は七百石の納戸《なんど》奉行である、婚礼の式には藩主からとくに使者を賜わり、祝宴は三夜にわたって催された。岩田家にも主婦がいなかったので、ばあやが小間使をつれてゆき、岩田椙原両家の親族の婦人たちと謀《はか》ってすべての世話をした。――奈尾はその時間を夢の中にいるような気持で過した。土地の習慣で、祝宴のあと二日は、新嫁が主になって親族知己の婦人たちを招待する、この日は客たちの望みによって、新嫁はたしなみだけの芸事を披露しなければならない、音曲とか舞とか、茶、華、香、ときには歌、俳諧なども所望されることがある、奈尾も琴だけは弾いたが、あとはなにを望まれても「ふたしなみでございます」と云って辞退しとおした。ばあやがとりつくろって、座の白けることだけは救われたが、客たちの不満は明らかであった。叔母のまさ女は幾たびも蔭へ呼んでは怒った。

「それは高慢というものよ奈尾さん、そんなことではすみませんよ、来てくだすった方たちみんなを敵《かたき》にしてしまうつもりですか」

「もうわかったわ叔母さま、わたくし厭《いや》なの、気の向かない芸事なんてそらぞらしくって」

「それはお客さまを辱《はず》かしめることになるのよ、取り返しのつかないことになるのよ奈尾さん、せめて島川さまがお望みの舞だけでもなさいな、御家老の奥さまだということは知っておいでじゃないの」

「それではほかのかたがたになお失礼だわ」奈尾は平気で首を振った、「もうたくさん、わたくし厭なの、厭なの、厭なの――」

ばあやは十日めまでいたが、持って来た衣装や道具も片つき、奈尾が岩田家の召使たちに慣れ始めたのをみて帰っていった。――岩田には三郎左衛門という隠居した舅《しゅうと》がいた、中風を病んだのだそうで、ずっと別棟の隠居所に寝起きをし、孫兵衛という老人の家僕がいっさいの世話をしていた。舅の姉で赤松という家へ嫁《か》している婦人が、ときどき家政のことで注意をしに来た、「お姑《しゅうと》のいるのも辛《つら》いが、いないのも別の意味で辛いものですね」などと云《い》いながら、まだ奈尾などにはわからない細かしいことをくどくどと教えるのであった。どこかへ客にでも来ているような気持でうかうかと夏を越した。毎朝いちど、隠居所へいって舅に茶を点《た》てるのが日課だったがこれが父だという実感はなかなかわいてこなかった。良人《おっと》に対しても同じようであった、長く知り合っていたので遠慮はないけれども、これが身も心もささげる生涯の良人だという感じがぴったりと身につかない。つい「岩田さま」と呼びそうになって驚くことが多かった。——約束の合歓木《ねむ》も庭の西の端に植えられた、椙原の庭のよりも大きい樹《き》で、枝も充分に張り、花が咲いたらどんなにみごとかと想像された。根づいたことがはっきりすると、半三郎は楽しそうにその樹蔭へ茶を運ばせたりした。

「来年はあぶないが再来年は咲くそうだ」彼は奈尾にこう云った、「そうしたらひとつ趣向を凝らして夜宴をするかね」

しかし奈尾はまったく別のことを考えていた。

五

あすの晩もういちど、——そういわれた夜は雨であった、そのうえ嫁入りじたくのことでばあやにおそくまでつかまり、とうとう庭へ出ることが出来なかった。岩田へ来てからはあわただしい日が続いて、夏のうちはふと思いだす程度であったが、秋風の立つころになって生活もおちつき、根づいた合歓木の葉が哀しく枯れだすのを見ると、しばしばあの夜のささやきの声が思いだされ、あやしく胸のときめく時間がかえって来た。

——あの夜あの方はひと晩じゅう雨にぬれて立っていらしったに違いない、そうだ、その次の夜もその次の夜も、きっと……。

その想像はあざやかになまなましく眼に描くことができる、すると水を吸いあげる草花のように神経がめざめ、動悸《どうき》が高く緊張して打ちだし、筋肉にこころよい収斂《しゅうれん》が起こる、そして奈尾は自分が生きていることを感じるのであった。一日一日と生活は平板で退屈になるばかりだった、良人は予想したよりはるかに善良で、思いやりが深くゆき届いた愛情を示してくれる。召使たちもこれといって気に入らぬ者もない、赤松の伯母と数馬の叔母は苦手であるが、だんだん来る度数が少なくなるし、来てもはいはいとうけ流していればすんでしまう。明けくれは無風帯のように平穏である、——世間の新嫁たちには最も望ましいであろう、この静かな恵まれた日々が、奈尾には壁のようにあじきないいらいらしたものに思われた。なにかいちばん大切なものが足りない、この生活は自分にとって本当のものではない、絶えずつきまとうこうした疑惑を、空想だけがわずかに救ってくれた。垣根の外からのささやき声は、現実より強くはっきりと奈尾をよびさます、お祖母さまの秘められた物語、綺羅《きら》びやかな罪の真相が、いつか空想のなかでしだいにかたちを成し、放恣な情景を描きだしてみせる、……眠りは絶えず夢に妨げられた。昼間も日のさすところを嫌って、居間に閉じこもってはもの思いにふけった。

良人は奈尾の変化に気づいたようであった。しかし娘じぶんからの性質を知っているので、くどくきいたりことさらいたわったりする態度を控えているようにみえた。召使たちもいつか不安そうなおどおどした動作になり、なるべく奈尾の前から逃げていようとした。——これらも気の毒というよりも退屈で、暗くもの哀しく、いらいらと満ち足りない日が息苦しいほど緩慢にたっていった。

年が明けて二月に、奈尾の亡母の七年忌があり、七日ほど椙原の家に滞在した。三月にはいって間もなく兄の市蔵が結婚し、ついで奈尾自身が風邪で十日ほど寝た。もちろんたいしたことではなかったが、このあいだにだいぶ見舞いをうけたり、手紙や贈り物をもらったりした。もうほとんどなおってからのことである、「絢《あや》」という覚えのない名の手紙が届き、すぐにひらいてみたが、奈尾はたちまち蒼《あお》くなった。一年まえのあの筆跡であった、それはこう書いてあった。

——合歓木をお植えなされ候《そうろう》ことわが身のいのちを覚えそろ、御いたつきの趣き承り及び候より、夜々、合歓木の樹蔭にて御平癒《ごへいゆ》を祈りまいらせそろ、おはこびある折のありや否《いな》やは知らず、せめて祈りの夜々のみは赦《ゆる》したまわり候え。

文字ではなくそのままあのささやきの声であった。奈尾はそれをまざまざと耳で聞いた。それからの時間をどう過したか覚えていない、夜になって、良人も召使たちも寝てしまい、家じゅうがしんと鎮《しず》まりかえったとき、奈尾は寝所をぬけて庭へ出ていった。春ではあるが夜気は冷え、あやめもつかぬ闇《やみ》であった。まわってゆくと隠居所の障子に燈《あかり》がさしていて、庭の樹立がほのかな片明りに浮いてみえた。魔に憑《つ》かれたような足どりで奈尾は合歓木の側までいった。

「ああ来てくださいましたね、やっぱり」から、た、ち、の生垣《いけがき》の外から、すぐにこうささやく声がした、「御病気はいいのですか、こんな時刻に出てお悪くはないのですか」

奈尾はわれ知らず合歓木の幹によって身を支えた、全身がしびれて、そのまま倒れるかと思えたのである。ささやきは続いた。

「あなたはゆるしてくださいますね、こうしてまた私がお会い申しに来ることを、あなたに会うことの出来なかった一年、私がみじめで生き甲斐《がい》のない日を送ったとお思いですか、いいえ私は仕合せでした、あなたはいつも私のなかにいらしったのです、醒《さ》めていても夢のなかでも私は絶えずあなたの姿を見ることができ、お声を聞くことができます。——そしてとうとうまたこうしてお会いするときがめぐって来ました」

言葉の意味はほとんど理解しなかった、その必要もなかった。舌のさきだけで語られるささやき、思いをこめたその調子が奈尾を酔わせ云いようのない恍惚《こうこつ》感にひきいれるのだ。

「幸福をこわさないようにしましょう、五日めの夜ここでお待ちしています、五日めごとに、お願いです、来てくださることを信じていますよ」

その明くる朝、寝所から起き出た奈尾の、生き返ったように元気な、さえざえと明るい顔に半三郎は驚きの眼をみはった。

六

奈尾は熟睡するようになり、眼に見えて快活になった。なおざりにしがちな良人の世話もまめまめとするし、召使たちにも笑顔をみせた。ただ一つ欠けていた夢が与えられたのである、日々はもう退屈ではなかった、いつも身内に生きる歓《よろこ》びが感じられた。——五日めごとのささやき、それが平板な灰色の生活をいやしてくれる、躯《からだ》じゅうの神経に火を放ち、しびれるように感覚を陶酔させてくれる。もちろんいかなる恋もそこでとまっていることはできない、いつかは危険の近づいてくることを、奈尾はようやく感じ始めた。

——そのとき自分はどうしたらいいだろう、拒みとおすことができるだろうか。

四月の中旬を過ぎて、七たびめの夜のことであった。男はいつものように綿々とささやき続けたのち、自制のちからの尽きたような調子で、このまま耐え切れなくなったと訴えた。

「それ以上なにもおっしゃいますな」奈尾はおびえたように身震いをした、「さもなければわたくしいってしまいます」

「あなたは私に死ねと云うのですか、私に悶《もだ》え死にをさせたいのですか」

「あなたは出来ないことをお求めなさいますわ、わたくしもうなにも伺いません、そんなことをおっしゃるのでしたらもうここへもまいることはできません」

「待ってください。ああいかないで——」

しかし奈尾は足早に去っていった。

からたちの生垣の外で、男はじっと耳を澄ませていた。けれども遠く去った足音が、そのまま戻って来ないのをたしかめると、舌打ちをしながら生垣を離れた。嘲《あざけ》るように、もういちど舌打ちをして振り返った、するとすぐ眼の前に人が立っていた。月の光が、上からその人間の姿を照らしている、男は「あっ」と低く叫んだ、立っているのは岩田半三郎であった。男はうめいた、じりじりと後ろへ退《さが》ったが、身をひねったとみると、絶叫しながら抜討ちに半三郎へ斬《き》りつけた。刀はぎらりと青白く閃光《せんこう》をとばしたが、そのままがっしと腕ごと相手にかかえこまれた。「——卑劣なやつだ」半三郎はかかえた腕を逆に絞りあげた、「おまけに馬鹿者《ばかもの》だ、ここでおれを斬ってどうする、——貴様の悪い癖は聞いていたがこれほど底ぬけの馬鹿とは知らなかった、狐《きつね》め」こきっと骨が鳴り、半三郎の手に男の刀が奪い取られた。男は右腕を曲げたまま獣のようにうめきごえをあげて横ざまにすっとんだ。

「二度と来るな、世間へは云わずにおいてやる、帰って自分の顔をよく見ろ」

男は鼬《いたち》のように逃げ去っていった。

半三郎はもぎ取った刀を提げたまま生垣をまわってゆき、塀《へい》の切戸から庭へはいった。彼の眉《まゆ》はしかんでいたが、怒りや悲嘆の色は少しもなかった。——すでに三度、ひそかにその密会にたちあって、二人の関係がどのようなものかを知っていた。男は老職なにがしの二男で、そういう悪癖のあることでは定評のある人間だった。これは一喝くれればかたがつく、だが妻をどうしたらいいか、どうすれば悲劇が避けられるか、どうしたら妻を無事にそこから救い出すことが出来るか。

問題はそれだけであった。半三郎は三度まで彼らの側に身をひそめて、会話のなかにその鍵《かぎ》をみつけだそうとした、そして今その唯一《ゆいいつ》の方法を発見したのであった。「それで破綻《はたん》が避けられるなら、それだけの努力を払う値打ちはある」眉をしかめながら、半三郎はこう呟《つぶや》いた。「たしかにそのほかに方法はない」

奈尾は熱を病むような日を送った。男の切迫した情熱、焔《ほのお》のようなささやきが耳についで離れない。ひとりでいると片ときもやすまずその声が聞えるのである、――死ねと云うのですか、悶え死にをしろと云うのですか。奈尾はたまりかねてあえぐ、呼吸が苦しくなる。

――決してもう庭へはゆくまい、決して。

追い詰められた者のように、ただそこからのがれようともがいた。けれどものがれることは出来ない、毒の快楽はそれが毒だとわかっているところにある。五日めが来ると血が騒ぎだした。おさえようもなく不安な、けれどぞっとするような歓びが身を包んだ。

――いいえ庭へはゆくまい、どんなことがあっても、こんどあの人に会ったら、それで自分は破滅してしまう。宵のうちまでこう思い続けた。しかし、それが不可能であることはわかっていた。奈尾は十時になると寝所をぬけだしていった。――雨もよいの暗い夜であった、隠居所の窓も燈が消えて、樹立《こだち》のあたりでは虫の音《ね》がしていた。奈尾は合歓木の樹蔭《こかげ》へゆき着いた。全身が氷のように冷たくなり、くらくらと眩暈《めまい》がしそうになった。

「ああやっぱり――」からたちの生垣の向うで、男の低いささやき声が起った、「やっぱりあなたは来てくだすった、私がどんなに苦しんだかおわかりでしょうか、どんなに苦しんだか」

七

奈尾はわなわなと身を震わせた。

「わたくしがまいったのは」彼女はけんめいにこう答えた、「ただあなたにお断わりするためだったのです、わたくしこれ以上もう」

「おっしゃらないでください」ささやきは哀願の音をおびた、「私が悪かったのです、私はあの夜どうかしていたのです、あんなことを望んではならないと初めから知っていて、つい愚かな情に負けてしまったのです」

「あなたは間違っていたとお思いですの」

「こんなに美しい恋を」と、ささやき声は歌うような調子になった、「なんのためにこわすことがあるでしょう、あなたはそこにいらっしゃる、私はこうしてここにいます、私が胸にあふれる思いを語るとき、あなたはそこにいて聞いてくださる、──私たちのあいだには現実の壁はあるが、お互いの心を隔てるものはなにもありません」

「ああおっしゃって、おっしゃって」奈尾はうっとりと眼をつむり、酔ったように合歓木の幹へ身をもたせた、「どうぞ今のようにおっしゃって、わたくしそういうお言葉で聞きたかったのですわ、どうぞおっしゃって──」

「そうです、これが私たちの恋なのです、ここには煩瑣《はんさ》な生活も世間の義理もありません、夜のしじまと樹や草のほかには、この恋を妨げるものはなにもありません、現実の中へはいればどんなに深い真実の愛もいつかは冷たくひえてしまうものです、──私は二度とお手を求めもしますまい、これで充分です」

頰に涙の流れるまま、奈尾はこの時間が永久に続くようにと祈っていた。危険の去ったことに疑いはなかった。五日めごとに、男はこれまでになく美しい言葉で愛をささやく、歌のように絵のように心の思いを語る。しかしそれ以外のことは求めなかった。──奈尾はよく眠り、満ち足りた快活さで家の中を明るくした。秘めたる歓びが、謝罪のかたちで良人に酬《むく》われる、半三郎が戸惑いをするほど、奈尾の愛情は強くなっていった。

こうして季節は梅雨《つゆ》にはいろうとした。ひどく空気の湿ったむしむしする夜のことだったが、男のささやきの中にふしぎな言を聞きとがめた。

「来年になったら、この合歓木は」こう男が云《い》った、「——私たちを夢のようにおぼろな花笠《はながさ》でおおってくれるでしょう……」

来年になったら。奈尾はふと眼をあげた、いまはまだ花期には早いのに、どうして今年咲かないことがわかるのだろう、そう思ったとき奈尾はああと口を押えた、眼に見えぬ手で軀を真二つに裂かれたような、非常な驚愕《きょうがく》にうたれたのである。

——まさか、まさかそんなことが。

彼女は全身を耳にしてささやきの声を聞いた、舌のさきだけで語るごく低い、かすかな声である。生垣を隔ててからくも聞きわけられるだけだ、しかし心をとめて聞けば隠しようのない抑揚に気がつく、言葉の切り方にある癖もその人のものだ。奈尾は喪心したように合歓木の樹蔭をはなれた、ほとんど夢中で、よろめきよろめき家に帰った。

寝間の夜具の上に坐《すわ》り、眼をつむって初めからのことを思い返した。——そうだ、椙原の家の庭で夜宴のあったとき、あの人は誰よりも遅れて、それもあんなに急いでかけつけて来た。あの人は奈尾をよく知っている、奈尾になにが必要だかということも……あの人は喜んで合歓木を植えてくれたではないか。同じ家に寝起きをしていて、五日めごとの庭の忍び会いを気づかないはずもない。

——お祖母《ばあ》さまに似たのね、気をつけないとその気性はあぶなくってよ。

こう云った叔母の懸念《けねん》を、あの人はそれ以上によく理解してくれたのだ。——垣根の外のささやきは良人《おっと》であった。奈尾がそこまで考えたとき、廊下に忍び足の音が聞え、良人の寝間へ誰かが入った。

奈尾は震えながら立って、襖《ふすま》を明けた。半三郎がびっくりしたようにこっちを見た。刀は差していないが、明らかにいま帰った姿である、

「——どうした、まだ寝なかったのか」

微笑をうかべた温かい眼である。なにもかも知っている眼だ、奈尾の心のどんな片すみをも知って、しかも柔らかく包んでくれる眼だ。奈尾は頭から足の爪尖《つまさき》まで赤くなるように思い、羞恥《しゅうち》と歓びにおののきながら、声をあげて良人の胸へ倒れかかった。

「あなた、……あなた、——」

「そんな声をあげて、向うへ聞えるじゃないか」半三郎はそっと妻を抱いた、「どうしたんだ、なにを泣くんだ」

「申し上げてもいいでしょうか」

奈尾は激しく頬を良人の胸へすりつけなかば笑いなかば泣きながらこう云った。
「申し上げてもいいでしょうか、わたくしがあなたをこんなに愛していることを――
こんなにこんなに愛しているということを……」

（「新読物」昭和二十三年九月号）

おれの女房

一

「またよけえなことをする、よしとくれよ、そんなところでどうするのさ、そんなこ男がいじるもんじゃないよ、だめだったら聞えないのかね、あたしがせっかく片づけたのにめちゃくちゃになっちまうじゃないか、よしとくれよ、よけえなことしないでくれってんだよ」

その長屋の朝は、こういう叫び声で始まる。それは平野又五郎という絵師の家から聞えるもので、甲だかい調子の、すばらしいなめらかな早口である。するとそれを合図に、あちらでもこちらでも物音が聞えだす。

「おまえさんお起きな、先生のところで始まったよ、坊やもついでに起してね」

「そうお石さんの声が聞えるよ、のたのたしてないで薪《まき》を割ってくれなくちゃ困るよ」

「平野さんとこでもう聞えるよ、ぐずぐずしてちゃまにあわないよ、さあみんな手っ取りばやいとこ片づけておくれ」

こういったぐあいで、しだいに路地うちが賑《にぎ》やかになり、その日の生活が動きだすのである。しかし平野の家ではそれで終ったのではない。まだ妻女のお石の高ごえが続いている。まるで野なかの一つ家にでも住んでいるような、隣り近所に少しの遠慮もない、ぱりぱりとした叫びかたで――

「おれの写生帖《ちょう》がないんだ、この机の上へ置いた筈《はず》なんだが」

「置いた筈ならそこにある筈じゃないか、置いたところを捜してみればいいじゃないか、いつでもそうなんだから、いやなにがない、なにはどこへ置いた筈だ、ない筈はない、滑ったの転んだのって、置いた筈なら置いたところを捜せばいいじゃないか、いけないよそんなところをひっくり返しちゃ、だめだってばさ、そんなとこに有りゃしないよ、触っちゃいやだってのにね、あたしがちゃんと片づけといたんだからひっかきまわしちゃだめだよ、いけないってのにわかんないのかね、このひとは」

「――ここに有ったじゃないか」

「有ればいいじゃないか、有れば文句はないじゃないか、此処《ここ》に有っただって、あたしが片づけといたんだもの有るに定《きま》ってるじゃないか、机の上へ置いた筈だのどうだのこうだのって、があがあがあ、騒ぐばかり大げさに騒いで、そうしちゃしまいにあたしに手数ばかりかけるんだ、いつかだっても――」

又五郎は黙って部屋の中を眺めまわす。

台所ではお石の甲だかい叫びが、ひっきりなしにいつはてるともなく続いている。不揃《ふぞろ》いな絵の道具、いじけたような安物の木机、角の欠けた茶箪笥《ちゃだんす》、火桶《ひおけ》、炭取り――家具といえるのはそれで全部だ。納戸《なんど》の襖《ふすま》はもとより、古くなった畳にさえすり切れたところに渋紙が貼《は》ってある。低い天井、雨のしみた跡のある剝《は》げた壁……彼は眉《まゆ》をしかめ、溜息《ためいき》をついて、そうして写生帖をふところにつっこんで、惘然《ぼうぜん》と土間へおりる。

「どうするのさ、どこへゆくのさ、もうおつけが出来ようってのにどうするんだよ、でかけるならごはんを食べてったらいいじゃないか」

「おれならいい、食べたくないんだ」

「食べたくないって食べないでどうするのさ、また誰かと朝っぱらから飲むつもりかい、ああそれならそれでいいよ、幾らでものんだくれるがいいさ、あたしゃ知らないからさっさとおゆきよ、だけど仕事のことはどうするんだい、阿波屋《あわや》の旦那《だんな》が来たらなんて云《い》うのさ、いつもいつもまだ出来ませんじゃ、あたしが挨拶《あいさつ》に困るじゃないか、なんて御返辞をすればいいのさ、こんどはなんとかはっきりしたことを云わなきゃ、幾らなんだって――」

又五郎は蒼《あお》い沈んだ顔つきで、黙って路地を往来へと出ていった。

晩秋の曇った朝で、鼠《ねずみ》色の雲が重たげに層をなして、空いちめんを隈《くま》なく掩《おお》ってい
た。風は少しもないが、気温はひどく下り、まるで雪でも降りそうに寒かった。――
彼は江戸川のほうへ歩いていた。牛込の矢来下に友達の井上孝兵衛がいる、無意識に
そっちへ足が向いたのだが、ふと気づいて立停《たちどま》り、暫《しばら》く自分の足もとを見まもった。
「つまらない――同じことだ、同じことの繰り返しだ……もうたくさんだ」
こう口のなかで呟《つぶや》き、江戸川へ出るとそれに沿って、関口の大洗堰《おおあらいぜき》まで歩いていっ
た。そのあたりは人家も少なく、田畑や林のひろい展望と、四季それぞれの、自然の
豊かな景物とで、風流雅人のあいだに知られていた。――又五郎は大洗堰から二三丁
もかみへゆき、川に近い秋草の中へいって腰をおろした。
「――遠山、碧《みどり》層々」
彼はこう呟き、両手で抱えた膝《ひざ》の上へ、頭を垂れて、ふかい溜息をもらした。

二

平野又五郎は御家人の三男坊に生れ、小さいじぶんから絵が好きで、いい養子の縁
談があったのを断わり、十六歳のとき狩野《かのう》信近の内門人にはいった。
それで親たちとは絶縁ということになったが、彼はもちろん承知のうえで、絵さえ

描いてゆければ親も兄弟も要《い》らない、金も名声も要らないと思い、あらゆるものを絵にうちこんで勉強した。

信近はまだ法橋《ほっきょう》にはなっていなかったが、すでに狩野派の長老であり、御殿絵師としても東西を圧する威勢をもっていた。又五郎は初めから信近にてすじのよさを認められ、十八のときには近恒という号を貰《もら》って、塾ちゅうの麒麟児《きりんじ》などといわれた。

お石はそのころ狩野家の小間使で、軀《からだ》は小さいし、かた肥《ぶと》りで不恰好《ぶかっこう》だし、うす菊石《あばた》のある顔だちも栄《は》えなかったが、気性が明るく動作もてきぱきして、粗忽《そこつ》なところもあるが、たいへん気はしが利《き》くため信近の気にいりで、もっぱら工房関係の用をしていた。

彼女が又五郎に好意をもちはじめたのは、彼が「近恒」の号を貰ってからである。お石は彼そのものより、彼の手腕と将来にほれこんだらしい。お石は彼に対する自分の気持を隠さなかった。もちまえのてきぱきした開放的な性分で、彼にもあからさまに好意を示したし、ほかの門人や女中たちにも平気でそれを話した。

——あのひとは男ぶりも悪かあないけど、あたし男ぶりなんかに惚《ほ》れたりしやしないよ、あのひとはきっといまに名をあげる、うちの先生の上を越す絵師になると思うんだよ、それだからあたしゃ惚れたのさ。

御殿絵師の家といえば格式があって、武家と同じように礼儀作法がやかましい、召使なども決してこんな品の悪い言葉づかいはしないものであるが、お石は平気でずけずけとまくしたてた。

まわりの者には笑止でもあり、こづら憎いはなしであった。ちんちくりんで、縹緻《きりょう》も悪く、品のないお石などが、狩野家の麒麟児とまでいわれる近恒を、すでに自分のものかなんぞのように触れまわす。これは誰が考えてもばかばかしい、独りよがりの妄想《もうそう》というほかはない。

——お石さん祝言《しゅうげん》はいつするの。

朋輩《ほうばい》の女中たちはそんなふうに云いながら、かげではいい嗤《わら》い者にしていたのであった。

又五郎は二十三歳のとき、師の信近に叛《そむ》いて狩野家を出た。御殿絵師というものの生活もいやになったし、古くさい、概念と規矩《きく》の枠《わく》にはまりきった、進歩も創造もない画風にあきたらなくなったのである。

古典はもうたくさんだ。御殿絵師は古典の糟糠《そうこう》を弄《ろう》するにすぎない、絵とはもっといのちのかよった未知の真を創《つく》りだすものだ、おれはおれの絵を描きたいように描く。

彼はこう云って、師の信近に叛いた。

彼は若かった。そして伝習に叛くということに、一種の誇りとよろこびを感じた。その気持がまたお石を妻にする動機にもなったのである。彼はお石が自分に好意をもっていることも、それが狩野家の人たちのもの嗤いになっていることもよく知っていた。

お石に対するかれらの軽侮が、彼の反抗する気持を煽《あお》り、お石を伴《つ》れて出ることに、一種の壮快な自負をさえ感じたのであった。

小石川久堅町《ひさかたちょう》の、その裏長屋に家を持ってから、もう十年あまりの月日が経っている。彼が出たあとを追って、島田敬之助、松屋貞造、井上孝兵衛という三人の門人も、狩野家から去り、又五郎を中心に新しい画風を興《おこ》そうとして、再出発することになった。島田と井上は貧乏な小旗本の子で、貞造は神田今川橋の松屋与平という反物商の四男だった。

またこれらの関係から、新しい画風という魅力にひかれて、若い者が多く集まるようになり、久堅町の長屋のひと間は、昼も夜も客の絶えまがないほど賑《にぎ》わった。家をもって二年めくらいまではそんなふうで、絵を頼む者も少なくなかったし、彼をとりまいた新勢力が、ぐんぐん伸びるようにみえた。しかし二年めの秋、彼が日本橋矢の倉の亀井《かめい》楼で画会を催したあと、情勢はまったく逆転したのである。

その画会では四種の三幅対と、撫子《なでしこ》を描いた二曲屛風《びょうぶ》とが、彼の自信のある作であった。古典や既成概念をきりすてて、まったく独自な手法と、大胆不敵な構図とで、島田や松屋や井上などはもちろん、まわりの青年たちは喝采《かっさい》し眼をみはったものであるが。

しかし画会はまったく失敗であった。招いた客も評判につられて来た客も、いちようにに失望と反感を示した。ここそこ耳うちをしたり、皮肉に笑ったり、なかには聞えがしに悪口を云ったりした。

こういう会には、招いた客に、扇面とか短冊《たんざく》などを、席上で描いて配るのが例である。くだらない習慣だと思ったが、又五郎も初めての催しなので、その支度をしていたところ、これはと思う客は誰ひとり寄りつかない。ざっと絵を見ると、そのまま挨拶もせず、逃げるように帰ってゆく者が多かった。

彼をもっともひいきにしてくれる客に、日本橋石町《こくちょう》の大きな乾物商で、阿波屋加平というひとがある。まだ狩野にいたじぶんから彼の画風を愛し、久堅町へ家をもってからもよく面倒をみてくれた。

その画会のときにも、阿波屋が二曲屛風と三幅対を買ってくれ、それでようやく会の費用をまかなうことができたけれど、さもなければ江戸を逃げださなければならなかったかもしれない。この失敗は決定的で、それ以来がらがらと彼は落ちめになった。

——世間はめくらばかりだ、あいつらには本当の絵のよさがわからない。

若い仲間はそう云って肩をあげた。又五郎は酒を飲みはじめ、若い仲間と議論したり、遊里へいりびたったり、二十日も五十日も絵具皿を乾かしたまま、仕事に手を出さない日を送ったりした。

借金は嵩《かさ》むばかりだし、絵を頼む者はしだいに減るし、とりまいていた青年たちも一人二人と遠のくし、生活は苦しく、暗くなる一方であった。

島田と井上と松屋は彼を離れなかった。かれらは又五郎の才能を信じ、そのなかに自分たちの道の開拓があると信じていた。かれらは又五郎の絵を高く評価することで自分たちの野心の正しさを確かめ、同時に一般の人の鑑識の低さと、声名ある画家や、世にもてはやされる絵の卑俗で低級なことを証明しようとした。

しかし人間は、いつも純粋でいることはむずかしい。かれらは自分たちを信ずる余り、自分たちを受容《い》れようとしない世間に対して、軽蔑《けいべつ》と憎悪《ぞうお》を感じはじめた。

——あのときの画会の失敗がわかったよ、あれは単に絵が理解できなかったためじゃない、狩野家の手がまわっていたんだ。

井上孝兵衛が確かな筋から聞いたと、そういきまいたとき、又五郎は冷やかに笑った。

――なんだ、今ごろやっと気がついたのか。おれは初めから知っていた、絵を頼む者がなくなったのも、狩野一派の策謀なんだ。わかりきっているじゃないか。こういって、もういちど投げるように冷笑した。

お石が遠慮もなく叫びちらすようになったのはその頃からのことだ。彼女は初めての画会のときまでは、少しばかり度外れなほど彼を愛し、はたの者にはみぐるしいくらい彼を尊敬し、彼が自分の良人《おっと》であることを誇った。

だが落ちめになるとしだいに変り、まるで手のひらを返すように、ずけずけと不遠慮にふるまいだした。集まって来る友達はもう今では三人きりであるが、かれらが来るとふきげんになって、お茶ひとついい顔では出さない。酒とでも云おうものなら、とたんにぱりぱり叫びだすのである。

――酒だって、へ、太平楽なこと云っちゃいけないよ、こっちは晩に炊《た》くお米がないんだよ、おまえさんたちはくらい酔ってりゃいいだろうけど、あたしゃおまんまがなきゃ飢死にをしちゃうんだよ、酒を買って来いだって、へ、自分でいってみたらいいだろ、掛で売ってくれる店なんか隣り町にもありゃしないんだから、人並なことを云うんならたまにゃ人並な仕事をするもんだ、朝っから晩までぶらぶらしていて、ろくでもないことをがあがあ饒舌《しゃべ》ってばかりいて、それでこんにちさまに相済まないとも思わないのかい、飲みたきゃ井戸端へいって井戸替えをするほど飲むがいい、おまえさんなんか水でも飲んでりゃたくさんだよ。

又五郎はふと眼をあげた。

枯れた草原のすぐ向うに、江戸川がゆるやかにうねって流れている。枝の裸になった櫟《くぬぎ》の疎林《そりん》が、はがね色の冷たそうな水面に、寂《しず》かな影をおとしている。——林の脇《わき》には葉の白茶けた竹籔《たけやぶ》があり、その向うの畑で、一人の百姓が黙って、疲れたような動作で、悠《ゆっ》くりと畑の土を返しているのが見えた。

「——だめだ、あの絵もいけない」

彼はこう呟いて頭を振った。

阿波屋加平だけは今でも、さすがに以前ほどおうようではないけれど、とにかく絵を注文してくれるし、のっぴきならぬ場合には、幾らかの融通もしてくれる。彼はその阿波屋の依頼で、半年まえから大幅にかかっていた。

それはいま彼が眼の前に見ている江戸川と、その迂曲《うきょく》する川に沿った林野における、遊楽や農耕や労働などのそれぞれの人間生活を描いたものだ。

その構想は彼にとっては大きな意味をもっていた。そこには新しい今後の道がある、その絵が望むように描けたらこんどこそ彼は本気で仕事にかかれるだろう。

「――だがいけない、あれはなにかぬけている、なにかが足りない、裂いてしまおう」

又五郎は苦しげに呟いた。写生をもとにして構図を練るのに五十日あまり、それから白描だけでも十四五枚やった。これでよしとなって、本式に描きだしてから三月は経《た》つ、もう五枚も反古《ほご》にしているのだが、――こんどこそと思った六枚めがまたゆき詰った。どうもがいてもいけない、まったくあがきがつかないのである。

「――矢来下へゆこう、酒だ」

彼は呻《うめ》くように云って立ちあがった。

三

矢来下の井上のところには松屋貞造がいて、珍しくてんや物などを並べて酒を飲んでいた。貞造が今川橋の家へいって母親から金を貰って来たのだという。

「――勿体《もったい》ないが騙《だま》しよいといってね、おふくろだけは有難いもんですよ、親父《おやじ》や兄きときたひにゃ小言の百万遍を並べるだけで、それこそ百も出しゃあしない、そこへゆくとおふくろは涙ぐむだけですからね、涙ぐんで、なけなしの臍繰《へそく》りを黙ってくれるんだ、いいもんですよ」

「そんなときばかり褒めるやつさ、おふくろさんこそいいつらの皮だ」

孝兵衛がそう云って笑った。

それから矢来下を出て、島田の家へいったのがようやく午《ひる》ごろらしい。その近所から飲みはじめて、昏《く》れ方には柳橋の舟宿にいた。神田川を眼の下に見る二階座敷で、もうかなり酔っている三人を相手に、例のごとく画論をやり、例のごとく熱をあげたのである。

「大雅がくだらねえのはもちろんだ、あんなものは遊びだ、光琳《こうりん》だって遊びだ、みんな絵をにげてる、風雅めかしだ、本音とはべつなところで、風流とか文雅などを衒《てら》ってるんだ」

そう何十遍となく云い古したことをまたいっている。自分でそう思いながら、そう思うことで逆に声を高くし、言葉を激しく強くした。

「応挙なんて型じゃねえか、型で描いてるだけじゃねえか、偉そうに構えたって雪舟だってそうだ、つきつめてゆけばみんな原型があるじゃないか、鎌倉期以前のものはいいよ、絵巻や絵師なんぞには独特なものがある。土佐派のものにもずいぶん独創的なものがある、近世でややみられるものといえば宗達くらいしきゃいやしねえ、あとはたいてい模倣《もほう》か遊びだ、そんなものは絵じゃあねえ、絵というものには生命がかよっている筈《はず》だ、何百千年のちの人間にも、ぴしっと生命のかようものがなくちゃあほんものの絵とは云えやしねえ」

「生命のかよっているものを」孝兵衛が大きな声で云った。「——新しいほんものの絵を、おれたちの手で」

「風俗を叩《たた》き毀《こわ》そう、高邁《こうまい》に生きよう、八百屋《やおや》、魚屋のような、金儲《かねもう》けのための絵を葬《ほう》むるんだ、真の絵はおれたちのなかにある」

島田敬之助も、こう云って膝《ひざ》を叩いた。まるで膝の上にその風俗があるかのように。

それからどんなようなことになったものか、気がつくと吉原の小店のひと間に寝ていた。まえにもたびたび来たことのある家で、その狭い、うす汚れた部屋にも見覚えがあった。

——またやった、情けないやつだ。

彼は眉《まゆ》をしかめ唇を歪《ゆが》めて、嫌悪に堪えぬように頭をぐらぐらさせた。悔恨というより、自分がきたならしく、いやらしく、やりきれないほど情けなかった。

——側に寝ていた女がふと首をあげた。——もぞもぞ身動きをして、そうしてこちらへ向きなおった。

「眼がさめたの、気持はどう、——苦しいのなおった」

「たいしたことはない、伴《つ》れはどうしたろう」

「みんなあっちにいるわ、水あげましょうか」

又五郎は女の顔を見ることができなかった。

「いまなん刻《どき》ごろかね」

「まだ早いわよ、今日もいつづけだって云ってたじゃないの、——お酒とうにここへ持って来てあるのよ、ちょっとお燗《かん》しましょうか」

「いや酒はもういい」

彼は起きて手を洗いにいった。連子窓《れんじまど》の障子がうっすら白んでいるようにみえた、頭は濁り、軀はふらふらし、なにかのぬけがらのような感じである。——妻のお石の姿が眼にうかんだ、甲だかな叫びごえが耳にまざまざと聞える。長屋ではそろそろ起きだしている家があるだろう。素朴《そぼく》なつつましい生活の音、その日その日のいとなみの、単調であるために却《かえ》って安らかな物音。……お石はどんな気持で、どんな顔でそれを聞いているだろうか。又五郎は低い呻きごえをあげた、それから激しく首を振り、唇を歪めて笑った。

「それがなんだ、おれは問屋から荷を卸して来て、それを売って暮す者とは違う。建具屋でもなければ呉服屋でもないんだ、そういう利で食う人間とは違うんだ」

彼はこう呟き、眼に見えない敵とでも対決するように額をあげ肩を聳《そび》やかした。

「高く飛躍するためには常識からぬけ出さなくてはならない、世俗的な観念をうち毀すんだ、おれがどんな人間かということは、絵が証明するだろう」

「なに独り言を云ってるの、寒いのにいつまでこんなところでなにしてるのよ」女がうしろへ来て腕をひいた。又五郎は向きなおり女の肩を抱きながら云った。

「飲もう、いって三人を起して来てくれ」

四

昏れがたにそこを出て、その夜は島田の家で泊り、明くる日は井上がどこからか金を都合して来て、また飲みまわったうえ、吉原の同じ家へあがった。——しかしもう昂奮《こうふん》もなし刺激もない、四人の気持はもうばらばらで、いっしょにいることが逆にお互いの孤独感を強くした。

——ごまかしだ、なんという青くさい、しらじらしいごまかしだ、逃げだそう。

それぞれの部屋へ別れるとすぐに、又五郎はその家をとびだした。まだ宵を少しまわった時刻と思われるのに、もう霜でもおりたように道は凍《い》てて、こがらしめいた風がかなり強く吹いていた。——駕籠《かご》にでも乗りたかったが、自分では一文も持っていない。身も心も憔悴《しょうすい》し疲れて、寒さに絶えず震えながら、なかば駈《か》けるような足どりで歩いていった。

家へ帰ったのは十時ごろだったろう、手足のさきは寒さのためにこごえ、おまけに酔がさめたのと空腹とで、みじめにがちがち歯が鳴った。どんなにあしざまに喚《わめ》かれることか、そう思いながら路地をはいってゆくと、ずっと雨戸を閉めて暗くなっている長屋の一軒だけ、灯を明るくして賑《にぎ》やかに女たちの笑い囃《はや》す声の聞える家があった。

——おれの家らしいが、しかしまさか……。

彼は首を捻《ひね》った。近寄ってゆくと、それは正《まさ》しく自分の家で、女たちの饒舌《じょうぜつ》のなかに、お石の高笑いの声がはっきり聞えた。

——なんだろう、なに事があったのだろう。

すぐにははいりかねる気持だった。しかしなかば不安にかられて格子《こうし》をあけ、声をかけると、けたたましく女たちが笑い、そらお石さん可愛《かわい》い御亭主のお帰りだよ、御亭主なんてとんでもない、天下に名高い大先生じゃないか、はいお帰りあそばしませ、ずっとどうぞ。そんなことを云《い》いながら、中から女の誰かが障子をあけた。

行燈《あんどん》のほかに蠟燭《ろうそく》が三つ、眩《まぶ》しいほど明るくして、近所の女房たちらしいのが六七人、膳《ぜん》を並べて、仕出し屋からでも取ったとみえる、食いあらした皿小鉢や椀《わん》などを前に酒を飲み、いいきげんに酔って騒いでいるところだった。

「そんな妙な顔をしないでこっちいおいでなさいね、のうこちのひと、ここへおじゃや」

お石がそう云って畳を叩いた。

それでまた女房たちはきゃあと声をあげ、みだりがましく隣りにいる者へ抱きついたり、押し合ったりして、口ぐちに囃したてた。

又五郎はあっけにとられ、とまどいをし、途方にくれてなにか云いわけのようなことを云いながら、こっちから障子を閉めて外へとびだした。路地へはいるとき、長屋の差配をしている五兵衛の家が起きているのを見た。

お勝という妻と二人ぐらしで、筆墨紙硯《すずり》などを売っているが、それはほんの隠居の小遣い稼《かせ》ぎであって、息子が神田で相当に大きな紙問屋をしており、そっちから月々のものを貢《みつ》がれるらしく、好きな将棋と発句などひねりながら、ごくのんびりと暮していた。……少し口がうるさいのと、相手構わず発句をすすめ、将棋をいどむのには閉口するが、かげでは困っている者の面倒をよくみてやり、長屋のこととなると親身になって世話をした。

又五郎などもずいぶん厄介になった、店賃《たなちん》の滞るのは云うまでもない、こまこました借もだいぶある。しかし五兵衛はいちどもいやな顔をしたことがなかった。

——人間なにをするにも本当の苦労を知らなけりゃあ良い仕事はできませんや、まあひとつふんばって良い絵を描くようになって下さい。

そんなふうに云って、ときには息子の店からでも持って来るのか、たやすくは手にはいらないような、高価な紙をくれたりした。——路地を表へ出ると二軒めの、雨戸が一枚あけてあり、山形に五の字の印を書いた腰高障子に、まだ明るく灯がうつっていた。

「おや珍しい、いまお帰りですか」

障子をあけると、妻女のお勝が笑いながら挨拶《あいさつ》をした。店に続いた六畳で、五兵衛が米屋の秀さんという若い者と将棋をさしていた。

「火がありますからこちらへどうぞ、お帰りになったらあんまりお賑やかで、びっくりして逃げていらっしゃったんじゃありませんか」

「こっちへおいでなさい先生、お茶でも淹《い》れますから」五兵衛は盤を睨《にら》んだままでいった。「——先生には茶じゃあしようがねえか、婆《ばあ》さん早いとこ一本つけてあげてくんな」

「いや酒は充分です、本当のところもう」

「いつづけの宿酔《ふつかよい》てえわけですかい、そいつあいいが、待てよ、待て待て待てと、——この銀をこうひいて、こうひいてからどうする」

又五郎は火鉢の側へいって坐《すわ》った。将棋は終盤にはいって、まぎれがでてもめているらしい、五兵衛も秀も夢中で、誇張していえば眼の色が変っていた。——お勝は新しく茶を淹れ、菓子の鉢などをすすめて、笑いながら、お石の思いがけない饗宴《きようえん》の話をした。

「ふだん男ばかり楽しんでいるのは不公平だ、たまには女も楽しくやろうってね、あたしも呼ばれて顔だけだしたんですよ、なにしろあなた桶屋《おけや》のおかいさんに、吉さんとこのげんさんが音頭とりですからね、三味線を弾く、唄《うた》う、踊るで、ひとしきりお宅の前は見物でいっぱいでしたよ」

「たまには女が楽しむのもいいさ、女だけで飲んだり食ったり、唄ったり踊ったりも結構だ、ときにはそうやって世帯の苦労を忘れるがいいさ、構やしねえけれども、それにしてもほどてえものがあらあ」

五兵衛が盤をねめまわしながら云った。

「先生の絵が売れて、思いがけない金がへえったとかいうこったが、それにはまあ先生も二日三日お帰りんならねえ、なげえことむしゃくしゃしてもいたこったろうが、——いくらなんにしたって、お留守にあの騒ぎてえなあ乱暴だ、あたしあ古くせえ人間だから、どんなわけがあるからってあんななあ嫌えですよ」

又五郎はどう挨拶のしようもなく、茶碗《ちゃわん》で手を温めながら、黙って頭を垂れていた。しかし五兵衛の「絵が売れた」という言葉にはどきっとした。売るような絵は一枚もない筈である、売るにも売らぬにも、このところずっと絵らしいものを描いていないのである。

——なにをどうしたのだろう。

彼は天井を見あげた、そのとたんにふっと思い出したのは、阿波屋に頼まれて、描きかけのまま納戸《なんど》へ入れておいた絵のことだった。

——しかしまさか、まさかあれを……。

お石は彼の気性を知っている、どんなに困っても、自分で気にいらない絵は決して売らない。それを知っていて、あの絵をもちだす筈はない。だがそのほかになにがあるか、写生の白描などならあるが、そんなものを買う粋狂人もあるまい。

それよりも、いったいその絵を買ったというのは誰だろうか。このところ絵を求めに来るのは、殆《ほと》んど阿波屋加平ひとりに限られている。阿波屋、……又五郎はぎゅっと茶碗を握りしめた。一昨日、家を出るときお石が云った、阿波屋の旦那《だんな》が来たらなんと返事をするのか。そうだ、阿波屋がもう催促に来る筈だった、留守に来て、もしもお石があの描きかけの絵をだしてみせたとしたら。

——ああいけない、それだ。

又五郎は危うく声をあげそうになり、茶碗を置いて立ちあがった。お勝もびっくりし、五兵衛も駒《こま》を持ったまま振返った。だが又五郎はのぼせたようになって、

「お邪魔をしました、心配なことができましたから、どうも御馳走《ごちそう》さま」

こんなまごついたことを云いながら外へ出た。路地へはいると、ようやく酒もりも終ったとみえ、姦《かしま》しく笑ったり、あけすけにみだりがましい言葉を投げあったりしながら、女房たちが別れ別れに出てゆくところだった。

その声が聞えなくなり、みんながそれぞれの家へはいるとすぐ、お石が戸口から顔をだすのがみえた。又五郎はそっちへいそぎ足にゆき、びっくりして、なにか云うおを石をつきのけるように部屋へあがった。

さすがに女は女らしく、あれほど狼藉《ろうぜき》にちらかっていたのが、ともかくいちおう片づけてある。又五郎はまっすぐにいって納戸をあけた。

そこには五段の棚があり、手をつけない紙や、写生帖《ちょう》や下描きや、描きかけの絵な

どが、分類してしまってある。その上段の、いつもそこに置いてある絵が、心配していたその絵が、そこにはなかった。

「どうしたのさ、そんなとこ今じぶんどうしようってのさ、もう寝るんだからひっかきまわしたりちらかしたりしちゃいやだよ、よしとくれってんだよ、寝るんじゃないかね」

「——ここに置いた絵をどうした」

「絵って、ああ、あれは阿波屋の旦那にお渡ししたよ、だってどうお返辞すればいいかわからないし、旦那は旦那でいくらなんでも今日は仕上ってるだろうって仰《おっ》しゃるし」

「——まだ描きかけだということは知っている筈じゃないか」

「そんなこと云ったってもうだめだよ、あたしゃもうごまかされやしないよ」お石の酔って赤くなった顔が醜く歪んだ、「——いやこれは気にいらない、これは描きかけだ、こんなものは人に見せられない、滑ったの転んだのって、これまでうまいことを云っちゃあたしをごまかしといて、破いちゃったとかひっ千切ったとか云って、それで本当はみんなかげでこそこそ売ってたんじゃないか、隠れて売っちゃあ飲んでいたんじゃないか」

「――阿波屋から幾ら貰《もら》ったんだ」

「大きなお世話だよ、知らないよ、阿波屋の旦那は仰しゃったんだから、絵をごらんになるとすぐ仰しゃったんだからね、なんだ描きかけだなんて、もうすっかり仕上ってるじゃないか、もうどこに一点も筆を入れるところはないじゃないかって、そう云って」

「うるせえ、金は幾ら貰ったんだ」

又五郎は立って、凄《すご》いような顔をして、ぐいと烈《はげ》しくお石の肩を摑《つか》んだ、お石はそれをふり払い、眼をぎらぎらさせて叫んだ。

「そんなことおまえさんの知ったこっちゃないよ、男はね、金のことなんかに口だしをするもんじゃないんだろ、少しばかりの金に眼の色を変えて、みっともないってんだよ」

「うるさい、黙れ」

お石の頰でびしっと高い音がした。

五

「ぶゝったね、おまえさんあたしをぶゝったね」

お石はこう叫んでむしゃぶりついた。又五郎はなお二つ三つ、平手打ちをくれ、足《あし》搦《がら》みをかけてひき倒すと、お石の上へ馬乗りになり、ぐっと押えつけて動かさなかった。お石は足をふんばり、嚙《か》みつこうとし、どうにもならぬとみてひいと泣き出した。

「おぶちよ、もっとおぶちよ、好きなだけぶったらいいじゃないか、あたしなんか、どうせあたしなんか」

「きさまは狩野にいた、おれといっしょになってからも、もう七年になる」

又五郎は歯をくいしばり、声をころして云った。

「絵師というものがどういうものかくらい、およそわかっていない筈はないだろう、ことにおれはひととは違った仕事をしようとしている。これまでの絵師のやらない、本当の絵らしい絵、新しい絵の道を拓《ひら》こうとしているんだ、そのためおまえには貧乏させる、済まない、悪いと思っているが、おれだって暢気《のんき》じゃないんだ、おれだって苦しいんだ」

お石は醜く歪《ゆが》んだ顔を右へ左へ振り、そんなごたくは聞きたくないと叫び、なおも身もだえをし、泣きじゃくった。

「どうくふうしても思ったような絵が出来ない、描いても描いても俗になってしまう、寝ても起きてもそのことで頭はいっぱいだ、夜なかに眼がさめて、どうにもならない気持で、独りで呻《うめ》いたりもがいたりしているんだ、——あんな出来そこないの絵を売るくらいなら、おまえにも貧乏はさせやしない。おれだってこんなに苦労はしやあしないんだ」

「もうわかったよ、お念仏はたくさんだよ、痛いから放しとくれよ」

「金はどうした、幾ら受取ったんだ」

「そんなに欲しきゃ出してやるから、そこをどいてあたしを起しとくれよ、放さないのかね」

又五郎が手を放すと、裾《すそ》のみだれているのも構わず、お石は針箱のところへいってそれをどけた。その下に古ぼけた手縫いの財布が隠してあった。お石はその中から紙に包んだのを取り出して、あてつけのようにこっちへ投げてよこした。

「これでみんなか、これだけ受取ったのか」

「差配んとこやほかのこまごました借を払ったよ。米屋だって酒屋だって、たまには幾らか入れなきゃ、あたしがどんなにずうずうしくたって」

「そんなことをきいてやあしない、いったい阿波屋から幾ら貰ったかと云ってるんだ」

「あたしが頂いたのは五両だよ、とりあえずこれだけと仰しゃったから、あとはどうなるか知らないけど、それだけ出して下すったから頂いて、——どうするのさ、そのお金を持ってどうしようってのさ」

又五郎は金を包んで袂《たもと》へ入れて立ちあがって帯を締めなおした。

「どうするものか、いって金を返すんだ、そしてあの絵を破いてくるんだ」

「その金を返すって、おまえさん、本当に返すのかい」

又五郎は黙って土間へおりた、お石は顔色を変えて追って来て、それから裂けるような声でどなった。

「いいよわかったよ、返しといで、あたしゃもうたくさんだ、もう飽き飽きした、辛抱が切れたよ、あたしゃひまを貰うからね、うちへ帰るからね、そう思っとくれよ」

又五郎はそれを背に聞きながら外へ出た。

——風は少しおちたが寒さはきびしく、道のぬかったところはばりばり凍っていた。町ごとの木戸で親が急病だからと断わり、なかば走るようにいそいでいったが、石町の店へ着いたのは夜半をまわっていた。

阿波屋は間口五間の店の左側に、くぐりの附いた一間の門があり、奥へはそこから出入りをする、それは知っていたけれども、又五郎は店の大戸を叩《たた》いた。

「お願い申します、久堅町の平野でございます」

こう繰り返しながら叩き続けた。

店の者が起きて、中から用件をきいて、そして奥へ取次いだのであろう、暫《しばら》くすると店の横の敷石の路地に下駄の音がし、すぐ中からくぐり戸があいた。加平が自分であけに来たのである。

それから奥の二階のひと間へ導かれると、妻女が埋《うず》み火の上へ炭をついだ火桶を持って来、なお「もうぬるいかもしれないが――」などといって、茶を淹れてくれたりした。

又五郎は坐るとすぐに袂の金包みを出し、自分が留守だったので、お石が断わりなしに遣い、五両のうちこれだけしか残っていないこと、遣った分は借りたことにして、次に描くもので取って貰いたいこと、今は済まないがこの残っただけ受取って、あの絵を返して貰いたいことなど、昂奮《こうふん》と寒いのと空腹とに震えながら云《い》った。

「そのためにこんな夜更《よふ》けに、わざわざ久堅町から出てきたんですか」加平は呆《あき》れたらしいが、

「――平野さんの気性は昔から知ってるが、それにまあ金のことなぞはどっちでもいいが、……あの絵がどうしていけないんです、結構じゃありませんか、失礼だがこれまで拝見したなかでは図をぬいてるじゃありませんか、勝手なはなしだが、私はあれ

に鄙《むら》の曲水という題まで考えてるくらいです」

「いけないんです、あれはだめなんです、どうしたって裂かなければならないものなんです」

又五郎はただそう云い続けた。暫くなだめたがなんとしてもきかない、加平はじれったくなったようすで、立ってゆき、絵を持ってきて、ではどこがどういけないのかと、ひらきなおった姿勢で云った。

「――ああ、どこがどうもありません、ぜんたいなんです」

彼は絵をじっと眺めながら、独り言のようにこう云って呻いた。絵を眺める眼はするどく光り、表情が泣くようにひきつった。

「だめです、やっぱりだめです」

こう云ったと思うと、又五郎はその絵を取って、加平があと止めるより早く、ひき裂いて、千切ってまるめてしまった。

「冗談じゃない、それは私が買ったもんですぜ、買って金を渡した以上私の物だ」加平は色をなして云った。「――おまえさんがどんな偉い絵師かは知らないが、いったんひとの持物になった絵を、ただ気にいらないからで破くという法がありますか、乱暴じゃあないか」

「まことに申しわけありません、無法も乱暴もわかっています、しかしこの絵は破かずにはおけないのです、――今こんなことを云うのは御笑止かもしれませんが、その代りに必ずいいものを描いて、きっとこのお詫《わ》びを致しますから」

両手をついて、頭を垂れて、謝罪を乞《こ》う者のように又五郎は云った。加平の怒りは嘘《うそ》ではなかった。けれども又五郎のそのようすを見ると、自分にも悪いところがあったと気づき、こんどは穏やかに頷《うなず》いた。

「それはまあ、あたしも留守へいって、平野さんの承諾なしに貰って来たのは悪かった。待ちに待って、しびれをきらしていたところだもんだから、――まあついなにしてしまったんだが、どうだろう平野さん、この図柄をもっと大きなものに描く気はありませんか」

「もっと大きくといいますと」

「六曲はどうです、なるべくなら一双がいいが、半双でも描いてみる気はありませんか」

「それは考えていたんです、六曲一双へ墨だけで、やってみたいとは思うんですが、なにしろ御承知のような暮しですから」

「いや平野さんにもしその気があるなら」

加平はこう云って坐りなおした。

「本当にやってみる気があるなら、場所は私の小梅の寮をお貸ししましょう、材料なんかもお気にいる物を揃《そろ》えましょう、失礼ながら描きあがるまでの雑用もひき受けましょう、ひとつ思いきってやってみて頂こうじゃありませんか」

「――有難うございます、お世話になりどおしで、このうえまたそんな御厄介を」

「いや実はちょっと私のほうにもわけがあるんです、今は詳しいことは云えませんが、さる義理のある方から平野さんに屛風《びょうぶ》をと、まえっから頼まれていたんです、貴方がその気になってくれれば、私はよろこんでお役に立ちたいところですよ」

「――よくわかります、本当に有難いと思いますし、ぜひやりたいんですが」

その気持は充分にあるが、いちおう帰って、悠《ゆっ》くり案を練ってみて、大丈夫という自信がついてから返辞がしたい、それまで五六日待ってくれるように、又五郎は大事をとってこう答えた。――そこで加平は妻女を起し、酒のしたくをさせて、隣りに寝床がとってあるから、一杯やって泊ってゆけと云った。

明くる朝。食事のあとで、ちかごろ買ったとかで、石濤《せきとう》の山水を見せられた。それから石町の店を出たが、頭のなかは六曲一双のことでいっぱいになり、妙なところで立停ったり、道を間違えたりした。

「——鄙の曲水、……うん、悪くない」

気がつくとこんな独り言も云った。

「——それが阿波屋にぴんと来たとすれば、そしてさほどそれが悪くなかったとすれば」

こうして道で時間をとって、久堅町へ帰ったのはもう十時すぎであった。路地へはいると、長屋の人たちが妙な眼でこっちを見る、べつに気にもとめず家へいってみると、差配の五兵衛が上り框《がまち》に腰を掛けて、いいいいきまくような顔で煙草《たばこ》をふかしていた。

「ああお帰んなさい、だがお石さんはいませんぜ」

五兵衛はいきなりこう云った。

「とてもつとまらねえからひまを貰う、先生には話がついてるからってね、起きぬけにやって来て、てめえの荷物を纏《まと》めて、半刻《とき》ばかりめえに出てゆきましたよ」

「——お石が、……出ていったって」

又五郎は気のぬけたように棒立ちになった。

「先生が石町へいったわけもあらまし聞きました、私はそれこそ先生だと頭がさがった、だがお石さんにはわからねえ、——とにかくこんなとこへあがったってしようがねえ、私の家へいらっしゃい、悪魔っぱらいに一杯やって、これからの相談をしようじゃございませんか」

六

その日は昏《く》れ方まで、五兵衛の家で酒を飲み、燈《あかり》のつくじぶんに家へ帰ったが、朝になると又五郎はすでにいなかった。

五兵衛は友達のところだろうと思っていたが、三日ばかりして井上と松屋が来、それから島田へ問い合わせたところ、吉原で別れてから三人とも会っていないことがわかった。

五兵衛はまだ出奔したとは考えられず、又五郎が酔って阿波屋の話をしたこと、小梅の寮を借りて屛風を描くと云ったことを思いだし、たぶんそっちへいっているだろうと、念のためすぐ石町へ確かめにいった。

しかし阿波屋へもいってはいなかった、あの朝帰ったきり顔をみせないという。そこでみんな初めて慌《あわ》てだし、手をまわして捜したのであるが、十日と経《た》ち三十日と経っても消息がなく、とうとう失踪《しっそう》ということがはっきりした。

「おれは死んだと思う、絵が描けなくなっていたからな、どうもそういう気がする」

「そうかもしれない、実際もう半年以上も描けないようだったな」

「狩野の麒麟児《きりんじ》といわれたうえ、ひところは新しい画道の先導者として、ずいぶん世人の注目をあびていたからな、それにあの神経ではこれ以上は堪えられなかったかもしれない」

井上や貞造や島田などは、身につまされるというふうにそう云っていた。だが差配の五兵衛はそうは思わないと云った。

「平野先生はきっと帰っていらっしゃる、私はそう思いますよ、ええきっと帰っていらっしゃる、——私はあの家へは手をつけません、あのままにして何年でも待っていますよ」

しかし月日はずんずん経っていった。一年と過ぎ二年と経った。こうしてまる三年ちかく、又五郎からは音沙汰《おとさた》もなかった。

あしかけにすれば四年めの九月、日本橋石町の阿波屋の店へ又五郎があらわれた。とつぜんでもあったし、まるで乞食坊主《こじきぼうず》のような恰好《かっこう》で、加平にもすぐにはみわけがつかないくらいだった。

古びた色の褪《さ》めた袈裟《けさ》ころもに頭陀袋《ずだぶくろ》をかけ、穴のあいた網代笠《あじろがさ》をかぶり草鞋《わらじ》ばきで、そうして埃《ほこり》まみれという姿だった。

湯を浴びて借り着の袷《あわせ》になり、酒肴《しゅこう》の膳《ぜん》を前に、加平とさし向いに坐《すわ》った彼は、初めて久方ぶりの挨拶《あいさつ》をし、無断で出奔した詫びを云った。

「そんなことは構いません、帰っておいでなされればそれでいいので、しかし、いったいどこでどうしていなさった」

「どこと定《きま》ってはおりません、いろいろな人足もしましたし、飯炊《た》きも樵夫《きこり》もやりました。禅寺へ入ったこともございます、雲水になって乞食も致しました、京から奈良、加賀、信濃《しなの》から甲斐《かい》というぐあいにわたり歩いたものです」

日にやけたばかりではない、全体にがっちりと逞《たくま》しくなり、顔つきも明るく、押しても突いても動かない重厚な力感にあふれていた。——盃《さかずき》を交わしながら、ひとわたり放浪ちゅうの話が済むと、加平はふと改まった眼つきで、

「それで、これからいったい、どうなさるおつもりですか」

「絵を描いてまいります」又五郎は冴《さ》えた顔つきで答えた。「——まずあの六曲一双を描きあげたいと思いまして」

「結構ですな、ぜひ描いて頂きましょう」

「それからごらんのとおりのありさまなので、いつかのお話の寮と、描きあげるまでのお世話を願いたいのですが」

「ようございますとも、すぐその支度をさせましょう、——だがそうするとなんです

な、旅でなにかいい収穫があったのでございますな」

又五郎は眼を伏せた。それから静かな調子で、一語ずつ区切りながら云った。

「私は御家人の三男に生れ、絵が好きで、狩野家へ門人にはいり、寝ても醒《さ》めても絵のことばかり考えて育ちました、絵を描くということは、ほかのどんな仕事よりも尊く高い意義がある、そう信じておりました、――しかしこんど世の中へ出て、軀《み》ひとつで生きてみて、人足をし百姓のてつだいをし、旅籠《はたご》の飯炊きなどをしてみまして、それが思いあがりであったこと、まちがった考えだったということに、気がついたのです」

加平は盃を措《お》いた。

そして又五郎の言葉をいろいろかみわけるように、膝《ひざ》の上へ手を揃えてじっと聞きいった。

「百姓も猟師も、八百屋《やおや》も酒屋も、どんな職業も、絵を描くことより下でもなく、上でもない、人間が働いて生きてゆくことは、職業のいかんを問わず、そのままで尊い、――絵を描くということが、特別に意義をもつものではない、……私はこう思い当ったのです、わかりきったことのようですが、私は自分の軀《からだ》で当ってみて、石を担《かつ》ぎ、土運びをしてみてわかったのです、そうして、初めて本当に絵が描きたくなって帰ってきたのです」

加平は頷いた。

そして聞いた言葉にはなにも触れず、彼の盃に酌をして、微笑《ほほえ》むような眼をあげながら云った。

「六曲一双早く拝見したいものです」

七

又五郎は小梅の寮へはいった。

仕上るまでは誰にも知らさないように、こう云われたのであるが、加平はそうもできず、久堅町と島田ほか三人に彼の帰ったことを知らせ、但《ただ》し絵のあがるまでは小梅へはゆかないようにと念を押した。

小梅の寮には宇吉とおげんという老夫婦がいるだけで、これが又五郎の世話をしてくれた。そこは水戸家の下屋敷から五六町も東へはいったところで、左に源心寺という寺の森があり、東側は榛《はり》の林や、畑や田や、堀や農家などのひろい展望がある。まわりは武家の下屋敷とか、富家の寮などがとびとびにあって、たいてい樹《き》の多い庭をとりまわしているから、まるでやまがへでもいったように閑静であった。

加平は十日にいちどぐらいのわりで来た。

「ちょっと珍しい到来物がありましたから、寝酒の肴《さかな》にでもめしあがって下さい」

そんなふうに云って、絵のことはなにもきかず、暫《しばら》く話しては帰っていった。――又五郎はひと足も外へ出ず、八畳二間をぶちぬいた部屋で、ほとんどこもりっきりに仕事をした。……梅雨から暑中、秋風が吹きはじめても同じ調子で軀も相貌《そうぼう》も瘦《や》せが眼立ってきた。

訪ねて来る加平はだんだん不安になるらしく、宇吉やおげんに日常のようすを聞いては、首をかしげたり溜息《ためいき》をついたりした。

「いざとなるとそう思うようにはいかないんだろうが、しかしあれでは軀が堪《たま》らない、――ひとつ気をつけて、精のつくようなものをさしあげてくれ」

そうしてあれをこれをと、食べ物のさしずをし、店の者にもいろいろ運ばせるのであった。

十月に指物師《さしものし》と経師屋《きょうじや》がはいった。それからなお十五日あまり日が経ち、霜月はじめに加平が来ると、初めて屛風が仕上ったと云った。

又五郎は九月ごろよりさらに瘦せ、精根をつかいはたしたというようすだったが、顔つきも冴え、眼も強い光を帯びて、ひと仕事しあげたという充実した感動が、全身に脈を搏《う》つかのようにみえた。

「勝手なお願いですが、松屋と井上、島田の三人を呼んで頂きたい、かれらが来てから、あの三人が来てから貴方《あなた》にも見て頂きたいのです、それまでごらんになるのをお待ち下さい」

「よろしいとも、早速その手配をしましょう」

加平はとぶようにして帰っていった。

なか一日おいて、まず加平が来、島田が来、少しおくれて貞造、井上の二人が来た。久しぶりに顔がそろって、茶を啜《すす》りながら暫く話をした。島田と井上孝兵衛は妻をもち、松屋は絵草紙屋を始めたという、相変らず人の好《よ》い笑い方で、

「なにしろおふくろに死なれちゃいましてね、金蔓《かねづる》が切れちまったもんだから、商売するんならと、親父《おやじ》が云《い》うのを幸いにね」

そんなことを云って頭を掻《か》いた。

ひとおちつきしてから、又五郎は立ってみんなを奥へ案内した。八畳二間の床を背に、六曲一双の屏風が立ててあった。――左半双の左の上端から、右半双の右の下端までひとすじの川が弧をなし円を描き、迂曲蛇行《うきょくだこう》して流れている、滝があり瀬があり淵《ふち》がある。

そしてその川の両岸には重畳《ちょうじょう》たる山や、丘や森や野や耕地や、村落や町があり、いちばん下流はひろくなって、繁華な市街にはいっている。またその到《いた》るところに、農漁工商、それぞれの職にいそしむ人たち、その人たちにつながる生活のさまが描かれている。

全画面が墨の濃淡だけで、一点の色も使われていない。しかも墨に七彩ありというのはこのことかと思うほどあらゆる色彩の変化がみごとに表現されていた。

「私は人間が描きたかった、実際に生活している人間の、生活している姿が描きたかった。この絵の眼目はそれです」

又五郎は告白でもするように云った。

「山水や花鳥を描いて、幽玄とか風雅とか枯淡などと云ってはいられない、絵師も人間であり、生活するからには、もっと人間を描き生活を描かなければうそだ、――通俗などと云って世間をみくだし、一段高いところにいるような気持でいるのはあそびだ、私は百姓が稲を作るように絵を描く、大工が家を建て、左官が壁を塗るように絵を描く、……この絵にはまだ考えたことの十分の一も出ていない、しかしこれからは少しずつそれがだせると思う、だせるように努めて仕事をします、どうかそういう気持でごらんになって下さい」

加平にも島田や井上たちにも、彼の云う意味はよくわからなかったようだ。言葉の意味がわからないより、眼の前にある絵からうける感動のほうが、もっと大きく深かったのかもしれない。

加平が立っていって、まもなくそこへ祝いの酒肴が運ばれても、三人は呻《うめ》いたり歎《たん》息《そく》したりして、まるで縛りつけられたかのように、屏風の前を動かなかった。

あとでわかったことだが、その屏風は松平阿波守《あわのかみ》の依嘱であった。阿波屋には領主に当るので、古くから出入りをしていたが、或《あ》るとき献上した「撫子《なでしこ》」の二曲屏風が侯のお気にめし、ほかの絵もみたいということで、買い溜《た》めてあった又五郎の絵を持っていった。――すると阿波侯はひじょうな執心ぶりで、六曲一双をぜひということになったのだそうである。

又五郎の屏風は阿波守には予期以上だったらしい。加平を通じて三十人扶持《ぶち》を賜わること、なお家を建ててやるようにという旨《し》意《い》が伝えられた。

又五郎はすなおに受けた。家は新しく建てるより、小梅の寮がそのまま仕事に使えるので、加平と相談のうえそこを貰うことになった。

年が明けて二月。又五郎は小梅の新居で、ささやかな祝宴を催した。招かれて来たのは島田たち三人のほか、久堅町の五兵衛夫妻と、長屋で親しくした者が五人、そして阿波屋加平という顔ぶれであった。

午《ひる》まえに集まって、はじめのうちは、長屋の人たちは固苦しそうにしていたが、酒肴の膳が並び、盃がまわりだすと、しだいに話がほぐれてきて、くつろいだなごやかな気分が座にひろがった。なかでも五兵衛はたいそうなごきげんで、

「なあそうだろう、おれの睨《にら》んだ眼に狂いはねえ、おらあちゃんと睨んでたんだ、平野先生がどういうひとかてえことをよ、そう申しちゃあなんだけれども、おらあ睨むところはちゃんと睨んでるんだ、こいつは自慢じゃあねえぜ、うれしいんだ、うれしくってしようがねえから云うんだぜ」

こんなことを云っては、もともと酒には弱いほうだが、しまいには涙をこぼしたりした。――そのうちに唄《うた》いだす者があり、松屋貞造が踊ったりして、いかにも祝宴らしい賑《にぎ》やかなけしきになったが、そこへ思いがけない客があらわれた。取次の者が「平野の縁辺の者だ」と聞いて、やはり祝いに来た客だと思ったのだろう、その男女二人を座敷へ案内して来た。

わきたつような賑やかさで、初めのうちは誰も気がつかなかったが、長屋から来た一人がふとみつけ、

「あれあれ、お石さんじゃあねえか」

びっくりしてこう叫んだ。

「なにを云うんだ」五兵衛は酒にむせ、慌てて膝の上を拭《ふ》きながら振返った、「——すっ頓狂《とんきょう》な声をだしあがって、なにがどうした、お石さんたあいったい……」

そして五兵衛もあっと云った。みんなその声で唄をやめ話をやめた、賑やかな騒ぎが急に鎮《しず》まり、みんながそっちへ眼を向けた。次の八畳のとば口に、お石と、見知らぬ老人が一人、肩を竦《すく》めるように坐っている。

「これは珍しい、お石さんだね」阿波屋がまずこう穏やかに言葉をかけた、「——ずいぶん久方ぶりで、……どうしておいでなすった」

「失礼ながら私が御挨拶申します」

見知らぬ老人が手をついて、きわめて鄭重《ていちょう》にこう云った。

「私は千住の在で百姓をしております、定七と申してこのお石の叔父に当る者でございます。親がまいるところでございますが、お石のことを恥じまして、どうもあがることができない、済まないが代理でいってくれと、むりに頼まれて私がお伺い申しました、——平野先生にはこのたびはたいそうな御出世で、まことにおめでたく、お祝いを申上げます」

「ちょっと待って下さい、いいえ、まあちょっと私にものを云わせて下さい」五兵衛が立って来て、二人の前へいって、ずかっと坐った。

「私はね、久堅町の五兵衛てえ者です、ええ、先生のいらっしゃった長屋の差配でね、——ところでぶっつけにききますがね、唯今《ただいま》のお祝いの御挨拶は承りました、遠いところをわざわざ有難うございましたが、……おいでになったのはそれだけの御用ですか、ほかにもっと肝心な用むきがあるんじゃございませんか」

「まことにどうも、そう仰《おっ》しゃられますと、その、甚《はなは》だなんでございますが」

「いやうかがいましょう、べつに奉行所のお白洲《しらす》じゃねえので、どんなことを云ったからって咎《とが》めるの縛るのなんてえことはねえ、ひとつはっきり仰しゃってみて下さい、——いいえ阿波屋の旦那《だんな》、いけません、みなさんもここは私に任せて下さい、——さあ、定七さんとやら、ひとつ用むきというのを聞こうじゃあございませんか」

定七という老人は手拭《てぬぐい》を出して、額の汗を拭き、きちんと坐った膝を撫《な》で、やがて思いきったというふうに、実はお石を平野へ戻して貰《もら》いたいのだと云いだした。

お石はあのとおりの気性で、親に相談もなく久堅町をとびだした。帰れと云ってもきかず、まもなくまた狩野家へ女中にはいった。縁談も二つ三つあったけれど、そんな話には耳もかさずに、ずっと狩野家で勤めていた。

勝手にとびだしたものの、やっぱりみれんはあったのだろう、又五郎の消息には絶えず注意をしていた、そうしてこんど彼が松平阿波守にみいだされたこと、彼の描いた屛風《びょうぶ》が、狩野派の絵師たちにまで、名作と評判されていること、これらを聞いて矢も楯《たて》も堪らず、親元へとんで来て、どうか復縁させて貰いたい、自分の悪かったことはどんなにでもして詫《わ》びをする、これから心をいれかえて良い妻になる、どんな辛抱でもするからと、泣いて親たちをくどいたということであった。

「この年をして、こんなことをお願い申すのは、まことに面目がございません、実のところお願いなどできるわけのものではないのでございますが、私にしましてもこれは血をわけた姪《めい》ではあり――」

「いやわかりました、お話はよくわかりました、そのお返辞はね、さしでがましいが私からお石さんに云わせて貰います」五兵衛はこう云って、お石のほうへ向きなおった。

「お石さん、叔父さんの仰しゃることは聞いたよ、おまえさん先生のところへ戻りたいんだって、――へえ、あの貧乏のさなかには後足で砂をかけるように出ていったおまえさんが、こんどは先生が出世をなすった。天下の絵師といわれるようになんなすったから、元へ戻りたい、……へえ、いい都合だねえ、あっぱれみあげたもんだ、けれどもね、おまえさんにはいい都合かもしれねえが、また先生がなんと仰しゃるかあ知らねえが、こいつは私がお断わりするよ、さしでがましいが私がきっぱりお断わり申すよ」

「五兵衛さん待ってくれ」又五郎がとつぜんそう云った、「その気持はよくわかるが、ちょっとそいつは待ってくれ」

「いや平野は口をだすことはない」

島田敬之助が叫ぶように遮《さえぎ》った。井上孝兵衛も、貞造もそれに続いて叫んだ。

「そうだ平野は黙っているがいい。これは五兵衛さんとおれたちで切《きり》をつける、いいからそこで黙って見ていてくれ」

「いやそうではない」又五郎はなお首を振って云った、「——みんなの気持はわかっているが、これはおれとお石の問題だ」

「まあいい、話ははっきりしているんで、なにも問題なんかありやしない、きっぱりけじめをつけさえすればいいんだ」

「なにを云うんだ、なにがけじめだ」

又五郎はいきなり島田の衿《えり》を摑《つか》み、今にも撲《なぐ》りかねない姿勢で、声いっぱいに叫んだ。

「お石はおれの女房だ、みんなにどれほどの文句があるか知らないが、亭主のおれをさしおいてあんまり勝手なことを云うな」これまでついぞ怒ったことのない又五郎の、すさまじいようなけんまくと呶声《どせい》にみんなびっくりして息をのんだ。

「お石はあんな性分だ、良妻でもなし烈女節婦でもない、みんなには気にいらなかったろう、いやな女だと思ったかもしれない、だがおれのためにはずいぶん苦労してくれたんだ、ひと口に貧乏というけれども、おれたち夫婦がどんな貧乏ぐらしをしたか、本当のことを知っている者はここにはいやあしない。——差配の五兵衛さん、阿波屋さんにもずいぶんお世話になり迷惑をかけた、しかしお二人だってそこまでは御存じがない筈《はず》だ」

摑んでいた島田の衿を放し、坐《すわ》りなおして、訴えるような調子で、又五郎は続けた。

「井上も島田も松屋も知ってはいない、あんなに長いあいだ、三日にあげず来ている三人が、本当のところはなにも知ってはいないんだ、おれに絵が描けなくなってから、お石はがみがみ云いだした。酒も飯も出さなくなった、それは出せなくなったからなんだ、——出せるうちは、自分が一食や二食ぬいても出していた。おれは絵を描かず、質を置きつくし、八方借りもゆき詰って、今夜の飯をどうするかというとき、酒ですかへいと云えるものかどうか、……一合の米も買えず、幾日も薯《いも》や菜っぱの汁で食いつないだことが十度や二十度じゃあきかなかった、天下の名婦とか烈女などなら、そんなときでもきげんのいい顔をして、できないくふうをしたかもしれない、だがお石はごくあたりまえな女だ、性質はあのとおりだし学問があるわけでもない、しかし、——おれのためにはできない辛抱をしてくれた。口には云えないような貧乏ぐらしをよくがまんしてくれた。その辛抱もがまんもしつくして、どうにも堪《たま》らなくなったから出ていったんだ、みんなにそれがわかるか、女房の悪いのは亭主が悪いからだ、責めるならおれを責めてくれ、お石は又五郎の女房だ」

わっと泣き崩れる声が起った。お石である、彼女は袂《たもと》で顔を掩《おお》い、身もだえをして、畳の上へ俯伏《うつぶ》せになって泣いた。そうして泣きながらとぎれとぎれに云った。

「いいえ、わたしは貴方の妻じゃございません、みなさんがいま仰しゃったとおりです。貧乏にあいそうをつかして、とびだし、こんど出世をなすったと聞いて、欲が出て、うまく戻れたら戻ろうと思って、恥も外聞もなくやって来たんです。わたしは恥知らずな、ずうずうしい女です。おれの女房だと云って下すった、いまのお言葉で眼がさめました、——どうぞみなさんも堪忍《かんにん》して下さいまし、もう決して、戻して頂こうなどとは思いません、これでおいとまを致します」悲鳴のように云って立とうとした。しかし又五郎はそれより早く、側へ来て、お石の手を摑んでいた。

「おれはおまえを離縁した覚えはない、そうだろう、お石」

「いいえ、いいえわたしはとても」

「なんにも云うな、おれはこれからも貧乏はしなきゃあならないだろう、おれのために貧乏して貰えるのはおれにとってはおまえひとりだ――よく帰って来てくれた、お石」

お石はまた激しく泣きだし、泣きながら又五郎の手に縋《すが》りついた。――するとそこにもここにも、眼を拭いたり、洟《はな》をかんだりする音が聞えた。彼はお石を抱えて立たせ、むりに明るく笑いながら云った。

「さあ、あっちへゆこう、みなさんには失礼だが今日は特別だ、あっちへいっておれと並んで坐ろう、そして久しぶりに、――景気よくがみがみぱりぱりやって貰おう」

（「講談雑誌」昭和二十四年十一月号）

めおと蝶《ちょう》

「ただいやだなんて、そんな子供のようなことを云《い》ってどうなさるの、あなた来年はもう二十一になるのでしょう」

「幾つでもようございますわ、いやなものはいやなんですもの」

こう云って文代はすました顔で菓子を摘《つま》んだ。小さい頃から、「あたしのお鼻はてんじょうを向いているのよ」と自慢していた鼻が、そんなふうにすますと正《まさ》しく反ってみえ、子供っぽい愛嬌《あいきょう》が出るので面白い。信乃《しの》はつい笑いそうになりながら、茶を注いでやった。

「いったいその武井という方のどこがお気にいらないの、御家族も少ないというし、御身分のつりあいもいいし、申し分はなさそうじゃないの」

「ですから申上げたでしょう、その方には不足はないんですのよ、ただいやなんです、本当はわたくし結婚するということがいやなんです」

「まだそんな詰らないことを云って、だってあなた、女はどうしたって、いつかは家を出なければならないものなのよ」

「ええわかっていますわ、でも結婚しなくってもお家を出ることはできるでしょう、尼さんになってもいいし、なにか芸事を教えて独りで暮してもいいし……わたくしだってそのくらいのことは考えていますわ」

文代の言葉つきにはいつもとは違って、なにか思いつめたような響きがあった。信乃はちょっと驚いて妹の顔を見た。

「あなたそれはまじめに仰《おつ》しゃってるの、文代さん」

「まじめですとも、わたくしもうずっとまえからそう思っていたんです」

子供っぽくすましていた文代の顔が、そのとき紐《ひも》を緊《し》めるように硬くなった。

「藤田の弓江さまはもう二人もお子があるし、ほかのお友達もたいてい婿《むこ》を取ったりお嫁にいっていますわ、その方たちのお暮しぶりをみていて、わたくしつくづく結婚というものがいやになったんですの、……もっと直接にいえばお姉さまよ、お姉さまだってこの上村へいらしって五年になり、甲之助さんというお子もあって、よそ眼には平穏無事にみえるかもしれないけれど、決しておしあわせでないということは文代にはよくわかっていますわ」

「まあ、あなたなにを云うの」信乃はびっくりして遮《さえぎ》った、「——そんな乱暴なことを云いだしたりして、もし人に聞かれでもしたらどうなるの」

「ではお姉さまはおしあわせですの」文代はしんけんな眼でみつめる、「結婚して五年も経《た》つのに、お二人のようすはまるで他人のようじゃございませんか、お義兄《にい》さまはあの石仏のような冷たいお顔で、なにもかも気にいらないという眼つきで、はかばかしくは口もおききにならない、お姉さまはただもう遠慮して、ごきげんを損ねないようにと絶えず気を張っていらっしゃる、こんなふうでいて、それでもお姉さまはおしあわせだと仰しゃいますの」

「もうそれでおやめなさい、いいえたくさん、おやめにならないと怒ってよ」

信乃は強くこう云った。じっさい怒りそうな顔つきであったが、その美しく澄んだ眼には狼狽《ろうばい》の色があらわれていた。妹が黙ると、信乃は静かに茶を淹《い》れながらおちついたゆっくりした調子でこう続けた。

「人間の幸不幸はたやすく判断のできるものではないわ、ことに夫婦のあいだのことはむずかしいものよ、はたから見て仲が良いとか悪いとかいう感じだけでは、とうていわからない事がたくさんあるの、経験のないあなたが自分の眼だけを信じて、そんなふうに考えるのはたいへんなまちがいよ」

文代は姉の言葉をうわのそらに聞きながらした。はいはいなどとおじぎをして、その話しはそれでやめにしたが、なにかまだ云いたいことがあるらしい。ようすがおちつかないと思っていると、やがてさりげない顔つきで、意外なことを云いだした。

「お姉さま、西原の知也《ともや》さまが牢舎《ろう》へおはいりになったことご存じでしょう」

「――知也さまが、……なんですって」

「梶《かじ》さま岩光さま大炊《おおい》さまなど六人いっしょに、ひと月ばかりまえにお召出しになって、そのままお城の牢にいれられておしまいなすったんですって、ご存じなかったんですか」

「――いいえ、ちっとも……」

信乃は体の震えてくるのをけんめいに抑えながら、とつぜんきっとした気持になり、いくらか蒼《あお》くなった顔をあげて妹を見た。

「でも文代さん、あなたはどうしてそんなことをわたくしに仰しゃるの、西原さんのことなんてわたくしに関わりがないじゃないの」

「――ええ、べつに関わりありませんわ」

歪《ゆが》んだ微笑をして文代は頷《うなず》いた。

「――そんなつもりで云ったんじゃないんです、わたくしたち古くから親しくしていたし、あんまり思いがけない事になったので、……お姉さまはご存じかと思っておきしただけなんです」

「わたくしなんにも知りません、それに御政治むきの事なんて、知りたいとも思いませんわ」

文代はじっと姉を見あげた。それからくいと顔をそむけ、片手で眼の上を掩《おお》うようにしながら、低い声でそっと囁《ささや》いた。

「――お可哀《かわい》そうなお姉さま」

二

それから六七日のあいだ、信乃はおちつかない悩ましい日を送った。知也がどうして城中の牢へいれられたか、その理由だけでも知りたかった。実家の兄は納戸《なんど》奉行をしているので、兄にきいたらわかるかもしれない、そう思って、

「妹の縁談のことで住川へいってまいりたいのですが」

こう云ってみたが、良人《おっと》はこっちへは眼も向けず、いつもの冷やかな声で拒絶した。

「いま御用が多忙だ、留守にされては困る」

文代が石仏のようなと云った、感情の少しもあらわれない、とりつく島のない態度である。信乃はひきさがるよりしかたがなかった。――そうだ、なまじ知らないほうがいいかもしれない、理由がわかったところで自分にはどうすることもできない、

……それに、今の自分とは関係のない人だ。

自分でこう自分をなだめ、なるべくその事を忘れようと努めた。しかし事実は反対で、気持はおちつくときがなく、頭のなかではいろいろな想《おも》いが、渦紋のように絶えず消えたり現われたりした。その中心にあるのはいつも知也であり、ついでなにかを指摘するかのように妹の囁きが聞えた。

——お可哀そうなお姉さま。

妹のその囁きは信乃をぞっとさせる。それは罪の自覚を促すように思える。知っていたのだろうか、知也と自分とのことを。そんな筈《はず》はない、妹に気づかれたような記憶はないし、あの僅《わず》かな、一陣の風の吹き去ったような出来事は、決してはたの者にわかるようなものではなかった。

——それではなぜ可哀そうだなどといったのだろうか。

信乃はそこで躓《つまず》き、そのたびにやはり一種のぞっとした気持におそわれるのであった。

「今日は夕刻から客がある、酒の支度をしておいてくれ」

良人が或《あ》る朝こう云った。

「お客さまはお幾人くらいでございますか」

「三人か四人、それより多くなることはない、しかし、……そこは適当にしておけ」

「御祝儀《ごしゅうぎ》でございますか、それとも……」

祝儀と不祝儀では支度が違う、それでそうきいたのであるが、良平はふきげんな眼で咎《とが》めるようにこちらを見、それから黙ったまま出ていった。

折悪《あ》しく甲之助が熱をだした。良人が出仕すると間もなく、乳母のすぎが知らせて来て、それから医者を呼んだり、手当をしたり、午後までなにをする暇もなかった。甲之助は三つになるが、良人の主張で生れるとすぐから乳母の手に任せられ、信乃は殆《ほと》んど世話をしてやったことがない。

——女親はあまく育てるからいけない。

良平はこう云うのであるが、それは妻を自分にひきつけて置きたいのと、自分の子を乳母に育てさせるという虚栄心のためのようであった。彼は五十石足らずの組頭の家に生れ、ずいぶん貧しい生活をしたらしい。国家老の井巻済兵衛に認められて、横目役所からついに大目附にまで出世したが、日常のごく些細《ささい》なことで、女の信乃が恥ずかしくなるほどこまかく、倹約というより寧《むし》ろ吝嗇《りんしょく》にちかいところが少なくなかった。その反面には自分が大目附だという意識から、ときおり妙な格式ぶったことをする、甲之助を乳母に育てさせたのもその一例であるが、生活ぶりとちぐはぐなので、たいていのばあい虚栄心の自己満足に終ってしまう。

——この人には自分のことしかない。

信乃は上村へ嫁《か》して来てまもなくそう思った。井巻国老が大目附に推挙したのはそういう性分を買ったためかもしれない、物差で割りつけたように隙《すき》がなく、つねに冷静で、ものに仮借がなかった。

——この結婚は自分にはまちがいだった。

初めの半年くらいで信乃はそう悟ったものであった。

甲之助は健康なので、これまで母としてなんの苦労もしていなかった。それが病気になられてみると、耐えられない自責になった、医者の診察によると、その高熱は腸の疾患からきたもので、熱よりはそのほうが重大だという。すぎは十日ばかり下痢が続いていると答えたが、医者は怒ったような顔で、

「小さい子の健康は便でみわけをつけるというくらいではないか、そんなことでは大切な乳母の役はつとまらぬだろう」

こう云って叱《しか》り、信乃もよく気をつけるように注意された。

そんなごたごたもあり、予想よりも早く良人が客を伴《つ》れて来たので、夕方の二時間ばかりは、信乃は息をつく暇もないほど忙しかった。客は五人、十時まえには帰った

けれども、良平は接待が気にいらぬらしく、客が去るとすぐ信乃を呼んで怒った。

「膳《ぜん》の物も給仕もなおざり過ぎる、朝から申しておいたのに、ぜんたいなにをしていたのか」

召使にでもどなるような荒い声であった。信乃はあやまらなかった、自分でもよそよそしいと思う声で、下を見たまま云った。

「――甲之助が急に病気になりまして」

良平はちょっと息をのんだ。

「病気とは、……どんな病気だ」

「――医者の申しますにはたいへん腸を悪くしているそうで、二三日は大事をとるようにとのことでございました」

「それなら城へ使いをよこすべきだ」

こう叫ぶと、どこに寝かしてあるかといって、良平には珍しくせかせかと立った。甲之助はその夜ひきつけを起した。医者を呼びにやり、手当をして貰《もら》うとおさまったが、明けがたまで間歇《かんけつ》的にふるえの発作があって、信乃はとうとう朝まで寝ずに看護していた。……良平は医者といれちがいに寝間へ去った、初め甲之助の苦しむのを見たときは、顔色を失い、唇を白くして、自分でも躯《からだ》を震わせていたが、寝所へはいるとそれなり出て来なかった。

「こんなとき知也さまならどうなさるだろう」

すぎもさがらせたあと、独りで甲之助の顔を見まもりながら、信乃は無意識にこう呟《つぶや》いて、その声に自分でびっくりして、眼をかたくつむった。激しい自責の思いと、悩ましい思慕のような感動とで、胸がせつなくなり頭がくらくらした。

――もしこの子が死ぬとすれば、あのとき自分に勇気がなかったことの罰だ。

信乃は全身に針を打たれるような感じで、ながいこと眼をつむったまま坐《すわ》っていた。

良平は甲之助のそばへも近よらず、容態をきこうともしなかった。信乃も話す気になれない、良人の冷酷に似た硬い顔を見ると、口まで出かかった言葉が喉《のど》につかえてしまう。たとえ甲之助が死んだとしても、自分から良人には云うまいと思った。……実家の住川から母と妹がみまいに来たが、そのとき母に、これからは自分で世話をするがいいと云われた。

「上村さんの家風もあるだろうけれど、やっぱりおなかを痛めた母親が育てなければだめですよ、乳母はどうしたって乳母で、血を分けた者とは違うんですから……それにまるで情がうつらないじゃありませんか、こんなことは殿方にはおわかりがないのだから、あなたからそう仰しゃらなければだめですよ」

信乃もそうしようと思った。それで、甲之助がもう大丈夫と云われたのを機会に、そのことを良人に申し出た。

「これまでどおりにやって貰おう」

良平の返事はにべもなかった。

「甲之助は上村家の跡継ぎだ、おれの子はおれの思うように育てる」

まるでさしでがましいといったような調子である。信乃は黙って、眼を伏せたままそこに立った。……それまでは良人を愛せない気持だったが、そのときから信乃は彼を憎みだした。そうして妹がいつか云った言葉、お姉さまはおしあわせではないと云った言葉が、決して独り合点ではなく、妹にははっきり察しがついていたのだということを認めた。

——知也さまはどうしていらっしゃるか。

信乃は現在の暗い冷たい生活から逃げだすように、しばしば回想のなかへ閉じこもった。西原知也は亡《な》くなった父の友人の子で、ながいこと親族のようにつきあっていた。気性の明るい、感動しやすい、多少乱暴ではあるが思い遣《や》りのふかい、誰にでも愛される素質をもっていた。

おとなしい一方の信乃は、早くからひそかに彼を愛していた。それは人を愛するということがどういうことであるか、まだ自分でもわからない年頃だったので、本能的な自己保護と、もうひとつは羞恥《しゅうち》から、自分ではそうしようと思わずに彼を避けはじめた。

――なんだかいやに冷淡になったね、逃げてばかりいるじゃないか、私が嫌いになったのか。

知也にそう云われたときの、隠しようのない混乱とふしぎな歓《よろこ》びの感情を、信乃は今でもありありと思いだすことができる……それから約半年ばかり後のことだったろう、青井川の葦《あし》の中で、ふいに信乃は知也に抱かれた。そのときは知也の母と、こちらは信乃と母と妹と、兄の繁二郎と六人で、蛍狩《ほたるが》りに出たのであった。はじめ繋《つな》いだ屋形船の中で重詰をあけ、船宿から三人ほど来て酒を温ためたり、生簀《いけす》から揚げた魚を作って出したり、賑《にぎ》やかに小酒宴をひらいた。

信乃はそのうちに妹にせがまれて、やむなく独りで蛍を取りに船から出た。船宿で作ってくれた小笹《こざさ》の束ねたのと、蛍籠《かご》を持って、なかなか取れない蛍を追ってゆくうち、いつか広い河原の葦の繁《しげ》った中へまぎれこんでいた。そこへ知也が捜しに来たのである。

――信乃さん、どこです、信乃さん。

こう呼ぶ声が聞えた。信乃は黙っていた。くすくす笑いながら、黙ってしんと葦の中に立っていた。しかし信乃は白っぽい絽《ろ》の単衣《ひとえ》を着ていたので、飛び交うおびただしい蛍の光にうつって見えたのだろうか、やがて葦をかき分けながら知也が近づいて来た。

三

肩を抱き緊《し》めた激しい力、頬や唇にうけた気の遠くなるような接触。それは思いだそうとしても思いだすことができない、身内のどこかに感覚の記憶として遺っている、慥《たし》かに記憶には遺っているのだが、……風のないむしむしする夜であった、葦の繁みはそよとも動かなかった。青井川の流れの音が、囁《ささや》きのように聞えていた。

「不味《まず》い、なんだこれは」

或る宵の食膳で、良平が煮物を箸《はし》でつつきながら、鋭い眼でこちらを睨《にら》んだ。それから箸を投げだし、

「こんな物は食えぬ、片づけろ」こう云《い》って暴《あら》あらしく立ちあがった。眼が憎悪《ぞうお》に燃え、両手の拳《こぶし》が震えていた。

「おれは、これまで、……食事のことで文句を云ったことはない」彼は喘《あえ》ぐような声

で云った、「——どんな物でもたいていい、黙って食べる、だがこのごろのおまえの拵《こしら》拵《こしら》える物はなんだ、こんな物を食わせるほどおれを軽侮しているのか」

　軽侮という言葉を聞いて信乃は顔をあげた。良平はそれを上から射貫くように、すさまじいほどの眼で睨み、なにか云おうとして、そのまま自分の居間のほうへ去った。……信乃はじっと坐っていた、ふしぎにこころよいような、復讐《ふくしゅう》でもしたもののような、一種の痛痒《いたがゆ》い感情がわいてきて、我にもなく微笑さえうかんできた。

　——少なくとも今のは本気だった。

　信乃はこう思い、だが知也はどんなばあいにも、本気でぶっつかっていたということを追想した。……その夜半のことであるが、寝所で良平は信乃にあやまった、乱暴なことをして悪かったというのである。

「役目のことでむずかしい問題が起っている、気持が少しもおちつかない、苛々《いらいら》していたのでついあんなことを云ったのだ、しかし、……いや悪かった、忘れてくれ」

　良平はこちらへ手を伸ばした。けれども信乃は黙って反対のほうへ寝返った。

　上村の縁談は井巻国老から出たものであった。そのとき信乃がどうして断われなかったのか、まだ生きていた父も、母も兄も強制はしなかった。しかも信乃は承諾したのである。……青井河畔の夜の出来事が、信乃には罪のように感じられていた。そのときの一瞬の戦慄《せんりつ》に似た深い感覚の歓びは、憚《はばか》り隠すべきもの、不道徳なもの、受けてはならぬもの、恥ずべきものというふうに思えた。おそらくそういう意識が、上村との縁談を承知させたのであろう。慥かに、承諾の返辞をしたあとでは、ながいあいだの精神的緊張から解放されたかのように、静かに心のやすらいだのを覚えている。

上村との結婚に妹だけは反対した。もちろん誰も相手にしなかった。妹は信乃が上村へ来てからも反対の意志を変えぬふうで、頻繁《ひんぱん》に訪ねて来ながら、どうしても良平になずもうとしなかった。

——お義兄《にい》さまの眼は世の中を善悪の二つにしか区別できない眼だわ、喜びも悲しみも知らない、赦《ゆる》すことも人を愛することも知らない、冷たい、石のような眼だわ。

文代はしばしばむきになってそう云った。

——お義兄さまを見るとこっちがぞっとしてくるの、氷った石にでも触ったように、ぞうっと寒気立ってくるわ。

信乃は笑って聞きながすかごく軽くたしなめる程度であしらった。自分の心をみすかされないために、あなたにはなにもわかっていないのだ、そういう態度をとって来た。そうしてついには結婚の幸不幸について、説諭めいたことさえ云ってしまった。それに対して、妹はただひと言で答えた。

——お可哀《かわい》そうなお姉さま、
かなり日が経《た》ってからも、それを思いだすと信乃はぞっとした。体を縮め、かたく眼をつむって、息苦しさの余り喘ぐのであった。

十一月になってから、良平は城中で泊ることが多くなった。役所の仕事が多忙だそうで、——それは「むずかしい問題が起って」と云ったことに関係があるらしい、——ときには四五人の同僚を伴れて帰り、居間で夜を徹することなどもあった。

客が三人泊った翌朝のことである。まだほの暗いじぶんに朝食を命じ、それが済むと良平も客といっしょに出ていった。そのあと、良人《おっと》の居間を掃除していると、ひと綴《つづ》りの書類をみつけた。……これまで決してそんなことはなかった、特に公用に関する物は大切にしていて、机の上に出して置くことさえなかったのであるが、それは机の向うに落ちていたし、いそいでいたので忘れたものだろう。そのまま机へ載せようとして、信乃はなにげなくばらばらとめくってみた。

それは五六葉の綴りで、罪科書だろう、人名に数行の罪状を附したものが列記してあり、その各個の上に「死」「追」「永」などの字が書いてある、死という字は朱であった。

四

信乃はああと声をあげた。そのなかに知也の名があった。馬廻総支配助役四百二十石十人扶持《ぶち》西原知也。そうしてその上に「死」と朱で書いてあるが、墨で二度まで消してあるのは、他の罪科を改めたものとみえる。罪条はごく簡単に——井巻国老はじめ重臣数名を暗殺しようとした首謀者、ということが記してあった。

非常に怕《おそ》ろしい物を見たように、信乃はそれを机の上へ投げだした。それからまたすぐにそれを机の向うへ、元のように落した。ちょうどそのとき、廊下を走るようにして、あわただしく良平が戻って来た。危うい一瞬であった。信乃が箒《ほうき》を持つのと殆《ほと》んど同時に、良平がはいって来て部屋の中を見まわした。

「ここに書いた物が無かったか」

彼は鋭い眼でこちらを見た。信乃は自分でもびっくりするほどおちついて、

「なにかお忘れ物でございますか」

こう云いながら静かにまわりを眺めやった。良平は慌《あわ》てたようすで机のそばへゆき、抽出《ひきだし》をあけたり、書類棚をかき捜したりしたが、やがて机のうしろにあるのをみつけ、それを取って、ほっとしたようにふところへ入れた。

「今夜は城で泊る」

良平はこう云って、さらになにか云おうとしたが、頭を振っていそいで出ていった。

昼の食事も信乃は喉《のど》をとおらなかった。あれから妹は例によって、四五日に一度くらいの割で来るが、知也のことはまったく口にしなかった。むろんこっちからきくわけにはいかない、まだ牢舎《ろう》にいるのか、それとも出たのか、どんな罪でそうなったのか、なにもわからなかった。もしかすると妹がこちらの気を試すつもりで、無根のことを云ったのではないかとさえ、思っていた。

——それが重臣暗殺の首謀者、……しかも罪科は死罪だという。

暗殺の謀計などは理由なしに行われるものではあるまい、どんな理由でそのようなことが計画されたのだろうか。そのころの政治はいうまでもなく専制で、当局者のほかはこれを批議することを許されない、特に婦人たちは——異例もないわけではないが——殆んど覗《のぞ》くこともできなかった。したがって信乃も藩の政治情勢などはまったく知らず、そこにどのような事情が隠されているか、それが有り得ることかどうかさえ見当がつかなかった。

「——なんとかしなければならない」

その夜ひと夜、寝所で輾転《てんてん》しながら信乃は独り言を云った。

「——知也さまは死罪になる、知也さまが、……いいえいけない、あの方を死なせてはいけない、なんとかして助けてあげなければ——なんとか法を講じて、……でもどうしたらいいだろう、どうしたら助けてあげられるだろう」

信乃は実家の兄に相談しようかと思った。夜が明けたら訪ねようと決心したが、兄も納戸《なんど》奉行をしている以上、そういう大事を知らぬ筈《はず》はないし、助けることができるものならそれだけの工作はしたであろう。とすれば、兄の力ではそれが不可能であったか、じっさい知也の謀計が死にあたいするものか、どちらかに違いない。

「——兄ではだめだ、兄では、……それではほかにどんな方法があるだろうか」

国家老の井巻済兵衛。父方の叔父に当る中老の黒部武太夫《たけだゆう》、母方の伯父で老職肝入《きもいり》をしている松島外記《げき》。……頼めそうな人をある限り思いだしてみた、けれどもやがて「自分が上村良平の妻である」という事実につき当った。

「——そうだ、自分は大目附上村良平の妻だった、自分にはなにもできはしない、仮に方法があったとしても、上村の妻である自分が他の男のためになにかするということは赦されない、世間も人も、赦さないだろう」

ほのかに明けがたの光のさす小窓を見あげながら、信乃は独りで絶望の呻《うめ》きをあげた。

明くる日の午後、良人が城から今夜も帰らないという使いをよこした。それで信乃は、乳母に甲之助を抱かせて、ずいぶん久方ぶりに実家の住川へいった。なにか事情がわかるかと思ったのであるが、母も兄嫁も妹もそのことはなにも知っていなかった。

「なんだかむずかしいことばかり云って、ごたごたばかり起こして、男の方たちっていやだわねえ、甲さん」

母は甲之助を抱いてあやしながら、しごく暢気《のんき》にそんなことを云った。

「うるさいもめごとや諍《あらそ》いのない、静かな世の中がこないものかしら、相当な智恵《ちえ》者がそろっていて、いつもなにかかにかやりあっているのだもの、ねえ甲之助さん、あなた大きくなったら、もっと静かな住みいい世の中にして下さいね」

信乃は思いきって、知也が死罪になる、ということをうちあけようとした。だがうちあけたところで彼女たちにどうすることができるわけでもない、ことに自分の見た書類も判決文であるかどうかも、はっきりと断言はできないのである。それで結局はなにも云わずに、二時間ばかりいて家へ帰った。

城で泊ると使いをよこした良人は、その夜十時ごろになってとつぜん帰って来た。

「御用が意外に早く片づいたので」

良平は珍しくそんなことを云った。酒を飲んでいるとみえて、そのためでか、ほかにわけがあるのか、例になく明るい顔つきで、眠っている甲之助を見にいったりした。明くる日は午後から六人の客があり、夜にかけて賑やかに酒が続いた。

――なにかひと片ついたのだ。

酒席のはずんだ話しぶりにはそれが明らかに表われていた。良平が「むずかしい問題」と云っていた事であろう、同時にそれは知也にもつながっているのかもしれない。あの書類に列記されていた人たちの罪が決定したのだろうか、知也はやはり死罪なのだろうか。……給仕をしながら、眼で、耳で、あらゆる神経でそれを探り取ろうとした。だがかれらは用心ぶかく役所の話には触れず、なにごとも知ることができなかった。

良平の登城下城は平常にかえった。気のせいか眉《まゆ》がひらいて、寝る前の酒――彼は独りでは食事のときは飲まなかった――には笑い顔さえみせるようなことがあった。こんなふうにして七日ばかり経った或《あ》る夜、昏《く》れがたから雨になっていたが、いつもの時刻に茶を持ってゆくと、

「このごろ甲之助はどうだ」

良人が常になくこう話しかけた。そんなことは初めてである、信乃はそこへ坐《すわ》った。

「やはり甲之助がそばにいてくれなくては寂しいか――」

「いいえ、もう慣れましたから」

「慣れたから、うむ……慣れた」

　良平はふと雨の音を聞くように黙った。それから窓のほうを向いたまま、両手の指を組んで火桶《ひおけ》の上へかざし、囁くような低い声で、独り言のように云った。

「子供は私とおまえの血を分けている、初めから私の子であり、おまえの子だ、……しかし私とおまえとは、もとは他人だ、……おまえがなにを望み、なにを考えているか、私には心底まではわからない、……それでは堪《たま》らない、夫婦であるからには、お互に心の底までわかりあいたい、それには二人の密接な時間が必要だ。ことに私はこんな性質だから、自分で納得のゆくまでは安心ができない、……底の底からおまえを知り、身も心も私の妻にしたかった、それで子供もおまえから離したのだ」

　信乃は眼を伏せたまま黙っていた。ずいぶん利己主義だと思った。母親から子をひき離してまで、妻を自分にひきつけて置いて、かたちだけ密接であれば気持もそれに応ずるというのだろうか、自分がそれで納得できれば、離されている子供や母親はどうでもいいのだろうか。夫婦は子供を通じてはじめて、密接につながれるものではないだろうか。こう思いながら、だが信乃はなにも云わなかった。

「おまえは私に不満かもしれない、私は小身者の出だ、ずいぶん苦しく貧しいなかで育った、日常のことでも、おまえの眼には軽侮したいようなぶざまなことが多いだろう、それはよく知っている」

「――――」信乃はびっくりして眼をあげた。

「しかし私はこのままではいない、ここまでこぎつけるためにはすべてを棄《す》てなければならなかった、なにもかも、……人らしいところまで出世をするために、……そうしてその時が来た、これからはいくらかおちつくことができる、少しはそのほうの修業もして、おまえにも軽侮されないくらいの人間に……」

良平はそこで言葉を切った。廊下をいそぎ足に来る音がする、それは障子の外で止り、囚獄方から使いが来たと伝えた。

「――囚獄から使者」

良平は首をかしげた。

「急を要しますので、お玄関までと申すことでございます」

よしゆくと云って良平は立った。どういうつもりでもない、一種の直感にひかれて、信乃はそのあとからついてゆき、玄関脇《わき》の襖《ふすま》の蔭《かげ》に身をひそめた。

「――なに破牢、牢を破ったというのか」

驚愕《きょうがく》したような良人の声が聞えた。

「――牢番に内通者があったようでございます、巽口《たつみぐち》で三名捕えましたが、あとは、……お城の搦手《からめて》へぬけたらしく、……御門の人数は倍増しに致しまして、……町奉行の手の者も」

そう云う使者の声もとりみだしていた。信乃は足音を忍ばせてそこを離れ、良人の居間へ戻って坐った。

――破牢、――知也さまだろうか。

牢舎は城外にもある。庶民を入れるもので、鉄砲馬場の北の、刑場の森の中にある、城中のは侍だけのものだが、どっちで破牢があったのだろうか。……信乃はなにを祈るともなく祈るような気持で、しんと頭を垂れながら眼をつむった。良平はすぐに戻って来た、そうして立ったままませかせかと云った。

「御用で出る、今夜は帰らぬかもしれぬ」

五

良人に支度をさせて送りだしたあと、召使を寝かせてから、自分もいちど寝所へはいった。しかし眠れそうでもないし、ことによると良人が帰るかもしれないと思い、居間へ戻って火をかき起こし、茶を濃く淹《い》れて、縫いかけの物をとり出して坐った。

——おまえは私に不満かもしれない、私は小身者の出だから、……軽侮したくなるようなぶざまなことが多いだろう。

良人の云《い》ったことが思いだされた。軽侮という言葉はいつかも出た、今夜は二度、しまいのほうで中断されたが、おまえに軽侮されないような人間にと云った。……信乃は良人を愛することができない、それが高じて憎むようにさえなってきた。けれども「軽侮」などということは、自分では夢にも感じたことはなかった。

「——なにを思い違いしているのだろう、自分のどういうところがそんなふうに見えるのだろうか」

信乃は針の手を膝《ひざ》に置いて、これまでの良人との明け昏れを思いかえそうとした。

そのときであった。すぐ縁側の外の雨戸をひそかに指先で叩《たた》く音がし、自分の名を呼ぶような声が聞えた。……初めは風が戸を揺らし、雪の囁《ささや》きだと思った。が、すぐに、信乃さんという低い囁きをはっきり聞き、ぞっと背筋に水を浴びたように感じながら、信乃は夢中で立って廊下へ出ていた。

「——信乃さん、信乃さん」

声は雨戸のすぐ外でしていた。

「——知也です、あけて下さい、信乃さん」

信乃はがたがたと震えた、あけてはいけない、こう思いながら殆んど無意識に、手は雨戸をあけていた。もう積りはじめて、うっすらと白くなった庭に黒い人影がみえ、あけた戸口へ貼《は》り着くように寄って来た。

「――匿《かく》まって下さい、私のためではない、藩ぜんたいのために死んではならないのです、あなたが武士の娘ならわかる筈だ、お願いします」

それが知也であるとはっきりわかるまえに信乃は彼を上へあげ、雨戸を閉めた。

「庭に足跡は残っておりませんか」

「大丈夫です、雪が消してくれました」

「そのままこちらへ、どうぞ」

知也は跣足《はだし》であった。ざっと拭《ふ》いただけであがると、信乃は自分の居間へつれてゆき、納戸をあけて中へいれた。

「此処《ここ》はわたくしのほかに決して人はまいりません。いまなにか温かい物を持ってまいります、……そこに古夜具がございますから、どうぞお楽になすっていて下さいまし」

信乃は襖を閉めて戻り、廊下から畳の上をよく見てまわった。

――良人《おっと》はみつける。

汚れたところを丹念に拭きながら、頭のどこかでそういう警告を聞いた。良人は必ずみつけるに違いない、あの冷酷な、容赦のない眼から逃れることはできない。

——きっとみつけるに相違ない。

信乃は喉へ固い物が詰ったように感じ、唾《つば》をのみこもうとして、嘔《は》きそうになった。炉《ろ》の間で雑炊を拵《こしら》えていると、甲之助のむずかる声がし、乳母が厠《かわや》へ抱いてゆくのが聞えた。そのあとはまた森閑と鎮《しず》まった。……倖《さいわ》いなのは子供と離されていることだ、甲之助と乳母とは廊下を鉤《かぎ》なりに曲って、五つばかり向うの部屋にいる、良人の好みで召使たちもずっと離れていた。

——でも良人はみつけるだろう。

信乃は雑炊が出来たのを持って納戸へいった。知也は横になっていたらしい、はね起きると垢《あか》に汚れた髪や体の、いやな匂《にお》いがした。

「わざと此家《この》を覘《ねら》って来たんです、出口を塞《ふさ》がれてしまってね、大目附の私宅なら安全だと思って、逆に虎穴《こけつ》を選んだわけですよ」

知也は暗がりで匙《さじ》を取った。居間からさしてくる燈影で、彼の姿がおぼろげに見える、髪もくしゃくしゃだし髭《ひげ》も伸びていた。蒼白《あおじろ》く頬がむくんで、すっかり顔つきが変っていた。——彼は飢えているのだろう、熱いので顔を歪《ゆが》めながら雑炊を啜《すす》り、こちらは見ずに低い声でせかせかと話した。

暗殺計画などではない、井巻国老と腹心の重臣数名が、青井川の改修工事をめぐって、かなり大掛りな瀆職《とくしょく》をしている。そのほかにも年貢《ねんぐ》収納の関係で大地主たちと不正の事実がだいぶあった。それを摘発して政治の粛正を計っていたところ、どこからか漏れて、かれらから先手を打たれ、暗殺の謀計ということに糊塗《こと》されたのだという。

「こうなれば喧嘩《けんか》ですよ、却《かえ》ってさっぱりしました、ここに調書を持ってますからね」知也は腹帯と思えるあたりを叩き、にっと笑いながら云った、「——警戒がゆるんだら脱出して江戸へゆきます、一藩のためですから、御迷惑だろうがお願いします」

そして初めて信乃のほうへ眼をあげた。

六

三日ばかり良人は家へ寄りつかなかった。

信乃は必要なときは甲之助を伴《つ》れて来て、自分の居間で遊ばせた。そんなところへ良平がとつぜん帰ったりしたが、彼はべつになにも云わず、食事をしたり着替えをしたりして、すぐにまた出ていった。……妹が来たのは五日めのことである。来て坐るなり、文代は非常な大事を知らせるように、破牢《はろう》のことを語った。

「牢を破ったのは七人ですって、三人はどこかの御門で捉《つか》まり、もう一人は大橋のところで、それから街道口で一人、つまり五人捉まったけれど、知也さまともう一人の方はお逃げになったらしいですわ」

「――でもそれが、逃げられたのが知也さまだということがどうしてわかるの」

「西原のお家へ役人が詰めているのですって、五人も夜昼ずっと詰めて見張っているということですわ、もう大丈夫よ、もう五日も経《た》つんですものね」

「――どうしてそんなことをなすったのかしら、どんな悪い事をなすったのかしら」

「なにかわけがあるのよ、あの方が悪いことなどなさる筈《はず》がないじゃありませんか」

文代は怒ったようにこう云って肩を揺すった。よほど知也はここにいることを告げようかと思ったが、まだその時期ではないと思い、しまいまで知らぬ顔をしていた。

七日めごろから良人の勤めはまた平常にかえった。おそらく捜査はうちきられたのであろう、神経の尖《とが》った、苛々《いらいら》した顔になり、食事もすすまぬようすで、些細《ささい》なことにびっくりするほど怒って声をあげた。……知也へは日に三度、雑炊を運び、夜半にはおかわをあけてやる。なんでもないようだが、人の出入りの隙《すき》をみてするので、絶えず緊張しているうえに「みつかったら――」と思う恐怖がつきまとい、熟睡することもできない日夜が続いて、信乃は身も心も疲れはてていった。

或《あ》る夜半、気温が高く雨の降る一時ごろであったが、そっと寝所をぬけだし、知也のおかわをきれいにして、納戸《なんど》の前まで戻って来ると、寝衣のままで良人が居間へはいって来た。足音も聞かせず、とつぜんぬっと、良人がそこへ現われたとき、信乃はあっと叫び声をあげ、紙で包んだおかわを持ったなりそこへ立竦《たちすく》んだ。

「――なにをしている」

良平はぎらぎらした眼でこっちを見た。

「――そこに持っているのはなんだ」

「ああ、ああびっくり致しました」

信乃は大きく喘《あえ》いだ。必要以上に大きく喘いで、そうしてごくしぜんに微笑しながら、

「殿方のご存じないことでございます、あちらへいらしっていて下さいまし、こんな処《ところ》へいきなりいらしったりして、……まだこんなに動悸《どうき》がひどうございますわ」

こう云って、わざと襖は明けたまま、納戸の中へはいっていった。もう二足か三足、良人がこっちへ来れば、知也はみつけられるだろう、咳《せき》ひとつしてもおしまいだ。信乃はめまいがしそうになった、心臓が喉《のど》へつきあげるような感じで、腋《わき》の下に汗が流

れた。

「――寝そびれたようだ、酒を飲もう」

こう云って居間で良人の坐《すわ》るけはいがした。信乃は「はい」と答え、知也に手を振ってみせてから納戸を出た。

――良人が感づいた。

信乃はそう思った。こんな夜半に酒を飲むなどということは例がない、なにか気づいたので坐りこんだに違いない。こう思ったけれど、こんどは信乃は逆におちついた。いずれにせよ長い時間ではない、発見されたときは自害をするだけだ。できるなら知也を逃がして、……信乃は酒の支度をしながら、ひそかに懐剣の袋を解き、すぐ抜けるようにして、帯の間へ挟《はさ》み入れた。

「おまえにも一つまいろう」

支度が出来て坐ると、良平はまず飲んでから信乃に、盃《さかずき》をさしだした。それを受取るとき、信乃の手は顫《ふる》えた。

「どうした。ひどく顫えるではないか」

「いま驚いたからでございますわ、本当に面白いように顫えますこと」

「まるで悪事でもみつけられたようだな」

「――ええ、そうかもしれません」

信乃は媚《こび》のある眼で良人を見た。

「――仮にも旦那《だんな》さまの眼に触れてはならないものを見られてしまったのですから、でもとつぜんはいっていらしった方も悪うございますわ」

「そんなにむきになって云いわけをするほどのことか」

良平は唇で笑いながらこちらを見た。信乃は頭がくらくらしてきた。叫びだしたくなった。納戸の襖《ふすま》をあけて、声かぎりに、「さあごらんなさい、あの方は此処《ここ》にいます。わたくしが匿まっていたのです」と絶叫したくなった。それは衝動のように激しく、殆《ほと》んど立ちそうになったが、そのとき良平が首を振って、退屈そうに盃《さかずき》を持ちながら云った。

「――女は詰らぬことに気を使うものだ」

そしてそれからはいつものように、冷やかな顔で黙って飲み、まもなく寝所へ立っていった。

――助かった。気づかれなかった。

体じゅうの筋がばらばらになるような、深い安堵《あんど》と気おちとで、信乃はやや暫《しばら》く立つこともできなかった……。その夜は久方ぶりに熟睡した。あの危うい瞬間にも良人に感づかれなかったという安心のためだろう、朝のねざめもすがすがとして、頭がこころよく冴《さ》え、体にも力が漲《みなぎ》るように思えた。

登城する良人を送りだしてから、信乃が納戸へ食事を持ってゆくと、知也が脱出したいと云いだした。良平の勤めぶりで察すると、或る程度まで警戒はゆるんでいるらしい。そうでないにしても、日が経ち過ぎると手筈が狂うということだった。

「——巽門で捉まったのは囮《おとり》です、わざと三人で追手をひきつけ、その隙にわれわれが逃げたのですが、梶、大炊、岩光、そのなかで二人捉まったとすると、誰が脱出できたかわからないし、一人ではいつまで待ってもいられないでしょう」

「どこかで待合せるお約束ですのね」

「青井川の下流の蒔山《まきやま》という船着です、もう十日以上になりますから」

そこで思案したのだがと、知也は自分の計画を語った。それは雨か雪の日に、妹に供を伴れて来させる、下僕の着物と雨具をひと揃《そろ》え持って来て貰《もら》い、知也がそれを着て、供の者が実家へなにか取りにゆく態《てい》でぬけ出す。文代は日の昏《く》れるまでいて、夕方のごたごたしたときに帰る、というのであった。

「——いろいろ案を立ててみたんですが、これよりほかに手段はなさそうです、文代さんと御相談のうえ、御迷惑でしょうがぜひそう手配をして下さい」

「わかりました、では妹を呼びまして」

信乃は頷《うなず》いて立った。聞いているうちにそれがいちばん良い方法だと思ったのである、それですぐに妹へ使いをやった。

文代の驚きは非常なものであった。それから手を拍《う》ち合せて声をあげ、例のてんじょうを向いている鼻を反らせ、昂奮《こうふん》のあまり頰を赤くして、居ても立ってもいられないというふうにはしゃいだ。……知也が信乃のふところへ逃げこんだということが、まずたいへん気にいったらしい、それをさらに自分がひと役買って、此処を脱出させようという。文代にはこれが刺戟《しげき》の強い物語を読むような、胸のどきどきする興味を唆《そそ》られたようであった。

「やっぱり知也さまは頭が良いのね、石仏さんのところへもぐるなんて、よほど智恵《ちえ》がまわって勇気がなければできることではないわ、お姉さまもよくなすったわ、よくその勇気がおありになったわね、おりっぱよ、わたくしこれで胸がせいせいしました」

「もっとまじめになって頂戴《ちょうだい》、ひとつまちがえば知也さまもわたくしも生きてはいられないのよ」

「お姉さま、……ねえ」

文代は膝《ひざ》ですり寄り、信乃の手を握って、思いつめたような眼で、じっとこちらをみつめた。

「知也さまと御相談なすって、お姉さまもごいっしょにお逃げなさいませんこと」

「まあ、なにを云《い》うのあなたは」

「それが本当だと思うんです、わたくし知っていましたわ」文代の眼にきらきらと涙があふれてきた、「――お姉さまが知也さまをお好きだということ、知也さまもお姉さまを好いていらしったこと、いいえお隠しにならないで、わたくしちゃんと知っていましたの、お二人はいっしょにならなければいけませんわ、そうすればお二人ともしあわせになれるんです。お姉さま、もういちど勇気をおだしになって、人間は二度とは生きられませんのよ」

信乃は妹に手を取られたまま眼をつむった。良人の顔がみえた。冷酷な眼が、感情のない声つきが、そしてぞっとするような微笑が。信乃はその幻像を思いうかべながら、やがてふと寒気でもするように肩を縮め、

「ありがとう、文代さん、うれしいわ」

こう囁《ささや》くような声で云った。

「人間は二度とは生きられない、……勇気をだしてみるわ、本当にありがとう」

文代は涙をこぼしながら、その濡《ぬ》れた頰を姉の手にすりつけ、まるで笑うような声で、肩を震わせて噎《むせ》びあげた。……信乃は瞳孔《どうこう》のひらいたような眼で、じっと空を見あげていた。

それから三日めに午《ひる》まえから雨が降りだした。

このところずっと気温が高く、今年は雪が少なそうだと云われていたが、その日は前夜からひどく凍《い》て、朝になると空はいちめん雪雲に掩《おお》われ、氷ったものがいつまでも溶けなかった。冷えたのだろう、良平は腹が痛むと云って、勤めを休むことにし、役所へ使いをやった。

――今日は降るだろうに、困った。

信乃は当惑したが、はたして十一時まえに雨が降りはじめ、午を過ぎるとかなり強くなって、そうしてその雨のなかを妹がやって来た。

七

「上村が休んでいるのよ、どうしましょう」居間で向き合うとすぐに信乃が云った、「納戸は寝間にそう遠くないし、上村は耳が早いから、気づかれたらおしまいよ」

「断じてやるのよ」文代は躊躇《ちゅうちょ》なく云った、「――断じて行えば鬼神も避くだわ、運は天にありよ」

それから声をひそめてきいた。

「——あの御相談、なすって」

「ええ、あとで話すわ」

信乃は頷いて用ありげに立った。

いよいよ決行することに定《きま》った。文代は甲之助を抱いて来て、居間や廊下でいっしょに遊びだす。信乃はそのあいだに納戸の知也に支度をさせ、隙をみて裏口から出してやる。

——住川まで物を取りにいってまいります。

こう云って門をぬけだす手筈だった。供部屋は玄関の横にあるので、裏から廻って出ると門番にみつかる危険が多い、たのみは雨であるが、無事に通りぬけることができるかどうか。

「あなたにはたいへんな御迷惑でした」

支度が終ると知也はこう云って、くいしめるような眼で信乃を見た。

「今後のことは予想もつきません、ことによるともっと御迷惑をかけることになるかもしれない、……けれども信じて下さい、私はどうしてもこれをしなければならなかったのです、そして私の力の及ぶ限りは、あなたを不幸にはさせないつもりです、信乃さん、……どんな事があっても気を折らずにしっかりして、待っていて下さい」

「――よい御首尾を、お祈り致します」

「大丈夫やってみせます、では、……こんどは天下晴れてお会いしに来ますよ」

避けるひまもなく信乃の手を取り、それをかたく握って、知也は静かに笑った。

裏口から彼を送りだすなり、信乃は間を計って玄関へゆき、障子をあけて門のほうを見た。脇《わき》の小部屋から若い家士がなにごとかと出て来たが、手を振るとすぐに引込んだ。そのとき前庭へ知也が現われた。雨合羽《あまがっぱ》を着、笠《かさ》をふかく冠《かぶ》って、前蹈《まえかが》みにすたすたと門のほうへゆく。……信乃は息が詰ってきた。心のなかで合掌し、神に祈った。

知也は無事に門を出ていった。

「――済んだわ」

居間へ戻った信乃は、文代にこう云うなり、くたくたとそこへ坐って、虚脱したように溜息《ためいき》をつき、もういちど低く茫然《ぼうぜん》と呟《つぶや》いた。

「――すっかり済んだわ」

文代は昏れ方までいた。雨は雪になったが、その雪のなかを借りた提燈《ちょうちん》を供に持たせて帰っていった。人の出入りもあり時間も経っていたので、門番は気がつかなかったらしい。べつに不審されることもなかった。

年を越えるとすぐ、江戸から使者が来て、井巻済兵衛は待命になり、次席の渡辺主税が国家老を代行することになった。信乃にはもちろんその方面のことはわからないが、少なくともそれが知也と無関係でないという点だけは察しがついた。おそらく彼は脱出に成功し、江戸へいったに違いない、井巻国老の待命はその証明であると思っていいだろう。

「おめでとう、お姉さま、とうとうやったわね」

妹は訪ねて来て、手を拍って云った。

「もしかするとって、思ったけれども、やっぱり知也さまだわ、大掃除が始まるのね、きれいさっぱりと、誰がどうなって誰がどうなるか、ともかく新しい風が吹きだすんだわ、お姉さま、勇気をおだしになってね、……文代はどんなにでもお力になるわ、こんどこそ本当にお姉さまらしく生きる機会よ」

「もう心配は御無用、勇気はだしているわ」

「きっとよ、約束してよ、これでわたくしの夢がかなうわ」

文代は三日にあげず来て、いろいろの情報を伝えた。江戸からは二度め三度めの使者があり、老職のうち佐渡幸左衛門と沼野又蔵が差控え、筆頭年寄の小林道之助が謹慎を命ぜられた。ついで母方の伯父の、松島外記が筆頭年寄を代行し、実家の兄が老職肝入を命ぜられたという。……このあわただしい変動のなかで、良平はしだいにおちつかなくなった。初めのうちは客も多く、更《ふ》けるまで密談をしたり、またこちらから夜になって出てゆき、夜半に帰ることなどもたびたびあった。それがやがてぱったりと絶え、客も来ず外出もしなくなると、眼に見えて気力が衰え、意気沈むという感じになった。

「――暗くなる、蒼茫《そうぼう》と暗くなる」

こんな独り言を呟いたり、じっと壁を眺めながら溜息をついたりした。

藩主の大和守《やまとのかみ》貞昭が帰国したのは二月下旬であった。そして数日して良平は召出しをうけ、そのまま家へ帰らなかった。妹の報告によると城中の牢《ろう》へいれられたのだそうで、良平のほかにも原田市之丞《いちのじょう》という収納方や、郡《こおり》奉行の川口大助、坂本数右衛門《かずえもん》など、五六人の者が牢舎へはいったということだった。

裁きの内容は知りたくもなかった。上村の家は門を閉められて番士が附き、乳母と下女一人を残したほかは、家士も召使も暇を出した。ときおり裏から妹が来るだけである、それも内密の許しだから長くはいられない、話すことを話すとすぐに帰っていった。

「――お姉さまたいへんなお知らせよ」

或《あ》る日、文代が来て息をせいて云った。

「――知也さまが大目附に御就任なすったんですって、昨日お沙汰《さた》があったということよ」

「それで、……なにがたいへんなの」

「――まあ、お姉さまにはこれがなんでもないの、知也さまが大目附よ」

信乃の頭のなかで、そのとき悲しげな呟きの声が聞えた。

――蒼茫と暗くなる。

文代が帰ってからも、その声は訴えるように、いつまでも頭のなかで呟いていた。

その次の日のことであるが、なかば公然と知也が訪ねて来た。信乃は乳母を取次に出して、どうにも気分が悪いからと、会うのを断わった。彼は三日ばかりしてまた来たが、そのときも乳母を代りにやって、――良人《おっと》の罪の定まるまでは誰にも会わない、ということを伝えさせた。知也はそれでこちらの気持を察したのだろう、

「こなたの御尽力で藩政改革にこぎつけることができた、この御恩は自分ひとりのものではなく、一藩の救いともいえる、母子お二人のことは必ずひきうけるから、体を

大切に、気をしっかり持っていて貰いたい」

　こういう意味の伝言をしていった。

　良平から離別状が来たのは三月中旬のことであった。横目から役人が来、良平の遠い親族が三人寄って、家財の目録を作り、信乃の物はすべて別にした。……離別状は去年の十二月の日附であるが、それは良平に重科があったとき、信乃に累《るい》を及ぼさないための考慮で、良平の意志か、ほかに案を授けた者があるかは知るべくもなかった。

　信乃は甲之助と乳母のすぎを伴《つ》れて実家へ帰った。甲之助がなついていてすぎを離さないのである、信乃が抱いてやってもすぐ乳母のほうへゆきたがるし、夜は乳母と寝床を並べなくては眠らなかった。

「母親はあまく育てるなんて、ごらんなさいな」

　母はじれったそうに云った。

「すぎを離してやりなおさなければだめですよ、あなたたちは赤ちゃんから独りで寝たんですから、あんなに附いていてなにすると、気の弱い子になるし、丈夫には育ちませんよ」

「ええ、そう思うんですけれど」

　信乃はさびしげに笑って答える。

「そのうちにそう致しますわ、もう少しわたくしが元気になりましたら……」

だが進んで母の云うようにするふうはみえなかった。昔の自分の部屋は兄嫁が使っているので、離れになった隠居所に独りで寝起きしていた。兄夫婦も母も妹も、信乃の気をひきたてようとして、社寺の参詣《さんけい》とか、野遊びなどにさそい、暇があると集まって、歌留多《かるた》とか双六《すごろく》などをするようにした。信乃はしいて拒みはしなかったが、外へ出ることは承知せず、遊び事もすぐ疲れたと云ってぬけたがった。

「もうあなたには関係がなくなったのだから、上村との事はいっさい忘れて、これから幸福になるんだと思わなくてはだめですよ、あなたはまだ若いんですから」

「そう思っているのよ、でも……そんなに早く気持を変えることはできませんわ」

信乃はやっぱり静かに笑って答えた。

「もう少しそっとしておいて下さいまし、だんだんおちついてきましたから、もうすぐ元気になりますわ、……若いんですもの」

五月、六月と経《た》つうちに信乃はしだいにようすが明るくなり、化粧などもするようになった。一日じゅう母屋《おもや》のほうにいて、厨《くりや》で庖丁《ほうちょう》を持ったり、母や兄嫁や妹たちと、笑い声をたてて話し興じたりした。……知也はいちども来なかったし、家人のあいだに知也の話の出ることもなかった。しかし裏では双方から交渉が進められていたようである、それはときおり文代の口うらに現われた。

「わたくし承知してあげたわ、お姉さま」

八月になってからの或る夜、隠居所にいる信乃のところへ来て、文代が例の鼻を反らせながら云った。

「なんど断わってもきかないんですもの、熱心にほだされたし、お姉さまもおしあわせになるんだし、このへんがみきりどきだと思ったのよ」

「それは、いつかお話のあった方」

「ええ、武井という人よ、名は武右衛門というので、わたくしこれがいやだったの」

文代は唇をへの字にして、妙な声で云った、「――武井武右衛門でござる、ええ武右衛門でござる」

そして自分でぷっとふきだし、おなかを押え、身を揉《も》んで笑い転げた。

井巻済兵衛らの罪が定ったのは、その年の十二月の下旬であった。この疑獄は意外に大掛りになって、豪農からも数名の罪人が出、井巻済兵衛は切腹、重臣のうち二名は改易、三名は重謹慎、その他七名追放と、永謹慎、削禄《さくろく》、閉門など、全部で二十名が申渡しを受けた。……重臣の処罰は幕府の認可を取らなければいけない、大和守はそのため届けをして、規定の参覲《さんきん》よりひと月早く、正月の祝いを済ませるとすぐに、江戸へ立っていった。

八

三月五日に判決が公表された。

上村良平は追放で、二日後の三月七日、関屋口から追われるということである。その前日の夜、文代が隠居所へいってみると、信乃は男物と女物の旅衣装を出し、なにかこまごました物を包んでいるところだった。

「なにをしていらっしゃるの、お姉さま、お手伝い致しましょうか」

「ありがとう、もう終ったところよ」

「こんな旅装束なんかお出しになって、まるでどこかへいらっしゃるようね」

「だってそうなのですもの」信乃は包んだ物を脇へ置き、妹を見て微笑した、「——明日は暗いうちに出なければならないのでしょう、今夜こうしておかなければまにあいませんもの」

「いやあねえお姉さま、なにを仰《おっ》しゃるの」

文代は笑おうとして、急にはっと色を変えた。姉の静かな表情と、おちついた微笑と、心のきまった姿勢と、……文代は叫び声をあげ、母を呼びに立とうとした。信乃はそれを制止し、低い声で母には知らせないでと云った。

「お母さまにも、誰にも知らせたくないの、あなただけ聞いて頂きたいことがあるのよ」

「お姉さま、……いらっしゃるのね」

「ええゆきます、上村といっしょに」

信乃は膝《ひざ》の上に手を重ね、眼を伏せて、おちついた静かな声で云った。

「あなたいつか仰しゃったわね、わたくしがしあわせではないだろうって、――そのとおりだったの、上村へいってからすぐ、この結婚はまちがいだったと思いはじめ、甲之助が生れてからも夫婦らしい愛情はもつことができなかったの、――そうしてしまいには、憎むようにさえなっていたわ」

信乃は正直にすべてをうちあけた。病気になった子供の看護さえ思うようにさせなかった良平、いつも信乃を自分のそばへひきつけておこうとし、こちらに対する感情とか精神的な劬《いたわ》りのない自己中心主義、……やりきれなくなって、心から憎みだした自分の気持など、隠さずにみんなうちあけた。

「そういう気持がなければ、知也さまをお匿《かく》まいしたかどうかわかりません、あのときは誇張して云えば、なにか仕返しをするような感じもあったわ、……でもまちがっていたのよ、上村に不満ばかりもって、わたくし自身、少しも上村の本当の気持を知ろうとしなかった。上村は孤独な気の毒な人だったのよ」

あの夜半の上村の告白を殆《ほと》んどそのまま信乃は妹に云《い》った。

——子供は私とおまえの血をわけている、だが私とおまえはもとは他人だ。おまえがなにを望みなにを考えているか、私には心底まではわからない、それでは堪《たま》らない。——私はこんな性質だから、自分の納得のゆくまでは安心できない。二人だけの密接な時間を持って、底の底からおまえを知り、身も心も私の妻にしたかった。

彼は自分が小身者の出だということを云った。信乃に軽侮されることを惧《おそ》れると云った。なぜだろう、彼は信乃を愛していたのだ。これからは軽侮されないような人間になる、おれを軽侮しないでくれ、五年の余もいっしょに暮し、子供まであって、それでなおそういう告白をするのが、単に自己中心な考えだけであろうか。

「人にはそれぞれの性質があるわ、上村には小身者の出だというひけめがあって、生れつきの性質がいっそう片寄っていて、妻を愛していながら、ほかの方のようにそれをあらわすことを知らない、知っていてもできなかった、……上村には才能もあり出世もしたけれど、心からの友達もない——誰にも好かれていない、いつもみんなから敬遠されていたわ、——慰めもなく、孤独で、ほかの方のように妻を愛することもできない、本当にさびしい気の毒な人だったのよ」

「よくわかるわ、お姉さま、上村さまのことはよくわかってよ」

こう云って文代は姉の手を押えた。

「でもあの方がお気の毒だからといって、そのためにお姉さまの一生を不幸にすることはないわ、知也さまはお姉さまを愛していらしった、これまで独り身でいらしったのもそのためとはお思いにならない、……お姉さまが上村と縁が切れて、こんどの騒ぎがおちついて、一年でも二年でも経ったら、お姉さまを嫁に迎えたいって、……このあいだからお兄さまや母さまと御相談なすっていますわ、知也さまは今でもお姉さまを愛していらっしゃる、そしてお姉さまも知也さまをお好きな筈《はず》よ、本当におしあわせになる時が来ているんじゃありませんか、お姉さま、……お願いよ、文代のお願いよ、御自分をどうぞ不幸になさらないで」

「ありがとう、うれしいわ文代さん」信乃は片手の指で眼を抑えた。しかし声は静かで、しめやかにおちついていた。

「でもわたくしやっぱり上村といっしょにゆくわ、あの離別状をどんな気持で書いたかわかるの、上村はわたくしを愛していてくれた、今でも愛していてくれるわ、……そうしてこの世の中で、上村の気持をわかってあげ、上村を愛することのできるのはわたくしひとりよ、……こんどこそ、わたくしたちはこんどこそ、本当の夫婦らしい夫婦になることができるのよ」

翌三月七日の午前十時。

囚獄方の役人に囲まれて、上村良平が関屋口の畷《なわて》の松林までやって来た。追放者の多いばあいは、各人べつべつに放すのが通例である。編笠《あみがさ》と銭三百文、両刀を渡すと、改めて追放の旨《むね》を云いわたし、領境を越すまで見送って慥《たし》かめるのである。……しかし役人たちは云いわたしが終ると、良平の歩きだすのを見て、すぐ城下のほうへひき返していった。

良平は茫然と、ひきずるような足どりで、松林の中を歩いていた。痩《や》せて、眼がおち窪《くぼ》んで、唇の色も白く、尖《とが》った肩を前跼《まえかが》みにして、いかにもうち砕かれたような姿である。明るく晴れた空から、木洩《こ》れ日が彼の顔に斑《まだ》らの光紋を投げ、また消えては投げする。……こうして松林を出ようとしたとき、右側の松の蔭《かげ》から、旅支度の信乃が静かに出て来た。良平は足を止めて、眼をしかめながら、不審そうにこちらを見た。

「お待ち申しておりました」信乃はこう云って良人を見あげた。良平にはまだわからないらしい、俯向《うつむ》いてそっと頭を振り、それから改めて信乃を見て、そうしてとつぜん、激しく顔を歪《ゆが》めた。

「――信乃、どうするのだ」

「ごいっしょにお供を致します、あなたのお支度も持ってまいりました、どうぞお着替えあそばして」

「――離別状は届かなかったのか」

「わたくしが至らなかったのです、わたくしが、身勝手な、いけない女でございました、でもこれからはなおしてまいります、きっと良い妻になれると思います、お願いでございます、あなた、どうぞ信乃をお伴れ下さいまし」こう云って袂《たもと》で顔を掩《おお》い、信乃は肩を顫《ふる》わせて嗚咽《おえつ》した。……良平は黙っていた。しかし信乃の云うことはわかったのだろう。暫《しばら》くして、そっと独り言のように、

「――伴れていっては、おまえを不幸にする、拒むのが本当だ、拒まなくてはいけない、けれどもおれには拒めない、……おれはおまえにいて貰《もら》いたい、この世の中で、おれにはおまえが唯《ただ》ひとりの味方なんだ、信乃、……いっしょに来てくれるか」

「あなた、うれしゅうございます」

信乃は叫ぶように云って、良人の胸へ縋《すが》りついた。良平は持っていた編笠を投げ、両手で妻の肩を抱いた。

「おまえがいてくれればおれは生きることができる、もう一度、……」

そして彼は激しく妻を抱き緊《し》めた。

それからまもなく、旅支度に改めた良平と信乃が、畑に挟まれた道を、伴れだって、東に向って歩いていた。春の日はきらきらと暑いほど輝き、畑いちめんに咲いた菜の花の黄が、まるで燃えるようにうちわたして見えた。

「——甲之助は大丈夫だな」

「はい、すぎと母が見てくれます、……わたくしたちがおちつきましたら、迎えにまいりましょう」

「——明るい、勿体《もったい》ないほど、明るい景色だ」

「初めてでございますわね」

信乃はこう云って、媚《こび》のある笑いかたで良人《おっと》を見あげた。

「あなたとわたくしと、二人で、こうしていっしょに、旅へ出ますのは、……うれしゅうございますわ」

菜畑からそれて来た蝶《ちょう》が二つ、良平と信乃のあとを追うように、楽しげにひらひらと舞っていった。


(「講談倶楽部《クラブ》」昭和二十五年四月増刊号)

つばくろ

一

吉良《よしなが》の話があまりに突然であり、あまりに思いがけなかったので、紀《き》平高雄《ひらたかお》にはそれがすぐには実感としてうけとれなかった。

「話したものかどうかちょっと迷ったんだけれど、とにかくほかの事とは違うからね」

吉良節太郎はつとめて淡泊な調子で云《い》った。

「なんでも梅の咲きだす頃からのことらしい、七日おきぐらいに逢《あ》っていたというんだが、そんなけぶりを感じたことはなかったのかね」

「まるで気がつかなかった」

「だって七日おきぐらいに外出していたんだぜ」

「願掛けにゆくということは聞いていた、たしか泰昌寺の観音とか云っていたように思うが」

「それが不自然にはみえなかったんだね」

吉良はこう云ってから、ふと頭を振り、口のなかで独り言のように呟《つぶや》いた。

「いかにも紀平らしい」

それは彼が高雄に対してしばしばもらす歎息《たんそく》であった。高雄の弱気に対して、善良さに対して、感動したばあいにも、また咎《とが》めるようなときにも、そう歎息することで彼は自分の気持を表現した。高雄は眼を伏せたまま遠慮するようにきいた。

「それで、相手も見たのかね」

「見たよ、森相右衛門《もりそうえもん》の三男だ、知っているだろう、森三之助《もりさんのすけ》」

「――と云うと、たしか江戸へいった」

「ゆかなかったんだな江戸へは、現におれがこの眼で見ているんだから」

そこで吉良はちょっと口をつぐんだ。こちらの話すことが高雄をどんなにいためつけるか、どんな苦しみを与えるかは初めからわかっていた。しかしこんどの事はへたに劬《いた》わったり妥協したりしてはいけない。どんなに残酷であっても、傷口のまん中を切開し、腐った部分をきれいに掻《か》き出してしまわなければならない、このばあいは無情になることが彼に対する友情なのだ。こう思いながら、吉良は事務的な口ぶりで云った。

「伊丹《いたみ》亭の者はまだなにも知らない、ほかにも気づいている者はないだろう、いまのうちに片をつけるんだな、狭い土地のことだからこのままいくと必ず誰かの眼につく、そうならないうちに始末をつけるんだ、……おれで役に立つことがあったらなんでもするよ」

吉良の家を出てしばらく歩くうちに、高雄は軀《からだ》に不快な違和を感じた。発熱でもしたようで、頭がぼんやりし、膝《ひざ》から下がひどく重かった。

——吉良がその眼で見た。

ぼんやりした頭のなかで絶えずそういう声が聞えた。自分でない誰かほかの者が呟いているように、よそよそしい調子で、繰り返し同じ声が聞えるのであった。

——吉良が自分でつきとめた。

——どうにか始末しなければならない。

——だがどうしたらいいのか。

意識は痺《しび》れたように少しも動かなかった。まるで白痴にでもなったように、集中してものを考えることができず、想《おも》うことが端からばらばらに崩れ、とりとめのない断片ばかりが、休みなしにからまわりをするだけだった。

家へ帰って妻の顔をどう見たらいいだろうか。平静でいることができるだろうか。

彼はそれを案じた。だが思ったより心は穏やかで、夕餉《ゆうげ》も平生のとおり大助《だいすけ》といっしょに摂《と》った。妻のようすにも変ったところはみえなかった。かえって明るく元気なふうでさえあった。……大助は半月ほどまえから自分で喰べるようになったが、まだ匙《さじ》が十分に使えないので、顔じゅうを飯粒だらけにし、口へ入れるよりこぼすほうが多かった。へたに手を出すと怒るので、うまくだましだまし介添をしてやるのだが、顔に付いたのを取ったりこぼしたのを拾ったりする妻のようすは、若い母親の満足と喜びにあふれているように思えた。

——寝るまえに話そう。

高雄はそう思った。あっさり云いだせるような気持だったが、いざそのときになると云いだすことができなかった。役所から持ってきた仕事を机の上にひろげ、筆を持ったが、そのまま机に凭《もた》れてぼんやりと時をすごした。

自分では気がつかなかったが、そのときすでに彼の苦しみが始まっていたのである。それは効きめの緩慢な毒が血管を伝わって徐々に組織を侵すように、じりじりとごく僅《わず》かずつ、時間の経過につれてひろがり、蝕《むしば》み、深く傷つけていった。……三日ばかりのあいだに彼は痩《や》せて、顔色が悪くなり、食事の量も少なく、ひどい不眠のあとのように眼が濁ってきた。

「おかげんでもお悪いのではございませんか」

おいいちが心配そうにたずねた。

「――おれか、……」

高雄は妻のほうへ振り向いた。それは吉良から話を聞いて五日目の朝のことで、彼はちょうど登城の支度を終ったところだった。振り向いて妻を見たとき、彼の胸のどこかにするどい痛みが起こった。

おいちは青みを帯びたきれいな眼でこちらを見あげていた。五尺そこそこの小柄な軀つきであるが、ぜんたいの均整がよくとれているので、立ち居の姿はかたちよくすらっとしてみえる。きめのこまかい膚《はだ》はいつも鮮やかに血の色がさしていて、濡《ぬ》れたようになめらかな薄紅梅色の唇とともに、まるでそだちざかりの少女のような、あどけないほど柔軟で匂《にお》やかな嬌《なま》めかしさをもっていた。

――塵《ちり》ほどのよごれもないこのきれいな眼が、……少しの濁りもないこの柔らかな肌が。

高雄は云いようのない激しい感情におそわれ、おれか、と反問しかけたままで顔をそむけた。そのときつきあげてきた感情は生れて初めて経験するものだった、苦しいとも悲しいとも寂しいとも形容できない、自分ではまったく区別のつかない、しかし非常に激しいものであった。……玄関へ出ると、おいちは大助を抱いて送りに出た。高雄の気持がわからなかったのだろうか、式台へ膝をついてこちらを見ながら云った。

「わたくし今日は泰昌寺へ参詣《さんけい》にまいりたいのですけれど、よろしゅうございましょうか」

「いや今日はいけない」

高雄は向うを見たままで答えた。

「今日は早く帰ってくる、話があるから、どこへも出ないでいてもらいたい」

はいというおいちの声は消えるように弱かった。高雄は硬《こわ》ばった肩つきで、妻のほうは見ずに玄関を出た。そのうしろへ大助の舌足らずな声が追ってきた。

「たあたま、おちびよよ、よよ」

二

泰昌寺という妻の言葉が、反射的に彼の決心を促したようだ。城へあがるとすぐに支配へ届けをし、午《ひる》の弁当をつかわずに下城した。……決心はしたものの、心は重くふさがれ、刺すような胸の痛みは少しも軽くならなかった。帰る途中でなんども立停《たちどま》り、白く乾いた埃立《ほこりだ》った道のおもてを眺めながら、彼はふと無意識に頭を振ったり、思い惑うように溜息《ためいき》をついたりした。

おいちは家にいた。

「食事はいらない、おまえ大助と済ませたら居間へ来てくれ」

高雄は着替えをしながらこう云った。妻の顔を見ることができなかった。返辞を聞くのも耐えがたいようであった。

居間へはいった彼は、机に向って坐《すわ》り、あけてある窓から外を眺めた。おちつかなければいけないと思った。……そこは東北に向いた横庭で、亡《な》くなった父の植えた岳《だけ》樺《かんば》が五六本あるほかは、袖垣《そでがき》の茨《いばら》が枝をのばしたのや矢竹の籔《やぶ》などが、手入れをしないので勝手に生えひろがっている。岳樺は寒い土地の木で、こんな処《ところ》では根づくまいといわれたのだが、植えたときからみると倍以上にもそだち、今も若枝にみずみずと、柔らかそうな双葉が出そろって、春昼《しゅんちゅう》の日光をきらきらと映していた。

「――おいち、……おいち」

高雄はそっと口のなかで呟いて、そうして机に肱《ひじ》をついて、眼をつむった。

彼女は貧しい鉄砲足軽の一人娘だった。父親は幸助《こうすけ》といってたいそう好人物だったらしい。妻がながいこと胃を病んで、ずいぶん貧窮していたところへ、幸助がまた卒中で倒れた。母親がながいあいだ寝ていたので、おいちは八九歳のころから炊事や洗濯をし、かたわら近所の使い歩きや子守りなどもして家計を助けていた。父の倒れたのは十三歳の秋であったが、そのじぶんには糸針を持って巧みに繕い物をし、またしばしばよそから頼まれて、解き物や張り物などの手伝いにいった。両親の世話をしながらのことで、どんなにか苦労だろうと思われるのに、そんなふうは少しも人にみせなかった。明るい顔つきではきはきして、いかにもすなおであった。背丈は小さいが縹緻《きりよう》はかなりいいし、気はしがきくので誰にも可愛《かわい》がられた。

幸助が倒れてからまもなく、まわりの人々がおいちに縁談をもってきはじめた。おいちはまだ十三であったが、一人娘だから形式だけでも婿《むこ》を取って、いちおう相続の届けを出すのが常識である。そういう話の出るのは当然なのだが、十三のおいちがそのことだけは固く拒んだ。

——わたくしは一生ふた親の面倒をみてくらします。

たとえかたちだけでも親子三人の生活を変えたくないという気持らしい。父親の幸助もそれに同意とみえて、かなりいい縁談にもはかばかしい返辞をしなかった。

——久尾《ひさお》の家名などといっても、しょせんはたかの知れた小足軽のことだし、へんな者を婿にして、ゆくさきおいちに苦労させるのも可哀《かわい》そうだから。

卒中でよく舌のまわらない幸助は、そんなふうに云ってどの話をも断わった。……

その頃は世の中が一般に爛熟《らんじゆく》期といったぐあいで、貧富の差もひどく、人情風俗も荒れていた。貧しい多数の人たちが餓えているのに、富裕な者はその眼の前で贅沢三昧《ぜいたくざんまい》をして恥じない。武家でも富んだ町人から持参金付きの嫁や婿を入れて、それがさほど稀《まれ》なことではなくなっていた。……男女間の風紀などもとかく紊《みだ》れがちで、いろいろといやな噂《うわさ》が多かった。幸助が婿養子の話に乗らなかったのは、こういう世相から推して、来てくれる人間に信頼がもてなかったらしいのである。

おいちが十五歳の春に幸助が死に、ほんの三月ほどして、あとを追うように母も亡くなった。その少しまえから、おいちは縫い物や解き物をしに、紀平の家へしばしば来た。高雄は知らなかったが、母の伊世《いせ》がひじょうな気にいりで、特別にひいきだったらしい。父の雄之丞《たかのじょう》もむろん同意のうえだったろうが、おいちが孤児になるとすぐ、母の実家の青野《あおの》へ彼女を預け、そこで十八まで教育したうえ、青野を仮親にして高雄の嫁に迎えた。

紀平へ来てから二年ばかりは、おいちは悲しそうな浮かないようすであった。この結婚が気に入らないのかとも思えた。母はいろいろ心配したようであるが、高雄はほとんど無関心であった。

一年半ほどして父の雄之丞が亡くなり、その翌年の夏に、母も烈《はげ》しい痢病で死んだ。そのときのおいちの歎《なげ》きようは異常であった。こんなにも母を慕っていたのかと、高雄が眼をみはるほど歎き悲しんだ。……あとで思うと、そのときおいちは身ごもっていたので、そんなことも影響したのかもしれない。そうしてそれを機縁のように、おいちは初めて高雄に心をよせてきた。性質もしだいに明るくなり、家事のとりまわしもきびきびするようになった。

大助を産んでから、おいちはさらに美しくなっていった。それは堅い木の実の殻が破れて新鮮な果肉があらわれたという感じである。膚は脂肪がのっていよいよ艶《つや》やかに、しっとりと軟らかい弾力を、帯びてきた。自信とおちつきを加えた眸子《ひとみ》は、ときに驚くほど嬌《なま》めかしい動きかたをする。生命と若さの溢《あふ》れるような、みずみずしい妻の姿に、高雄は初めて女の美しさをみつけたような気がした。

「――そのおまえが、……おいち、そのおまえが、おれの知らないところで……」

高雄は眼をつむったまま、そっとこう呟いて、苦しさに耐えないかのように、喘《あえ》いだ。

廊下を妻の来るのが聞えた。

その足音はいつもの妻のものではなかった。弱々しく躊《ため》らいがちな、爪尖《つまさき》で歩くようにさえ聞えた。高雄は妻が坐るまで黙っていた。それから眼をあいて岳樺の枝を見あげ、薄く霞《かすみ》をかけたような空の青を眺めた。

「――おまえにききたいことがある」

彼は妻に背を向けたままで云《い》った。

「――私もききにくいし、おまえも答えにくいだろうと思うが、とにかく、正直に返辞をしてもらいたい」

おいちははいと云った。低くかすれた声ではあるが、すでに覚悟をきめたという響きがあった。高雄は挫《くじ》けそうになる自分に鞭《むち》を当てる気持で、思いきって妻のほうへ向きなおった。しかしそのとき、廊下をばたばたと大助が走ってきた。

「たあたま、かあかん、ちばめよ、ちばめがおちかけたのよ、ちばめのおちよ」

まわらない舌で叫びながら、走ってきて、母親の肩を摑《つか》み、昂奮《こうふん》して赤くなった顔で父を見て、せいせい息をきらして云った。

「ほんとよたあたま、いやっちゃい、ちばめがおちかけたのよ、早くよ、ねえかあかん」

「よしよしわかった」高雄は子供に笑いかけて頷《うなず》いた、「――父さまはいま御用があるから、母さんと先にいっておいで、あとからすぐにゆくよ」

おいちはとびたつように立った。まるで囚《とら》われた者が解放されたように、大助を抱きあげて小走りに出ていった。

高雄は窓のほうへ向きなおり、机へ片手を投げだしながら溜息をついた。ふしぎなことに彼自身も救われたような気持だった、それは不決断でありみれんであるかもしれない、単に時間を延ばしたにすぎないのであるが、彼はほっとして、もう少し待ってみようと思った。——人間はみなそれぞれの過去をもっている、ただ現在の事実だけで責任を問うわけにはいかない、男女関係は特に微妙なのだ、もう少しようすをみていよう、こう考えたのであった。

おいちはまもなく戻ってきた。大助を抱いたまま、廊下からおずおずと云った。

「脇《わき》玄関の中へ燕《つばめ》が巣をかけましたの、払わなければいけませんでしょうか」

「そのままでいいだろう」高雄はこう云いながら、振り返って子供を見た、「——そうか、おちというのはお巣のことだったのか、大さんの云うことはわからないねえ」

「あのちばめだいたんのだね、たあたま」

「うん大さんのだ、そしてこれからはずっと毎年やってくるよ」

「だいたんのだかだだね」

「そうだ、大さんの燕だかだだ」

良人《おっと》の軽い口ぶりを聞いて、おいちは声をあげて笑いだし、大助に激しく頬ずりをしながら、そして噎《むせ》るように笑いながら去っていった。

三

もちろんそれで事が解決したわけではない、彼の胸にできた傷は絶えず痛み、時をきってするどい苦痛におそわれる。夜の眠りは浅いし、無意識に溜息をついたり、呻《うめ》き声をあげたりした。ふとすると兇暴《きょうぼう》に妻を責める空想に耽《ふけ》っていることもあり、なにもかも投げだして山へでも逃げたいと思うこともあった。

これらは生れて初めての経験であって、その苦痛の激しさと深さはたとえようのないものであった。

――だがこの苦しさには馴《な》れてゆけるだろう。

彼はそう思った。人間はたいてい悪い条件にも順応できるものだ、辛抱づよいことでは彼は自信がある、自分が苦しむだけで済むなら、それで誰も傷つかずに済むなら、必ず耐えぬいてゆけると思った。

――残る問題はおいちの気持だ。

相手は森三之助だという。彼らがどうして知りあい、どこまで深入りしているのか、相手はとにかくおいちはどう思っているのか。それだけはどうしてもはっきりさせなければならないだろう。……だがそうだろうか、二人に逢《あ》う機会を与えないで、このままの状態で、時間が解決してくれるのを待ってもよくはないか。

燕が脇玄関に巣をかけた日から、高雄はこのように思い惑い、苦しい悩ましい時を送った。だがそれからちょうど四日めに、とつぜん思いがけない出来事が起こった。

その日は下城のあとで役所の支配に招かれていた。正満文之進《まさみつぶんのしん》というその支配は四十三になるが、結婚して十四年めに初めて男の子を儲《もう》けた。

「まるで大将首を拾ったような気持でね」

彼は相手構わずそう云って喜んだ。その出生祝いに招かれたのであるが、老職も三人ほど来て、酒宴は思いのほか長くなった。高雄は上役の人たちのあとから辞去したので、正満家の門を出たのは十時に近かった。……正満の家は三条丸にある、そこから下北丸の自宅まで帰るには、大手道と的場跡をぬけるのと二つある、的場跡の脇をぬけるのは裏道だが、そのほうが早い。下僕は先に帰らせたので、高雄は自分で提燈《ちょうちん》を持って、その裏道を帰途についた。

的場跡は二万坪ばかりの広さで、今では石や材木の置場に使われている。周囲には古い椎《しい》の木や樫《かし》や楢《なら》などが、柵《さく》のように幹を接し枝をさし交わし、その向うに荒れた草原がひろがっていた。……そこは武家屋敷の西の外郭に当る。道幅も六間ほどあって、ぐるっと的場跡を半周することができた。

月の冴《さ》えた晩であった。片側の樹立《こだち》の枝葉が、道の半ばまで鮮やかに影をおとしていた。あまり月が明るいので、高雄は提燈を消そうと思って立停った。そのときうしろに尋常でないもののけわいを感じ、反射的に振り返るなり、あっと云って、持っていた提燈を投げながら、彼は横へ跳んだ。

うしろからはだしで跟《つ》けてきたらしい、覆面をした男の軀《からだ》と、頭上へ襲いかかる刀の閃光《せんこう》とが、振り返る高雄の眼いっぱいにかぶさったのである。

「なにをする、待て」

横っ跳びに道の一方へ避け、自分の顔を月のほうへ向けて彼は叫んだ。

「人ちがいするな、紀平高雄だ」

男は樹立の陰にいた。その二間ばかり左で、抛《ほう》りだされた提燈が燃えている。相手は誰とも見当はつかないが、覆面しているのと、はだしになった足袋の白さとが、烈しい殺気を表白するようにみえた。

「人ちがいではないのだな」

「――――」

「名を云え、誰だ」

高雄は危険を感じて刀を抜いた。そのとき相手はつぶてのように斬《き》り込んできた。

少しも声をあげない、息を詰めて、ほとんど捨て身の動作で、遮二無二《しゃにむに》斬り込み、斬り込み、そして斬り込んだ。

――あ、そうか。

高雄は樹立の中へとびこみながら、思わず心にそう叫んだ。そうだ、その人間のほかに自分を覘《ねら》う者はない、彼だ。こう思い当ると高雄はとつぜん激しい怒りにおそわれた。

「わかった、森三之助だな」

彼がそう叫ぶと、相手の軀が戦慄《せんりつ》するようにみえた。高雄は自分の声に自分で闘志を唆《そそ》られ、颯《さつ》と明るい路上へとびだした。

「卑怯者《ひきょうもの》、そんなにおいちが欲しいならやってみろ、そうむざむざと斬られはしないぞ」

相手は呻き声をあげた。絶体絶命と思ったらしい、やはり声はださなかったが、まるで逆上したように突込んできた。

――斬ってやろう。

高雄はそう思った。だが、次の刹那《せつな》に、相手が激しくのめって、顚倒《てんとう》した。どこか骨を打つような音が聞え、刀が手から飛んだ。すぐはね起きるふうだったが、どうしたのか、そのままがくっと地面に伏し、苦しそうに足を縮めて喘いだ。そのみじめな姿を見たとき、高雄の怒りは水を浴びたように冷めた。

——逃げろ、今なら逃げられるぞ。

高雄は刀を持ったまま走りだした。

四

紀平高雄の弱気は知らない者はなかった。吉良節太郎とはごく幼いころから、誰よりも親しくつきあい、互いに深く信頼しあっていたがその吉良でさえ彼の弱気にはしばしば疳《かん》を立てた。近ごろでは諦《あきら》めたようすで、そんなことがあっても、相変らず紀平らしいな、こう云って苦笑する程度だが、以前はよく怒って意見をしたものであった。

的場跡から家へ帰ったとき、彼はもうすっかりおちついていた。むしろ異常な昂奮《こうふん》のあとの、しらじらと哀《かな》しいような気持であった。けれども着替えをしたとき、脱いだ物をたたんでいたおいちが、あ、と低く叫ぶのを聞き、なにげなく振り返って、おいちの手にある袴《はかま》を見た刹那《せつな》に、再び怒りがこみあげてきた。

袴《はかま》の腰下が横に一尺ばかり切れていたのである。高雄はやや乱暴に着物も取ってひろげてみた。着物もその部分が切れていた。

——なんというやつだ。

高雄は激しい怒りのために息が詰りそうだった。おいちも震えていた。およそ事情を察したのだろう。ひろげた袴の上へ手をついて、頭を垂れたまま震えていた。

「おれは闇討《やみうち》をかけられた、誰が闇討をしかけたか、おまえにはわかっている筈《はず》だ、おいち」彼はこう云ってそこへ坐《すわ》った、「——おまえは今夜のことも知っていたのではないか」

おいちはうなだれたまま頭を振った。

「正直に云え、正満から帰る途中にやるとおまえは森から聞いていたのではないのか」

高雄の声は激しかった。おいちはその声にうち伏せられるかのように、ううと声をあげて前へのめった。前のめりに倒れると、片方の腕がぐらっと力なく投げだされて、そのまま動かなくなった。

「——おいち、おいち」

彼はすり寄って呼んだ。妻の顔は血のけを喪《うしな》って硬《こわ》ばり、固く歯をくいしばっていた。悶絶《もんぜつ》したのであった。……高雄は茶碗《ちゃわん》に水を汲《く》んできて、妻を抱き起こして、くいしばった歯の間から口の中へ注ぎ入れてやった。

息をふき返したおいちは、ようやく身を起こしたものの、正しく坐ることができないとみえ、両手を畳について、それでも不安定に半身をぐらぐらさせていた。

「今夜はきかなければならない、どうして彼と知りあったのだ、二人はどんな関係になっているんだ、正直に云ってくれ」

おいちは荒く息をついていた。だが悶絶するほどの苦しみを経て、覚悟はきまったのだろう、低くかすれた、うつろな声で、とぎれとぎれに云いはじめた。

「――あの方に、松葉屋の飴《あめ》をさしあげました、それから、米屋のお饅頭《まんじゆう》も……」

なにを云いだすのかと思ったが、それがおいちの告白の最初の言葉であった。

「――あの方は御三男で、そのうえ、ほかの御兄弟とは、お母様が違うのです、……あの方はみなさんとは別に育てられ、下男たちと同じ長屋に、独りで寝起きしていらっしゃいました、……あの方はいつも独りで、淋《さび》しそうに、悲しそうに、……窓から外を眺めておいででした」

森三之助が相右衛門の妾腹《しようふく》の子だということは、おいちは森家の下婢《かひ》から聞いた。そのころ十三になっていたおいちは、まえに記したような事情で、森家へもしばしば頼まれ物でゆくうち、三之助の不幸な身の上を知ったのである。……おいちは彼が哀れで堪《たま》らなかった。彼は小遣などは貰《もら》えないで、自分にあてがわれたその長屋のひと間で、なにかの写し物をしていたり、ぼんやりと窓から外を眺めたりしていた。

「あの方がどんなに淋しく、悲しい気持でいらっしゃるか、わたくしにはよくわかりました、わたくしも貧しく、苦しい辛《つら》いくらしをしていましたから、……あの方がどんなに不幸でいらっしゃるか、わたくしには自分のことのようにわかりましたの」

　不幸を経験した者でなければ、不幸の本当の味はわからない。おいちは彼の上に自分の哀れさをみた、慰めてやらずにはいられなくなった。そしてある日、おいちは乏しい銭《ぜに》で松葉屋の飴を買って、彼に遣《や》った。

「あの方は初めてのときは、そんな物は要《い》らないと云って、怒ったように脇へ向いてしまいました、……あの方はからかわれたと思ったそうですの、……あの方が十九、わたくしが十三のときでございました」

　三度まで彼は受取らなかった。三度めにはおいちは泣いて帰った、そして四度めに、初めて三之助はおいちの贈物を取った。

　——これではあべこべだね、でも貰うよ、有難う。

　彼はそう云って、泣くような笑い顔をした。そしてこっちの気持がわかったのだろう、それからはいつもおいちの持ってゆく物を喜んで受取った。こちらの境遇が境遇なので、むろんそういつもというわけにはいかなかった。だがおいちは身を詰めるようにして小さい智恵《ちえ》を絞って、できるだけ彼を慰めることに努めた。城下で名の高い米屋の饅頭なども、幾たびか持っていって彼を喜ばせた。

——美味《うま》かったよ、話には聞いていたが喰べるのは初めてだ、やっぱり評判だけのことはあるね、有難う。

初めてその饅頭を喰べたときの、三之助の嬉《うれ》しそうな顔は、おいちには長く忘れることができなかった。……高雄の母のとりなしで、青野へひきとられてから、おいちはもう三之助を訪ねることはできなかった。新しい生活を身につけることでいっぱいだったし、時のたつうちにしぜんと忘れていった。そうしておいちは紀平家の嫁になったのである。

今年の一月の下旬、おいちは大助の虫封じに泰昌寺へ参詣《さんけい》をした。その帰りに三之助に呼びとめられ、彼に強いられるままに、蘆谷《あしや》河畔の伊丹亭という料亭にあがった。

三之助はひどく痩《や》せて、蒼白《あおじろ》い顔になり、しきりに咳《せき》をしていた。彼は初めから昂奮しておちつかないようすだったが、坐ってまもなく思い詰めたような表情で、意外なことを云いだした。

——私は今では逃亡者なんです。

彼はまずこう口を切った。前の年の暮に彼は婿《むこ》の話が定《きま》った、先方は江戸邸《やしき》の者で、五石三人扶持《ぶち》くらいの徒士《かち》だという。それもいいが話の纏《まと》めかたが乱暴で投げやりで、下僕たちまでが「厄介ばらいだ」などと蔭口《かげぐち》をきいていた。そして正月になるとすぐ、若干の金をくれ、ほとんど着のみ着のままで、江戸邸のこれこれという者を訪ねてゆくようにと、命令するように云われたのであった。

三之助は江戸へはゆかなかった。ゆくとみせて城下にひそんでいた。二十七歳まで耐え忍ぶ生活をしてきた彼は、そのとき初めて怒ったのである。その怒りがそのままおいちへの思慕に変った、彼はおいちに会って、自分の不幸を訴えたかった。おいちならわかってくれるだろう、そしてあのころのように温かく慰めて、今後の相談相手にもなってくれるだろう。……こう思ってひそかに機会を待ち、ようやくその日にめぐりあえたという。……彼の話をおいちは泣きながら聞いた、そしてやはり江戸へゆくようにとすすめたのである。

――このままではゆけない、もういちど会ってください。

三之助はそうせがんだ。おいちは拒むことができなかった。日を定めてまた会い、そしてまた次の日を約束させられた。

――私に愛情をみせてくれたのは貴女《あなた》ひとりだ、私に持ってきてくれたあの菓子が、どういう銭で買われたものか私はよく知っていた、私がどんなに嬉しかったか貴女にわかるだろうか、……持ってきてくれる菓子よりも、そうしてくれる貴女の気持が、私にとってどんなに嬉しかったか。

――このひろい世の中に、私には父も母もない、兄弟も友達もない、私には貴女だけだ、貴女は私のたった一人の人だ。

　彼の言葉は会うたびに激しくなるばかりだった。

――もう貴女なしには生きてはゆけない、生きてゆきたくもない、どうか私のところへ来てください、紀平さんは身分もよし裕福で、あんな可愛《かわい》い子供まである、紀平さんにとっては貴女が全部ではない、しかし私には貴女が全部だ、貴女に別れるくらいなら私は死ぬことを選ぶ、私のところへ来てください、貴女にはこの気持がわかる筈だ、どうか私をこれ以上不幸にしないでください。

　おいちには彼を突き放すことができなかった。現在の満ち足りた生活が、彼に対して罪であるかのように思えた。

「あの方がどんなにお可哀《かわい》そうか、わたくしにはよくわかりますの、わたくしも小さいときから苦労してまいりました。世の中の冷たさ、人々の無情さ、……苦しい辛い日々、云《い》いようのない貧しさ、……おいちはそういうなかで育ちました、あの方を慰めてあげ、あの方の支えになってあげられる者は、わたくしのほかにはございません、ほかには一人もいないのでございます」

おいちはこう云って、袂《たもと》をきりきりと嚙《か》んで、声をころして泣きいった。高雄は眼をつむっていた。怒りは消えたが、怒りよりも耐え難い悲しさ、絶望といってもよいほどの悲しさが、彼の全身をひたし、呼吸を圧迫した。

「――わかった、それでよくわかった」

高雄はやがて口をきった。云いたいことが喉《のど》へつきあげてくる、思うさま声をあげて叫びたい、喚《わめ》き、どなって、胸にあるものを残らず吐きだしたかった。しかし彼にはできなかった。けんめいに自分を抑え、できるだけ平静な声で、静かに続けた。

「――私にも云いたいことはある、だが、それは云わなくとも、おまえにはわかっているだろう、……だから、ここでは、いちばん大事なことだけを話そう」

彼は眉《まゆ》をしかめ、ちょっと吃《ども》って、だがやはり穏やかに言葉を継いだ。

「――私が苦しんだように、おまえも、そして森も苦しんだろう、……私だけが苦しんだとは思わない、三人とも、お互いに苦しんできた。おいち、……この苦しみを活《い》かす法を考えよう、今いちばん大事なのは、それだと思う……この苦しみをむだにしてはいけない、これをどうきりぬけるか、お互いが傷つかぬように、できることならお互いが仕合せになるように、……それをよく考えてみよう、おまえそう思わないか、おいち」

「あなたの思うようになすってくださいまし」

嗚咽《おえつ》しながら切れ切れにおいちが云った。

「わたくしにはもうなにを考える力もございません、あなたがこうしろと仰《おっ》しゃるとおりにいたします、どうぞどのようにでも、思いのままになすってくださいまし」

五

それから数日して、おいちは猿ケ谷の湯治場へ立っていった。衰弱した軀《からだ》の療養という届けを出し、供には松助《まつすけ》という老僕を一人付けてやった。

供をさせる以上は秘密にはできないので、松助には事情をあらましうちあけた。すると初めはどうしても供はいやだと云って拒んだ。彼は父の代からもう三十余年も紀平に勤めている一徹で頑固で、人づきあいは悪いが正直な、いつもむっとふくれているような老人だった。

「さような不貞に加担するようなことはお断わり申します、私には勤まりません」

不貞に加担するなどという強い表現は、いかにも彼らしかった。高雄は彼に頭を下げた。いきさつの複雑さと、周囲の者に不審をもたせないためには、紀平家にもっとも古くからいて、親族や知友にも信用されている松助に供をしてもらうよりほかにない。もしこの内情が漏れたら、紀平の家がどうなるかわからないのだから、こう云って頼んだ。

「ながい生きをすると恥が多いと申します、こんなお役を勤めようとは夢にも思いませんでした」

松助は口惜《くや》しそうに涙をこぼした。

猿ケ谷は城下から東北へ十里ほどいった、隣藩の領内にある山の中の湯治場で、五種類の温泉《いでゆ》が湧《わ》くので名高く、ずいぶん遠くから病気療養の客が来る。しかし他領のことだから、この藩の武家でゆくものはごく稀《まれ》である。雑多な客が絶えず出入りすること、家中の者にみつかる危険の少ないこと、そういう点で、高雄はそこを選んだのであった。

おいちが立ってから三日ほどして、高雄はその報告をしに吉良へいった。

「療養で湯治にやったそうだね、聞いたよ」

節太郎はきげんよくそう云った。そして慰めるつもりだろう、すぐに酒の支度をさせて、盃《さかずき》を交わしながら高雄の話を聞いた。……はじめはきげんがよかったけれども、聞いているうちに吉良はむずかしい顔になりしまいには怒ったように高雄を睨《にら》んだ。

「では森もいっしょに猿ケ谷へいったのか」

「――彼には今おいちが必要なんだ」

「では紀平には必要ではないというのか」

「――こんどの事は誰が悪いのでもない」

高雄は眼を伏せて低い声で云った。

「――ただ不運なめぐりあわせだったんだ。誰にも責任はないし、誰を不幸にもしたくない、おれの考えたことはそれだけだ」

吉良はそっぽを向いた。いかにも不服そうである、そしてそっぽを向いたまま、どういうふうに解決するつもりかときいた。

「二人は猿ケ谷に一年いてもらう」高雄はこう答えた、「――そのあいだに生活の手《て》蔓《づる》がみつかるだろう、みつからないばあいにも、一年たったらおれはおいちが病死したという届けをする、……二人は二人の生活を始め、おれはおれで、……できるなら、新しい生活を、始めようと思う」

「やりきれないな、そういう話は」

吉良は突っ返すように云った。

「そこまでゆくともう弱気とか、善良などという沙汰《さた》ではないね、むしろ不徳義だし、人間を侮辱するものだ、森が男ならそういう恩恵には耐えられなくなるぜ」

「吉良ならほかに手段があるかね」

「森とは決闘するか追っ払うかだ、妻はきれいに赦《ゆる》すか離別するかだ、それがお互いを尊重することなんだ」

「——おれには自分にできることしかできない」

高雄は自分に云うように云った。

「——おれは人の苦しむのを見るより、自分で苦しむほうがいい、これがもし人間を侮辱することになるなら、おれは喜んでその責を負うよ」

日がたっていった。月にいちどずつ猿ケ谷から松助が来る、表向きは療養の経過を知らせるという意味で、そのとき二人に変ったことがあれば聞き、こちらからは滞在雑費を渡すのである。……だが二人には変ったことはないとみえ、松助はなにも云わず、高雄もそれには触れなかった。松助は来ると一夜泊って、またむっとした顔で戻っていった。

大助はおいいちの立っていった日から、ぷつっと母を呼ばなくなった。亡《な》くなった母の実家の青野では、実際の内情はもちろん知らなかったが、高雄が不自由だろうというので、青野の遠縁に当る者を手伝いによこした。……勝江《かつえ》という名で二十六歳になり、いちど結婚したが、不縁になって戻ったのだという。それにしては少しも暗い翳《かげ》のない、開放的なひどく明るい性質で、一日じゅうどこかしらで笑い声の聞えないことはないというふうだった。

「大さん、さあ小母《おば》さんに乗んなさい、お馬どうどうしましょう、ほら、走るわよ」

四つん這《ば》いになって、大助を背中に乗せてばたばた騒ぐ。来る早々からそんなぐあいで、大助もたちまち懐《なつ》いていった。

六

時はたっていったが、高雄の傷心は少しも軽くならなかった。

おいちが自分にとっていかに大事な者であったかということを、彼はますます強く、ますます深く感ずるばかりだった。嫉妬《しっと》もあるかもしれない、たしかに、森とおいちをひとつにした想像は、呼吸を止められ、胸を圧潰《おしつぶ》されるような苦しさだった。心理的であるよりも遥《はる》かに直接な、肉体的な苦悶《くもん》であった。……けれども、それにも増して、おいちがどんなに大事な存在であったかということ、彼女が自分を去ってからそれがわかったこと、そうして、それほど大事であったおいちを、自分がなおざりにしてきたことなど、こういう想《おも》いがいつも頭を離れず、とりかえし難い罪のように彼を苦しめた。

「もっと愛さなければいけなかった、もっと愛情と劬《いたわ》りがなければいけなかった」

彼はときどきそのように独り呟《つぶや》いた。

「そうすれば、あの男に会っても、あんなに気持を動かされはしなかったかもしれない、……おいちの心を、おれの愛と劬りでいっぱいにしていたとしたら、……悪いのはおれだ、おれは盲人《めくら》で馬鹿《ばか》だった」

しばしば彼は夜半に起きて、暗い庭の内を歩きまわったり、腰掛に倚《よ》って、なにを思うともなくじっと動かずに、ながい時間を過したりした。


雨のない暑い夏が過ぎていった。

ある日の午後。大助の部屋を覗《のぞ》くと、勝江といっしょに午睡をしていた。勝江は上半身を大助のほうへ向け、下半身を仰向《あおむ》けにしていた。裾《すそ》が乱れて、水色のふたのの絡《から》まった太腿《ふともも》が、あらわに見えた。逞《たくま》しいくらい成熟した、こりこりと張切った豊かな腿であった、けれども膚《はだ》の色は驚くほど黒かった。

高雄はすぐに眼をそらしてそこを去った。いま見たものは少しも彼を唆《そそ》らなかったが、その印象は新しい苦痛を与えた。いくらか野蛮な勝江の太腿は、まったく違うおいちの軀の記憶をよびさました。

——おいちの肌はもっと美しかった。

白くてなめらかで、しっとりと軟らかで、そして吸いつくような弾力があった。しかし彼はそれを眼で見たことはなかった、感じとして記憶には残っているが……おいちは自分の妻であった、いつも自分の側にいた。いつでもその声を聞くことができたし、その姿は手の届くところにあった。

——そうだ、おいちはそのように自分の近くにいたんだ、この手はおいちを抱き、この肌はおいちの肌に触れたんだ。

だがはたして本当に彼女を抱き、本当に肌と肌を触れたろうか。……そうではなかった。自分はおいちを本当には見もせず、抱きもせず、肌を触れもしなかった。風が林を吹きぬけるとき、樹々《きぎ》の幹や枝葉の表をかすめるように、ただ彼女の表面をかすめたに過ぎない。

「そうだ、おれはおいちという者を知らない、四年もいっしょに夫婦でいて、おれはおいちを少しも知ってはいないのだ」

高雄はその日は夕餉《ゆうげ》を摂《と》らなかった。

ある日、勝江が大助のいないときに云った。

「ふしぎでございますわね、大さん少しもお母さまのことを仰しゃいませんわ。お母さまはどこってきますといやな顔をなさいますの、そしてほかのことに話をそらしてしまうんですの、……親に早く別れる子は親を慕わないと申しますけれど、もしやお母さまの御病気がお悪いのじゃございませんかしら」

悪意のないことは云うまでもない。結婚に失敗してもさして苦にしない、さばさばと割切った性質なので、感じたままを云ったのではあろうが、高雄には胸を刺されるほど痛い言葉だった。彼は叫びたい衝動をかろうじて抑え、そこを立ちながら哀願するように云った。

「どうか母親のことは云わないでください、できるなら母親を忘れるようにしてやってください、……ことによると、死別してしまうかもしれないのですから、どうかお願いします」

高雄はなるべく大助を見ないようにした。おいちが去った日から、大助はぷつっと母の名を口にしなくなった。それは知っていたけれども、まだ頑是ない年のことでもあるし、まわりに人が多いので気がまぎれているのだろうと思った。母を恋い慕われるよりいいので、かくべつ気にとめてはいなかった。それだけよけいに勝江の言葉にまいったのである、……母のことをきかれると話をそらすとか、いやな顔をするという。それは母の去った理由を感づいているのではないか、療養にいったのではなく、もう帰ってこないということを本能的に気づいているのではないか。

――親に早く別れる子は親を慕わない。

彼も耳にした言葉ではあるが、現実に自分の子に当てて考えたことはなかった。しかし勝江の眼にはそれがわかったのだ、意識的であるか本能的であるか、ともかく大助がそんな幼い年で、母のことに触れるのを避けようとするのはもう母には会えないと知っているために違いない。そう思うと高雄には大助を見ることができなかった、大助が独りで遊んでいる姿など眼につくと、胸がきりきりと鳴るようで、思わず顔をそむけずにはいられなかった。そしていつも勝江に向って、

「大助をみてやってください、ほかの事はなにも構わないでいいのです、大助の世話だけしてくれればいいのですから、どうかなるべくあれの側を離れないでください」

少し諄《くど》いほどこう繰り返し頼んだ。本当はそんなに云《い》う必要はなかったであろう、勝江はいつも大助に付ききりだった。おいちはしなかったが夜は抱いて寝るらしい、

大助を背に乗せて馬のまねをするとか、庭で砂いたずらとか、鬼ごっこや隠れんぼをするとか、自分が子供のように面白がって、さきだちになって遊ぶ。しばしば蘆谷川や亀丘《かめおか》山などへも伴《つ》れてゆくようすで、

「だいたんも、大きくなったや、およげゆね」

などと高雄のところへ突然やってきて云うことがあった。彼が登城するとき、玄関へ送って出ると、

「たあたま、ごちゅびよよちゅう」

と云う、春の頃はごちびよよよだった。御首尾よろしゅう。この家中の定った挨《あい》拶《さつ》であるが、舌が少しずつまわりはじめたのだろう。勝江と脇《わき》玄関で話すのを聞いても、

「あのちばめ、おばたんちばめだね」

などとかなりはっきり云うようになった。

「あれだいたんのよ、だいたんのちばめね、こよぶの、こよぶのよ」

「あら、燕《つばめ》がころぶの、大さん」

「うん、こよぶの、ほんとよ、こよんで頭いたいいたいって、ここぶっちゅけて」

ある日こんな問答も聞えた。

「大さん、あれが燕のお母さまよ」

不用意に云ったものだろう。ふっと声が絶えた。それから大助が怒ったように云った。

「ちばめ、かあかん、ないよ」

秋にかかるじぶん、高雄はしきりに家康の言葉をそっと呟《つぶや》くことが多くなった。

――人の一生は重荷を負うて遠き道をゆくが如《ごと》し、いそぐべからず。

少年時代に鵜呑《うの》みに覚えたのだが、いま口にしてみると、深い慰めを感じることができた。森三之助も、おいちも、重い苦しい荷を背負っている、小さい大助でさえ、すでに心の中で重荷を負っているのだ。

「――いそぐべからず……」

彼は夜半の雨の音を聞きながら、じっと眼をつむって呟くのであった。

「――みんなが重い荷を負っている。境遇や性格によって差はあるが、人間はみなそれぞれなにかしら重荷を負っている、……生きてゆくということはそういうものなんだ、そして道は遠い……」

互いに援《たす》けあい力を貸しあってゆかなければならない、互いの劬りと助力で、少しでも荷を軽くしあって苦しみや悲しみを分けあってゆかなければならない。自分の荷を軽くすることは、それだけ他人の荷を重くすることになるだろう。道は遠く、生きることは苦しい、自分だけの苦しみや悲しみに溺《おぼ》れていてはならない。高雄はこう思うようになり、おいちを失った苦痛から、ごく徐々にではあるが、少しずつ立直ってゆけるように思えた。

九月になってまもなく、吉良節太郎から夕食に招かれた。

にわかに秋めいた風の渡る宵で、吉良の庭はもう自慢の白萩《しらはぎ》もさかりが過ぎ、芒《すすき》の穂がいっせいに立っていた。高雄のほかに宮田《みやた》慎吾《しんご》という相客があり、みなれない娘が吉良の妻女といっしょに給仕をした。宮田は吉良の役所の同僚だそうで、みなれない娘はその妹であり、名を雪乃《ゆきの》、年は二十になると紹介された。

――この娘をみせるために呼んだのだな。

高雄はすぐにそう察した。雪乃は五尺二寸ほどあるゆったりした軀《からだ》つきで、立ち居のおちついた、口のききかたなどものんびりした娘であった。吉良の妻女にすすめられると、すなおに盃《さかずき》も受け、吉良や兄が話しかけると、羞《はに》かんだりしないで、ごく自然におっとりと受け答えをした。

「そろそろお手並を聞かしてもらおうじゃないか」

少し酒がまわったとき吉良がそう云い、妻女が召使いの者と琴を運んできた。

「雪乃さんは琴では教授の腕があるんだよ」

吉良が高雄にこう云った。すると雪乃はほのぼのとした笑い顔で、

「教授にもいろいろございますわね」と吉良の妻女に向って云った、

「――わたくしのは、こう弾いてはいけませんという教授、……父も兄も酒が醒《さ》めると申しますわ」

「そのとおりなんですよ、聴いてみればわかります」

宮田慎吾が高雄にそう云った。

「家では酔醒《よいざま》しと折紙が付いているんです」

高雄は黙って苦笑していた。

彼にはまだ縁談などを受ける気は少しもなかった。それで娘の気持を傷つけないように、つとめてその座の空気から自分をそらすようにしていた。……雪乃の弾いたのは「老松《おいまつ》」という古曲で、きわめて優雅なものであった。

七

彼女の琴が終るのとほとんど同時に、高雄の自宅から使いがあった。いそぎの用事らしいので、中座の詫《わ》びをして帰ってみると、大助が急病で医師が来ていた。

大助は夕方から激しい発熱で、ひきつけたようになり、嘔吐《おうと》と下痢が続いた。

「九分まで助からぬものと思ってください」

医師はそう云って、その夜は朝まで付いていてくれた。明くる日になっても大助は昏睡《こんすい》状態で、吐く物のなくなった嘔吐の発作と、水のような下痢が止らず、高雄の眼にも望みはないようにみえた。

一睡もしなかったが、役所にやむを得ない仕事があったので、早く登城して、午前中で帰ってみると、猿ケ谷から松助が戻っていた。例月より少し早いが、用事があったので来たということであった。……彼は大助が絶望だと知ったのだろう、蒼《あお》い顔で、眼を泣き腫《は》らしていた。そして高雄の昼食が済むと、声をひそめて、

「奥さまを御看病に呼んであげてくださいまし」

こう云った。高雄は驚いて彼を見た。充血した松助の眼は、思い詰めたようなけんめいな色を湛《たた》えていた。高雄は首を振った。

「――いけない、二度と云うな」

そしてすぐに病間のほうへ立った。

大助はびっくりするほど肉がこけ、皮膚は死んだような色になり、薄眼をあけて、小さく喘《あえ》ぎながら、絶えず頭をぐらぐらと左右に揺すっていた。勝江もゆうべから眠

っていないので、自分が代るからと云って寝にゆかせ、彼は一人で子供の枕元《まくらもと》に坐《すわ》った。

「ちばめよ、たあたま……ちばめのおちよ」

大助は昨夜からしきりに同じうわ言を云った。

「痛い痛いって、だいたんの、ちばめ、ね、こよんで痛いって、ほんとよ、……ねえ、たあたま、ちばめ、どこへもいかない、ね、……ちばめ、いっちゃ、いや、だいたんのちばめ、いっちゃいやよ、……いやよ」

高雄は歯をくいしばった。

——重荷を負うて、遠き道を……。

彼は眼をつむって、大助死ぬな、と心のなかで叫んだ。生きてくれ、生きてくれ、闘うんだ、死ぬな、石に齧《かじ》りついても生きるんだ。苦しいだろうが頑張れ、……哀願するように、こう呼びかけていると、うしろで耐えかねたように噎《むせ》びあげる声がした。

「お願いでございます、旦那《だんな》さま、爺《じい》が一生のお願いでございます」

松助の声であった。高雄はそちらへ背を向けたままで、囁《ささや》くような声で云った。

「おまえが聞いていたら、わかるだろう、……大助は、うわ言にも、母の名を呼ばない、あれが出ていった日から、いちども母のことは口にしないのだ、……大助は、この小さな、幼い心で、母を忘れようとしてきたのだ、……このままがいい、……ここであれを呼ぶことは、大助をも含めて、四人がもういちど苦しむことになる」

「そこを押してお願い申すのでございます、一生のお願いでございます」松助は叩頭《こうとう》しながら云った、

「——そしてこれは、奥さまを呼び戻して頂くことは、いつかは爺からお願い申さなければならないことでございます」

　高雄は静かに振返った。松助の云う意味がちょっとわからなかったのである。

「——あれを呼び戻すって」

「初めにお供を仰《おお》せつかったとき、爺がなんと申上げたかお忘れではございますまい、……召使いの身で、不貞の加担はできませぬなどと申しました、なにも知らず、愚か者のいちずな気持から、ただもう前後もなく、申上げたのでございます」

「——なにも知らないとは、どういうことだ」

「まるで違うのです、奥さまには不貞などはございません、爺は二百余日もお付き申していて、この眼でずっと見てまいりました、奥さまには決して不貞などはないのでございます」

「——松助、なにを云いだすのだ」

「お聞きくださいまし旦那さま、私の申すことをどうぞお聞きくださいまし」
松助は訥々《とつとつ》とした口ぶりで話しだした。片手で自分の膝《ひざ》を摑《つか》み、片手で涙を拭《ふ》きながら、……高雄は聞きたくなかった、叱《しか》りつけようとさえしたが、松助がのっけに森三之助が重態であって、余命いくばくもないと云いだすのを聞くと、つい知らず話にひきいれられた。

森三之助は数年まえから肺を病んでいた。自分でも気づかなかったが、あの夜、高雄に闇討《やみうち》をしかけて、顚倒《てんとう》したとき、ふいに喀血《かっけつ》したという。高雄が去ってから四半刻《とき》も動くことができず、這《は》うようにして宿所へ帰った。……猿ケ谷へはおいちに七日ほどおくれていったが、着くとすぐにまた喀血し、そのまま寝たきりになったそうである。

おいちは三之助とはずっと離れた部屋で寝起きをした。三之助の部屋にいるときは、必ず障子をあけておいた。宿帳にはもちろん偽名であるが兄妹と書いて、それが宿の者に少しも疑われずにきた。……紀平とはっきり縁が切れるまではそれが当然だろう、松助はそう思っていた。そのまえにもしふたしなみなようすでもあったら、容赦なく面罵《めんば》してやるつもりでさえいた。しかし二人の態度はいつまでも変らず、松助の眼にもすがしくみえるようになった。彼らはほとんど話をしなかった、同じ部屋にいるときでも、おいちは縫い物をしたり薬を煎《せん》じたりし、三之助は黙ってしんと寝ていた。ときどき短い話を交わすと、いつもお互いの小さい頃の思い出であった。

「そしてつい先夜のことですが、森さまは奥さまがお部屋へ去られてから、私をお呼びになって、泣きながらこのようにお話なさいました」

松助は呻《うめ》くような声で云った。三之助は自分とおいちとの関係を語ったのである、それは高雄がおいちから聞いたのと同じもので、彼は自分が庶子であることもうちあけた。……江戸へ養子にゆくことに定《きま》り、ゆくまえにひと眼だけ逢《あ》いたいと思い、逢うと一度では済まず、二度三度と重なるうちに、こんどは離れることができなくなったいきさつ、それも隠さずに語った。

――高雄の計らいで猿ケ谷へ来て、おいちと二人になったとき、自分はすぐに気がついた、自分の気持は恋ではなかった、母のように、姉のように慕っていたのである、愛情というものを知らなかった自分に、おいちが初めて、この世でたった一人、愛情を示してくれた、……生れて初めて、愛情のあまやかさを知り、寛《ひろ》やかな心の喜びを知った、そうしていかなる犠牲をはらっても、おいちを奪い取りたいと思ったのである、だがいざ望みどおり二人だけになったとき、自分にはおいちの手に触れることもできなかった。

三之助はこう云ったということだ。

「おいちどのは自分には母親であり姉である、おいちどのの気持も恋ではない、母が子を、姉が弟を、劬《いたわ》り庇《かば》う愛情にすぎない、……ここへ来てから二百幾十日、おいちどののゆき届いた介抱を受けて、自分は初めて人間らしい、やすらかな、心あたたまる日を過した、初めて生れてきた甲斐《かい》があったと思った。……森さまはこう云ってお泣きなされました。医者も云うとおり、自分はせいぜい今年いっぱいの寿命だろう、おいちどのは潔白だ、あのひとは昔から自分の哀れさに同情していた、無法な懇願を拒むことができなかったほど深く、親身に同情していてくれたのだ、不貞な気持などは塵《ちり》ほどもなかった、あのひとの潔白は神仏を証《あかし》に立ててもよい、……あのひとを頼む、自分が死んだら紀平家へ戻れるようにしてくれ、あのひとを不幸にしないように、……このとおりだ、……森さまは枕の上に顔を伏せて、泣きながら、この爺に頭を下げて、お頼みなされたのでございます」

高雄はすなおに感動して聞いた。三之助の執着は闇討をかけるほど激しいものであった、それがいざ許されてみると恋ではなかったという。彼の態度が異常といってもいいくらいだっただけに、それが恋でなくて、母や姉に対する愛情であったという告白は、高雄をすなおに感動させ、いささかの疑念もなくうけいれていいと思った。

「爺は口がへたでござります、思うようには申上げられません、けれども奥さまのお気性は旦那さまがよく御存じでございましょう、……爺もこの眼で、奥さまの御潔白は拝見してまいりました、旦那さま」松助はぐしょぐしょに濡《ぬ》れた顔でこちらを見あげた、「――坊さまに万一のことがあっては取り返しがつきません、一日でも一夜でもようござります、どうぞ奥さまをお呼び戻しくださりませ、どうぞ奥さまに看病させてあげてくださりませ、一生のお願いでございます」

高雄はしばらく黙っていたが、やがて低い声で、しかしきっぱりと答えた。

「おれたちは苦しんだ、おれも、おいちも、森も、……お互いに苦しんだ、その苦しみをむだにしないようにと思って、ああいう方法をとってみた、……それはまだ終ってはいない、二人の潔白は信じるが、その事にはっきり区切がつくまでは、おいちの戻ることは許せない」

そうしてさらに低く、呟くように云った。

「そのときが来たら、おれが迎えにゆこう、もし助かったら大助を伴《つ》れて、……猿ケ谷へ帰っても、これの病気のことは決して云うな、固く申しつけたぞ」

四五日して吉良が来た。はたして雪乃を貰《もら》わないかという話であったが、高雄ははっきり断わった。そのときは大助も危うく峠を越して、これなら命はとりとめるだろうと医師も云い、高雄はようやく息をついたところだった。

「坊やがそんな病気になるのも母親がいないためだ、どうしたって頼んだ者ではだめなんだ」吉良はたいそう乗り気らしくこう云った、「――子供のためにも貰うべきだよ、宮田では約束だけでもいいと云ってるんだ」

「――おいちが戻るかもしれないんだ」高雄はそう答えた。

「――湯治は病気によかったらしい。詳しいことはいずれ話すが、……たぶん戻ることになると思う、そういうわけだから」

吉良はむっと口を噤《つぐ》み、睨《にら》むようにこちらの顔を見て、そしてその話にはもう触れずに去った。

それから七八日たったある朝。大助がなにかひどくむずかっているので、高雄は登城の支度を手早くしていってみた。勝江がけんめいになだめているが、彼はべそをかいて、足をばたばたさせてなにかせがんでいた。

「燕《つばめ》を見るんだと仰《おっ》しゃってきかないんですの、まだ起きたりなすってはいけませんのに」

「よしよし、そのくらいならいいだろう」

元気な暴れようを見て、高雄は唆《そそ》られるような気持になり、夜具をはねて大助に手を伸ばした。

「玄関ぐらいならね、さあ抱っこして、おおこれは重くなった、大さんまた重くなったぞ」

「だいたん重たい、はは、重たいねえ」

勝江が背中を薄夜着でくるんだ。

「重たい重たい、きいきがよくなったから重たい重たい、さあいって燕にお早うをしよう、燕もねえ、大さんお早うって云うよ、お早うって」

「燕はもういませんですよ」うしろから勝江がそう云った、「――二三日まえからいなくなりましたの、もう南へ帰ったのでございますわ」

高雄ははっとした。燕は去ったという、うわ言にまで云っていた大助の燕が。

「どうったの、たあたま、ちばめどうったの」

「――うん燕はね」

当惑しながら、高雄は脇《わき》玄関へ出ていった。差懸けの梁《はり》に巣はあるが、そこはひっそりとして、見ただけでも棲《す》む主のいなくなったことがわかる。大助はべそをかいて、燕がいないと泣き声をあげ、父親の腕の中で身もだえをした。

「燕はねえ大助、よくお聞き、燕は寒くなると暖かいお国へ帰るんだよ、あっちの遠いお国へね」高雄は子の頬へ頬を寄せながら云った。「――そして春になって、こっちが暖かくなると、また大さんのお家《うち》へ帰ってくる、大さんが四つになると、燕はちゃんと帰ってくるんだよ」

「――ちばめ、またくゆの、また」

「ああちゃんと帰ってくるよ」

高雄の胸に熱い湯のようなものが溢《あふ》れてきた、彼はほとんど涙ぐみながら、大助に向って囁《ささや》くように云った。

「暖かくなればね、燕も帰ってくるし、大さんの母さんも帰ってくる、……もう少しのがまんだよ、冬を越して、春になれば、……大さんが偉かったからね」

（「講談倶楽部《クラブ》」昭和二十五年八月号）

扇野

一

「うんいいね、静かな趣きだ」

石川孝之介はそう云《い》って、脇《わき》にいる角屋金右衛門《きんえもん》に頷《うなず》いた。

——なにを云やあがる。

栄三郎は心の中でせせら笑った。

孝之介は、藩の家老石川舎人《とねり》の長男だという。年は栄三郎より五つ六つ若いだろう、二十六七歳と思えるが、家老職の子らしいおちつきと、すでに一種の威厳のようなものが備わってみえる。躯《からだ》も顔もやや肥えてまるく、色が白く、だがその大きな（またたきをしない）眼には、意地の悪そうなするどい光りがあった。

「お上はたいそう冬の武蔵野《むさしの》をお好みあそばしますので」と角屋金右衛門が云った、「およそこういうものをと、私から古渓《こけい》先生にお願い申したのでございます」

「閑寂な気分がよく出ている、悪くない」孝之介が云った、「この枯れた栗林《くりばやし》がことにいい、いかにも武蔵野というふぜいだ、私も出府したとき江戸の近郊をだいぶ歩きまわったものだが、これは関口の大滝の上あたりを写したものではないか」

金右衛門が栄三郎を見た。

「失礼ですが、それは栗林ではなく、くぬぎ林です」と栄三郎が答えた、「それにこれは、写生ではなくて絵ですから、どこそこの景色だなどということはありません」

孝之介はこちらへ振返った、栄三郎は黙ってそれを見返した。

彼は石川孝之介が気にいらなかった。べつにはっきりした理由はない、自分が直参の侍の出だから、家老の子などというと反撥《はんぱつ》を感じるのかもしれないし、また、絵がまだ纏《まと》まっていないからと断わったのに、どうしても見ると云い張った権柄《けんぺい》ずくに肚《はら》が立ったのかもしれない。いずれにしても、初めて顔を見たとたんに、こいついやなやつだと思った。

孝之介の唇が、ごくかすかに歪《ゆが》んだ。

「自信をもつというのはいいことだ」彼はこう云って、下絵のほうへ手を伸ばした、「しかし、これがもしこのまま襖絵《ふすまえ》になるのだとすると、肝心な、なにかが足りないように思うな」

「この絵にですか」

「そう、この下絵にね」

孝之介は下絵の一部へ手を向け、伸ばして揃《そろ》えた指を反らせて、その一部へなにかを塗るようなしぐさをした。

「ここだよ、この小径《こみち》が林から出て、――くぬぎ林だそうだね、――この林から出て川の土橋へかかるこの部分に、さあ、なんといったらいいか、その、……」彼はわざとらしく口ごもり、首を捻《ひね》った、「つまりもっとも肝心なもの、竜の眼、要するに点ずべき睛《せい》といったふうなものが、この辺になくてはならないと思う」

栄三郎は微笑した。それは心の動揺を隠すためのようで、そのあとからたちまち顔が赤くなった。孝之介は振返ってそれを見た。大きな、、、またたきをしないその眼は、こちらの心のなかまで見透すようであった。栄三郎はなにか云い返そうとしたが、角屋の迷惑になると思って、じっと怒りを抑えていた。

「描きあがる頃にまた拝見しよう」孝之介はそう云って立った、「いやそのまま、送らなくともいい」

刀を右手に持って、孝之介はゆっくりと出ていった。

栄三郎は坐《すわ》ったまま、ぎらぎらするような眼で下絵をにらんだ。それは襖絵の下図であった。縦三尺に横十二尺の大きさで、枯れたくぬぎ林と野川の景色が水墨で描いてある。くぬぎ林の中には枯れた薄《すすき》にまじって若い杉の木が五本あり、土橋を架けた野川の畔《ほとり》には、実をつけた茨《いばら》の茂みがあって、その枝から一羽の鶫《つぐみ》が飛び立とうとしている。そうして、林をぬけ土橋を渡り、枯野のかなたへと延びている一と筋の小径が、(その風景ぜんたいに)森閑とした冬の侘《わび》しさと静けさの効果を与えているようであった。

「肝心なものが、ねえって」と栄三郎は呟《つぶや》いた、「——竜の眼、点ずべき睛がねえって」

彼は軽侮するように肩をすくめたが、眼はやはりぎらぎらしていた。

廻り縁からおけいが顔を覗《のぞ》かせた。角屋金右衛門の娘で、年は十八になる。愛嬌《あいきょう》のあるまる顔で、おちょぼ口やよく動くいたずらっぽい眼もとに、まだ子供らしい感じが残っているが、五尺三寸ばかりある軀は、かたちよくのびのびと成熟して、なにげない動作にもしぜんと女らしい媚《こび》があらわれた。

「あの人なにか云いまして、三《み》宅《やけ》先生」おけいは座敷へ入って来ながら云った、「なにか失礼なことを云いましたでしょ、あの人」

栄三郎は黙って振向いた。おけいは坐って、両の袂《たもと》を膝《ひざ》の上で重ね、心配そうな口ぶりとは反対に、陽気な眼つきで栄三郎を見た。

「もしそうだとしたら、ちっとも気になさることはございませんわ、あの人の頭の中には二つの事しきゃなくって、あとはただそのときばったりのでたらめを云うばかりなんですから、ほんと、あたしよく知っていますわ」

「それがそうでもないんだ」栄三郎はにがにがしげに云った、「そうでないどころか、私が不満に思っていたところをぴたりと云い当てたよ」

「あの人の頭の中にはね」とおけいが云った、「自分が御家老の息子だということと、女のことしか入っていませんの、そのほかの事はなんにも、それこそすっからかんのからっぽですわ」

栄三郎はおけいを見た。

「ほんと」とおけいは云った、「あの人は女さえ見れば自分のものにしたがるんです、三年まえに奥さんをもらってからでも、ちょっときれいな女の人を見ると、すぐに手を出したがるんですから、いつかなんてあたしにまでへんなことをしようとしたくらいですわ」

栄三郎は下絵のほうへ眼をやりながら、興もないというふうに呟いた。

「しかし、あの男の云ったことは本当だよ」

おけいは肩をすぼめた。

「私の迷っているところをずばりと云い当てた」と彼は続けた、「そこが定《きま》れば描きだせるんだが、どうもっていったらいいか見当がつかない、――ここからこの辺なんだ、ここからこの辺になにか足りないものがある、あの男は点ずべき睛がないと云やあがった」

「あたし失礼しますわ」おけいはそわそわと立った、「踊りのお稽古《けいこ》にゆくところでしたの、ほんと、おちゃぼが待っていますのよ、お邪魔を致しました」

栄三郎は、じっと下絵をにらんでいた。

二

六月はじめの午後、――よく晴れて暑い日だった。

座敷いっぱいにひろげた下絵を前に、栄三郎は気のぬけたような眼つきで坐っていた。石川孝之介が来た日から七日のあいだ、殆《ほと》んど一日じゅうそんな恰好《かっこう》で坐りとおした。彼はその絵になにが足りないかを考え続けているのだが、頭の中ではいろいろな思いが絡《から》みあって、彼の気持をぐらつかせたり、また絶望的にさせたりした。

――きさまは絵師ではない、けちな旗本の道楽息子じゃないか。そんな嘲笑《ちょうしょう》の声が絶えず耳のそばに聞えた。まさに彼はけちな旗本の三男である。父は数右衛門といい、五百石ばかりの小普請《こぶしん》組で、頑固と謹直だけがとりえの、気むずかしい人柄であった。長兄の伊織も父の性分をそのまま写したような人間だったし、次兄の数馬も（これは早く他家へ養子にいったが）癇癪《かんしゃく》もちではあるがくそまじめな性質であった。栄三郎だけは誰にも似ず、形式だけは学問も武芸もやったが、少年じぶんから絵を描くのが好きで、学問所へゆくとみせては、横井宗渓という絵師のもとへ通った。宗渓は狩野《かのう》派《は》から出て、大和絵ふうを加えた独特の一派をひらいたが、あまり世間に迎えられず、どちらかというと不遇の人であった。栄三郎は十六の年から八年ばかり教えを受けた。絵の稽古は初めの三年くらいで、そのあとは飲むことと遊蕩《ゆうとう》のほうが主のようになった。栄三郎の顔さえみれば、宗渓はすぐに「おい、でかけよう」と立ちあがる。いつも貧乏だから、飲むのは居酒屋であり、遊ぶといってもよくって新吉原の小格子《こごうし》、たいていは岡場所と定《きま》っていた。そんなふうだからしぜんと借金が溜《た》まる、見てもいられないので、栄三郎も家の物を持出すようになり、それが父親にみつかって、勘当された。——そのとき、角屋金右衛門が彼をひきとって、面倒をみてくれることになった。金右衛門は志摩のくに鳥羽《とば》港で、回船と海産物の問屋を営んでいる。また藩家稲垣氏の御用商であって、江戸日本橋に支店があり、年に一度ずつ出府して来た。古くから金右衛門は宗渓の絵をひいきにしていたが、少しまえから、宗渓よりもむしろ栄三郎の絵を欲しがるようになった。単に宗渓より好ましいというだけでなく、絵師としての将来を高く評価したらしい。彼が勘当になったと聞くと、日本橋槇《まき》町の（自分の店の）裏に、小さいながら一軒の家を買い、生活費から小遣まで、ゆき届いて面倒をみた。これは栄三郎の二十五歳の年のことであるが、それからまる七年、金右衛門の彼に対する信頼と好意は少しも変っていない。

こんど鳥羽の城中で御殿を修築するに当って、栄三郎に襖絵を描かせることになったのも、（角屋が費用を負担する条件もあるが）金右衛門の熱心な推薦によるものであった。――栄三郎が鳥羽へ来たのは、その年の二月であった。角屋の店は港の近くにあるが、城下町の西南、日和山《ひよりやま》という丘の中腹に控え家があり、そちらに金右衛門の妻や娘が住んでいるので、栄三郎はそこの離れ座敷を与えられ、以来ずっとそこで仕事をして来たのであった。

襖絵の主題は金右衛門の注文で、「武蔵野の冬」ということになり、栄三郎にも気にいった図柄だったので、五月の中旬には下絵が出来あがった。けれども、そこで、四五日まをおいて見ると、なにかしら足りないものがある、――人影のない枯れ野、というのが彼の覘《ねら》いで、動くものは野茨の枝の鶫一羽だけであった。一と棟の家も入れてはならないし、まして人物などは絶対に入れてはならないのであった。

――ではなにが足りないのか、なにをそこへ描き加えたらいいのか。

約半月あまり呻吟《しんぎん》したあげく、石川孝之介にその点を指摘された。しかも、いまなお打開することができないのであった。

「なっちゃねえ、このくそ頭」

栄三郎は筆を投げて、舌打ちをした。筆は絵具皿に当って乾いた音をたて、毛氈《もうせん》の上へころころと転《ころ》げた。

「てんで動きゃしねえ」そして右手の指で額を小突いた、「まるで砂袋のようだ、まるでぎっしり砂が詰ってるようなものだ」

栄三郎はごろっと仰反《あおの》けに寝ころんだ。すると、すぐそこに、おけいのいるのをみつけた。いつのまに来たものか、うしろへ来て立っていたのが、仰反けに寝たので初めて見えたのであった。

「――なんだ、吃驚《びっくり》させるじゃないか」

「ごめんなさい」おけいは恥ずかしそうに眼を伏せ、すぐにその眼で栄三郎を見た、「あんまり閉じこもってばかりいらっしゃるので心配になったんですの、そんなに根を詰めていらしってもしようがありませんもの、たまには気を変えにいらっしゃるほうがいいと思って」

「ほう、気を変えにね」

「それは此処《ここ》は田舎ですから、お江戸のようにはまいりませんわ」とおけいは云《い》った、

「でも田舎には田舎の面白さもございますでしょ、賑《にぎ》やかに遊んでいらっしゃれば、少しは御気分も変るかと思うんですけれど」

「これは、これは」

「ほんと、いってらっしゃいましよ」おけいはまじめな顔で云った、「加茂川のこちらの町尻《まちじり》に、新水というお茶屋がありますわ、そこは父がひいきにしている家ですから、そこへいらしって、そうね、おつるという芸妓をお呼びになるとよろしいわ」

栄三郎はつい笑いだした。

三

「あら、――」とおけいは睨《にら》んだ、「あたし心配だから申上げているのに、なにが可《お》笑《か》しいんですか」

「おけいさんは知らないんだ」

栄三郎は寝ころんだまま云った。

「私は貴女《あなた》のお父さんに固く茶屋酒を禁じられているんだよ、ひどい道楽者だったんでね、それをやめるなら面倒をみてやろうって、断わられているんだ」

「あたし知ってますわ」おけいはやさしい眼つきになって云った、「でもそれは三宅先生が好きで道楽をなすったんじゃないんでしょ、先生の先生が先生を誘惑して」

「もういいよ」栄三郎はにが笑いをしながら手を振った、「私の先生のことだけは云わないでおくれ、私にはそれがなにより辛《つら》いんだ」

おけいは、はっとして眼を伏せた。その事情も聞いていたのだろう、いかにも済まなそうに、小さい声で「ごめんなさい」と云い、すぐにまた陽気な顔つきになった。

「でもね、気を変えにいらしったらというのは、本当は父さんが云いだしたことなんですのよ。こちらへ来てからどこへもおでかけにならない、自分との約束を守っているならもうその必要はないし、根を詰めてばかりいらしってもお軀《からだ》に悪いだろうからって」

「わかった、——」と栄三郎は微笑した、「お許しが出たのならそうしよう、そんなに心配をかけては申し訳がないからな」

おけいは不満そうな表情をした。栄三郎の口ぶりがうわのそらだったからである、——だが、彼女が去ってから暫《しばら》くすると、栄三郎はふいと起きあがった。

「そうだ」と彼は呟いた、「ひとつ頭をこわしてみよう、このくそ頭を、——」

そして彼は立って着替えを始めた。

母屋《おもや》へいってそう断わると、おけいが心得顔に「自分がそこまで案内しよう」と云い、主婦のおみねはすばやく紙入を出して渡した。栄三郎は拒もうとした、小遣ぐらいは持っていたからであるが、しかし思い直してすなおに受取った。おけいは表門からでなく、庭の横にある木戸から彼を伴《つ》れ出した。そこは粘土質の急坂で、（土止のように）丸太で踏段が作ってあり、左右の崖《がけ》から木が蔽《おお》いかかって、昼でもうす暗く、空気は湿っていてひんやりと涼しかった。坂をおりて、ごみごみした狭い横丁をぬけて出ると、その角に駕籠屋《かごや》があり、おけいは駕籠屋に栄三郎を紹介すると、独りでそこから戻っていった。

「町尻の新水でございますね」

駕籠が二三丁いってから、駕籠舁《か》きがそう訊《き》いた。

「いや、——」と栄三郎はちょっと迷って云った、「此処には廓《くるわ》があるんだろう」

「へえ、廓というほど、ごたいそうなもんじゃあございませんが」

「その近くでおろしてくれ」

帯のように長く延びた、狭い町の一角で駕籠をおりると、黄昏《たそがれ》がかる街上に強く潮の匂《にお》いがした。船の出入りや、諸商人の集まることでは、浪華《なにわ》に次ぐといわれるそうで、狭いながら街は繁昌《はんじょう》しているし、船夫や旅人などの往来でいかにも活気だってみえた。——栄三郎は教えられた遊女町へは入らず、昏《く》れかかる街をあてどもなく歩いたうえ、かなり大きな構えの料理茶屋の前で立停《たちどま》った。古い造りの総二階で、軒行燈《のきあんどん》に「桑名屋」とあり、二階で三味線《しゃみせん》や太鼓の音がしていた。

栄三郎が立停ったとき、その店の中から若い女中が出て来て、軒行燈に火を入れた。二十ばかりの、背丈の小さな、はしっこそうな女で、立っている栄三郎にちょっと目礼し、馴《な》れた手つきで軒行燈に火を入れたあと、また栄三郎のほうへあいそ笑いをみせた。その笑顔に誘われるように、栄三郎はついその店へ入っていった。

よく拭《ふ》きこんだ飴色《あめいろ》の、広い階段を登り、広い廊下を二た曲りして、その端の八帖《じょう》の座敷へとおされた。案内をしたのは四十二三になる瘦《や》せて骨ばった軀つきの、おまさという女中で、色が黒く、顔も骨ばっていて背丈が五尺四寸くらいあった。ぜんたいがごつごつしているためだろう、あとでわかったのだが、若い女中たちは彼女のことを、蔭《かげ》で「栄螺《さざえ》さん」と呼んでいた。栄螺さんはあいそがよく、窓や障子をあけ放しながら、港の向うに見える島々の名や、黒ぐろと樹《き》の茂った丘が御城であることなどを教えてくれた。

「誰かお馴染《なじみ》さんを呼びましょうか」

注文を聞いてから栄螺さんが云った。栄三郎は馴染はないが二三人呼んでくれと答え、すすめられるままに風呂《ふろ》へはいった。

夕凪《ゆうなぎ》というのだろう、風が死んだようにおちて、風呂できれいにながした汗が、座敷へ戻るとすぐにまた滲《にじ》み出てきた。酒肴《しゅこう》を運んで来たのは、軒行燈に火を入れていた若い女中であった。眼にちょっと険はあるけれども、利巧ですばしっこそうな、愛嬌《あいきょう》のある顔だちで、名を訊くと、喉《のど》で（うがいでもするように）えへえへと笑ってから、芝居の壺坂霊験記《つぼさかれいげんき》に出てくるのと同じ名前だと答えた。つまりおさとというのであった。

盃《さかずき》で三つばかり飲んだとき、年増《としま》の芸妓が二人来た。ようやく日が昏れて、座敷にも明るく燭台《しょくだい》が並び、芸妓の一人が三味線を持つと、一人が鄙《ひな》びた音頭などをうたいだした。栄三郎はすっかり気が沈んでしまった、妓《おんな》の唄《うた》はもの悲しく、その文句は（港町らしく）留別を嘆いたものが多かった。彼は師の横井宗渓をおもいだし、伴れられて飲んだ居酒屋の暗い土間や、岡場所のうす汚ないあばずれた女たちのことをおもいだした。

——いまどうしているだろう。

栄三郎が角屋の世話になるようになってから、宗渓は彼と師弟の縁を切った。理由はなにも云わなかったが、栄三郎の絵が自分のものより高く評価されたことに、がまんがならなかったようである。そんなめめしい人なら、と栄三郎もさっぱり出入りをやめた。その頃は若いさかりで、自分の絵のこと以外には関心がなかった。宗渓がどんな気持でいるかなどということは考えてもみなかったが、三十歳の声を聞いてから、ふと胸に疑いが起こり、にわかに師に逢《あ》いたくなりだした。

――師弟の縁を切ったのは、じつは自分の将来のためを思ったからではないだろうか。

仕事のうえの嫉妬《しっと》ではなく、それまでのじだらくな遊蕩や、酒浸《さけびた》りの習慣から縁を切って、すべてを絵にうちこませるために、わざとそんなふうに邪険なことをしたのではないか。栄三郎はそう思いはじめ、すぐに師のゆくえを捜したが、宗渓は元の住居をひき払ったままで、どうしても所在がわからずじまいであった。

――どこでどんなふうに暮しているか。

生きているなら会いたい。そうして、縁を切った本当の理由がどうであろうと、自分は弟子としてできるだけ師の面倒をみてゆきたい。そんなおもいが、うら悲しい旅の唄を聞きながら、新しく彼の胸を緊《し》めつけるのであった。

「お盃があいておりますけれど」と彼のすぐ脇《わき》で声がした、「お一ついかがですか」

栄三郎はそっちへ振向いた。いま来たばかりらしい、二十四五になる芸妓が、燗徳利《かんどくり》を持ってにっと頰笑みかけていた。上背のあるすらっとした軀つきで、色が白く、透きとおるように薄い肌をしていた。顔はやや角ばったおもながで、表情の多い小さな眼と、少ししゃがれた（切り口上の）言葉つきに特徴があった。

「よう――」と彼は盃を持った、「暑いところを御苦労さまだな」

四

ふしぎな感動である。その芸妓の顔を見、その小さな（口よりもよくものを云う）表情の多い眼を見たとたん、栄三郎はぐんと心をひきよせられた。彼女の顔だちは、これまでに知っているどの女とも似かよってはいない、動作も口ぶりも同様であるのに、いきなり心と心がぴったりとより合うように感じられた。

「一つ受けてもらおう」栄三郎は盃をさしながら云った、「もし飲めるのならね」

「頂きます、大好きなんです」

「そいつはしめた、――ついでに名前も聞かせてもらおうか」

「名無しの権兵衛《ごんべえ》と申します」妓は盃をぐっとあけて云った、「字名《あざな》をおつる、どうぞよろしく」

「おつる、すると、――」

栄三郎はどぎまぎした。角屋の娘が呼べといったのはその名である、慥《たし》かに、おつるという妓を呼べと云った筈《はず》であった。

「すると、――なんですか」

「いやなんでもない、もう一つ重ねないか」

彼はおつるの眼をみつめながら酌をした。

まだ頭をこわしに来たという意識があったので、宗渓と遊んだ頃のように、彼には似合わない軽口をとばしたり、三味線に乗らない声で端唄《はうた》などをうたったり、まるでやけくそな陽気さで騒ぎ始めた。おつるは情のこもった眼でにこにこ頬笑みながら、多くは黙ったまま彼を眺めていた。栄三郎は自分でもいや気のさすような騒ぎかたをした。二人の年増芸妓や女中たちは、しきりに彼のしなさだめをし、江戸の客には違いないが職業はなんだろう、などと云いあい、小花という妓が「なにか芸事のお師匠《しょ》さんよ」と云ったのがみんなの同意を得て、ついに長唄浄瑠璃《じょうるり》の師匠ということにきまると、すぐさま長唄の一と節をうたいだすようなこともした。

一刻《いっとき》ばかりも経《た》った頃、女中のおさとが栄三郎のそばへ来て、おつるにあとの座敷が掛って来たと告げた。

「断われないお客ですから」とおさとは囁《ささや》いた、「済みませんがお願い致します」

「ああ、いいとも」

栄三郎は頷《うなず》いておつるを見た。

「私も帰ろうと思っていたところだ、いや本当なんだ」ほかの女たちがやかましく騒ぎだすのを制して、彼はおさとに云った、「もう帰らないと門を閉められる、また明日来るからね」

「どちらへお帰りですか」

おつるが訊いた。

「あっちのほう」と栄三郎は手をあげた、「あっちの町外れの高い処《ところ》だ」

「ではわたしもそっちですから、そこまでお送りしますわ」

「おつる姐《ねえ》さん」とおさとが眼まぜした、「そんなことをして、もしかみつかりでもしたら……」

「いいのよ、大丈夫よ」

おつるは立って栄三郎を見た。

「あたし支度を直します、すぐにまいりますから」

栄三郎は眼をそらしながら頷いた。大丈夫よ、と云って頰笑んだ顔に、自信のなさそうな、不安そうなかげがさしたからである。なにかわけがあるのだろうと思ったが、勘定を済ませて出ると、おつるも裏口から出て来たところで、ついそのままいっしょに歩きだした。

「暗うございますけれど、こちらからまいりましょう」おつるはこう云って横丁へ曲った、「狭い土地ですから、いろいろとうるさいんです」

「座敷におくれると悪いんだろう」

「いいえ、――」とおつるは明るく笑った、「怒ったお客をまるめるぐらい、しょうばいですから手にいったものです」

栄三郎は眉《まゆ》をしかめた。「しょうばい」という言葉が、ふしぎにするどく胸を刺したのである。おつるもそれに気がついたとみえ、彼の眼にみいりながら（いそいで）云った。

「ごめんなさい、もう云いません」

栄三郎は吃驚《びっくり》して見返した。そんなに彼女が敏感だとは思わなかったのである、――彼はおつるの眼に頷きながら唇で笑った。それから二人は黙って歩き続け、四つ辻《つじ》を表通りへ出たところで別れた。

「また来てくれるね」

別れるとき栄三郎が訊いた。おつるはあの眼で見ながら頬笑んだ。

「お待ちしています」

彼はおつるが駕籠に乗って去るのを見送った。それは彼の乗ったのと同じ駕籠屋で、駕籠舁きも同じ男たちのようであった。

——町尻の新水だな。

駕籠の提灯《ちょうちん》の明りが、暗い街を南へ遠ざかるのを見送りながら、栄三郎はそう思い、やや暫くそこに立ったままでいた。

明くる日、——日が昏れるのを待兼ねたように、栄三郎は独りでぬけだして、桑名屋へいった。小花ともう一人、べつの婆《ばあ》さん芸妓は来たが、おつるは座敷だそうで、なかなかあらわれず、ようやく九時ごろに来たが、ひどく酔っていた。おつるの来るまえに、小花たちがおつるのことを話していた。三味線が上手で、踊りもこの土地では指折りだということ、また、たいそうな売れっ妓《こ》で、「新水」というのがいちばん大きい料亭であるが、殆《ほと》んどその家の専属のようになっている。ゆうべ桑名屋へ来たのは珍しいことだ、などというのであった。おつるは廊下を大股《おおまた》に（男の子のように）手を振ってあらわれ、今晩は、——としゃがれた大きな声で云いながら、座敷へ入って来た。

その夜どんなふうに騒いだか、栄三郎にははっきりした記憶がない。おつるが来るまえに相当飲んで酔っていたし、おつるが来てからもぐいぐい飲み、いつか酔いつぶれて、眼をさましたのはもう夜半すぎであった。芸妓たちはもちろんみな帰り、おさとがいて隣りの部屋へ夜具をのべたり、彼に着替えをさせたりした。

「おつる姐さんがお泊り下さいって云ってました」とおさとが云った、「明日の朝は早くうかがいますからって、どうしてもお帰ししてはいけないって云ってましたから」

泊るのは角屋にぐあいが悪かった。しかしそんな時刻に帰ってもいばれるわけではないし、朝早く来るという、おつるの言葉にもみれんがあって、栄三郎はぐずぐずと泊ることになった。

「これは危ないな」おさとが水を取りにいったあと、彼はそっと自分にそう云った、「こんなことは初めてだ、うっかりするとひどいことになるぞ」

そして立ちあがったとき、なにか眼を惹《ひ》きつける物があるので足を停めた。

畳の上に扇子が落ちていた。

女持ちの小さな扇子で、半ばひらいてあり、金地に赤いなにかの花が描いてあるらしい。きれいに片づいた青畳の上に、半ばひらかれた女持ちの扇子が、その主を思わせるかのように、ひっそりと落ちているのである。――栄三郎の眼が細くなり、にわかにするどく光るようであった。彼は唇をひき緊め、二歩ばかりさがってその扇子を見なおした。

「お冷《ひや》を持ってまいりました」とおさとが戻って来た、「どうぞおやすみ下さいまし」

栄三郎は扇子を指さした。

「あれは誰のだ」

「ええあれは、つうちゃん」と云いかけて、おさとは例の喉声でえへえへと笑った、「おつる姐さんが忘れていったんですの、今夜はずいぶん酔ってらっしゃったし、酔うと忘れ物をするのがお得意ですから」

「つうちゃんていうのか」

栄三郎はなお扇子をみつめながら、低い声で独り言を云った。

「危ないどころじゃあない、危ないどころか、これは大した拾い物になるかもしれないぞ」

五

彼はよく眠ったとみえて、呼び起こされるまでおつるの来たのも知らなかった。

「お寝坊ね」とおつるは恥ずかしそうに頬笑みかけた、「もう四半刻《とき》もまえからこうしているのよ」

うちとけた、少しも隔てのない口ぶりであった。まるでながいあいだいっしょに暮して来たもののような、温かく情のこもった調子であった。

「ちっとも知らなかった」と栄三郎は手を伸ばした、「よく来てくれたね」

おつるはその手を取って、自分の膝《ひざ》の上へ置き、握り緊めたりいとしげに撫《な》でたりした。おつるの皮膚の薄い手指は柔らかく、しっとりと汗ばんで、冷たかった。

「今日は頼みたいことがあるんだ」栄三郎は起き直って云《い》った、「どこか人のあまり来ない、草原のような処があったら、いっしょに伴《つ》れていってもらいたいんだがね」

「草原のような処、——山でもいいんですか」

「野原のような感じのする処なら山でもいい、そして静かならね」

「樋《ひ》の山のうしろならいいかもしれないわね」おつるはちょっと考えてから云った、「いついらっしゃるの、すぐにですか」

「いや、夕方のほうがいいんだ、——しかし、座敷があるか」

「いいえ、今日は休みましたからいいんです」

「——まさか、むりをしたんじゃないだろうな」そう云いかけたが、すぐ笑って立ちあがった、「有難い、それじゃあ今日はゆっくり飲めるな」

「顔を洗いにゆきましょう、おさとちゃんが掃除をするんで待ってますから」

こちらへいらっしゃいと云って、おつるは栄三郎を階下へ案内した。顔を洗っているとき、おつるが「お宿へ知らせなくてもいいのか」と訊《き》いた。彼も知らせておくほうがいいと思ったので、帳場を借りて手紙を書いた。——絵のことで帰りがおくれているが心配しないでもらいたい。そういう意味を簡単に書き、主婦のおみねに宛《あ》てて使いに託した。おつるはそばにいたが、手紙の内容を知りたがりもせず、宛て先を訊こうともしない、彼が使いの者に命じているときは、さりげなくそばから離れていた。

二階の掃除が済み、酒の支度ができた。二た座敷あけ放し、廊下の障子もすべてあけひろげたので、風はよくとおるが、あまりに明るかったし、暑さもかなりひどかった。

「こんなこと初めてよ」おつるは坐《すわ》るとすぐに云った、「まだ二度しかお逢いしていないのに、自分のほうから押しかけて来るなんて、あんまりあつかましいんで、ここの家の人たちに恥ずかしかったわ」

「済まなかった」

「あらそうじゃないわ、あたしから頼んだことなんですもの」おつるは燗徳利《かんどくり》を持った、「ずいぶんいいお燗だこと、あなた熱いのお嫌いじゃなくって」

「なんでも結構だよ」彼はおつるを見た、「——おつるさんがいてくれさえすればね」

おつるは神経質に眉をしかめた、「あたしそんな云いかた嫌いよ」

「本当なんだ」栄三郎は低い声で云った、「本当にそうなんだよ、初めて顔を見たときに、ずっとずっとむかし別れたままの人にめぐりあったような気持がしたんだ」

「ああもう」とおつるは叫ぶように云って首を振った、「お願いですからそんなこと云わないで、お願いよ、それよりその吸物を召上れ、なにかおなかに入れなければ毒だわ」

栄三郎はおつるから眼をそらし、云われるままに吸物の椀《わん》を取った。ああもう、と叫ぶように云った声には彼の胸にしみとおるような響きがあった。その声だけで、おつるの気持がすっかりわかるようであった。

「驚いたね、餅《もち》が入ってるじゃないか」

「おなかに溜《た》まる物をあがらなければいけないと思って、お祝いの貰《もら》いもので失礼だけれど持って来たのよ」

「六月の雑煮とは、生れて初めてだよ」

「あらそうかしら、こっちでは祝い事があればいつでもしますよ、——おいしいでしょ」

「うまいね」

酒で荒れている舌に、柔らかいきめのこまかな餅はうまかった。まだ午《ひる》まえであったが、海が近いからだろう、鯛《たい》のあらいに、冷やしたちり鍋《なべ》という肴《さかな》で飲みだした。おつるは栄三郎の飲んだり喰べたりするようすを、さも楽しそうに眺めていたが、やがて恥ずかしそうに笑いながら、膳《ぜん》の上の盃を取った。

「だめだ」と男のように云った、「あたしも頂きます、とても衒《て》れくさくって素面《しらふ》ではいられないわ」

「明るすぎるからだ」栄三郎も酌をしてやりながらにが笑いをした、「こう明るくってはまがもたない、眼のやり場がないよ」

「でも楽しいわ、初めてだわ」

独り言のように云って、盃《さかずき》を口へもってゆきながら、「ねえ」というふうに、情をこめた眼で彼を見た。栄三郎はその眼に頷いたが、まるで苦痛を感じたかのように眉をしかめた。

それから午後三時ころまで、二人はすっかり時間をもてあました。お互いに云いたいことを胸いっぱいにもっていながら、あまりに気持が通じあっているため、却《かえ》ってそれを口に出すことができない。座敷が明るすぎると、飲む酒もやがて飽きてきた。

「もうだめ、辛抱ができないわ」おつるがついに悲鳴をあげた、「駕籠《かご》でいけばいいからでかけましょう、ね、いいでしょ」

「そのほうがよさそうだね」

「あたしそう云って来ます」

おつるはほっとしたように立っていった。

垂れをおろした二挺《ちょう》の駕籠で、二人はまもなく桑名屋を出た。午後三時ころだったろう、栄三郎にはどっちへ向っているのかわからなかったが、駕籠は町をぬけて坂を登り、半刻ちかくいって停った。そこは左右に低い山と丘が迫っていて、日蔭《ひかげ》もなく風もとおさず、乾いた道の照り返しと草いきれとで、蒸されるように暑かった。

「この山へ登ってみましょう」

駕籠を返してから、おつるはそう云って左側の山を見あげ、片方の裾《すそ》をしぼって帯に挟《はさ》んだ。

「済まないな、つまらないことを頼んで」

「いやだわ、済まないなんて」おつるはもう達者な足どりで歩きだした、「――それよりお気にいるかどうか心配よ、もしか見当ちがいだったらごめんなさいね」

道はすぐ登りになった。

六

おつるの案内した処《ところ》はその山の尾根であった。松と雑木の林をぬけたところが、かなり広い草原になっていて、平ではなく、ゆるい傾斜をなしているが、疎《まば》らに灌木《かんぼく》や芒《すすき》の茂っている間を、細い山道がうねりながら向うへ延びている。左側に松林と海さえ見えなければ、広い野道の一部という感じが充分にあった。

——悪くはない。

栄三郎はそう思って、汗を拭《ふ》きながら眺めまわした。

「此処《ここ》ですけれど、いかがですか」

「結構だ、よさそうだよ」

彼はそう云って、袂《たもと》から女持ちの扇子を取出して、おつるに渡した。

「あらいやだ、これあたしのよ」とおつるは驚いたように云った、「どうしてこれ持っていらしったの」

「忘れていったんだろう、ゆうべ座敷に落ちていたんだ」

「これをどうするんですか」

「向うへ歩きながらね」と彼が云った、「それをちょっとひらいて、向うへ歩きながら、草の上へ落してもらいたいんだ」

「草の上へ落すんですって」

「そう、ただぼんやりとね、どこでもいい、しぜんに落すような気持で、なんにも考えずに落してみてくれ」

おつるは恥ずかしそうに頬笑み、「できるかしら」と呟《つぶや》いて歩きだした。なんのためにそんなことをするのか、ここでもやはり理由は訊かなかったし、わるびれたようすもなかった。ただ、栄三郎のために役立つのだ、ということをすなおに信じ、そうすることがいかにも嬉《うれ》しいというふうであった。

踊りが達者だと聞いたが、おつるの歩きぶりはかたちがよく、すっきりと涼やかにみえた。腰も細いし脚が長いので、ぜんたいの線がいっそうひき立つようである。――栄三郎はじっとその姿を見まもった。美しいなと思いながら、その姿から眼を放すことができなかった。おつるはゆっくりと歩いてゆき、向うの雑木林のところで立停った。そこまでいっても、まだ扇子を持っていた。栄三郎の注文したような気持になれなかったのだろう、そのまま暫《しばら》くぼんやりと立っていたが、やがてまたゆっくりと、こちらへ向って歩きだした。――彼女のうしろから、やや傾いた日が明るくさしつけていた。その逆光の中で、放心したような表情の（色の際立《きわだ》って白い）顔が、殆

ん ど幻想の人のような印象を与えた。栄三郎はわれを忘れて、すぐ近くへ来るまで茫《ぼう》然《ぜん》と見まもるばかりだった。

「――落して来ました」

おつるはそばまで来てそう云い、額の汗を拭きながら頰笑んだ。

「うまくやれたかしら」

「ああ、――」栄三郎はわれに返ったような眼つきをした、「有難う、気がつかなかったよ、ちょっと待っていてくれ」

「どうなさるの」

彼は返辞をせずに歩きだした。

二十間ばかりいった夏草の上に、半ばひらいたその扇子が落ちていた。薄《すすき》と薄の間の、短い萱《かんぞう》草の上に、――金地に赤く花を描いた華やかな色が、まわりの夏草の緑から浮きあがってみえた。

「これだ、これだ、――」栄三郎は昂《こう》奮《ふん》して呟いた、「これを枯野に置くんだ、道《みち》傍《ばた》の枯草の上に、……これでできた」

そのとき高い人声が聞えた。

喚《わめ》くような声だったので、振返ってみると、二人の侍がおつるになにかどなっていた。いま登って来たのだろう、二人とも酔っているとみえてひょろひょろしているし、一人は手に大きな瓢《ひさご》を持っていた。

——こいつはいかん。

栄三郎は走りだした。途中で三尺ばかりの枯枝を拾い、走りながら見ると、侍の一人がおつるの手を摑《つか》んだ。

「あたしは芸妓です」とおつるの云うのが聞えた、「だからお客さまがお望みになれば、山へだってお供をしますよ」

「なにを云うか、この不義者」

おつるの手を摑んだ男がそう喚いた。

——不義者。

栄三郎はその言葉を、はっきり耳にとめながら、そこへ駆けつけるなり、その男を力いっぱい突きとばした。相手は横ざまにはねとばされ、足を取られて転倒した。

「いけません栄さま、待って下さい」

おつるがそう叫んで止めようとした。しかしそれより早く、もう一人の侍が、持っていた瓢を抛《ほう》りだして、刀を抜いた。

「危ないから向うへいってくれ」と栄三郎はおつるに叫んだ、「早く、——私は大丈夫だ」
そして枯枝を持ち直した。

七

おつるとと樋の山へいった日から五日めに、石川孝之介が栄三郎を訪ねて来た。五日という時間は偶然ではなかった。孝之介はそのあいだに知るべき事を知り、なすべき計画の手順をつけたのであった。栄三郎は本式の下絵を描こうとしていた。十帖《じょう》と八帖の座敷いっぱいに、御殿の襖《ふすま》とほぼ同じ寸法の紙を延べ、初めの下絵をもとにしてあら描きにかかったところであった。この離れ座敷には、あと長四帖がひと間あるが、そこは敷きっ放しの夜具と蚊帳《かや》でいっぱいになっている。食事は握り飯と梅干と茶だけで、それはおけいが運んで来るのだが、長四帖まで来て声をかけると、そこで持って来たのを置き、空《あ》いている分を持って彼女はそこから母屋《おもや》へ戻ってゆくのである。その下絵が仕上るまでは、仕事場へは誰も入らないことになっていた。庭には高野槙《こうやまき》の生垣《いけがき》で仕切がしてあり、その木戸にも掛金が掛けたままになっているが、石川孝之介はその掛金を外して、勝手に入って来たのであった。
庭は芝生であるし、孝之介は草履をはいているので、彼が広縁の近くへ来るまで、栄三郎はまったく気がつかなかった。孝之介は広縁のそばへ来て、そこに立って暫く眺めていた。その（まばたきをしない）大きな眼で、栄三郎の手もとをじっと眺めていて、やがて軽く咳《せき》をした。栄三郎はとびあがりそうになった。そこへ誰か来ようなどとは考えもしなかったし、熱中し緊張しすぎていたので、それが石川孝之介であり、無断で入って来たのだと知ると、怒りのために軀《からだ》がふるえるようであった。

二人はお互いの眼を見合った。

「驚かしたようだな」

やがて孝之介が云《い》った。

「驚かすつもりはなかったんだ、しかし本当に驚かされたのは私のほうなんだがね」

「失礼ですが困りますね」

「わかっている、話が済めばすぐに帰るよ」と孝之介は云った、「二人だけで話したいことがあるんだ、ごく簡単なことなんだが、角屋には聞かせたくないんでね」

栄三郎は筆を下に置き、手の甲で額の汗を拭いた。孝之介は扇子で胸もとを煽《あお》ぎながら、皮肉なうす笑いをうかべて栄三郎を見た。

「このあいだは樋の山で派手な一と幕があったそうだな」

「それが要談ですか」

「それだけが要談ではないが、関係がなくもないんだ」孝之介はゆっくりと云った、「あの女はこの土地いちばんの売れっ妓《こ》だが、それを二度か三度逢《あ》っただけで、さっそく人眼のない山の上へ伴れ出すというのは、いい腕だ、おまけに侍二人が抜刀してかかるのを、きれいに叩《たた》き伏せるに到ってはね」

「あの二人は泥酔《でいすい》していましたよ」

「しかし侍には相違ないんだ」

「前後もわからないほど泥酔していました」と栄三郎は云った、「また、あの人たちのためにも断わっておきますが、私はなにもしたわけではない、あの二人は自分で転んだのです、酔いすぎていて満足に刀を振上げることもできなかった、一人が自分の力に負けて転ぶと、他の一人がそれに蹴《け》つまずいて転んだ、それだけのことだったんです」

「そう云えば、かれらの弁護になるとでも思うのかね」

孝之介は面白そうに喉《のど》で笑った。まっ白で丈夫そうな歯をみせ、いかにも興ありげな笑いかたで笑った。栄三郎は口をつぐんだ。

「どっちでもいいが、あの二人とは会わないようにするんだな、あまり出歩かないほうがいい、ここは土地が狭いし、それに、――」と孝之介は一種の表情で栄三郎を見た、「襖絵のほうも競争者が出ることになったからね」

栄三郎は相手を見あげた。

「そうなんだ」と孝之介は頷《うなず》いた、「これは角屋にはないしょだがね、私の父が家老職という責任上、一人の絵師にだけ任せておくわけにはいかないというんだ、それでもう一人、土佐派の絵師で、——名は云えないけれども、父が古くから知っている者があるので、それにも頼むことになったのだ」

「そういうことなら」と栄三郎は云った、「私は辞退することにします」

「自信がないというわけか」

「不愉快だからです」

「そうはいかないんだ」と孝之介は首を振った、「もう一人の絵師に頼んだのは念のためで、正式の揮毫者《きごうしゃ》はやはり其許《そこもと》だからね、このことを角屋に話さないのは、角屋が其許に遠慮して、なにか奔走しはしないかと思われるからだ、其許の絵をまもるためにね」

「たとえば、どういうふうにです」

「どういうふうにでもさ、——角屋は富豪だし、金のちからは大きいからね」

栄三郎はこれは罠《わな》だなと思った。孝之介は栄三郎がそう思ったことを見てとった、彼は相手がそう受取るように、話をもっていったようであった。

「要談はそれだけだが」と孝之介は音をさせて扇子を閉じた、「其許のほうになにか云うことがあるかね」

栄三郎は黙って相手を見ていた。孝之介はおうように目礼をし、また扇子を半ばひらいて、それで陽をよけながら去っていった。すると、おそらく渡り廊下のあたりで、それを見ていたのだろう、すぐにおけいが広縁を廻ってあらわれた。

「ごめんなさい先生」とおけいは済まなそうに云った、「あの人止めてもきかなかったんです、困るからって、母さんがずいぶん云ったのに、勝手にずんずん入って来てしまったんです」

「いいよいいよ、大したことじゃない」

「どんな用があって来たんですの」

「話すほどのことじゃないよ」栄三郎はおけいのほうは見ずに筆を取った、「心配しなくてもいいってお母さんにそう云っておくれ」

おけいはなお、なにか云いたそうであったが、栄三郎が紙に向ったので、そのまま、気遣わしげに母屋のほうへ去った。おけいが去るとまもなく、栄三郎は紙をにらんだまま溜息《ためいき》をつき、筆を投げて立ちあがった。

「だめだ」と彼は吐きだすように呟き、広縁へ出て庭のかなたを見た、「なにかわけがある、競作をさせようというのはあいつの親ではなく、あいつ自身の企《たくら》んだことだ、なにかわけがあって、あいつが自分で、――」栄三郎は、ふと口をつぐんだ。

――おつるのことか。

樋の山の出来事も無関係ではない、と孝之介は云った。そのことがいまはっきりと栄三郎の頭にうかんできた。するとにわかに、彼はおつるに逢いたいという衝動に駆られ、まるでうしろからせきたてられでもするように、そわそわと着替えにかかった。

八

おつるはもう他の座敷へ出ていた。桑名屋にも昼から客があり、栄三郎は階下の暗い六帖へとおされた。同じような小座敷の並んでいるいちばん奥で、縁側から三尺ほど隔てて檜葉《ひば》の高い生垣があり、その向うは路地に沿って小さなしもたやになっているらしく、子供の駆けまわる声などがま近に聞えた。――おさとは南側の窓をあけたり、縁側へ簾《すだれ》を垂らしたりしながら、此処《ここ》は暗くて狭いけれども、二階のように屋根の照返しがないし、冷たい風が入るから案外涼しいのだ、などといった。

「ほんのひと足ちがいでした」とおさとは気の毒そうに云った、「今日はいらっしゃるに違いないって、お午《ひる》ごろに来たまんまお帳場で遊んでいらしったんですよ」

「当分来ない約束だったんだ」

「あんなこと仰《おつ》しゃって」おさとは、なにもかも知っているというふうに笑った、「——昨日もおとついも来て、いらっしゃらないかしらってずっと待ってらっしゃいましたわ、今日も帰るときに、もしいらしったらすぐ知らせてくれ、できたらぬけてでも来るからって、諄《くど》いほど念を押していましたわ」

「もういいよ、酒を持って来てくれ」

栄三郎は団扇《うちわ》を取って窓のほうへ寄った。

樋の山へいった日のことであるが、桑名屋へ戻って飲みながら、おつるのほうから卒然と「暫《しばら》く逢うのはよそう」と云いだした。栄三郎も頷《うなず》いた。相手はにんきしょうばいであるし、二人で山歩きなどしているところをみつかったのだから、暫くほとぼりを冷《さ》ますほうがいい。そう思って、当分は来ないからと約束をしたのである。幸い本下絵にかかったので、どうやら気は紛れていたようなものの、逢いにゆきたいという気持を抑えることは、相当な努力であった。

「——自分で云いだしたのに」

そう呟《つぶや》きながら、栄三郎は窓に倚《よ》ったまま、ふとべそをかくような顔つきをした。

その南側の窓の外もすぐ板塀《いたべい》で、板塀の向うは隣りの家の裏とくっついており、厨《くりや》で炊事でもしているのか、板塀に沿ってしきりに煙がながれていた。

「お待ちどおさま」おさとが膳《ぜん》を運んで来て云った、「おつる姐《ねえ》さんの云いつけで、ほかの芸妓衆はどなたも呼んではいけないっていうことですけれど、ようございましょうか」

栄三郎は「いいとも」と答えた。

問屋筋と船の客が五つ組あるそうで、おさともおちついて坐《すわ》ってはいられず、栄螺《さざえ》さんのほかには小女が二人いるだけだったから、栄三郎は殆《ほと》んど独りで飲んでいた。

——日が昏《く》れてまもなく、二階の座敷があいたと知らせて来たが、もう酔って面倒なので、おさとが移ろうとすすめるのを、そのまま飲み続けていると、やがて八時ちかい頃になっておつるがあらわれた。また例の（男の子が歩くような）足つきで手を振りながら縁側へあらわれると、ちょうど酒を替えに来ていたおさとに向って、片方の手をひらひらさせ、

「いいわおさとちゃん、あっちへいって」

と命令するように云った。

栄三郎はおつるの顔を見ていた。縁側へあらわれたときから、ずっと黙って見まも

っていたが、おつるは彼のほうは見ようともせず、おさとが、なにかふざけたようなことを云いながら去ってゆくと、初めてこちらへ眼を向け、そうしていきなり彼にとびついた。栄三郎は支えようとしたが、全身でとびつかれて支えきれずおつるを抱きとめたままうしろへ倒れた。

「どうするんだ、柔術《やわら》の稽古《けいこ》かね」

彼はそう云って起きようとしたが、おつるは上から重なってしがみついたまま、軀《からだ》をふるわせて泣きはじめた。しっかりと押付けた彼女の頰から、なま温かく涙が自分の首筋を濡《ぬ》らすのを栄三郎は感じた。おつるは固くしがみついた手で彼の軀を揺すり、ううっとしゃがれた泣き声を喉でころしながら、さも苦しげに身もだえをした。

「なにかあったのか」栄三郎が訊《き》いた、「なにを泣くんだ、どうしたんだ」

おつるは答えなかった。暫くして泣き声が鎮《しず》まり、大きく二度、溜息《ためいき》をついて、栄三郎に背を向けて起きあがり、まだしゃくりあげながら涙を拭《ふ》いた。なにかいやなことでもあったのか、栄三郎も起きて坐り直しながら訊くと、黙って頭を振り、彼のほうへ振向いて恥ずかしそうに笑った。

「おどろいたね」と栄三郎が云った、「酔ってるんだな」

「ずいぶんながかったわ」

おつるは膳のほうへ寄りながら云った。もともとしゃがれ声のうえに泣いたあとなので、その言葉はひどくかすれ、殆んど聞きとれないくらいだった。

「もういらっしゃらないのかと思ったわ」

「わかってるじゃないか」栄三郎は盃《さかずき》を取った、「あんな約束をしたばかりだし仕事があったから、がまんしていたんだ」

「毎日、待っていたのよ」おつるは彼に酌をし、手早く自分の盃にも注いだ、「——逢いたかったわ」

栄三郎はぎゅっと眼をつむった。短いそのひと言が、まるで鋭利な刃物かなにかのように、彼の心のまん中に刺し込まれたという感じである。彼は盃を口へもってゆきながら頷き、それから低い声で云った。

「頼むよ、どうかそれを云わないでくれ」

「あなたが悪いのよ」とおつるが云った、「あなたが初めにいらしったのが悪かったのよ」

「それだけじゃない、たとえ私が来たにしろ、おまえが私の座敷へあらわれなければよかったんだ」

「ふしぎね、この家へはあんまり来ないのに」とおつるは云った、「久しぶりにお座敷があって、お客さまが帰ったからお帳場で遊んでいたの、ここのおかみさんとは古いお友達で、来ると自分の家みたいにしているし、おかみさんのほうでも遠慮がないから、ちょっともう一つお座敷を手伝ってちょうだいって云われたのよ」

「それなら悪いのはおかみさんじゃないか」

「あたし三度もお礼を云って笑われちまったわ、ね、——」とおつるは膝《ひざ》で栄三郎のそばへ寄った、「生れてっから初めてよ、こんな気持、本当に初めて、嬉《うれ》しいわ」

そして強く栄三郎の手を握った。

四半刻《とき》ばかりそんなふうにしているうち、おつるは急に立ちあがって「海を見にゆこう」と云いだした。栄三郎もすぐに立ち、そこの縁側から庭下駄をはいて、三尺ばかりの狭い庭を生垣に沿ってゆき、裏木戸をあけて外へ出た。

「断わらなくってもいいのか」

「あとであやまるからいいの」

おつるは「こっちです」と云って、暗い路地を足早にぬけていった。

夕凪《ゆうな》ぎの時刻が過ぎて風が出ていた。どこをどうゆくのか栄三郎にはわからない、少し広い横丁には燈火《とうか》が明るく、軒先に縁台などを出して、涼んでいる人たちの姿が見え、二人の歩いてゆく暗い裏道でも、浴衣《ゆかた》がけで団扇を持った男女とすれちがったりした。――栄三郎にはおつるに訊きたいことがあった。彼は師の宗渓と遊んだ経験で、こういう世界の女は誰かの世話にならなくてはやってゆけない、ということを知っていた。売れっ妓《こ》は売れっ妓なりに、ただ座敷を稼《かせ》ぐだけではやってゆけないような、巧みな仕組ができている。土地は変ってもそういう点には変りはない筈《はず》で、おつるにも世話をされる人がいるであろう。それは初めから予想していたが、今日の石川孝之介の態度で、それが孝之介自身ではないかという疑念をもったのである。

「ねえ、――」と栄三郎は囁《ささや》くような声で云った、「おつるにはもう、誰かいるんだね」

おつるは立停った。そこは竹藪《たけやぶ》と松林に挟《はさ》まれた、まっ暗な道の上でちょうど海のほうへと曲る坂のおり口のところであった。

九

おつるは暗がりの中で彼をみつめ、「ええ」と低くあいまいに頷いたが、すぐ思い返したようにさばさばと云った。

「旦那《だんな》でしょ、そりゃあいますとも、子供もいますわ」

「子供もいるって」栄三郎はちょっと信じかねた、「しかし、それならなぜ、――どうしてまた座敷へ出たりなんぞするんだ」

「だって好きなんですもの、あたし芸妓が好きなんです、家に引込んで糠味噌《ぬかみそ》臭くなるなんて性に合わないんです」おつるはこう云うと喉《のど》の奥で笑った、「さあいきましょ、この坂をおりると海よ」

そしてぱっと裾《すそ》を蹴《け》りながら、いっさんに坂を駆けおりていった。坂は長くはないが、かなり勾配《こうばい》が急で、おまけに岩がごろごろしている、栄三郎がその岩を一つ一つ踏むようにおりてゆき、下の砂浜へ出たと思うと、おつるが汀《なぎさ》のところで叫びたてた。

「来てごらんなさい、夜光虫よ」

浜は狭く、砂地よりも岩のほうが多かった。鳥羽湾を抱いた対岸がすぐ向うに黒く横たわり、人家の灯がちらちらとまたたいていた。南の軟風のために海は少し波立ち、ときたま汀へも寄せて来て小さく砕けた。その波の動きにつれて、波の形に青白く水が光るのである。月のない夜だったから、暗い海の上に明滅するその光りは、この世のものとは思えないほど妖《あや》しく美しく見えた。

「きれいだな」栄三郎は眼をみはった、「これが夜光虫というのか、初めてだよ」

おつるはとつぜん振返って彼にとびついた。両手を彼の頸《くび》に絡《から》み、力いっぱい緊《し》めつけ、伸びあがって、彼が除《よ》ける暇もなく彼の唇を吸い、それから（頸に両手を掛けたまま）彼をぐいぐいと汀のほうへ引寄せた。

「おどかすね」栄三郎は危なく踏止《ふみとど》まった、「心中でもしようというのか」

おつるは全身で凭《もた》れかかり、荒い息をしながら彼の胸へ顔を押しつけた。

「これっきり逢《あ》うのはよしましょう」とおつるは云《い》った、「いい思い出になるわ、ね、——これでお別れすれば、一生の思い出よ、一生にたった一度、ねえ、もういらっしゃらないで」

「それは」と栄三郎が云った、「おつるが世話になっている人のためにか」

「なぜそんなこと仰しゃるの」

「石川孝之介のためじゃないかというんだ」

「嫌いよあんな人」とおつるは首を振った、「あんな人の世話になんか誰がなるもんですか、そうじゃないの、本当にいまのうちに別れたほうがいいと思うのよ」

「別れるなんておかしいじゃないか、何年も逢い続けて、深い仲にでもなっているのならべつだが、私とおつるはまだ」

「いいえ、あたしたち逢い続けたのよ、何年も何十年も」おつるは彼の胸に顔を押しつけたまま云った、「ずっとずっと昔から逢い続けていたのよ、そうでなくって、初めからこんな気持になる筈《はず》がないわ」

ああ、と栄三郎は心の中で呟いた。おつるもやっぱりそうだったのか、——彼はおつるの肩を抱き緊め、頷いて「そうだ」と囁いた。

「そうだ、おつるの云うとおりだ、これっきり逢うのはよそう」

「その代りこれからお宿まで送らせて、ね」とおつるは顔をあげた、「上へあがらずに帰るから、いいでしょ」

「それはだめだ、山の上だし、ひどい坂を登るんだ」

「いやいや、あたしいきます、いけないって仰しゃったってついてゆくからいい」

そしてすぐに身をひるがえして歩きだした。

我儘《わがまま》な性分なのか、酔っているのか、それともなにか感情を隠すためか、その夜のおつるの態度は桁外《けたはず》れに衝動的で、栄三郎には扱いかねるようであったが、その言葉や動作には、おつる自身が抑えきれないで苦しんでいるような、つきつめた情熱が感じられるので、彼は黙って云うままになるよりしかたがなかった。——明るい街へ出ると二人は離れた。駕籠屋《かごや》の角を曲るときには、おつるは顔をそむけて走りぬけた。暗い急な坂にかかると、おつるはしばしば足を停め、彼に抱きつき、頰ずりをしたり、激しく唇を合わせたりした。

「忘れないで、ね」——と、おつるは熱い息で囁いた、「いつまでも、いつまでもよ、忘れないでちょうだい」

「ああ」と彼は頷き、おつるに頬ずりをして云った、「忘れやあしないよ」

坂を登りつめ、裏木戸の前へ来た。

「角屋さんの控え家なのね」おつるが木戸を見て云った、「やっぱりそうだったわ、――絵をお描きになるんでしょ」

「知っていたのか」

「初めての晩、小花姐《ねえ》さんが芸事のお師匠《しょ》さんだって云ったでしょ、あのときあたし絵をお描きになるんじゃないかって思いました」

「そんなようなことを云ったんだな」

「いいえ感じなんです、ここは景色がいいので、よく絵を描く先生方がいらっしゃいますわ、あなたはそういう方たちとは似てはいらっしゃらないけれど、なんとなくそういう感じがしたんです」おつるはそっと彼の手を握った、「そうしたら次の次の日に、樋の山で扇を落せって仰しゃって、それからあたしの落した扇を、丹念に眺めていらしったわ、――あたしそれを見ながら思いましたの、これはきっと絵になさるおつもりなんだって」

「下まで送っていこう」栄三郎は踵《くびす》を返した、「いいよ、大丈夫だ、駕籠屋のところまでだ」

「嬉しいわ」

「あのときおつるはよくやってくれた」坂をおりながら彼は云った、「わけのわからない無理な注文だったのに、笑いもしないでよく念をいれてやってくれた、おかげで思いどおりのものが描けそうだよ、有難う」

おつるは黙ったままで、（いかにも嬉しそうに）握っている男の手に指を絡み、それをぎゅっと絞るようにした。——駕籠屋の角へ出る手前のところで二人は別れた。どちらもなにも云わず、眼を見交わしただけで別れた。おつるは両端の上へ切れあがった唇をいっぱいにあけた笑顔で、五拍子ばかり彼の眼に見いり、それからさっと向き直って思いきりよく去っていった。

明くる日、栄三郎は少し多いくらいに金を包んで、桑名屋へ届けさせた。

おつるにはもう逢うまい、少なくとも絵を仕上げるまでは逢うまい、と彼は自分に誓った。そして、描きかけた下絵をやめ、紙をあらためて本描きにとりかかった。——おつるは世話をする者があり、子供までいるうえに、石川孝之介とはなんの関係もないらしい。とすれば、問題は仕事の上の勝負ということになる。相手がどんな絵師かわからないけれども、土佐派というのが事実なら無縁ではない。師の横井宗渓は狩野派から出て大和絵の筆法をとりいれた、栄三郎は宗渓よりもさらに大和絵の風がつよいので、土佐派との競作ならやり甲斐《がい》があると思った。

――おつるのためにも、やってみせるぞ。

栄三郎はそう肚《はら》をきめた。いきごんだ気持ではなく、しっかり肚がきまったという感じであった。

十

「よかったわ、いよいよ始まるのね」

本描きにかかると知って、(その支度の出来たのを見て)おけいが顔をかがやかせながら云った。

「あのなにか足りないっていうところも、くふうがおつきになったんですのね」

「ああ」と彼はきげんよく頷《うなず》いた、「どうやらうまくいきそうだよ」

「それなら申上げてしまいますわ」おけいは賢《さか》しげな眼で、しかしちょっと恥ずかしそうに栄三郎を見た、「いつか石川さんが、画竜点睛《がりょうてんせい》というようなことを云っていましたでしょ、あれはね、本当はおけいが教えてあげたことなんですの」

栄三郎は訝《いぶか》しげな眼で娘を見た。

「こんなこと父さんに知れたらたいへんですわ、先生にだって叱《しか》られるにきまってますけれど、あたしどうしてもあのままではなにかもの足りない、もう一つなにか点景があるほうがいいのじゃないかしらと思ったもので、自分ではまさか云えませんから、そっと石川さんにそう云うように教えてあげたんですの」

「すると、――」と栄三郎は苦笑した、「あの男はそのままを口移しに云ったんですね」

「だから気になさることはありませんって、あのときおけいが申上げましたでしょ、あの人の頭の中には自分が御家老の息子だということと、女のことよりほかになんにもありませんからって、――でも、やっぱりよけいなことだったでしょうか」

「いや、よけいなことではなかった」栄三郎は頷いて云った、「あの男の口から云われたので、却《かえ》ってよかったかもしれない、自分でも不満だったのだが、あの虫の好かない男に云われたから却って奮発心が起こった、おけいさんに礼を云わなければならないくらいだよ」

「それならよかったわ、それが本当なら、礼なんか云って頂くより嬉しいわ」

おけいはきらきらするような眼で、じっと栄三郎をみつめ、それから急にぽうと頬を染めながら、逃げるように去っていった。

栄三郎はおけいの眼の色にも、顔を染めたことにも気がつかなかった。彼には石川孝之介がにわかに道化てみえ、石川孝之介のためにいきまいた自分が、いくらか恥ずかしくさえなった。

「しかしあの娘は、よくあれに気がついたものだな」彼は独りで呟《つぶや》いた、「おれ自身が不満に思っていたちょうど同じ位置に、……そのうえおつるを呼んで遊べと云ったことも、偶然だろうけれどぴったり当った、きっとそんな勘のいいところがあるんだな」

筆は順調に進みはじめた。

朝は未明に起き、夕方は昏《く》れかかるまで、食事のほかは殆《ほと》んど立つこともなく描き続けた。食事は三度とも握り飯で、やっぱりそれまでのようにおけいが運んで来た、長四帖《じょう》まで来て声をかけ、（済んだのとひき替えに）持って来たほうを置いて、そこから引返してゆくのであった。――けれども四五日すると、彼は夕食のときに酒を飲むようになった。酒を飲んで酔わなければ、おつるとの約束が守れそうもなくなってきたのである。日が昏れて、広い庭のかなたに街の灯が見えはじめるとまるで熱病のように心が渇《かわ》き、おつるに逢いたいという衝動で、いても立ってもいられなくなる。水を浴びてみたり、うしろの日和山の上を歩きまわってみたが、飢餓に似たその衝動は抑えることがむずかしくなるばかりだった。できるだけ腹をへらしておいて酒を飲み、もっとも誘惑の強い宵のひと刻《とき》を、酔ってごまかすよりしかたがなかった。

おけいはなにも云わなかったが、酒の量がしだいに増すばかりなので、絵がうまく進まないとでも思ったらしい、「たまには外へ息ぬきにいってはどうか」などと云った。

おつると約束をした日からちょうど十日めに、桑名屋のおさとが訪ねて来た。曇った日の黄昏《たそがれ》どきで、栄三郎は風呂《ふろ》あがりの浴衣《ゆかた》になり、ぼんやり広縁へ出たところだったが、誰か声をひそめて呼ぶ者があるので見ると、裏木戸のところにおさとがいて、手招きをしているのが見えた。あたりはもう暗くなりかけていたし、広縁からそこまではかなり距離があるから、初めはおつるかと思い、危うく声が出そうになった。――彼は手まねで「待っているように」という合図をし、すぐに母屋《おもや》へいって外出するからと断わった。

「おすすめに従って息ぬきをして来るよ」とおけいに笑いながら云った、「早く帰るつもりだけれど、ことによるとおそくなるかもしれないから」

おけいはほっとしたように「どうぞごゆっくり」と云った。彼の気が変ったのでいかにもほっとしたような顔色であった。――おさとは木戸の脇《わき》に待っていた。崖《がけ》の上から掩《おお》いかかる木の茂みの暗がりに、緊張した小さな顔が白く浮いて見えた。

「済みません、こんなところから伺ったりして」とおさとは云った、「お邪魔しては悪いと思ったんですけれど、あんまり可哀《かわい》そうで見ていられないものですから」

「可哀そうとは、――おつるか」

「毎日来て泣いているんです」おさとは訴えるように云った、「二階のいつかのお座敷だの、このあいだの階下の奥の座敷だのへいって、一人で隠れて眼の腫《は》れるほど泣いていらっしゃるんです」

「しようがないな」

栄三郎は静かに云った。心は裂かれるように痛んだが、顔には苦笑をうかべ、できるだけ平静に自分を抑えつけた。

「先生とはもうお逢いしない約束をなすったんですって、それで、おかみさんやあたしがお呼びしたらって云ってもきかないんです、先生の御迷惑になるし、こんどお逢いすればどうなるかわからないからって、どうしてもお呼びすることはできないって云いながら、毎日泣いてばかりいるんです」

「ばかなはなしだ、小娘かなんぞじゃあるまいし」栄三郎は顔をそむけながら云った、「そんなことをしていると旦那《だんな》をしくじるじゃないか」

なった。


「旦那ですって、――つうちゃんにですか」

おさとが訝しそうな声をだしたので、冗談のつもりで云った栄三郎のほうが不審になった。

「そうさ」と彼はおさとを見た、「旦那がいるし子供もあるんだろう」

「まあいやだ」おさとは声をあげた、「つうちゃんは先生にまでそんなことを云ったんですか、まあ呆《あき》れた」

「そうじゃなかったのか」

「そうじゃありませんとも」とおさとは怒ったような調子になった、「世話をしようとか落籍《ひか》せようっていうお客さまが多くて、あんまりうるさいからそういうことにしてあるんです、旦那どころですか、あの人はまだ男の肌も知ってはいないんですよ」

栄三郎は頭の中で火花が散ったように思った。ぱっと明るく火花が散り、(その閃《せん》光《こう》で)それまで見えなかったものが、まざまざと見えたように感じられた。

「しかし、――」と彼は口ごもった、「あれはもう二十五か六になるんだろう」

「だから旦那があるといってもとおるんじゃありませんか、それに、そんなことは年とは関係がないし、つうちゃんのことならおかみさんもあたしもよく知っていますわ、――来て下さるんでしょう」

彼は黙って坂をおりはじめた。

十一

おつるは驚くほど痩《や》せていた。顔色も悪いし頬が尖《とが》って、眼は赤く腫れ、唇も白っぽく乾いていた。――それは初めのときとおされた二階座敷で、おつるは障子の蔭《かげ》に隠れるように立っていたが、栄三郎が入っていって、そこにいるのをみつけると、ぱっと唇だけで笑い、すぐに眼を伏せ、彼のほうへ寄って来て、そっと抱かれながら囁《ささや》いた。

「――ごめんなさい」

栄三郎はやさしく抱きよせながら云った。

「もうへんな約束はやめだよ、こんどは自分で云いだしておいて、またこんなふうではしようがないじゃないか」

おつるは頷いて、彼の胸へ軟らかく凭《もた》れかかった。

「私だって逢わずにいればおちつきゃしない」と栄三郎は続けた、「日が昏れて街の灯が見えだすと堪《たま》らなくなる、しかし約束だからと思って、いろいろと手を使って、自分で自分をごまかしていたんだ、おちついて仕事をするためにも、逢《あ》いたいときにのである。

逢うほうがいいんだよ」

「わかりました」とおつるは云った、「これからはもう仰《おっ》しゃるとおりにします」

しかし、おつるはやがて、三度「もう逢わない」と云わなければならなくなるのである。

栄三郎とおつるは逢い続けた。彼が桑名屋へかようのは一日おきであるが、そのあいだに、夜が更《ふ》けてからおつるのほうで控え家へ来ることがあった。もちろんどこかの座敷の帰りで、裏木戸からそっと忍んで訪れ、少し話すと帰ってゆくのである。ときにはひどく酔って「このまま泊ってゆく」などと、だだをこねることもあるが、栄三郎が少し強い声をだすと、すぐにおとなしく立ちあがるのであった。

栄三郎は、おさとから聞いたことはすべて知らない顔をしていた。

おつるは病身な母親と姉夫婦（その子供二人）の面倒をみているそうであった。かれらは鳥羽からほんのひと跨《また》ぎ北に当る、小浜という漁村に住んでいる。姉の主人は漁師であるが、酒と博奕《ばくち》が好きで、稼いだものはみな遣ってしまう。人は悪くはないのだが、結局おつるがいるのでおつるに頼ってしまうというところらしい。――おつるは十二の年叶家《かのうや》という置屋へ養女分として入った。それは、おつるが自分で叶家へいって、「あたし芸妓になりたい」と云ったのがきっかけになったのだそうである。

（いつか栄三郎に向って「あたし芸妓が好きなんです」と云《い》ったのは誇張ではなかったらしい）叶家のおかみさんはおつるの気性に惚《ほ》れ、養女分として気を入れて仕込んだ。当時はまだおつるには兄（のちに海で死んだが）がいて、若い漁師のうちでは腕っこきといわれるくらいだったから、べつに家へ仕送りをする必要もなく、好きな芸事の稽古《けいこ》にうちこむことができた。いま桑名屋の主婦になっているおはまも、そのころ叶家にいて、もう売れっ妓の姐《ねえ》さんだったが、おつるの気の強いのと、芸熱心で筋のよいのには驚いたということである。座敷へ出るようになると、たちまち人気者になり、世話をしようという客があとからあとからとあらわれた。こういう客の中には出先の茶屋の義理などで、どうしてもいやと云いとおせないことがある。おつるにも「うん」といわざるを得ない場合が三度ばかりあった。しかし彼女はどうしてもからだを許そうとしないし、座敷からひくことも承知しなかった。無理にからだを求められたりすると、全身が石のように冷たく硬直し、痙攣《けいれん》を起こして、まるでいまにも死ぬかと思われるようなありさまになる。ときには本当に息が絶えたようになるので、三度とも客のほうで諦《あきら》めて手を引いたのであった。それでも人気は落ちなかった、三味線と踊りはずばぬけているし、なにより座敷が面白いのである。近頃では旦那があり子供もあると云っているが、そんなことは誰も気にしないし、却ってひいき客が殖《ふ》えるばかりのようであった。

こういう事情はみな、おさとが訪ねて来ていっしょに桑名屋へゆく途中、彼女の口から聞いたのであるが、栄三郎はおつるにはなにも知らないふうをし、やはり旦那があり子供があるつもりにしていた。

絵は順調に進んでいった。栄三郎の一日おきの桑名屋がよいも、おつるが忍んで来ることにも変りはなかった。こうして七月、八月と過ぎ、海に秋の波が立つようになった。栄三郎がそれをはっきり覚えているのは、その夜（桑名屋へ）でかけようとしたとき、おけいが珍しく離れ座敷へやって来て、今夜は寒くなりそうだから着てゆくようにと、仕立ておろしの羽折《はおり》をそこへ出した。

「ずいぶん波の音が聞えるでしょ」とそのときおけいが云った、「こんなふうに波の音が聞えるようになるともうすっかり秋で、夜が更けると寒くなるんですのよ」

栄三郎は眩《まぶ》しそうな顔つきで、おけいの着せかける羽折に袖《そで》をとおしながら、その波の音を聞いた。彼はおけいがなにか云うつもりだなと思った。仕事のあいだは誰もこの座敷へは入らない約束で、まえにも記したとおり、食事を運んで来るおけいも長四帖から引返していた。それがその夜に限って断わりもなく入って来たし、夜更けに帰ることもよく知っているような口ぶりで、それはなにごとか云いだすか、またはこちらになにかを感じさせるようなものを多分に含んでいた。だがおけいはなにも云わなかった、少なくとも栄三郎が気遣っていたようなことはなにも云わず、むしろ陽気な調子でせきたてた。

「さあいってらっしゃいまし、お風邪をひかないように気をつけて下さいましね」

栄三郎は、ほっとして桑名屋へでかけた。

彼がその夜そんなふうに、おけいからなにか云われはしないかと思ったのは、半月ほどまえ、おつるに「角屋のお嬢さんはあなたが好きらしいわね」とからかわれたことがあった。踊りの稽古で会うたびに彼の話が出るのだそうで、その話しぶりがただではないというのである。栄三郎は笑って相手にしなかったが、その後おけいのふとした眼つきや動作などに、まえには感じたことのないもの、一種の憂《うれ》いといったふうなものが感じられるのに気づいた。もちろん彼はそれが自分に対する愛情のあらわれだなどとは思わなかった、むしろおつると逢っていることを非難されているのではないか、というふうに考えたのである。おつるのことは初めおけいのほうから云いだした。

――新水へいっておつるという人を呼んでごらんなさい。

彼は新水へはいかなかったが、偶然にもおつると逢い、その夜からお互いに離れがたいあいだがらとなった。まだ、深い契《ちぎ》りこそ交わさないけれども、どんな契りよりも深く二人の心はむすびついている。おつるとの仲がそんなふうでなければ、栄三郎は初めからおけいに彼女と逢ったことを話したであろう。しかし彼はひと言も話さなかったし、話さないことをいくらかうしろめたくさえ思っていた。それで、その夜、羽折を持って来られたときには、いよいよなにか云われるかと思ったのであった。

十二

秋の波音を聞いた日から、五日ばかり経《た》った或《あ》る風の吹く日の午後、栄三郎はおつるに誘われて、また樋の山へ登った。

それはおつるの望みであった。栄三郎は昼の時間が惜しかった、絵はもう完成に近く、あの（落ちている）扇子に着彩すればいいところまでいっていた。けれどもおつるは「どうしても明日いっしょに登りたい」とせがんだ。なにかわけがあるのかと訊《き》くと、「久しぶりに我儘《わがまま》が云ってみたいのだ」という。彼は苦笑しながら承知したのであった。

午《ひる》ちょっとまえから風が吹きだして、そう強くはないが、街の中は埃立《ほこりだ》っていた。切通しの辻地蔵《つじじぞう》のところで待ちあわせ、登り口まではべつべつに歩いた。——まえにきたのは暑いさかりだったが、九月といえば晩秋のことで、木々の葉も草も枯れかかり、北から吹きつける風に揺れながら、乾いた音をたてていた。おつるはいつもの活《かっ》潑《ぱつ》な歩きぶりで、栄三郎におくれず元気に登った。

二人は夏来たときの、想《おも》い出の場所を歩いた。おつるは絶えず爽《さわ》やかな微笑をうかべ、栄三郎の髪が（風のために）乱れると、櫛《くし》を出して撫《な》でつけたりした。

「此処《ここ》だったわね」おつるが扇子を落した処《ところ》で立停った、「この薄《すすき》のこっちの処だったわ、なつかしいわね」

「いまでも、あのときの姿が眼に見えるよ」

「いろいろな思い出ができたわ」

おつるの声は詠嘆《えいたん》のようであった。栄三郎は彼女の姿を眺めた。おつるは小さな眼で心をかよわせるように彼を見、唇をいっぱいにあけて笑顔をつくりながら、彼のほうへ両手を伸ばした。栄三郎はその手を握った。

「夏になれば、海へいって夜光虫を見るわ」とおつるは笑顔のまま云った、「秋になったら此処へ来ればいいわね、――あなたが江戸へお帰りになってから、あなたが恋しくなったらそうするの、ね、あたしあなたがいらっしゃらなくなっても大丈夫よ」

「私が江戸へ帰るときは」と栄三郎が云った、「おつるもいっしょにゆくんだよ」

おつるは握られている手を放そうとした。栄三郎は放させなかった。おつるはなにか云おうとして、彼から眼をそらした。

「もう絵もあがるし、いい機会だから今日は云ってしまうが」と栄三郎は続けた、「私はもうずっとまえからそのつもりだった、二人は結婚するんだ、角屋の主人に仲人《なこうど》になってもらって、ちゃんと祝言《しゅうげん》をして」

「だめ、だめ、そんなことできやしません」

「できなくってさ、私はなにもかも知ってるんだぜ、おまえには旦那も子供もない、おっ母さんと姉さんたちに仕送りをしているだけだっていうことを、まあいいから聞けよ、私たちが、江戸へいっても小浜への仕送りは」

「いいえだめ、待って下さい、それはだめなんです」

「だめなことはないよ」

「いいえだめなんです」おつるは喘《あえ》ぐように云った、「あたしのことはたぶんおさとちゃんからお聞きになったんでしょう、あのひとはそりゃあたしのことはよく知っています、けれどすっかり知っているわけじゃありません、こういうしょうばいにはいろいろな義理が重なって、どんなに仲の良い友達にも話せないことがたくさんあるんです」

「私にも話せないというのか」

「堪忍《かんにん》して下さい」おつるは唇で笑った、「誰のちからでも、どうにもならない義理があって、あたしこんど、本当に、人の世話にならなければならなくなりましたの」

「――人の世話に」

栄三郎は、あっという眼をした。

「ね、堪忍して」とおつるは続けた、「初めから旦那も子供もいるつもりだったでしょ、あたしの云ったことが本当で、おさとちゃんの話は嘘《うそ》だったと思ってちょうだい」

「――本当に、人の世話になるのか」

「ええ、落籍《ひか》されることに定《きま》ったんです、それでこんどこそもう、おめにかかれなくなるから、今日むりに此処へ伴《つ》れて来て頂いたんです」

「それで」と栄三郎は握っている手を放した、「――それは、もうどうにもならないのか」

「これだけは、もう、どうにもなりません」

「なんにも後悔はしないんだな」

「あたしの魂はあの絵の中に残るもの」とおつるは明るい口ぶりで云った、「心をこめて落したあの扇子が、あなたの絵の中に残るんですもの、本望だわ」

栄三郎はじっとおつるをみつめ、それから囁くようにもういちど訊いた。

「本当に、どうにもならないんだな」

おつるは頷《うなず》いた。両端の切れ上った唇をいっぱいにあけた笑い顔で、上眼づかいに彼を見返しながら、はっきりと頷いた。

「相手は好《い》い人か」

「好い人です」とおつるは云った、「ね、――あたしのこと堪忍して下さるわね」

「どうだかね」栄三郎は唇を曲げて海のほうを見た、「ひどく波立っているな、秋から風が強くなって、ここの海も荒れるんだってね」そしてまた云った、「そろそろ帰るとしようか」

「まっすぐお帰りになる」

おつるはそう云って彼を見た。栄三郎は歩きだしながら頷いた。

「桑名屋へはいらっしゃらない」

「ああ、今日はよそう」

「あたしいってますわ」おつるは栄三郎のあとから歩きながら云った。「――今日からもうお座敷へは出ないんです、だから桑名屋へいって遊ぶつもりよ、ね、――いらっしゃらない」

栄三郎はなにかきげんのいい返辞をしようとした。けれども感情が隠せそうもないので、黙って首を振ったまま歩き続けた。おつるもそれからはなにも云わなかった、あとさきになって坂道を黙っておりてゆく二人のまわりで、茶色に枯れはじめた草がやかましく風にそよいでいた。

　おつると切通しで別れた栄三郎が、控え家へ帰って裏木戸から入ると、仕切の生垣の向うに金右衛門がいて目礼し、すぐに木戸をあけてこっちへ来た。

「江戸へ船が出ますのでな」と金右衛門は近づいて来ながら云った、「夜の十時の潮で出ますので、絵のようすを知らせてやりたいと思ったものですから」

「もう殆《ほと》んどあがっています、よろしかったらごらん下さい」

「いやじつは、甚《はなは》だ失礼でしたが、少し仔細《しさい》があってさきほど拝見致しました」

「仔細、——」栄三郎は振向いて云った、「なにかあったんですか」

「競作の件です」金右衛門は渋い顔をした、「私はまるで知りませんでした、つい昨日、御家老から聞いて驚いたのですが、どうして仰《おつ》しゃっては下さらなかったのですか」

栄三郎は黙って肩をすくめた。

十三

金右衛門は家老の石川舎人《とねり》から聞いたが、競作の事は孝之介の一存であって、舎人自身もごく最近に知ったのだという。それで金右衛門は栄三郎の仕事が気になり、留守ではあるが絵の進行ぐあいを見せてもらった、ということであった。

「まことにみごとな出来で」と金右衛門は続けた、「下絵のときより一段と冴《さ》えておりますし、失礼ですが貴方《あなた》のお作の中でもこれだけのものは初めてではないかと存じました、これならもうどんな相手でも敵ではないでしょう、競作の中止になったのが残念なくらいでございます」

栄三郎は眼をあげて金右衛門を見た。

「なにが中止になったんですって」

「競作の件でございます」金右衛門は微笑した、「はっきり事情はわかりません、たぶん相手の絵が思わしくなかったのでしょう、孝之介さまが自分から中止すると云いだされましてな、——もしもの場合には、貴方のお作は私が頂きたいと思っていたのですが」

栄三郎は頷きながら広縁へあがった。そうして、金右衛門が去ろうとするのを、ふいに振返って呼びとめた。

「船は今夜出るのですか」

「さよう、夜の十時でございます」

「私もそれに乗れますか」

「それはもちろん、——」と金右衛門は訝《いぶか》しそうに栄三郎を見た、「船は店のものですし、まだ二人や三人の客は乗れますが、どうしてまた急にそんなことを仰しゃるのですか」

「ぜひすぐに手配をして下さい」栄三郎は頑固な口ぶりで云《い》った、「絵はこれから仕上げてしまいます、どうしてもその船で帰りたいと思いますから、ぜひそうお願いします」

そして、あっけにとられたような金右衛門を残して座敷の中へ入り、障子を閉めてしまった。

栄三郎はすぐに筆を取った。

絵は日の昏《く》れがたに仕上った。七十余日の労作で、（もちろん満足ではないが）もう筆をいれるところはどこにもなかった。それでもなお一刻《とき》ばかり、絵の前に坐《すわ》ってにらんでいたが、おけいが三度目に夕餉《ゆうげ》を聞きに来たとき、ようやく振返って頷いた。

「飯は欲しくありません」と彼は云った、「勝手なことを云って恐縮ですが、肴《さかな》はなにもいりませんから酒を飲まして下さい」

「あのう」とおけいが云った、「あちらに心祝いの支度がしてあるからって、父さんが云っているんですけれど」

「いやこちらで頂きます」彼はおけいを見て云った、「わけは云えないが、私はもう誰にも会いたくない、貴女《あなた》の御両親にもです、このままそっと逃げだしてゆきたいんです」

「ええわかります」とおけいは頷いた、「おけいにはよくわかりますわ」

「――貴女にわかるって」

「わたし勘がいいのよ」とおけいは謎《なぞ》めいた微笑をして栄三郎を見た、「ではこちらへ持って来ますわ、お別れにお酌をさせて頂きますわね」

そして立って出ていった。

やや時間をとってから、おけいが小間使と二人で、酒肴《しゅこう》の膳《ぜん》を運んで来た。時間をとったのは化粧を直したためらしい、白粉《おしろい》も紅《べに》も濃く、香料がかなり強く匂《にお》った。

「おめでとうございました」

おけいはまずこう云って、神妙におじぎをした。むろん絵の完成を祝ったのであろう、膳の上にも祝いの肴《さかな》が並んでいるし、酒も燗徳利《かんどくり》ではなく銚子《ちょうし》であった。

「貴女にはお世話になった、おけいさん」と彼は盃《さかずき》をさし出した、「お別れに一つ受けてくれないか」

　おけいは首を振った。

「いいえ」とおけいは云った、「それはあたしは頂けません、その盃を受取る人はほかにいますわ」

「おけいさんは受けてくれないんだな」

「先生は御存じないのよ」おけいは静かに云った、「その盃はおつるさんにあげなければいけませんわ」

　栄三郎は、どきっとして眼をそばめた。

「競作がやめになったのはおつるさんのためですわ」とおけいは続けた、「あの人が孝之介さまの云うことをきいて、落籍されることを承知したために中止になったんですわ」

「おつるが石川に」と栄三郎は声をあげた、「石川孝之介に、――おつるが落籍されるって」

「絵をお描きになるくらいだから、もっと気もよくおまわりになると思ったのに、先生は案外ぼんやりなところがおありになるんですのね」

「話してくれ、——それはいったいどういうことなんだ」

「あの孝之介は、——呼びすてていいわあんな人、——あの人はまえからおつるさんが好きで」とおけいは云った、「自分は奥さんがあるのに、お妾《めかけ》になれっていつもしつこく口説《くど》いていたんです、おつるさんはてんで相手にならなかったんですけれど、先生といっしょに樋の山へいったとき、孝之介の取巻の侍たちがみつけて告げ口をしたんでしょう」

ああと栄三郎は盃を置いた。

——不義者。

あのとき二人の酔った侍は「不義者」と云っていた。なにが不義者かと思ったが、その意味がいま彼にもわかるようであった。

「そこで孝之介は怒って」とおけいは続けた、「——まず先生の絵の邪魔をするために競作ということを企《たくら》み、それをおつるさんに云ったんですって、おつるさんは先生のことを心配して、自分は身をひこうと思ったんだけれど、やっぱり逢《あ》わずにはいられない、悪い悪いと思いながら逢っているうちに、孝之介のほうはますます執念ぶかくなって、おまえが飽くまでいやだというなら、家老の職権で古渓先生の絵をはねてしまう、もうその手順をつけているんだなんて威《おど》かしたんです」

「それで、それでおつるは承知したのか」

「自分さえ死んだ気になればいいんだって、とうとう落籍されることになったんですわ」

「おつるがそう云ったんだな」

「おつるさんがそう云いました」とおけいはそっと眼をふせた、「――おとついお稽《けい》古《こ》の帰りに、泣きながらすっかり話してくれたんです」

「古風なやつだ」栄三郎は首を振った、「そんな手で女を口説きおとす石川も古風だが、そんな手に負けて自分をころすおつるもあんまり古風すぎる、ばかなやつだ」

栄三郎の眼から涙がぽろぽろとこぼれ落ちた。彼はもういちど「ばかなやつだ」と云いながら、これまでのおつるの腑《ふ》におちない言葉や動作や、びっくりするほど衝動的な態度などを思いだし、その哀れさに胸が詰って、どうにも涙を抑えることができなかった。

「そんなばかなやつとは知らなかった」こう云って栄三郎は立とうとした、「私はこれからいって来ます」

「いいえ大丈夫、時間はたっぷりありますわ」おけいは微笑しながら云った、「――

この話は先生には云わない、どんなことがあっても先生には話さないっていう約束でしたの、でもあたし決心したことがあるから申上げたんです」

「断わっておくが私はおつるを伴れてゆきますよ」

「もちろんですとも、あたしだってそう思ったから申上げたんですわ」おけいは袂から袱紗包《ふくさづつみ》を出してそこへ置いた、「今夜の船でいっしょにゆけるように、必要な切手やなにかみんなこの中に入っていますわ」

　栄三郎は眼をみはっておけいを見た。

「どうして、――」と彼は吃《ども》った、「どうしてまた貴女はこんなことまで」

「お二人が好きだからです」

　おけいはこう云って明るく笑った。すがすがしいほど明るい笑いだったが、眼は涙でいっぱいだった。その涙が頬を伝って落ちるのも知らないようすで、おけいは栄三郎をみつめたまま云った。

「先生のことも好きだし、おつるさんも大好きなんです、そしてあたし自分のちからでお二人を仕合せにしてあげられると思うと、嬉《うれ》しくってもうしようがないんです、わかって下さるでしょ、先生」

　栄三郎は頭を垂れた。

「船の者にもそう云ってありますわ」とおけいは云った、「おつるさんは渋るかもしれないけれど、先生がそう仰しゃればいっしょにゆくに定《きま》ってます、あとのことはあたしが引受けますから、江戸へいらしったらどうぞお仕合せにね、そして、――おけいのことも忘れないで下さい」

栄三郎は襖絵《ふすまえ》のほうへ眼をやった。その絵の枯野に落ちている扇子は、落していった人の姿をあらわしている。その人の姿よりも鮮やかに枯野の上の扇子は去っていったその人の姿をあらわしている。

――おけいの心は、この枯野の扇子のように、いつまでも痛く記憶に残るだろうな。

栄三郎はそう思って眼をつむった。

「有難う、おけいさん」と彼はひそめた声で云った、「――いつまでも忘れないよ」

広縁の下あたりで、かねたたきが鳴いていた。


（「面白倶楽部《クラブ》」昭和二十九年一、二月号）

三十ふり袖《そで》

一

お幸《ゆき》が「みと松」の裏口で転んだとき、おりよくその店に巴《ともえ》屋の旦那《だんな》が来て飲んでいた。それでそれが、その二人のつつましい縁の始まりになった。

「みと松」は日本橋上鞘町の、越中堀の河岸に面した路地の角にある、ごく小さな、客の七八人も入ればいっぱいになるくらいの飲屋で、肴《さかな》も格別これと自慢するほどの物は出来ないし、飯はぶっかけと定《きま》っていた。客もうらぶれたような人たちが多く、越中堀へ入る船の船頭とか、裏店《うらだな》に住む職人や日傭取《ひようとり》、また通りかかりの駕籠《かご》屋とか車力などというのがおもであった。――狭い店の一方におでんの鍋《なべ》があり、主人の平吉が控えていて、肴の皿を拵《こしら》えたり酒の燗《かん》をつけたりする。

その鍋前に飯台が鉤《かぎ》の手に取付けられ、空樽《からだる》へ茣蓙《ござ》をのせた腰掛が並んでいる。客はそこに腰を掛けて飲んだり喰べたりするのであった。こういえばわかるとおり「みと松」はごくけち臭い飲屋である。家族は主人の平吉と女房のお松だけ。平吉は片方（左）の脚がない、太腿《ふともも》の半ばから切断されているのである。躰格《たいかく》は相撲でも取りそうに逞《たくま》しいし、眉《まゆ》が濃く眼がぎょろっと大きく、唇が厚く顎《あご》が張っている。鍋の向うに腰かけていると片脚の無いのが見えないから、よほどたちの悪い客でも、食い逃げや飲み逃げをしようなどという気は起こさないようであった。

お松は亭主より五つ年下の三十二歳である。背丈は五尺そこそこしかないが、亭主が動けないので店の仕込はもとより、立ち働きはみな彼女がするためか、軀《からだ》はよく肉づいているし、まる顔の頬はいつも張切って赤く、膏性《あぶらしょう》で、冬でも鼻の頭に汗をかいていた。――食い逃げ飲み逃げの客はなかったが、夫婦とも人が好いために、つい貸し勘定が溜《た》まりがちで、自分たちは（二人世帯にも拘《かかわ》らず）ひどく逼迫《ひっぱく》しているのが常であった。

もう数年まえのことになるが、雨の降る夜の十時ごろに、もう店を閉めようとしているところへ客が来た。酒を二本ばかり飲んだあと「ぶっかけを一杯」と注文された。ぶっかけというのは葱《ねぎ》と浅蜊《あさり》とか、叩《たた》き鰯《いわし》と葱などの汁を、飯の上に掛けた丼物《どんぶりもの》のことで、――そのとき汁はあったが飯が無かった。もう客はないだろうと、夫婦ですっかり喰べたあとだったのである。

しかししょうばいだから断わるのも惜しい、「飯が冷たくってよければ」といって、お松がひそかに路地裏へぬけだしてゆき、かもじ屋のお文から、丼に一杯の飯を借りて来て、まにあわせた。などということもあった。

──あのときはその借りた飯でさえ五六日も返せなかったっけな。

夫婦はときに思いだして苦笑しあうが、現在でもそれよりよくなっているわけではない、仕込の銭《ぜに》がなくて店を休むこともあるし、酒屋の勘定には絶えず追われているし、特に去年（天明六年）関東一円にひどい水害があり、近国に飢饉《ききん》が起こったりしたので、年が変ったこの五月ごろからひどく不景気になり、寒くなるにつれていよいよそれが深刻の度を加えるばかりなので、「みと松」もこのところずいぶん苦しい状態を続けていた。

こういう店にしては、巴屋の旦那は場違いの客であった。年は四十五六、固ぶとりのがっちりした軀で、色が黒く、眉毛が薄く、小さな眼つきで、ぜんたいが田舎の小地主といった感じであった。大名縞《じま》の着物に黒っぽい紬《つむぎ》の羽折《はおり》を重ね、木綿の足袋に駒《こま》下駄という恰好《かっこう》も、ひどくやぼったくて見栄《みば》えがしないし、話しぶりや飲み食いのようすなどは、へんにかたくるしく、むしろ陰気なほうであった。──初めて来たのは九月ごろであるが、ふりの客だと思ったので平吉もお松も注意しなかった。しかし中二日おいてまたあらわれ、それからずっと三日に一度ずつ、欠かさず来るようになった。

旦那の来るのは夜の九時過ぎと定っていた。遠慮がちに入って来て、二た品くらいの肴で酒は三本、ゆっくりと啜《すす》るように飲んで、勘定には必ず心付を置いて、そしてまた遠慮がちに帰ってゆくのであった。

——この店がお気にいったんだぜ。

平吉は女房にそう云《い》った。

——いいお客さまだよ、大事にしてあげなくちゃあいけないわ。

お松も亭主にそう云った。

来はじめてからひと月ばかり経《た》って、初めて旦那は平吉に話しかけた。

「その、——」と旦那は云った、「店の名のみと松というのはどういうところから付けたんだね」

「あっし共は水戸の者でして」と平吉が答えた、「こいつの名がお松というもんですから、それでまあなんとなく、——」

「ああ」と旦那は微笑した、「するとつまり、のろけみたようなものなんだね」

「冗談じゃねえ、とんだことを仰《おっ》しゃる」

平吉はまごついた。そんな軽口を云う人には全然みえなかったし、自分のほうには思い当ることがなくもなかったからである。しかし、それが親しくなるきっかけになったようで、店がたて混んでいるような場合には、ひと間しかない奥の部屋へあがって飲んでもらうようになった。——こんなぐあいにして、やがて、彼が京橋の水谷町で巴屋という足袋屋を営んでいること、生れは信州の小淵沢《こぶちざわ》、名は喜兵衛、事情があって家庭が淋《さび》しいために、そんなふうによそで飲むのを楽しみにしている。などということが少しずつわかった。

「寄合なんぞで茶屋酒も飲むけれど」と旦那は云うのであった、「私はどうもそういう派手なことが嫌いで、この平さんの店のようなところでないとおちつかないんでね、つまり田舎者の貧乏性ということなんだろうね」

そんなふうに云うとき、旦那の喜兵衛はいかにも淋しそうで、慰まないようすがうかがわれるのであった。

「こんなけちな店をひいきにして下さるのは有難えが」と或《あ》るとき平吉が云った、「それだけのお店の旦那なんだから、御家内がお淋しいんなら、気にいった者を一人お囲いなさるがいいじゃありませんか」

「世話をしてくれるかね」

「お望みならすぐにでも捜しますよ」

平吉は半ば冗談のつもりであった。けれども旦那のほうはそうではなく、ときどきそれとなく催促をした。

「縹緻《きりよう》は少しぐらい悪くっても、気だてのやさしい娘がいいね」などとさりげなく云う、「——薄情なことは決してしないし、できるだけの面倒はみるから、心当りがあったらぜひ世話を頼むよ」

相手が本気だとわかったので、夫婦もしんけんに捜す気持になった。こんなようなときに、「みと松」の裏口でお幸が転んだのであった。

二

「こういうわけだけれど、どうだろう」とお松が云った、「ゆうべあんたが転んだでしょ、あたしが出てみてあんただってわかったとき、あたしああそうだって思って、すぐにうちの人と相談したのよ」

お幸は俯《うつむ》向いたまま、膝《ひざ》の上で両手の指の爪《つめ》と爪とを擦り合せていた。

——あたしもう二十七なんだわ。

おかみさんの話を聞きながら、お幸はこう考え続けていた。彼女は小柄な軀なのにゆったりしてみえる、顔だちものびやかで、眉と眼のあいだがひろく、唇の線もゆたかな波をうっている。ひと口にいうとおかめ顔で、髪毛《かみのけ》もちょっと赭《あか》いし、決していい縹緻ではないが、ぜんたいにおっとりとした温かさがあって、向きあっている相手になんとなくしっとりとした気分を与えるようなところがあった。

「旦那がどんなに好《い》い方かってことは会ってみればすぐにわかるわ」とお松が続けた、「こんなことあんたにすすめるなんて、あたしずいぶん辛《つら》いのよ、あんたにお妾《めかけ》になれなんて、もしかよその人がすすめでもしたんならあたし黙っちゃいやしない、それはわかってくれるでしょ」

「ええわかるわ」とお幸が云った、「よくわかるわ、おばさん」

「あたし心を鬼にして云うわ、あんたも裸な気持になって聞いてちょうだい」お松の鼻の頭には汗の粒が溜《た》まっていた、「——去年の洪水からこっち、不景気がひどくなるばかりで、あんたも内職ではやってゆけなくなっている、おっ母さんの薬も買えない日が続いていることがあるわ、それから夜が更《ふ》けてからの客で、丼を持って御飯を借りにいったりね」

お幸は黙ったまま頭の中で呟《つぶや》いていた。

——あたしはもう二十七なんだわ。

お松は自分が世話になったことを話し続けた。お幸の家はもと槙《まき》町にあって、かなり大きな「かもじ屋」を営んでいたが、父親の次郎兵衛がなにかの思惑に手を出して失敗し、また知人の借金の裏判をついたりした結果、店をたたんでこの裏長屋へ逼塞《ひっそく》するようなこと、「あたしうすうす知ってるのよ、知ってはいるんだけれど、うちだって火の車でどうしてあげようもないじゃないの」

「いいえ、してもらってるわ、おばさんにはいつだって」

「やめてよ恥ずかしい」お松は頭を振った、「あたしはお幸ちゃんのお母さんにはずいぶんお世話になってるわ」水戸から出て来て、誰ひとり頼る者がなかったし、それこそ夫婦とも着たきり雀《すずめ》だったから、浴衣《ゆかた》や肌襦袢《はだじゅばん》や、お腰まで貰《もら》ったことになった。

それはお幸が十七の年のことで、父親は挽回策《ばんかいさく》のためにかなり無理な奔走をしたらしい。だが、二年めの夏に急性の烈《はげ》しい痢病を患《わずら》って死んでしまった。――母親のお文はまえからの病身であった。痛風という頑固な持病で、左右の足が絶えず痛み、冬になると腰まで痛みがひろがって苦しむのである。薬は広東人蔘《カントンにんじん》を主剤とした煎薬《せんやく》が合うので、それを欠かさず服《の》んでいたが、人蔘が市販を禁じられ、「人蔘座」の専売制になって以来、その価格は上るばかりで、ちかごろでは持薬として使うには負担が重すぎるようになった。

　父の次郎兵衛が死んでから、母親は針仕事や内職で生活して来た。お幸は七八つの年から長唄《ながうた》と踊りの稽古《けいこ》にかよい、槙町の店をたたむまで続けていたので、いちどはどっちかの師匠をやってみたらどうかという話もあった。しかし彼女はそういう派手なことが嫌いなので、踊りの衣裳《いしよう》も三味線《しやみせん》もみれんなく手放してしまい、慣れない賃仕事に精をだしていた。――だがお松の云うとおり、去年からの不景気がいつ底をつくとも知れず、秋ぐちから冬になると内職そのものも少なくなったし、手間賃の払いもおくれ勝ちで、これまでのどの年よりも生活はゆき詰って来ていた。

「ねえ、心を鬼にして云うわよ」とお松は云った、「世間がこんなぐあいだし、病身のお母さんを抱えていては、お嫁にゆくこともお婿《むこ》さんを貰うこともできやしない、それにあんたも年が年だし、もしかして縁があっても、子持ちの処《ところ》へのちぞえにゆくぐらいがおちだわ、ねえ、そのくらいならいっそちゃんとした人の世話になって、ゆっくりおっ母さんにも養生をさせ、あんたも暮しの苦労からぬけるほうがいいじゃないの、世の中には十五十六で身を売る娘だって少なくはないのよ」

お幸は俯向いたまま頷《うなず》き、わかったというように微笑した。ゆたかに波をうつような唇が僅《わず》かに片方へ曲っただけで、泣きべそをかいたのと区別のつかないような微笑であった。

「巴屋の旦那があんなに好い人でなければ」とお松は続けた、「口が裂けたってこんな話あんたにしやあしないわ、さんざおっ母さんの世話になっていながら、あんたにお妾になれなんてすすめるのは、あたし煮え湯を飲むような気持なのよ、……でもしようがないじゃないの、お互いにこんなひどい貧乏なんだもの、ほかにどうにもしようがないじゃないの、お幸さん」

「わかったわ、おばさん」お幸はやはり俯向いたままで云った、「――もしその方が気にいって下さるなら、あたしその方のお世話になるわ」

「お幸さん、――堪忍《かんにん》して」

こう云って、お松は前掛で顔を掩《おお》った。

「どうしたの、おばさん」

「あたし正直に云っちまうわ」お松は泣き声で、前掛の中から云った、「あんたが承知してこれがうまく纏《まと》まればね、旦那からあたしたちも世話料が貰えるのよ」

「それがどうしたのよ」

「おためごかしのようなことばかり云ったけれど、あたしたちもその世話料が貰えれば助かるの、心の中ではそれをあてにしていたのよ」

お幸は顔を歪《ゆが》め、どう答えていいかわからず、当惑して、そっとお松の膝を手で押えた。お松はやはり前掛の中から云った。

「貧乏もここまでくると情けないわね」

やがて二人は相談を始めた。旦那に会うのは今夜、着物はお松が都合すること、お幸は湯にはいって髪を結い化粧をすること、紅白粉《べにおしろい》もお松が持ってゆくし、髪もお松が結うことなど、すっかり手順を定めて、そうしてお幸は帰っていった。

母親のお文には詳しい話はしなかった。寒くなってから殆《ほと》んど寝たきりのお文は、髪化粧をする娘と、お松のようすを（寝床の中から）眺めていたが、およその事情を察したのだろう、やがて寝返りをうって壁のほうへ向き、掛け夜具を額までかぶってしまった。——いちど帰ったお松が、迎えに来たのは夜の八時ごろであった。おそらくどこかで借りたのだろう、地味ではあるが、小紋の小袖《こそで》に厚板の帯、やや派手な色の扱帯《しごき》などを包から出し、絶えまなしに饒舌《しゃべ》りながら、自分で手伝ってお幸に着付けをさせた。

——悲しがらないでね、おっ母さん。

お幸は心の中でそう呼びかけた。

——誰が悪いんでもない、こういうめぐりあわせなんだもの、世間にはもっと、いやな辛いおもいをする人だって、たくさんいるんだもの、……あたし平気なんだから、どうかおっ母さんも悲しがったりしないでちょうだい。

母親のお文はそのときも、壁のほうへ向いて寝たまま、じっと身動きもしなかった。

三

それから十日ほど経って、お幸と母とは京橋の小田原町二丁目へ引越した。巴屋の旦那《だんな》はお幸をひとめ見て気にいり、その家を母娘《おやこ》のために買ってくれたのである。それはちょっとした坪庭のある、一戸建てのおちついた家で、部屋も四つあるし、すぐ前が堀で、対岸は本願寺の土塀《どべい》が続き、土塀の上に高く本堂の屋根がぬきんでて見えた。左の家は銀座の袋物屋の隠居所、右隣りはなにがしとかいう御能師の控え家で、どちらも殆んど人声が聞えないくらい、ひっそりと静かに暮していた。

引越してから三日めの夕方、巴屋の旦那が来て家のようすを見、お文にも会って、暫《しばら》く話して帰ったが、その翌日、簞笥《たんす》や茶簞笥や鏡台、長火鉢、そして勝手道具や食器などのほかに、夜具二た組と座蒲団《ざぶとん》まで届けられた。——さすがにお幸は昂奮《こうふん》し、われ知らず浮いた気持になった。

「昨日は必要な物を見にいらしったんだね」とお文も明るい顔で云った、「あんまりなにもないんできっと吃驚《びっくり》なすったろうよ、まああ、こんなこまかい物にまでお気がつくなんて、ずいぶん気のまわるお方なんだね」

「だってもう年が年ですもの、このくらいのことあたりまえだわ」

お文はちょっと眼をみはって娘を見た。お幸がそんな調子でものを云《い》ったのは、絶えて久しいことだったからである。お幸は母親の眼つきには気がつかず、自分が褒められでもしたようないい気分で、自分では気がつかずに鼻唄をうたいながら、それらの道具を気にいった場所に配置するのであった。

——これは幸運だったかもしれない。

お文は寝床の中から娘のようすを眺めながら、こう思ってそっと溜息《ためいき》をついた。——あの方はよほどお幸が気にいったのだ、さもなければ、まだなんのわけもないのにこれだけのことをして下さる筈《はず》がない、これなら嫁にいったのも同じようなものではないか、本当にこれで仕合せになれるかもしれない。

だがお幸の陽気さは長くは続かなかった。家の中がすっかり片づくと、お幸は銭湯へいって来て、それから楽しそうに夕餉《ゆうげ》の支度をし、二つも行燈《あんどん》をつけて、母親といっしょに食事を始めた。そのときはまだ華やいだ調子で、箸《はし》を動かしながらしきりに母へ話しかけたり、また絶えず振返っては、新しい家具の並んでいる部屋の中を眺めまわしたりした。そのうちにふとお幸は眉《まゆ》をひそめ、箸を停めて眼をつぶった。

——なにがそんなに嬉《うれ》しいの。

胸の中でそういう声がしたのである。

——これはおまえが人の囲い者になった証拠なのよ。

ほんの短い沈黙であったが、お文は娘のようすの変ったことに気がついた。

「どうしたの、気分でも悪いのかえ」

「え、——いいえ」お幸は身ぶるいをしながら眼をあいた、「なんでもないの、あまり動いたから疲れたんでしょ」

そうして急に食欲を失ったように、茶碗《ちゃわん》と箸を膳《ぜん》の上へ置いた。

その明くる日の夕方、旦那の喜兵衛が土産物を持って来た。お幸は夕食の支度をしているところだったが、喜兵衛は二つある土産のうち、折詰のほうをお幸に渡し、「済まないがこれで一杯飲ませてくれ」と云い、「ちょっとおっ母さんに挨拶《あいさつ》して来るから」

そう断わってお文の部屋へはいっていった。

お幸は喜兵衛の顔をまともに見ることができなかった。買って貰った道具の礼も云いそびれ、重くるしいようなふさがれた気持で、酒を買いにいったり膳拵《ぜんごしら》えをしたりした。そして、すっかり支度が出来てから気がつくと、母の部屋で喜兵衛と母の話している声が聞えた。

「まあ、――」お幸は思わず呟いた、「おっ母さんが人と話をするなんて」

裏長屋へ逼塞《ひっそく》して以来、お文はひどく人嫌いになっていた。相長屋の人たちがみまいに来ても決して、上へあげるようなことはない。「みと松」の夫婦とはずいぶん親しくして来たが、それでもたいていは上り框《がまち》で話すくらいであった。だがいま、お文は喜兵衛と話していた。襖《ふすま》を隔てて、喜兵衛の話におっとりと受答えするお文の声がよく聞えた。

「そうです、あの蜜蜂《みつばち》です」と喜兵衛が云っていた、「お祖母《ばあ》さんは六十ちょっとまえでしたが、十年以上も腰の痛みで苦しんでいました、どんな薬も効かず、湯治も痛みを抑えるだけで、もうすっかり諦《あきら》めていたところでした」

「そうして蜜蜂に螫《さ》させたんですか」

「いや、知らずに螫されたんですな」と喜兵衛が含み笑いをした、「秋のことでしたが、へんな話ですけれども、お祖母さんは縁側へ出て、うしろ腰を裸にして日光に曝《さら》していたんです、お日さまの光りで温めるとぐあいがいいんだそうで、――そうしているうちに、腰のところになにか触ったので、ひょいと手で叩《たた》いた、うしろだから見えやしません、なにげなく叩くと、それが蜜蜂だったからちくりと螫された、いやもう痛いのなんの、お祖母さんはとびあがったそうですが、ところが、それっきり腰の痛みが治ってしまったんです」

「それはそれは、まあ、――」とお文が明るい声で云った、「そうしますと、その蜜蜂に螫されたのが効いたわけなんですね」

「蜜蜂の毒になにか効きめがあったんでしょうな、尤《もっと》も蜂によって蜜を吸う花が違うそうですから、どの花の蜜を吸う蜂でなければ効かない、ということがあるかもしれません、しかし現に私のお祖母さんはそれでぴたりと治ったんですから」

「それではわたしも」とお文が笑いながら云った、「来年にでもなったらためしてみましょうかね」

「蜜蜂の出る季節になったら、ぜひためしてみるんですな、この辺では無理でしょうから、どこか湯治場へでもおいでになって」

お幸はそこで声をかけ、支度の出来たことを告げた。

喜兵衛は坐《すわ》るまえに、部屋の中を見てまわり、夜具はお文とお幸のものだから、今夜からすぐ使うようにとか、とりあえず着物を二三枚作ろうとか、なにかほかに不足なものがあったら、遠慮なくそう云うようになどと、お幸のほうは見ずに云った。――お幸も喜兵衛のほうは見ないようにしながら、言葉少なにはいとかいいえとか答えるだけであった。やがて膳に向って坐り、喜兵衛が酒を飲みだしてからも、両方がなにやらぎごちなく、話もとぎれとぎれで、どうにもうまくはずんでゆかなかった。

「おっ母さんの部屋は日当りが悪そうじゃないか」喜兵衛がふとそう云った、「こっちが東でしょう、そうすると、この六帖《じょう》のほうがいいね、今夜からおっ母さんにこの部屋へ移ってもらったらいいでしょう」

「はい、でもそれは」とお幸は俯向《うつむ》いたまま云った、「この部屋は旦那さまがいらっしゃるときに使いますから」

「私は一日いるわけじゃなし、向うの部屋で充分ですよ、構わないからそういうことにして下さい」

「はい、では母と相談しまして」

四

喜兵衛は半刻《とき》ちょっとぐらいで帰った。帰るときに紙包みを渡し、これで自分の好みの着尺を買うようにと云った。また明後日の夕方に来るが、そのとき月々の定《きま》ったものを渡すから、とも云った。

彼が帰ったあと、お幸は母親とおそい夕食を喰べた。そのあとで、母親は喜兵衛の土産の品をひろげてみせた。それは羽根蒲団という舶来のもので、元来は掛け夜具であるが下に敷けば床擦れがしないだろうからと、特に捜して買い求めたということであった。

「なんだかあんまりよく気がおつきなさるんで、勿体《もったい》ないような気がするよ」

「そうね、でも、――」とお幸は膳の上を片づけながら云った、「気がついて下さるのは有難いけれど、度が過ぎると押しつけがましいようでいやだわ」

お文は娘の顔を見た。それからふと叱《しか》られでもしたように、羽根蒲団をたたんで脇《わき》へ置き、夜具の中へ横になった。

――おっ母さんにはこれがそんなに嬉しいのだろうか。

お幸は勝手で洗い物をしながら、口惜《くや》しいような情けないような気持でそう思った。

――娘のあたしを人の妾《めかけ》にして、このくらいのことをして貰うのが勿体ないなんて……それではあたしがあんまり可哀《かわい》そうじゃないの。

お幸の眼から洗い桶《おけ》の中へ、涙がぽろぽろこぼれ落ちた。お幸は自分の哀れさやみじめさを誇張し、喜兵衛や母親の独りよがりと無情さを憎んだ。それがわざと誇張し、自分から歪めた考えかただということはよく承知しながら。――たぶん母親にもお幸の気持が通じたのであろう、二人はその夜ひと言も言葉を交わさずに寝た。

約束のように一日おいて、喜兵衛は来た。毎月の手当（それは多くもなければ少なくもない額であった）を渡し、そのときどきで必要な物があればべつに出すし、お文の医薬代は巴屋のほうで負担する、ということを定めた。——彼はその日もまずお文の部屋へゆき、土産の菓子折をひらいて、膳の支度の出来るまでそこで話しこんだ。お文は娘の気をかねてか、はじめのうちは黙りがちであったが、喜兵衛のこだわりのない調子につい誘われたとみえ、いつかしら明るいおっとりとした声で、楽しそうに話し興ずるのが聞えた。

「あんな明るい声はずいぶん久しぶりだわ」酒の燗《かん》をつけながら、お幸はそう呟《つぶや》いた、「——気が合うのかしら、あの人もまんざら御機嫌とりだけじゃなさそうだわ」

お幸はそっと微笑した。

喜兵衛はその日も半刻あまりで帰った。お幸の作った肴《さかな》をうまそうに喰べ、酒を三本飲んだだけである。お互いのぎごちなさは少しもとれず、話もちぐはぐで、どちらも気分が重くなるばかりのようであった。

「着物は買ったのかえ」帰りしなに喜兵衛が訊《き》いた、「——一人でゆくのが億劫《おっくう》だったら、みと松のおかみさんにでもいっしょにいってもらったらどうだろう、持っていると金というやつはすぐ無くなるものだよ」

お幸は俯向いたままはいと答えた。

明くる日、お幸は「みと松」のお松を誘って買い物に出た。ふだん用の着尺を二反と帯を買い、戻りにまた「みと松」へ寄って、半刻ばかり話したが、そのときの話のようすでは、喜兵衛は小田原町からの帰りに「みと松」へ寄って、暫く飲み直してゆくということであった。お幸はただそうかしらと思っただけであるが、お松はそれがさもじれったいというようすで、しっかりしなければだめよ、と繰り返し云った。

「そのために小田原町の家というものがあるんじゃないの、いまから帰りによそへまわらせるなんてことじゃしようがないわ」

「まだおちつかないからでしょ」とお幸は答えた、「そのうちに馴染《なじ》めばゆっくりすると思うわ」

「そうかもしれないけれど、どっちにしろ初めが肝心だからね」お松は念を押すように云った、「――あんなに好い旦那だし、うちでもせっかくお世話したんだから、お幸ちゃんには辛《つら》いことがあるかもしれないけれど、うまくおさまるように辛抱してちょうだいよ」

お幸は頷《うなず》いて、そっと微笑した。

喜兵衛は一日おきに来た。必ずなにかしら土産物を持って来て、まずお文の部屋をみまい、そこで話してからはじめて、膳の前へ坐るのであった。十一月が過ぎ十二月が過ぎ、年が明けていったが、喜兵衛のその習慣は少しも変らなかった。ときに酒を飲みすごすことがあっても、十時になると必ず帰っていった。――雨のとき雪のとき、ひどく北風の強い晩など、お文がよく泊ってゆくようにとすすめるが、「店の者にしめしがつかないから」と云って、あっさり立ちあがるのであった。

お幸は依然として気持がほぐれなかった。彼が好い人間だということもわかったし、そんなにも自分たち母娘に尽してくれることは有難かった。彼のいないところではそれをすなおに認め、心からたのもしく、嬉しく思い、こんどこそ、もっとうちとけようと決心するのである。その気持には決して嘘《うそ》はないのだが、いざ彼と差向いになってみるとそれができない。

――あたしはこの人の囲い者だ。

そういう囁《ささや》きが自分の耳に聞えてくる。自分は金で買われたのだ、この人にはちゃんとした妻があり家庭がある、なにか事情があってその家庭は淋《さび》しいそうだが、彼の本当の坐り場所はそこにあるし、彼の本当の愛情はその妻のものであろう。

――自分はいっときの慰み者だ。

こういうおもいが、拒みようもなく胸にこみあげてきて、軀《からだ》も感情も氷《こお》ったようになるのであった。

喜兵衛はそれを知っているかどうか、勘づいていながら、お幸の気持のほぐれるのを待っているのかどうか、ときにふともの思わしげな沈んだ顔つきになることはあっても、怒ったり不機嫌なようすをみせることは決してしなかったし、つぎつぎと着物や帯や櫛笄《くしこうがい》など、身のまわりの物を買って来てくれた。

——どうして怒らないのかしら。

お幸はときどきそう思って苛々《いらいら》した。

——気にいらなかったらどなりつけるか、いっそ力いっぱい打ってでもくれればいいのに。

正月下旬になった或る日。ちょうど母が銭湯にいったあとのことであるが、日本橋のさる店から綿の厚い夜具が一と組届けられて来た。まるで嫁入りに使うような、絹《けん》布《ぷ》の派手な色の夜具であった。そのころ夜具などは自家で作るものだし、注文した覚えもないので、間違いではないかと断わったが、慥《たし》かにこの家に相違ないと云い張るので、受取った。そうして受取ったあとで、お幸はそれと気がついて赤くなった。

「あの人だ」お幸はそう呟くなり、恥ずかしさと屈辱のためにかっとなった、「あの人に違いない、口で云えないものだからこんなことをしたのよ、知らないような顔つきで、なんという人だろう」

五

届けられた夜具を前に、お幸が蒼《あお》い顔をして坐っているところへ、母のお文が帰って来た。

今年の冬は珍しくお文の軀の調子がよく、五日に一度ずつ来る髪結いにも、起きて髪を結わせるし、多少ぐあいの悪いときでもあとが楽になるので、銭湯へは殆《ほと》んど毎日のようにかよっていた。

「おや、出来て来たのね」

お文は勝手からこっちへ出て来ながら、その夜具へ眼をやってから云った。お幸は吃驚《びっくり》して母を見あげた。

「出来て来たのって、おっ母さん」お幸は母の眼をじっとみつめた、「――これが届くことを知っていたの」

「知ってたともさ、あたしがおちかさんに頼んで誂《あつら》えたんだもの」

そう云いながら、お文は自分の部屋へはいっていった。お幸は唇を舐《な》めながら首を傾《かし》げた、おちかさんというのは髪結いの女である、――母がなぜあの女に頼んで、こんな物を誂えたのだろう、これをどうしようというのかしら。お幸がちょっと戸惑っていると、隣りの部屋で母の呼ぶ声がした。お幸がはいってゆくと、母は寝床の上で髪に櫛を入れていた。

「ちょっと坐っておくれ」お文は娘のほうは見ずに云った、「今日はあんたに話したいことがあるのよ」

お幸は坐った。お文はそのまま櫛を動かしていたが、その手はかすかに震えていた。

「親の口からこんなことを云うのはいやだから、今日まで、がまんして黙っていたんだけれど」とお文は低い声で、しかし、きっぱりした調子で云った、「――どうしても見ていられなくなったから云ってしまうよ、お幸、今夜もし旦那《だんな》がいらしったら、あんたからそう云って泊っていらっしゃるようにしておくれ」

お幸はどきっとして眼をあげた。お文はまっすぐに前を向いたままであるが、娘のようすは見なくともわかるのだろう、すっと小鬢《こびん》のあたりが白くなり、櫛を持った手がもっと震えた。

「こういえばわかるでしょう、いくら旦那が気の好《い》い方で、なんにも仰《おっ》しゃらないからといって、いつまでこんな、――これじゃああんまりですよ」

「わかったわ、おっ母さん」

「いいえ、どうせ口に出したんだからもう少し云わせてもらうよ」お文はそれが二度と触れることのできない問題だということをよく知っているという口ぶりで、みじめに勇気をふるい起こしながら云《い》った、「――親として娘を嫁にやることもできず、人の囲い者なんかにすることがどんなに辛いか、それはあたしは云わないよ、あたしは辛くともさきの短いからだだからまだいい、あんたにとっては一生のことなんだからね、辛いとか、悲しいなんていうものじゃないんだから、けれども、おっ母さんはあんたにこうなってもらうよりしかたがなかった、あたしたちはこうするよりほかにどうしようもなかった、――そうだろう、お幸」

「おっ母さんが悪いんじゃないわ、おっ母さんのせいじゃないわ、あたし自分でそう決心して、みと松さんのおばさんに」

「だからって、巴屋の旦那が悪いんでもない筈《はず》よ」お文は娘の言葉を遮《さえぎ》った、「巴屋の旦那のためにあんたがこんな辛いおもいをするんじゃなくって、あたしたちのほうから巴屋さんのお世話になったんじゃないの、――それもとおり一遍の人ならおっ母さんだってこんなことは云やあしない、あんたの好きなようにさせて見ていますよ、でもあたしはもう見てはいられなくなった、家を持たせて下すったり物を買って下さることを云うんじゃないのよ、お金のある人ならこのくらいなことは誰でもしてくれるかもしれない、そうじゃない、巴屋の旦那のはそうじゃない、して下さること一つ一つに心がこもっている、菓子一折にだって本当の気持がこもってるのよ、お幸、……あんたは若いからまだわからないかもしれないけれど、おっ母さんにはそれが痛いほどはっきりわかる、囲い者とか慰みものなんてことじゃない、旦那は本心からあんたのことを好いていらっしゃる、それがわかるから、おっ母さんはあいだに立って、どんなに苦しいかしれないのよ」

「わかったわ、よくわかったわおっ母さん」お幸はいたましげに微笑しながら云った、「あたしだってたいていわかってたのよ、でも、――あたしきっと狡《ずる》いのね、云われるまではいいやって、いうような気持があったんだと思うの」

「それじゃあ」とお文は初めて娘のほうへ振向いた、「それじゃああんた、おっ母さんの云ったこときいておくれかえ」

「ええ、――」お幸はもういちど微笑した、「うまくやってみるわ」

お幸は本当にそう決心した。

――こんなことがいつまで続くものではない。

こんな一寸延ばしのようなことを続けていれば、そのうちにもっと悪い事が起こる。お幸もそう思っていた。喜兵衛が好い人間であればあるだけ、がまんが切れたときの仮借のない怒りも想像することができた。

ないわ。

——おそかれ早かれそうならなければならないんだもの、これがいい潮時かもしれ

喜兵衛はいつもより少しおくれて来た。

一日おきに来る習慣はきちんと守られているので、お幸はいつも酒肴《しゅこう》の支度をして待っている。その日は鶫《つぐみ》の味噌漬《みそづけ》があったし、ほかにも二た品ほど肴を多く作った。喜兵衛は眼ざとくそれを認め、こらえ性もなく嬉《うれ》しそうな顔つきになった。そうして、その嬉しさを表現するのに困ったようすで、いつになくお幸を褒めたりした。

「いい血色をしているね、今夜は、まるでいま湯からあがったようにみえるよ」

「ええ、いまお湯から帰ったところなんです」

「ああそうか」彼はつぎほがなくなって吃《ども》った、「そうだろうね、——私はまた」

そのあとは口の中で消えた。お幸もまの悪いおもいで眼をそらした。いつもそんなふうである。お幸がなにか云うと、つい会話を中断するような言葉が出てしまうし、喜兵衛にもそれをうまくつなぐ気転がない。それでいつも話がしらけてしまうし、これまではそのほうが勝手だったのであるが、その晩はあとのことがあるので、お幸は口べたな自分を初めてもどかしく思った。

だが喜兵衛の好い機嫌に変りはなかった。彼はお幸がいつもと違うのを感じていた。

来るとすぐ例のとおりさきにお文の部屋をみまったのであるが、珍しいことにお文はあまり話したがらず、反対にお幸のほうが明るい顔つきで、起《た》ち居のようすにもこれまでにないやさしさがあった。

「今夜はばかに酒がうまいよ」喜兵衛は早くも酔いながら云った、「少し疲れているせいかもしれないが、——ひとつ、ゆっくりさせてもらってもいいかね」

「どうぞ」とお幸が答えた、「よろしかったら泊っていって下さいまし」

六

え、——というように喜兵衛は眼をあげた。お幸の口からそんなことを聞くのは初めてなので、吃驚し、信じかねたのであった。お幸は赤くなり、喜兵衛の眼を避けながら、それでも勇気をふるって云った。

「新しい夜具が出来ましたから、泊って下すっても大丈夫なんです」

「ああそれで」と喜兵衛は眩《まぶ》しそうに眼をぱちぱちさせた、「——ではこんど、いつか、……そうですね、こんどそれでは」

「ぜひどうか、大丈夫ですから」

「有難う」喜兵衛は低い声で云った、「——私も作らせている物があるから」

そして、そこでその話は切れてしまった。

喜兵衛は例になく飲み過したが、本願寺の十時の鐘が鳴るとまじめな顔つきになり、ことによるとこんどは来るのが一日延びるかもしれないから、こう云って帰っていった。――お幸はほっとした気持と、一種のはぐらかされたような失望と、そうして（そんなことを口にした）恥ずかしさとで、その夜はもちろん、明くる日も一日、母の顔をまともに見ることができないくらいであった。

一日延びるかもしれないと云った喜兵衛は、そんなこともなく、いつものように中一日おいて来た。朝から曇っていたのが、午後からこまかい雨が降りだし、まるで春にでもなったような暖かい宵になった。喜兵衛は風呂敷《ふろしき》包みを持っていたが、例によってまずお文の部屋へゆき、すぐにお幸を呼んだ。

「ちょっと見てくれないか」彼は包みをあけながら云った、「私の好みで染めさせたから、色が少し地味かもしれないんでね、気にいってくれればいいが――」

お文は寝床の上に起き直っていた。喜兵衛はその前で畳紙《たとう》をあけ、中から仕立てたばかりの振袖《ふりそで》を出して、そこへひろげた。お文がまあと声をあげ、お幸も思わず膝《ひざ》ですり寄った。――濃い鶯《うぐいす》色のぼかしに、裾《すそ》いっぱい紅梅と白梅の花枝を伸ばした、あでやかにみごとな友禅模様である。お幸は胸がどきどきした、まだ槙町に店のあったころ、お幸もそういう振袖を作って貰《もら》ったことがあった。それは同じ町内の紙問屋の娘で、踊りの稽古《けいこ》友達だったお秋のといっしょに、京へ染めにやって拵《こしら》えたものであった。

——あたしのは牡丹《ぼたん》に桜の模様、秋ちゃんのは八重桜に曲水だった。

お幸はその振袖をまざまざと思いだした。

「やっぱりちょっと地味でしたかな」喜兵衛はお文に向って云った、「もう少し地色が明るく出ると思ったんですが」

「地味どころですか派手なくらいですよ」お文は手を伸ばしてそれを自分の膝の上へ取りあげた、「この色だってこれより明るかったらこのひとには着られやしません、でもまあなんてきれいなんでしょう」

お幸はそっと立ってその部屋を出た。

お幸は泣きたくなっていた。自分でも理由はわからない、そのあでやかな友禅模様が槙町時代のことを思いださせたためかもしれない、また、それを見たとたんに「三十振袖、四十島田」という言葉を連想したが、三十になって着る振袖と、四十になって結う島田髷《まげ》とは、女にとってもっとも哀《かな》しいみじめな姿だといわれる。自分はもう二十八だから、それを着れば文字どおり三十振袖なんだ、こう思ったからかもしれない。どちらともいえないが、そのあでやかに美しい模様を見ていると、やるせないほど胸がいっぱいになり、危なく泣きだしそうになるのであった。

「どうして振袖なんぞ」勝手へはいって膳《ぜん》拵えを続けながら、お幸は口の中でそう呟《つぶや》いた、「――この年になって、どうして振袖なんぞ」

するとおかしいほど涙が出て来たので、お幸は前掛で顔を掩い、そのままやや暫《しばら》く涙がおさまるのを待った。

支度の出来た膳を運び、燗徳利《かんどくり》を長火鉢の銅壺《どうこ》に入れてから、お幸は母の部屋へ戻った。二人はまだ振袖をひろげて話していた。お幸は片膝をついたままで、急に気分が悪くなったから済まないが寝かせてもらいたい、と云った。二人は吃驚し、話をやめてお幸のほうへ振返った。

「気持が悪いって」とお文が咎《とが》めるように娘を見た、「いままでなんともなかったのにどうしたの」

「どうにも寒気がして、辛抱ができないんです」

「だっておまえ、そんな急に、せっかく旦那がいらしってるのに」

「いや、そんなことは構わないが」喜兵衛は首を振って云った、「気持が悪いんならむろん早く寝るほうがいい、湯にいって風邪でもひいたのかもしれないからね」

「済みません、お膳はもう出来ています、お酒もつけてありますから」

お幸は眼を伏せたままこう云って、そっと立って出ていった。お文は呼びとめようとしたが、喜兵衛はそれをとめて、気軽に笑いながら立ちあがった。

「ではひとつ、今夜はおっ母さんの前で頂くとしましょうかな」

そして喜兵衛はその部屋へ膳を持って来た。

彼は明らかに失望した。落胆と、悲しいような不満とで、ひどく心が重かった。だが、彼にはそれを表にあらわすことができない、むしろそれを隠すために、いつもより陽気そうにお文と話し、さも楽しそうに飲んだ。そんな酒がながく続くわけはない、自分で燗をつけに立ったり、わざわざ鼠《ねずみ》入らずをあけて、必要でもない摘《つま》み物を捜したりしながら、半刻《とき》あまりも手酌で盃《さかずき》をかさねたが、どうにもまがもたなくなり、やがて取って付けたような挨拶《あいさつ》をすると、追いたてられるように座を立った。

「明後日は帯が出来る筈ですが」喜兵衛は帰り支度をしながら云った、「――出来ていたら持って来ます、どうか大事にするようにと仰しゃって下さい」

貴女《あなた》もお大事にと云って、喜兵衛は帰っていった。

その翌日、――午後三時ごろであったが、まだ降り続いている雨の中を、「みと松」のお松が訪ねて来た。正月三日に来たままで、久しぶりのことだったが、なにやらひどく昂奮《こうふん》しているようすで、ろくに挨拶もしなかったし、ほんの僅《わず》かお文と話すうちに、なんどもちぐはぐな返事をしたりした。それでお文にはおよその察しがつき、改めてお松の顔を見ながら云った。

「あんたなにか話があって来たんでしょ、そうじゃないの、お松さん」

「ええそうなんです」お松は待っていたように頷いて、お幸のほうを見た、「――お幸ちゃんに話したいことがあって来たんですけれど、あなたにも聞いて頂きますわ」

お幸はどきっとして眼をそむけた。

「それは」とお文が云った、「巴屋さんのことなのね」

「ええ巴屋の旦那のことです」とお松はちょっと坐《すわ》り直した、「ゆうべお宅から帰りにうちへお寄りになって、十二時ちかくまで飲みながら話していらっしゃいました」

七

「こちらでどのくらい召上ったかしらないけれど、うちでもずいぶん乱暴に召上って、ついぞない、身の上話を聞かして下さいましたわ」とお松は続けた、「それで、うちの人もあたしも吃驚《びっくり》したんですけれど、お幸ちゃん、あんたはもう知ってるんでしょ、――旦那《だんな》にはおかみさんがいないっていうこと」

お幸はぼんやり眼をあげた。

——旦那におかみさんがいない。

どういうことだろう、お幸にはわけがわからず、黙って首を振るばかりだった。

「旦那に——なんですって」とお文が訊《き》いた、「それはどういうわけなの」

「巴屋の旦那にはおかみさんがいないし、おかみさんを持ったこともないっていうわけよ、——あんたは知ってるんでしょ、お幸ちゃん」

お幸はまたぼんやりと首を振った。

「話して下さいなお松さん」お文も寝床の上で坐り直した、「いったい、それはどういうことなの」

「縁のない人が聞いたら笑うかもしれない、あなたにも可笑《おか》しいかもしれませんわ」とお松は話しだした、「——旦那はまだ一度も結婚したことがないんですって、信州の小淵沢から出て来たのが十一の年で、京橋の五郎兵衛町にある茗荷屋《みょうが》という足袋屋へ奉公にはいり、そこでまる二十六年も勤めたんですって、茗荷屋というのはあなたも御存じでしょう、二十六年も勤めたのは、途中で御主人が亡《な》くなったために、御長男が十七になるまで暇をもらうことができなかったんだそうですわ、でも、……そればかりじゃなく、あたしは旦那の性分で、もらってもいい暇をもらわずに辛抱したんだと思うんです、そうして三十八の年にいまの所へお店を持ったまま、今日まで七年、ずっと独り身で悪遊びもせずにとおして来たっていうことですわ」

「だって茗荷屋さんやお店内《たなうち》というものがあるんでしょう」

「もちろん縁談はあったらしいんです」お松は鼻の汗を拭《ふ》いた、「――でもそれは旦那のお気にいらなかったんでしょう、三度ばかりあった縁談を断わると、こんどはもう口をきく者がなくなったんですって、旦那は自分の年が年だからって仰《おっ》しゃってましたわ、……男ぶりはこのとおりだし、口は不調法で気はきかないし、それになまじっか店のほうが繁昌《はんじょう》して、弟子も五人置くようになったので、いざ嫁という段になると、仲に立つ者もこちらも気が重くなる、結局、よそへ世話をする者を置くほうがいいんじゃないか、そう思って当ってみると、そのほうならいくらでもはなしが纏《まと》まりそうなんですって、……旦那のお人柄のせいがあるかもしれません、それならなおさらだけれど、嫁のはなしはむずかしいが、そうでなければ相手があるというのは、悲しいじゃありませんか」

　お幸は深くうなだれたまま、小刻みに肩をふるわせていた。お文はそっと頷いた。お文にはわかるようである、それはいかにも喜兵衛の人と為《な》りを証明するようだ。気が好《よ》くってまじめで、引込み思案な彼の姿が、その話の中にまざまざと見えてくるように思えた。

「お幸ちゃんと会うまでは、ほんの飽きるまでのつもりでしたって」とお松はなお続けた、「――けれど此処《ここ》へ家を持って、おっ母さんとも話をするようになったら、もうとても別れるような気持はない、生涯いっしょに暮したいし、できることなら水谷町の家へはいってもらって、ちゃんと祝言《しゅうげん》もしたいって仰しゃっていました、お幸ちゃん」

お松はそっちへ向き直った。

「あんたこの話知ってるんでしょ」

お幸は黙っていた。

「もうあしかけ三月にもなるのに、あんたが知らないわけはないわ、知ってるんでしょうあんた、もし知らないとすれば、――あたしおっ母さんの前で云うけれど、あんたそれじゃああんまり薄情というもんよ」お松は指で眼を押えた、「旦那はあのとおりの気性だから、御自分のほうからこれこれだって仰しゃれないかもしれない、でもお幸ちゃんだってねんねえじゃなし、三月もつきあっていてそのくらいのことを勘づかないなんてあんまりじゃないの、いいえ、あたし云うわ、旦那はゆうべ涙をこぼしていらっしゃった、……私の気持はお幸には届かないらしいって、つぶれるほど酔っていたから仰しゃれたんでしょう、けれど私はお幸とは別れられないって――」

お幸はつっと立ち、そのままそこを出て、うしろ手に襖《ふすま》を閉めた。

――ごめんなさい、あなた。

簞笥《たんす》の前へ来ると、心の中でそう叫びながら、お幸はそこへぺたんと坐り、両手で顔を掩《おお》った。

――堪忍《かんにん》して下さい、堪忍して。

両手で顔を掩ったまま、激しく咽《むせ》びあげ、いやいやをするように身もだえをした。いろいろなことがわかった、いろいろなことというより、これまでのすべてのことが、晴れてゆく霧の中から物がはっきりと見えてくるように、切ないほどじかにわかってきた。

――みと松さんのおばさんの云うとおりよ、あたし薄情でしたわ、自分のことばかり考えていて、あなたのことをちっとも知ろうと思わなかった、あなたにおかみさんがないことも知らず、お幸をそんなふうに思って下さることも知らず、ただ自分の不仕合せなことばかり考えていたなんて、……でもよくわかりました、これからつぐないをしますわ、これまでの分といっしょに、十倍にも二十倍にもしてつぐないますわ。

お幸は立ちあがって、簞笥の中から畳紙包みを取出した。そうして、みえもなく泣きじゃくりながら、あの振袖を取ってそこにひろげた。——箪笥をあける音で、なにをするかと思ったのだろう、お松が襖《ふすま》をあけてこっちへ出て来た。

「お幸ちゃん、どうしたの」

「これを見てちょうだい」お幸は涙に濡れたままの顔で、お松に笑いかけた、「——きれいでしょこれ、作って頂いたのよ」

「まあ、——」とお松はほっとしたように云った、「それ、お幸ちゃん振袖じゃないの」

「ええ、振袖、お振袖よ」

お幸はそれを自分の腕へ掛け、首を傾《かし》げながら、あまえたような声で云った。

「あたしが着れば三十振袖だけれど、それでもいいでしょ、おばさん」そして、ぐしゃぐしゃな顔でまたお松を見た、「——済みませんけれど、帰りに水谷町のお店へ寄って下さいな、あの人に明日どうぞ来て下さいましって」

「ことづけなのね」

「頂いたこのお振袖を着て、お待ち申していますからって」

「お幸ちゃん」

「おばさん」

「わかってくれたのね、お幸ちゃん」

「おばさん堪忍して」

お幸はそう叫びながら、とびかかるようにお松へ縋《すが》りついた。すると、彼女の腕から落ちた振袖が、まるでそこに紅白の梅がいちじに咲きだしでもしたように、華やかに明るく、ぱっと尾を曳《ひ》いてひろがった。

（「講談倶楽部《クラブ》」昭和二十九年三月号）

滝口

一

益村安宅《ますむらあたか》が釣りをしていると、畠中辰樹《はたなかたつき》が来て「釣れたか」と云《い》った。益村は振り向きもしなかったが、声を聞いて畠中だということはわかった。益村は返辞をせず、畠中はその脇《わき》に腰をおろした。七月のよく晴れたひるさがりだが、うしろの崖《がけ》に樹《き》の茂みがあり、二人のいるところは日蔭《ひかげ》になっているうえ、川から吹いて来る風があるので、少しも暑さは感じられなかった。

「なにか用でもあるのか」と益村がきいた。

「べつに」と畠中が答えた、「たぶんここだろうと思ったんでね」

益村はゆっくりと頭をめぐらせて畠中の顔を見た。それからまた釣竿《つりざお》の先へ眼を戻した。畠中は話があって来たのだ。城下から一里半ちかくもあるこんな山の中へ、用もなしにやって来るわけがない。そして、その話の内容も益村には察しがついた。料亭「衣笠《きぬがさ》」のおりうとの噂《うわさ》が耳にはいり、その意見をしに来たのだろう、そう思ったけれども、益村はなにも云わなかった。

「少しは釣れたのか」と畠中がきいた。

益村は脇に置いてある、乾いたままの魚籠《びく》を指さし、頭を左右に振った。

「それでも面白いのかい」

「この川は十洲《とす》川ともいうんだ」と益村は眼の前の流れをみつめながら云った、「――正確に数えると洲《す》は十三ある、ここから三十町ほど上《かみ》で始まって、川下《かわしも》の滝のところまでにな、――水はその洲の一つ一つにぶつかって分れ、また一つに合流し、そしてまた二つに分れる」

「豊水期にもこれらの洲は冠水することなく」と畠中が暗誦《あんしょう》するように続けた、「またその数の増減する例もなし、これ珂知川のふしぎの一とす、――平州地誌に書いてあるさ」

「釣れても釣れなくってもと」と益村は問いに答えた、「こんなことはかくべつ面白いものじゃないさ」

畠中は黙っていたが、やがて水面を指さし、引いているぞと云った。けれども益村には聞えたようすがないので、もういちど「引いているよ」と注意した。

「魚じゃないさ」と益村は答えた。

「浮子《うき》を見ろよ」

「鉤《はり》がなにかにひっかかったんだろう」益村はそう云った、「心配するな、餌《え》のない鉤に魚はくいつきゃあしないから」

畠中は眼をみはって益村の顔を見、すぐにその眼を細めた。むっとしたのだろう、なにか云い返そうとして、二三度その唇をむずむずさせたが、思い直したようすで、逆に皮肉な微笑をうかべた。

「なにか困ったことでもあるんだな」

「あの木を知っているか」と云って益村は対岸のほうへ顎《あご》をしゃくった、「あそこに大きな濃い緑の木があるだろう、葉の表はひどく濃い緑だが、裏は白いんだ、そら、――風が吹きあげて葉裏が返ると、ぜんぶの枝に白い花が咲いたようにみえるだろう」

「だからどうした」

「頭のめぐりの悪い男だ」

「なにをそんなに悩んでるんだ」と畠中は励ますような口ぶりで云った、「――もうはらをきめてもいいころじゃないか、なにか故障でもあるのか」

ははあそうか、と益村安宅は思った。彼はその話で来たのか、それはそれは、と心の中で呟《つぶや》き、あのことでなかったのは幸いだ、と緊張した気分をゆるめた。

「益村はおれとおないどしだから、もう三十一だろう」

「おれのほうが半年はやく生れた筈《はず》だ」

「しかも、お梶《かじ》さんが亡《な》くなってもう三年にもなるのに、まだみれんが残ってるのか」と畠中は調子をやわらげて云った、「杉原の波世さんだってもう二十二だ、理由もなしにいつまでも待たせてはおけないじゃないか、そうだろう」

おれの母は二十五で父と結婚した、二十二だからってそういそぐこともないさ。益村はそう思ったが、やはり口にはださなかった。

「あの洲を見るたびに」益村は川上のほうを見やりながら云った、「――ここへ来て、この川の水とあの洲を見るたびに、おれはいつも人と人との関係を連想する」

「またはぐらかすのか」

「まあ聞けよ」と益村は続けた、「友人でも夫婦でもいい、心と心がぴったり合っているかと思うと、川の水が洲にぶっつかったように、なにかの拍子でふっと、身も心もはなればなれになってしまう、それがいつかまた、洲のうしろで水が合流するように、しぜんと双方からよりあい、愛情や信頼をとり戻すが、やがてまた次の洲にぶっつかって分れ分れになる、――この川の洲は十三しかないけれども、人間の一生には数えきれないほどの洲がある、とね」

畠中はちょっとまをおいて云った、「益村には昔から、そういう思わせぶりなことを云う癖があった、よくない癖だ」

「家風でね、祖父もそうだったし、父もこんなふうだったよ」

「代々の留守役ということか」

益村は肩をすくめた。

「留守役は一般の勤めかたとは違う」と畠中が続けた、「――他藩との折衝が多く、それには政治的なかけひきが付きものだし、ときには幕府の重職とも交渉に当らなければならない、話術にも特別な技巧が必要だろうし、酒席の設けかたにはむずかしい按配《あんばい》があるそうだ」

「けれども」とひと息ついて畠中は云った、「それが留守役に欠くことのできない資格ではない、鶴井《つるい》家は同じ留守役でも不粋《ぶすい》ぶこつで知られている。当代の清左どのは一滴の酒も飲めず、酒席のとりもちは粗忽《そこつ》だらけだというではないか、しかもこれまでに、役目のことで失策したという例は聞いたためしがない」

「名臣伝にでものせるか」と益村が気のぬけた調子でさえぎった、「――本当のところ、畠中はなんの用があって来たんだ」

「おれは江戸へゆくことになった」

益村は振り向いて畠中を見た。

「川普請《ぶしん》が難こうしていることは聞いたろうが、資金の調達がこっちではどうにもならなくなった」と畠中が云った、「――それで殿が御在府ちゅうに、なんとしてでも纏《まと》めようということになり、おれにその役が当ったというわけなんだ」

「鶴井を褒めるわけがそれでわかった」と云って益村は唇で笑った、「これは冗談だが、――しかしそいつはたいへんだな、幕府では財政緊縮でこちこちになってるそうじゃないか、殿も汗をかかれるだろうが、鶴井はそれこそ骨を削るぞ」

去年、酒井氏が側用人《そばようにん》から老中に就任して以来、幕府は一般への倹約令とともに、財政のきびしい緊縮策がとられることになった。大名諸侯の中には、領内の土木、治水、農地開拓、産工業を興《おこ》すなどのために、幕府から融資を受けていたものが少なくないので、この緊縮策は相当な打撃であり、それらの事業を縮小するか、中止、または放棄しなければならない例さえ出ているということだ。――江戸屋敷はもとより、国許《くにもと》の重臣たちもそれは知っているだろうし、承知のうえで融資を願い出るのであろう。珂知川の中流は俗に「宇木野」といわれる広い平野で、この藩の主要な米産地になっているが、古くからしばしば川が氾濫《はんらん》して農地を荒した。三十数年まえに川普請をし、三つの水門と堤防を築いて、大きな災害はいちおうくいとめたが、それらも近年になって、改修につぐ改修に追われながら、三年続いて堤防が崩れ、もはや根本的に工事のやり直しをしなければならなくなり、去年の秋から、新しい方法による川普請にかかっていた。――幕府でも治水には特例を認めるというから、こんどの願いもあながち拒絶されるとはきまっていないが、要求するだけの融資がどの程度まで確保できるか疑わしいし、承認を取るだけでも、よほどの忍耐力と巧みな説得技術が必要だろう。おれが留守役でなくってよかった、益村はそう思い、心の中で安堵《あんど》の太息《といき》をついた。

「江戸のことを心配するより」と畠中は云っていた、「おれが帰って来るまで身を慎んでくれ、それともう一つ、杉原との縁談のはらをきめておいてくれ」

「身を慎めだって」

「だいぶ噂が弘《ひろ》まっているぞ」と云って畠中はすぐに調子を変え、また水面を指さした、「――あれをなんとかしろよ、浮子があんなふうに出たり引込んだりしていると、魚がくっているようでおちつかないじゃないか」

益村は訝《いぶか》しそうに反問した、「畠中はそこでおちつくつもりなのか」

「返辞によってはね」

「それはかたじけない」

益村はゆっくり釣竿をあげて、上《かみ》のほうへ糸を投げた。畠中はまたなにか云いかけたが、思い返したようすで、水面をくだって来る浮子に眼をやり、その動きを仔細ありげに眼で追った。

「ときに、出立はいつだ」と益村がきいた。

「二三日うちだろう、十五日までには立つ筈だ」

「別宴でもやるか」

「まさか」と云って畠中はじっと益村の眼をみつめた、「――衣笠ではないだろうな」

「酒というものはうまいものじゃないな」と益村はまた竿をあげ、上のほうへ糸を投げてから云った、「五つのときじいさまに飲まされてこのかた、今日まで一度もうまいと思ったことがなかった、――畠中はたぶん」

「兼《かね》しげさ、云うまでもない、別宴をやってくれるなら南小町の兼しげだよ」

益村は憐《あわ》れむように唇を曲げ、かすかに左右へ振った、「救いがたき男だ」

「衣笠はごめんだからな」と云って畠中は慌《あわ》てて水面の浮子を指さし、「おい、くってる」と云いかけたが、すぐに気づいて、憤然と口をつぐんだ。

二

「きせちというものは正直なものですね」と女中がしらのおわきが云った、「ふんとに、八月にはいったとたんに、こんなんも涼しくなるんですもの、ばかみたようですわ」

「正直なのか、ばかなのか」

おわきは燗徳利《かんどくり》へ手を伸ばしかけて、「え」とけげんそうに振り向いた。

益村安宅は「なんでもない」と首を振りながら盃《さかずき》をさしだした。おわきはそれに酌をして、徳利を持ったままの手を膝《ひざ》へおろし、ひどくまじめな顔で益村を見た。

「わたし」とおわきは低い声で云った、「益村さんに申上げたいことがあるんですけど、いきませんかしらん」

「いいだろう」と益村は答えた。

おわきが話し始め、益村は庭のほうを見た、この料亭「衣笠」はコの字形の二階造りで、中庭には琵琶《びわ》のかたちをした池があり、それには石造りの太鼓橋が渡してあるし、芝を植えた築山《つきやま》には腰掛の亭《ちん》があった。松、杉、楓《かえで》、樫《かし》、桜、梅、百日紅《さるすべり》などの木が、庭いっぱいに植えてあり、それらの一本ずつは、よく見ると枝ぶりがみごとだったり、幹に珍しい蘚苔《せんたい》が付いていたり、梅などは描いたような臥竜《がりよう》の姿をかたちづくっているが、ぜんたいとして見ると統一がなく、一本ずつが選《え》りぬきの木であることによって、互いにその値打と美しさを相殺《そうさい》しあっている、というふうに眺められた。

いまはさるすべりが満開であり、そのひっそりとしながら華やかな花枝が、庭じゅうの景観をおのれ独りに集めていて、その脇にある苔《こけ》付きの石燈籠《いしどうろう》のあたりで、かぼそくこおろぎの鳴く声が聞えていた。

「そのかた芳村伊織《いおり》っていう人なんでしって」とおわきは話し続けていた、「――とちはおりうちゃんより三つ上だっちいうから、そうね、二十七だわね、江戸のお生れで、もとは二千石の旗本だったたっちいうことよ」

　この中庭はあるじの造ったものだ、と益村は思った。祖父の安左衛門がそう云ったのである。「衣笠」のあるじの金助はもう八十歳ちかいとしだが、まだ健在であり、いまでも木や石を買って来ては庭いじりをしている。若いころ江戸へ出て修業をし、道楽のはてに幾たびも「権八《ごんぱち》」をきめこんだ、というのが自慢で、金助という本名はひた隠しに隠し、あたしの名は権八だと主張していた。権八をきめこむ、とはどういう意味なのか、益村にはてんでわからなかったし、べつにわかろうとも思わなかったが、なんとなく、金助よりも権八というほうが人柄に合うようには感じられた。

「でしからね、旦那《だんな》」

「旦那はよせ」と益村が云った、「それに、酒がぬるくなったぞ」

　あらしいいませんと云い、おわきは二つの徳利を盆にのせて、立っていった。

おりうには御家人《ごけにん》くずれの浪人者が付いている。遠い江戸からこの山ぐにまで、はるばるおりうを追って来た。おりうのほうでも、嫌っているようなそぶりをしながら、心の中ではその浪人者が好きらしい。そういうわけなので、もし間違いがあるといけないから、あまりおりうちゃんを近よせないほうがいい、というのがおわきの話の要点であった。

「こんな噂が弘まってるんだな」と独りになって益村は呟いた、「——たぶん畠中もこういう噂を聞いたんだろう、これが初めてではないんだがな」

おりうがこのうちへ来て十カ月、それとなく益村に耳うちをした女中が、おわきのほかに二人いた。おりうさんてこわいような人だ、かげに男があっておりうさんを見張っている、「わるくすると闇討《やみう》ちにあいますよ」と云《い》った女中さえあった。

「岡野さえのときと同じだ」そう呟いた益村は、苦しげに顔をしかめ、眼をつむって、うなだれた、「——さえのときもこんなことが重なって、それであんなひどいことをしてしまった」

酒を持って来たのはおりうであった。彼女は浴衣《ゆかた》にひっかけ帯で、洗い髪を手拭《てぬぐい》で巻いたままであった。

「あなたがいらっしゃってるって聞いたもんだから、おぶにはいってたのをとびだして来たの、こんな恰好《かっこう》でごめんなさい」おりうは媚《こ》びた眼つきで微笑し、膳《ぜん》の脇《わき》に坐《すわ》った、「——おわきさんが出てたんですってね、あのしとあたしに知らせてくれなかったのよ、ひどいしと」

そして酌をしながら、すぐに着替えて来るから待っていてくれと云った。益村はそのままでいいだろうと云った。

「そのままのほうが涼しくっていいよ」

「でもこんな恰好では」おりうは浴衣の両袖《そで》をひろげてみせた、「まあさまはいいって仰《おっ》しゃっても、よそのお座敷へは出られやしませんわ」

「なるほどね」と云って益村は頷《うなず》いた、「そこには気がつかなかった」

「でもね」と云っておりうはすり寄り、益村の膝を手で押えた、「あなたがお帳場へひとこと、あたしをここに置くって仰しゃって下されば、よその座敷へゆかなくってもいいのよ」

「まさかね」益村は酒を啜《すす》って云った、「——いいから着替えておいで」

「薄情な方、あたしがいてはいけないんですか」

「ごらんよあのさるすべり」益村は盃を持った手で庭のほうをさし示した、「酒のみはああいう花を肴《さかな》に飲むほうが風流だというじゃないか」

おりうは押えたままでいた手で、益村の膝をかなり強くつねった。その膝をおりうの手からよけながら着替えて来い、と益村は云った。ではこれ一本だけお酌してから、と云って、おりうは膝をすり寄せた。湯あがりでほてっている、やわらかに充実したおりうの腿《もも》の肉が、益村にはこちらの腿へ吸いつくように感じられた。初めてのときからこうだったな、と益村は思った。だんごという女中が来、おりうが着替えに立っていった。だんごというのは仇名《あだな》で、本名はわからない。としは十六か七だろう、この「衣笠」には十二三のころから下働きに来ていて、去年はじめてお座敷へ出るようになった。軀《からだ》も小さいし、顔はまるく、鼻もまるくちまちまとしていた。ぜんたいがいかにも「団子《だんご》」という感じであり、当人もすすんでそれを認めていた。

――仇名で呼ばれるようになってから、あたしは初めて仕合せになった、と彼女はいつか告白した。貧乏人の子に生れたしこんなぶきりょうなので、いつも近所の人や子供たちにからかわれ、いじめられてばかりいたが、このお店へ来て、だんごという仇名をつけられたときから、みんなに可愛《かわい》がられるようになった、だからあたしにとってはこの仇名が大切であるし、この名で呼ばれるあいだは仕合せでいられるのだ。それだものだから本名は誰にも教えないのである、と彼女は大事な秘密でもうちあけるような口ぶりで、まじめくさって語ったものであった。

「いまね、先生」とだんごはぶきような手つきで酌をしながら囁《ささや》いた、「おりうねえさんのあの人が来ているんですよ、あっちの、いつものお座敷に」

「だんごはもう酒が飲めるのか」

彼女はまるい顔の中の小さな眼を、まるくみひらいて彼を見た。そして、いま自分の云ったことがまあさまには気にいらないのだ、ということを理解したらしく、いそいで笑顔をつくりながら、ときには飲むこともできると答え、追っかけて「ときどきには飲むこともあります」と訂正した。いまはどうだときくと、だんごは右手で胃のところを押え、首をかしげて思案したのち、いまのところ飲みたいようではない、と済まなそうに答えた。そうして益村に酌をしながら、あたしは十二の秋に殿さまを見た、という話を熱心にし始めた。彼はどきっとしたが、顔色にはみせなかった。ついさっき——岡野さえのときと同じようだ、と思ったが、いままただんごの言葉でさえのことが思いだされたのだ。

——わたくし八歳の夏、殿さまのお姿を拝見したことがございます、とさえは彼に告げた。初めてお国入りをなすった年でしょうか、珂知川へ水練にいらしったのを、わたくしほんの近くから拝見したんですの。

いま川普請をしているところから、ほぼ十町あまり川上に、藩主のための水練所があり、そこから上下五町の川筋は「お止め場」といって、一般の者は立入り禁止になっていた。岡野さえはそのとき、三人の友達と水あびにいった。彼女にとっては初めての水あびだったそうで、珍しさと面白さに、自分がどこにいるのかもつい忘れてしまった。そのうちに友達の一人が驚いて声をあげ、お止め場だと云って、慌てて川岸の芦《あし》の茂みへ逃げこんだ。さえと他の一人もそのあとから逃げてゆき、茂っている芦の隙間《すきま》からそっと覗《のぞ》いてみた。——流れの中に幾人かの裸の侍たちが、横に並んでお止め場を警護しているのが見えた。三人の少女はみな唇を紫いろにし、がたがたとふるえながら、みつかったらどうしようか、という恐怖のためすくみながら、同時に、できるなら殿さまをひとめ見たいという、強い好奇心のとりこになった。水練場には仮屋を建て、定紋《じょうもん》を染めた幕がまわしてある、それが藩主の脱衣場であるから、水中に立っている警護の侍たちの向うで、藩主が泳いでいることは慥《たし》かだった。

——よく見ると、そこに三人の人が泳いでいました、とさえは語った。

三人は川下のほうへ泳いでいったり、川上のほうへ泳いで来たりした。さえはまん中の一人が殿さまだろうと思い、舌が上顎《うわあご》へ貼《は》りついたようになって、息をするのも苦しくなった。友達の二人もまん中にいるのが殿さまだと思ったらしい、やがてその三人が水からあがるのを見て、あれが殿さまよと囁きあい、芦の中でいっそう激しく身ぶるいをした。

——その方は瘦《や》せがたで背が高く、肌が眼にしみるほど白うございました、とさえは語った。眉《まゆ》が濃く、眼が澄んでいて、きりっとした一文字なりの唇が、おもながなお顔の中に際立《きわだ》ってみえました。

他の一人は中背の目だたない侍だったし、もう一人はずんぐりした軀に大きな頭で、色が黒く、ひどくぶ恰好《かっこう》にみえた。少女たち三人は、殿さまの眩《まばゆ》いようなお姿にすっかり心を奪われ、これは自分たちの秘密であり、親きょうだいにも語るまい、と誓いあった。

——友達の一人はそのとき十一歳になっていましたが、自分はなんとかして殿さまのお側《そば》へあがるのだ、殿さまのお側へ召されるためならどんなことでもするつもりだ、ってわたくしに繰返し云ったものですわ。

少女たちは人を間違えていた。藩主の河内守正弘《かわちのかみまさひろ》は背が低く、頭が大きく、色が黒くてげじげじ眉毛で、まったく男ぶりのあがらない人であった。益村は少女たちより先に、初入国の殿にめみえをし、賜盃《しはい》の席にも出たからよく知っていた。少女たちが誤認したのは、のちに側用人になった郷田靭負《ごうだゆきえ》なのである。だがもちろん、彼はそのことをさえに告げるようなことはしなかった。

——おれが十七、さえが十六、知りあってから二年めのことだったな、と彼は心の中でおもい返した。

さえの父は岡野久太夫といい、足軽組頭であった。益村の屋敷の裏が地境で、その向うは組長屋になってい、こっちから見ると、いちばん手前の端に岡野の家があった。安宅は一人息子であり、おじいさん子で、隠居した祖父がいつも側からはなさなかった。益村の広い庭は、なに流とかいう凝った造りで、別棟の数寄屋《すきや》や茶室があり、先代の藩侯が幾たびか来て、そのたびに「おれの庭よりもはるかに立派だ」と、褒めるような咎《とが》めるような評をされた、と伝えられている。植込には珍しい木が多く、むろん常雇いの庭師がいたが、木の手入れはもっぱら岡野久太夫がした。久太夫にとくべつな才能があったのかもしれないが、祖父がひそかに金を与えているところを見たことがあるので、庭木の手入れをさせるのは、経済的に援助をする名目だったかもわからない。——安宅は十二三のころから、仕事をしている久太夫の側に、さえが来ているのをしばしば見かけた。瘦せた小さな子で、色が黒く、怒った仔猫《こねこ》のように、いつも挑戦的なきつい眼つきをしていた。数年のちに親しく話すようになり、やがて恋を語るようになってからも、ふとするとその眼に、たたかいを挑むようなきつい色があらわれたものだ。彼はその眼が好きだったし、いまでも強く印象に残っている。

「ねえ先生」とだんごが云った、「聞いていらっしゃるの」

「先生はよせ」と益村が云った、「どうしてまた、おれのことを先生なんて呼ぶんだ」

あたし聞いたんですもの、とだんごは云った。いつか桶《おけ》町の辻《つじ》で、三人の若侍が益村といっしょにあるきながら、しきりに益村先生と呼んでいた、というのであった。

彼は二十五歳から三年、尚志堂という、藩の剣術道場で代師範を勤めたことがある。代師範といっても序級の少年組であったが、そのころ教えた者たちの中に、いまでも「先生」と呼ぶ者が十人あまりいるのであった。

「あれはないしょだ」と益村は云った、「これからは先生なんていうんじゃないぞ、——酒を持っておいで」

だんごが空《あ》いた燗徳利を集めて立ちあがると、おりうが酒を持ってはいって来た。自分で結ったらしい、油けなしのじみな髷《まげ》で、さっと水白粉《みずおしろい》を刷《は》いただけの薄化粧が、こまかくなにかの花を染めだした紫色の単衣《ひとえ》と、涼しげな、いい調和をみせていた。

「あらだんごちゃんだったの」おりうは男のような口ぶりで云った、「済まないけれどね、お肴《さかな》の膳ができてるから持って来てちょうだい」

「はい」とだんごは答え、益村に振り返って云った、「あたしいま云われたこと決して忘れませんわ」

そして出ていった。

「なんのこと」おりうは坐って徳利を持ちながら問いかけた、「決して忘れません、だなんて、なにを仰しゃったんですか」

「きれいだな」益村はおりうの姿を、細めた眼で眺めながら云った、「――きれいだ」

「あの子にもそう仰しゃったのね」

彼は右手をさし出して「こっちへおいで」と云った。おりうは微笑してすり寄り、彼の胸へ肩を押しつけた。彼女の躯はまだほてっているように熱かった。益村はその肩を抱いた。

「痩せているんだな」彼は抱いている手でおりうをそっと揺すった、「折れてしまいそうじゃないか」

急にばねでもかかったような動作で、おりうは益村にしがみついた。庭でないていたこおろぎの音《ね》が止まった。

三

――若旦那さま、あのさえという娘にはお気をつけなさいまし、との方《がた》なら誰とでもつきあうんです、と下女のとみが云った。

――岡野の娘はたいへんな子ですわ、昨日も裏庭の塀《へい》の外で、組長屋の誰かと抱きあっていましたわ、わたくしうっかり外へ出て、吃驚《びっくり》して息が止まりそうになりました、と隠居所の女中のぬいが告げた。

それだけではない、似たような告げ口を幾たびとなく聞き、安宅はすっかり興冷《きょうざ》めた気分になった。彼はさえを妻にしたいと思った。留守役というむつかしい勤めには、さえのように気の勝った、芯《しん》の強い女でなければならない。少年のひとかど悟ったような思案でそう考えたが、じつは文句なしに好きだったのだ。さえが本当に気の勝った、芯の強い娘だったかどうかはわからない。そうでなくっても好きなことに変りはなかったであろう、この藩では重職に準ずる益村の家で、足軽組頭の娘を嫁にとるというには多くの困難があった。けれども不可能なはなしではなく、便法はいろいろあったし、彼はさえと将来を約束するときに、その幾つかの例の方法を語って聞かせた。――さえは頷いただけで、なんの疑いも心配もしないようであった。もともと口数が少なく、ときたま閃《ひらめ》くような、強い光をみせるきれいな眼と、浅黒くひき緊《しま》った顔に、すばやくあらわれては消える一種の表情とで、その心の動きがうかがえるというふうであった。安宅が噂《うわさ》の真偽を問い糺《ただ》したときも、眼にきつい光を走らせただけで、噂の否定もしなかったし、ひとことの弁明もしなかった。

——さえが尼になったのは、あのときの傷心のためだろうか。

益村はそう思いながら、背後の暗がりに人のけはいを感じた。彼は小提灯《こぢょうちん》を持っている、「衣笠」を出るときに借りたもので、白地に小さく笠の紋がちらしてあった。——幅十尺ばかりの掘割があって、そこを渡ると武家屋敷になる。仁斎橋という橋を渡りかかったとき、うしろで人のけはいがした。それから三つめの辻《つじ》まで来たいま、そのけはいははっきり人の足音となり、急にまをちぢめて来た。

「益村さんですね」とうしろから呼びかける声がした、「ちょっと待ってくれませんか」

　安宅は立停って、ゆっくり振り返った。追いついて来た男を、すぐにこっちの提灯の光がとらえた。背丈は益村と同じくらい、としも三十を出ているようにみえる。色白で眼つきに険はあるが、すっきりとしたなかなかの美男子で、着ながしに両刀を差していた。

「私は芳村伊織という者です」

　益村は相手の顔を見たまま、黙って次の言葉を待った。芳村はどう云おうかと迷ったようすで、けれどもすぐに続けた。

「私のことは聞いていらっしゃると思いますが」

益村は静かに首を振った、「知りませんね」

「本当に知らないんですか」

益村は頷いた。芳村の険のある眼がすっと細くなった。

「じゃあ云いますが」と芳村が云った、「衣笠のおりうという女中は私の女です、あなたが御執心でかよっているという評判だが、どうかおりうには近よらないで下さい」

「どういうわけで」

「あの女にはわるい癖がある、男をひきつけ、手だまにとり、夢中にさせておいて棄《す》てる、その手にかかって身をほろぼした男が幾人いるかわからないんです」

益村はあるかなきかに微笑した、「――つまり、私をそういうめにあわせたくない、というわけか」

「そう思ってもらっても結構です」

「かたじけないな」と益村は云った、「よく覚えておきましょう」

そして振り向いてあるきだした。芳村伊織という男はあとに残った。

芳村はどういう立場にいるのか、と安宅は考えてみた。衣笠のおわきの話では、二千石とかの旗本だったが、おりうを追ってこの山ぐにまではるばる来たのだという。

事実とは信じがたいが、もし事実だとすれば、少なからず異常だ。旗本御家人というのは幕府の中でも別格な存在で、他のことはともかく、その進退にはきびしい制限があり、女のあとを追って江戸からはなれる、などということは不可能だと聞いている。もちろん人間のことだから、すべての者がその制限に服従して誤らないとはいえない。幕府の禁制も家名も捨てて、江戸から出奔するという例もあるに違いない。——だが、芳村伊織はそんなふうにはみえなかった。人品も悪くないし、暗くてよくは見えなかったが、みなりもきちんとしていた。女のために前後を忘れて、旗本二千石の家名を捨て、こんなところまであとを追って来るような、だらしのない、崩れたような感じはどこにもなく、どこか大身《たいしん》の武家の道楽息子、とでもいうような人柄にみえた。

——いずれにしても、と安宅は思った。あの男がおりうにのぼせていることは慥かだろう、人を追って来て、おれの女だなどと云《い》うのは決してありふれたことではない。そして、闇討《やみう》ちにあうかもしれない、と云った女中たちの囁きが、それほど誇張ではないかもしれない、と思いながら、いったいおりうのほうはどうなのかと考えてみた。

益村安宅は三日に一度ぐらいの割で「衣笠」へゆく。おりうが来るまでは月に一度か二度だったし、知人か友達といっしょでないときはなかった。けれども去年の十月におりうがあらわれてからは、でかけてゆく度数も多くなったし、いつも独りだけであった。このあいだに、しばしば芳村伊織のことを聞いたのであるが、安宅はまったく気にとめなかった。おりうのようすには、そんな男がいるような感じは塵《ちり》ほどもないし、安宅の心をつかもうと、ひたむきになっている姿にはいじらしいほどの情熱がこもっていた。

「さえとはまるで反対だ」と安宅は独りで呟《つぶや》いた、「さえは少しも自分を語らず、黙ったままで尼になってしまった、おりうは自分の存在をはっきり主張し、男をひきつけるためにある限りのてくだを使う、欲しいものは必ず手に入れるだろうし、失敗しても決して尼になるようなことはないだろう」

おりうとさえと対比しながら、益村はふと自分のことを思った。ぜんぜん反対な二人の女性のなかにいた自分が、どちらに対しても「自分」でいたし、現在も「自分」でいる、ということに、おどろきよりも自分の中にある非人情なものを強く感じた。

「そしてお梶だ」と安宅は呟いた、「――さえともおりうとも似ていない、お梶は黙っていて、黙ったまま死んでしまった」

男の一生はもちろん仕事であろう、けれども男に仕事をさせるのは「妻」であり、妻によって伸びも縮みもする。

「おりうなら留守役としての勤めを、安心してはたせるような支えになってくれるだろう」と益村は自分に云った、「——家中《かちゅう》の評がどうあろうと、芳村という男がどうじたばたしようと、おれはおりうを放しはしないぞ」

だが彼の表情には、その呟きとはおよそ反対な、しかんだ色があらわれていた。

四

江戸へいった畠中辰樹から、八月のうちに手紙が二通きた。初めの一通は江戸をこきおろしたもので、冷静な畠中にも似ず、肩肱《かたひじ》を張った文字で埋まっていた。——天《てん》秤棒《びんぼう》で盤台を担《かつ》いだ魚屋の二人伴《づ》れが、町を突っ走っていくという。横丁から呼びとめる女房などがあっても見向きもしない。ただもう韋駄天《いだてん》のように突っ走っていくので、あれでしょうばいになるのかと呆《あき》れるばかりである。四方八方、どちらへいっても家ばかり並んでいて、切れ目というものがない。人間とのら犬が多いこと、物売りあきんどが一日じゅう往来して絶えないこと、また一般に言葉が乱暴で、職人などが侍に対してけんつくをくわせる風景など、道で見かけることもさして珍しくはない。それはいいけれども、家中の者までが酒でも飲むと、べらぼうめとか、こんちくしょうなどと云うのには驚いた。つまり江戸の人間だということをひけらかすつもりらしい、じつに軽薄なものである。そんなことが辛辣《しんらつ》な表現で書いてあったが、それらの字句の裏には、初めて大江戸に接した国侍の、おどろきに圧倒されたようすがあらわに感じられた。——二通めはもっぱら見物記のようなもので、上野や浅草、向島や隅田川での舟遊び、猿若町の芝居の豪奢《ごうしゃ》なことなど、こんどはむしろ誇らしげに書いてあった。

そして九月になると、三通めの手紙が届いた。その日は亡《な》くなった妻のお梶の命日に当り、こちらの親族二家と、亡妻の実家である園部の人たちを、祥西願寺に招いて法要をすることになっていた。——畠中の三通めの手紙は長文であった。出府して以来まる三十日以上にもなるのに、いつ帰国できるかまだわからない。みれんなようだがそろそろ国が恋しくなってきた。という書きだしで、「川普請《ぶしん》の実状を報告すれば、それで用は済むものと思っていたが、幕府の役向きとの交渉にひとやくかわされてしまった。江戸屋敷の者だけでなく、国許《くにもと》の者が加わっていれば、訴願にも箔《はく》が付くということらしい。現に三回その交渉の席へ出たし、接待の酒宴ではとりもち役さえ勤めた。鶴井さんのことは以前から聞いていたけれども、実際に接してみて、その人柄がうわさを遥《はる》かに凌《しの》ぐものだということを知ってびっくりした」

そこまで読んだとき、家扶《かふ》の沢井又二郎がはいって来た。広蓋の上に青竹の籠《かご》をのせたのを持っていて、いま使いの者がこれを届けて来たと告げた。

「使いの者が待っておりますが、いかが致しましょうか」

「中はなんだ」と安宅がきいた。

「松茸《まつたけ》と鮎《あゆ》でございます」

「いま手が放せない」と安宅が云った、「あとで見るから受取っておけ」

沢井はなにか云いたそうにしたが、益村がまた手紙を読み続けるようすなので、しかたなしにさがっていった。

畠中は江戸の留守役である鶴井清左衛門について、かなり詳しく書いていた。「四十七歳にもなるのに、留守役としては新任者のようにしかみえない。酒が飲めないとは聞いていたが、本当に一滴も飲めないし、口のききかたもへた、少し吃《ども》るうえにすぐ顔を赤くする。五十近くになり一藩の留守役を勤める者が、言葉に詰まって赤面するなどということは、おそらく誰にも信じられないであろう。それればかりではない、鶴井さんは鼻を揉《も》むという妙な癖がある。初めは拇指《おやゆび》と食指でつまみ、それから鼻柱の左右を丹念に擦《こす》り、ついには鼻ぜんたいを揉み動かすのである。それが人と対談するときや、接待の酒席などで特にいちじるしくなる。おれは誰かに似ているなと、いろいろ考えてみたあげく、南小町の兼しげのおやじのことを思いだし、つい独りで笑ってしまった」

それを読みながら安宅もふきだした。城下の南小町にある料亭「兼しげ」の老主人は、帳場に坐《すわ》っていつも自分の大きな鼻をいじっていた。その赤くて肉の厚い鼻を、擦ったりつまんだり、また鼻毛を抜いたり、鼻の穴へこよりを入れて、喉《のど》の裂けるようなくしゃみをしたうえ、「くそうくらえ」とどなる。そうしないと風邪をひくのだ、ということであった。——手紙にはなお江戸屋敷の消息がいろいろ並べてあり、幕府との交渉は容易にはまとまりそうもない、と結んであった。

安宅が手紙を巻いていると、また家扶の沢井がはいって来、自分はこれから寺へゆかなければならないが、使いの者をどうしようかときいた。

「使いの者」と云って安宅は振り向いた、「——なんの使いだ」

「さきほどの松茸と鮎でございます」

「それは受取ったのだろう」

「さようでございますが、使いの者がおめにかかりたいと申しますので」

なに者だときくと、御婦人であると答えた。どこの婦人かと問い返すと、衣笠の使いで来た者で、おめにかかればわかる、と云っているとのことであった。おりうだな、安宅はそう思い、とおせと云った。沢井が出ていってほどなく、おりうがあらわれた。

誰かから借りたのだろう。着物も帯もひどくじみな品であるし、髪も化粧もごく目立たないようにしているのがわかった。

「あたし伺ったりしてわるかったでしょうか」とおりうは坐るとすぐに云った。

「そんなに固くなるな」と彼は笑った、「侍屋敷だって人間の住居に変りはない、坊《ぼう》主《ず》も来るし掛取りも来るさ、——鮎と松茸だそうだが妙なとり合せじゃないか」

「どっちもあんまりみごとなものでしたから、それに久しくおみえにならないし、どうしていらっしゃるかと思って」そしていつもの媚《こび》のある眼をして云った、「——もしわるくなかったら、ちょっとお台所でなにか作ってみましょうか」

「せっかくだが」と安宅は答えた、「今日は寺で法事があるから、まもなくでかけなければならないんだ」

おりうはじっと彼の眼をみつめた、「怒っていらっしゃるの」

「死んだ女房の法事なんだ」

「あたしのこと、なにかお聞きになったんでしょ」おりうは安宅の言葉を遮《さえぎ》って問いつめた、「きっとそうなのよ、あたしにはどんな陰口をお聞きになったか、およそ見当がついてます、だから衣笠へもいらっしゃらないんでしょ」

縁側のほうから、若い家士の栗原が茶菓の盆を持ってはいって来、益村の脇《わき》へそれを置くと、おりうに会釈《えしやく》して去った。おりうはすり寄って盆を引きよせ、茶を淹《い》れて安宅にすすめた。

「昔こんなことがあった」と安宅は茶碗《ちやわん》を取りながら云いだした、「――まだ少年のころだったが、好きな娘ができてね」

ちょうどあの庭のうしろに、その娘の家があった、と彼は手をあげて指さしながら、岡野さえとのいきさつを語った。いま益村家の庭は秋のさかりで、別棟になった数寄《すき》屋《や》のまわりにある杉林の、黒ずんだ糸のあいだから、若木の楓《かえで》のみごとに紅葉した枝の覗《のぞ》いているのが、朱を点じたようにあざやかに眺められた。池のまわりにある芒《すすき》はみな穂をそろえているが、風がまったくないので、その穂はみなひっそりと、秋の午前の陽ざしをあびたまま動くけはいもなかった。

「その娘がふしだらだという告げ口は、二人や三人から聞いたのではなかった」と彼は続けた、「おれはまだ十八そこそこだったし、生れて初めての経験だから、辛抱しきれなくなって娘を問い糺《ただ》した」

おりうは眉《まゆ》をひそめ、いかにも心が痛むというふうに呟いた、「可哀《かわい》そうに」

「娘は弁解らしいことはなにも云わなかった、黙って、きつい眼つきでおれの顔を見まもったまま別れ、それっきり会わなくなった」彼は茶を啜《すす》り、茶碗を持ったまま、ちょっと息をついでから続けた、「――若いからおれは長くは悩まなかった、まもなく忘れたんだろう、そして二年ばかりのちに、その娘が尼になったと聞いてびっくりした」

藩の菩提所《ぼだいしょ》、鶴尾山万祥寺に清法院という尼寺がある。先々代の藩主、安房守正刻《あわのかみまさとき》の側室に――といっても国許のことだから公式ではないが――松室よりという人があり、安房守の歿後《ぼつご》その菩提をとむらうため尼になった。そこで先代の河内守正元《まさもと》が、菩提所の地続きに清法院を建て、松室氏は鶴心尼《かくしんに》となのってその庵主《あんしゅ》となった。さえはその鶴心尼をたよって清法院に入ったのである。

「よく聞いてみるとほかにも事情があったようだ」と安宅は話し続けた、「――相手はわからないがみそめられて、どうしても嫁にゆかなければならなくなったという、下には弟が二人いるし、断わる口実がない、それで尼になったのだということだ、そのほうが実際の理由だったかもしれないが、おれにはそれだけだと思いきることができなかった」

「もちろんよ」とおりうが低い声で云った、「それは、あなたの罪にきまってますわ」

そして安宅をにらんでからきいた、「いまその方、どうしていらっしゃるんですか」

「五年ばかり京のほうへ修業にゆき、いまは戻って鶴影尼《かくえいに》となのり、清法院の庵主につかえている」

「おきれいな方なのね」

「そういうこととはもう縁のない人だ」と云って安宅は顔をそむけ、さりげない口ぶりで呟いた、「――それ以来、おれは、噂《うわさ》やかげぐちでは、人の判断をしないことにしているよ」

おりうはうなだれて、安宅の言葉をあじわうかのように、独りでそっと頷《うなず》いた。

「もうでかける時刻だ」と安宅が云った、「近いうちにゆくからこれで帰ってもらうよ」

五

おりうがたずねて来たことで、益村安宅の気持は少しはずんだ。けれどもそのあとで、はずんだ彼の気持に水をあびせられるようなことがおこった。祥西願寺は鶴尾山にあり、深い杉の森を隔てて藩侯の菩提所と接している。寺はその森に沿った石段の上にあり、本堂、講堂、食堂《じきどう》、客殿、宝蔵などのほかに、三重の塔もあって、近国でも名刹《めいさつ》の内にかぞえられていた。本堂で法要が行われたあと、客殿で茶菓が出、益村、園部両家の者が暫《しばら》く対談した。益村のほうは庄司五郎左衛門と妻、鵜殿《うどの》久左衛門と妻。

庄司は安宅の亡父の次弟で五十七歳、鵜殿は三弟で五十五歳だった。園部のほうは亡き妻の実父である内記と、その後妻。また亡妻の弟に当る長男の金三郎。ほかに米村、吉川の両夫妻という顔ぶれであった。

庄司の叔父は話し好きで、どんな席でも、また相手が誰であっても構わずに、自分の好きなことを勝手に饒舌《しゃべ》る癖がある。亡くなった父から聞いたのだが、叔父は幼いころに熱病をわずらって聴覚が鈍り、人の云《い》うことがよく聞きとれなくなった。庄司家へ養子にいってから五郎左衛門と名のるようになったが、益村にいたときは源二郎といった。そのころ父が「源二郎」と呼ぶと、叔父は「はい」と答えて、ま夏にもかかわらず炭取を持ってゆくとか、冬のさなかに団扇《うちわ》を持ってゆくとかする。そこで単に「二郎」と呼んでみると、庭師をつれて来たり、台所から人蔘《にんじん》を一本持っていったりしたそうである。むろん番たびではないが、人の云うことを聞き違える、という弱点に自分で気がついたのだろう、それからはもっぱら自分で饒舌るようになった、ということであった。自分が主導権をにぎるためには、話し相手を飽きさせてはならない。そこで叔父はよく勉強したし、話術についてもくふうをかさねたうえ、独特のやりかたをあみだした。その一例をあげると、瓜《うり》を取りあげて、「これが虎《とら》の先祖だそうですな」という。聞いている者はびっくりするか、ばかばかしいと思うかの二者にわかれる。そこで叔父は本草綱目《ほんぞうこうもく》とか植物啓原《けいげん》とか賤爪木《しずのつまぎ》とか、そのほか聞いたこともないような書目を並べて、それを証明してみせる。しかも煙《けむ》に巻くというのではなく、筋のとおった理論と裏づけがあるため、聞く者は「なるほど」と思い、虎は瓜から進化したものだと信じて、自分が賢くなったような気分になるのであった。

その叔父が園部の人たちを、例のとおり話のとりこにしていたとき、園部鎌二郎がはいって来た。彼は二男で、兄の金三郎とは腹ちがいで二十一歳、軀《からだ》つきも顔だちも兄とは似ていないし、一族ちゅうの暴れ者といわれていた。——彼がはいって来たとき、益村安宅は鶺殿の叔父と話していたが、誰かがこっちを見まもっているけはいを感じて振り向いた。そして、園部鎌二郎が左手に刀を持ち、立ったままこっちを睨《にら》んでいるのを認めた。刀は玄関で預けるのが作法である、それを手に持ち、しかも左手に持っているというのは、挑戦でないにしても、敵意を示すものだということは明らかであった。

「実花《みばな》を飾って仇花《あだばな》を隠すか」鎌二郎はそう云いながら、するどい眼つきでその席を見まわし、鼻でふんとわらった、「——この法要はごまかしだ、こんな法要はやめてしまえ」

金三郎が「鎌二郎」と制止した。とたんに彼は安宅に向って指を突き出した。

「あんたはなんのためにこんな法要をするんですか、なんのためです」と鎌二郎が叫ぶように云った、「こうすれば世間や親族の者が、貞心の篤《あつ》い男だと思うだろうという計算ですか」

安宅はまた鵜殿の叔父のほうへ向き直り、それまで話していたことを話し続けようとした。園部金三郎と一族の米村平太夫が立ちあがって、鎌二郎を押し出そうとし、鎌二郎はこんどは声いっぱいに叫んだ。

「生きている者はごまかされても、死んだ者のたましいはごまかされないぞ、下賤《げせん》な売女《ばいた》を囲っていながら、こんな殊勝らしい法要をしてみせる、死んだ姉の眼には見とおしだぞ、恥を知れ益村安宅」

終りの言葉は、押し出された縁側から聞え、金三郎と米村に押されて、そのまま玄関のほうへ遠ざかっていった。誰もなにも云わなかった。ははあ、と安宅は思った。みんな鎌二郎の云ったことを正しいと思っているんだな、噂はここまで弘《ひろ》まっていたんだ、鎌二郎が亡くなった姉のたましいなどを口にしたのは、姉のたましいが問題ではなく、おれの不行跡をあばきたかったのだろう、それにしては絶好の席でありいい機会だったというわけだ。そう思って安宅はひそかに苦笑した。——庄司の叔父は園部の人たちとの話に戻り、鵜殿の叔父も安宅との話を続けようとした。婦人たちは婦人たちで、やはりなにごともなかったように、やわらかい声で話したり含み笑いをしたりしていた。

——孤立無援、四面楚歌《しめんそか》というところか。

安宅は心の中でそう呟《つぶや》いた。彼は自分がはらをたてていないことに気づいた。鎌二郎は亡きお梶の腹ちがいの弟だから幾たびとなく会っているし、一本気で粗暴な性分もよく知っていた。けれども「姉のたましい」などと叫びだすほど、お梶を愛していたことはなかった。ではなぜあんなことを叫びだしたのか、「衣笠」がよいや、おりうの噂が弘まっていることは慥《たし》かであろう、だがそれだけではない。鎌二郎の無礼な罵倒《ばとう》に対して、園部の親や一族はなにもしなかったし、詫《わ》びごとを云おうともしなかった。

——おれが交代留守役だからだ。

留守役は他藩との政治的な折衝や、御用商人との交渉がおもな役目であり、しぜん招待の応酬で酒席にのぞむことが多い。それは「役目」であり、自分が望んですることではないから、飲む酒もうまくはないし、女たちに興味をひかれることもない。けれども他人にはそうとは思えないだろう、はたの者からみれば酒は酒であり、遊興は遊興なのだ。そればかりではない、「かれらは御用商人たちから賄賂《まいない》を取っている」

ということを、まじめに信じている者さえ少なくないのだ。

——それが今日の席であらわになった。

こちらの親族はどうしようもなかったろう。だが園部一族はかたちだけでも詫びを云うべきである、金三郎と米村とは、ともかくも彼を外へ押し出していった。しかし、鎌二郎の云いたいことは云わせてからであった。おやじもこんなめに幾十たびとなくあったことだろう、それからあの祖父も、と安宅は思った。祖父が藩侯から皮肉を云われるほど庭に凝ったのは、そういう不快な、理由のない誹謗《ひぼう》からのがれるためだったかもしれない。そしておれはいまおりうか、よし、ひとつおりうを妻にして、みんなをあっといわせてくれようかな、安宅はそう思い、すると心がなごやかになるのを感じた。

客を送り出し、方丈に寄って用を済ませた。住職の徹心和尚《おしよう》は七十幾歳かになるが、安宅の差出した布施《ふせ》の包みをすぐにひらき、中の金額をしらべ、気にいったようすで頷きながら、さっきの若者は弓をやっておるな、と云った。益村安宅にはなんのことかすぐにはわからなかった。

「それ、——こんな法要はごまかしだ、と喚《わめ》いていた若者よ」と和尚は云った、「おまえさんのほうへ指を突きつけていたが、眼つきは垜《あずち》の的を覘《ねら》っているようだったぞ」

「それは気がつきませんでした」と安宅は答えた、「どこから見ておいででした」

「あの男は弓をやるだろう」

「家中では五人のうちに数えられているそうです、しかしどこから見ておられたんですか」

「これで助かった」和尚は布施の金を掌《てのひら》でもてあそびながら、へらへらとそら笑いをした、「――これだけあれば塀《へい》が直せるだろう、このあいだの風でな、南側の塀が二十間《けん》も倒れおって」

益村安宅はいとまを告げた。徹心和尚は必要なときにいつでもつんぼになれる、自分の云いたいことだけは云うし、聞く必要のあることは聞くけれども、それ以外のことには決して耳をかさない。突然つんぼになり、どんなに大きな声を出しても、平気でしらをきりとおすのであった。

境内をぬけて石段にかかったとき、下から登って来るさえと会った。黒の法衣に白の頭巾《ずきん》をかぶってい、片手に白い山茶花《さざんか》を入れた閼伽桶《あかおけ》を持っていた。僧形《そうぎょう》の彼女とじかに会うのは初めてであるが、岡野さえだということはすぐにわかった。

「暫《しばら》くですね」と安宅が呼びかけた、ごく自然に声が出たので彼は自分でも意外だった、「お達者ですか」

「はい」さえは眼を伏せた、「――あなたも御壮健で」

言葉はそこで切れた。言葉をしまいまで云わないようなことは、昔はなかった。いつでも語尾をはっきり云う少女だったが、と安宅は思った。

「今日はどうしてこちらへ」と安宅がきいた、「ああ、清法院はすぐ隣りでしたね」

さえは静かに顔をあげて安宅を見た。もとから浅黒い膚《はだ》だったが、陽にやけたのだろうか、その小さな細い顔は小麦色につやつやとして、意志の強そうな眼や、ひき緊《しま》った口許《くちもと》はあのころの俤《おもかげ》をそのまま残していた。杉の香が森のほうから爽《さわ》やかに匂《にお》い、陽がかげった。すると頭巾をかぶったさえの顔が、青白むようにみえた。

「初めて山茶花が咲きましたので」と云いながらさえはまた眼を伏せた、「――御命日でもあり、お墓へ供えようと思いまして」

では亡《な》き妻の墓参をしてくれようというのか、そう思って安宅は心が痛むのを感じた。心に痛みは感じたけれども、ふしぎに気持は軽くなった。――自分の誤解がもとで二人は別れ、そのあとお梶と結婚した。本来ならさえにとってお梶は恋がたきである、たとえお梶が亡き人になったとしても、女の気持としてはたやすくゆるせるものではないだろう。それをいまさえは墓参をし、供養《くよう》しようとしている。安宅は気持の軽くなったのに気づくとともに、それまでさえのことが、そんなにも胸につかえていたのかと思って、われながらおどろいた。

「それはどうもありがとう」と云って安宅は会釈《えしやく》した、「――お宅のみなさんも御無事ですか」

「家族とは往《ゆ》き来を致しませんけれど、弟の順之助が小姓組《こしようぐみ》に召された、ということを聞きました」とさえが云った、「子供も二人めが生れたそうでございます」

「ああ」と安宅は空を見あげながら、無感動な口ぶりで云った、「それはめでたいですね」

六

なにかほかに云うことはなかったのか、十幾年ぶりかに昔の恋人と会って、ああそれはめでたいですね、とは芸がなさすぎるではないか、と安宅は思った。

「あたし今夜は酔うわ」とおりうが云った、「いいでしょ、飲んでも」

「その男ははらを立てていたらしい」と安宅が酒を啜《すす》りながら云った、「今日は酔うぞと云ってむやみに飲んだ」

「なにを云いだすの」

「酔ってうっぷんをはらすつもりだったんだろう、村松庄兵衛という徒士《かち》組《ぐみ》の者だったが、酒にはあまり強くなかったんだな、うっぷんをはらすまえに酔いすぎて、酔いつぶれてしまって、倒れるまえにひとことだけどなった、あんまり人をばかにするな、ってさ」

「いやな方」おりうはふきだしながら安宅をにらんだ、「あたしお酒には強いのよ」

「酌はしないよ」と安宅が云った。

「お酌してちょうだい」おりうは盃《さかずき》を安宅のほうへ差出した、「――あたし六つぐらいのとき、お勝手でぬすみ酒をしたことがあるの、おじいさんの取って置きだったんだけれど、おいしかったわ」

いや、ほかに云うことはなかった、と安宅は思った。尼になっているさえに向って、あのほかになにを云うことがあろう。昔の誤解を詫びても取返しはつかないし、慰めを云うのもそらぞらしい。やはり、弟に二人めの子供が生れたことを、祝うよりしかたがなかったであろう。それにしても、さえの目鼻だちはあのころと少しも変ってはいなかったな、と安宅は思った。

「そのひと芳村伊織っていうの」とおりうは話していた、「――三河以来の旗本で、代々八百石のお家柄なんですって」

「二千石じゃあないのか」

「やっぱり噂《うわさ》を聞いてらしったのね」

「二千石となるとね」安宅は酌をしてやりながら云った、「この藩では城代家老でさえ千石が欠けるからな」

「話を聞くのがおいやなんですか」

「べつに」と云って彼は片手をあげた、「話したいのなら聞きますよ」

　おりうは打つまねをした。

　彼女は男運が悪かったと云った。家は江戸の木場《きば》で小さな材木屋をやっていた。問屋ではなくて、注文された材木を問屋から卸し、買い手に渡す仲買のようなもので、男の雇人も三人しかいなかった。木場は気ふうの荒いところであり、おりうはひとり娘だったから、しぜんと勝ち気になり、幼いころから、自分が女であることを常に呪《のろ》わしく思って育った。

「おかしいようだけれど、笑わないでね」おりうは酔いのために少し赤くなった頬へ、そっと手をやりながら云った、「――あたしの軀《からだ》はわせだったのね、十二の春にお乳がふくらみだしたの、もう恥ずかしくって恥ずかしくって、おっ母さんとお湯へはいるのもいやだったし、両方のお乳を切って捨ててしまいたいって、本気になって考えたくらいよ」

躯に娘らしいまるみがあらわれるにつれ、自分の肉躰《にくたい》が汚辱され穢《けが》され、腐ってゆく革袋《かわぶくろ》のように思えた。そして男がうらやましく、男に生れてこなかった自分を憎悪《ぞうお》した。——おりうが十五の年に父親が急死し、父はしょうばいの才がなかったため、あとに借金が残って、母親とおりうはたちまち生活に窮した。母親もまたおっとりした人というだけで、親子二人のくらしをたてるだけの気力もなかった。

「めぐりあわせってふしぎなものね」とおりうは云った、「女だということをそんなにも嫌ったあたしが、髪化粧をし派手な物を着て、女であることをひけらかして生きなければならなくなったのよ、その年の十一月、あたしは東両国の甚兵衛《じんべえ》という、小さなお茶屋へかよい奉公にはいったんです」

「十五にもなれば早いとはいえないさ」

「あたし十七より下ではないって云われましたわ」安宅に酌をしながら、おりうはいたずらっぽく微笑した、「誰にも負けてはいないし、旦那《だんな》にでもおかみさんにでも突っかかっていくから、十五やそこらの小娘とはみえなかったんでしょ、甚兵衛は二十日ばかりかよっただけでやめてしまいました」

安宅は庭を見た。百日紅《さるすべり》の花は散りつくして、石仏の脇《わき》にあるはぜの木がみごとに紅葉していた。我流の庭造りにもとりえはあるんだな、と彼は思った。腰掛のある築《つき》山《やま》や、池に架けた石の太鼓橋や、そこらじゅうにある石燈籠《いしどうろう》や石仏を囲んで、無計算に植えられた木や竹や草類は、無計算なままで、それぞれが季節どおりに花をつけ、紅葉し穂を出す。いまはぜの木が血のような鮮やかな色に紅葉しているが、それが脇にある石仏の苔《こけ》むした姿と、おどろくほどぴたりと調和してみえた。

「甚兵衛をやめてから矢の倉の鳥万、馬喰《ばくろ》町の平松、神田の翁屋《おきなや》と、勤めてはやめ勤めてはやめ、みんな三十日そこそこしか続かず、十六の春ようやく、麴《こうじ》町平河町の稲毛という店へ住込みでおちつきました」

「そんなに喧嘩《けんか》っ早かったのか」

「あなたは知らないのよ、お茶屋へ来るお客がどんなにいやらしいかっていうこと」

おりうは手酌で飲み、膳《ぜん》の上を見て眉《まゆ》をしかめた、「あら、――お肴《さかな》がなくなっちゃってるのね」

「芳村という侍もその一人か」と安宅が盃を取りながらきいた。

「平河町へいくとすぐ」とおりうは答えた。

稲毛善兵衛というその料理茶屋は、周囲に旗本屋敷が多いので、客の大半は武家であった。おりうはうれしかった。おりうは小さいじぶんから侍にあこがれていたのだ。

ふだん着に袴《はかま》をはき、両刀を差し、額をあげてさっさっと歩く。だらしなく脇見をしたり、話しながらあるくようなことはない。また裃《かみしも》を着け、供をしたがえてゆく姿は、その人が年寄りであろうと若侍であろうと、うっとりするほど清潔で男らしく思われた。下町では侍客は稀《まれ》にしか来なかったし、道で見かけるようなきぱっとした人はいなかった。勘定は溜《た》めるし、酔うと諄《くど》く女たちにからむし、ちょっと気にいらないことがあると暴れだすし、これが侍かと思うような人ばかりであった。おりうは幾たびかそういう侍客に反抗し、爪《つめ》を立てたり嚙《か》みついたりしたことがある、といった。

「そのあいだに」と安宅がきいた、「――いい人はひとりもできなかったのか」

「ひとりも」とおりうは答えた、「おっ母さんにはできたのよ、あたしが十七になった春、呑《の》んだくれの左官屋といっしょになったわ、軀がこんなに太って、どこもかしこもぶよぶよして、朝から晩まで呑んだくれていたわ、おおいやだ」おりうは顔をしかめて頭を振り、肩をすくめて身ぶるいをした、「いま考えてもぞっとするわ、女っていやなものだって、つくづくそう思ったものよ」

それで稲毛へ住込みにはいったのだ。

侍客の多い稲毛はおりうの気にいった。そうしてすぐに芳村伊織と会った。五人ばかりといっしょに来た芳村は、あびるほど飲んでもあまり酔わず、声もたてないでおりうを見ていた。ふと気がつくと、あたたかな、劬《いたわ》るようなまなざしでじっとおりうをみつめているのである。おりうは生れて初めて、自分が女だということを感じ、これまでかつて起こったことのないものが、軀の奥のほうでなまなましく動きだすのを感じた。

「こんなこと云《い》っていいのかしら、笑わないでね」

「珍しいことじゃないさ」

「初めはほんとにそうだったの、正直に云うけれど、初めのころはあの人を見ると、ここんところに」おりうは下腹部へ手をやった、「ここんところの奥のほうに、ちょうど手を握ったくらいの大きさのものができて、それが生き物のようにぐうっと動くのよ」

「そんなことは云わないほうがいいらしいな」そう云って益村は酒を啜った。

「もうおしまいよ」とおりうが云った、「そんなことは初めの五たびか六たび、それからあとはうんざりだったわ」

お梶にもそんなことがあっただろうか、と安宅は思った。二十歳《はたち》で嫁に来たお梶は、わたくしなにも存じませんと云うだけで、いつもひっそりと眼を伏せていた。寝屋にはいっても人形を抱くようで、なんの感動もあらわさず、羞《はじ》らいさえもみせなかった。

自分が女であることを、そんなにも憎悪したおりうがそうであるのに、いかにも女らしくしとやかだったお梶に、そんなけぶりもなかったのはどういうことか、と安宅は心の中で反問した。

「江ノ島へ三度、大山《おおやま》へ一度」とおりうは続けていた、「——やれ船遊びだの蛍狩《ほたるが》りだの、汐干《しおひ》だの花見だのって、そう、なか（新吉原）へもずいぶん伴《つ》れていかれたわ、そうよ、なかにはあの人にのぼせあがってるひとが二人もいたわ」

そのとき障子の外で、「だいぶ評判がいいじゃないか」と云う声がし、すっと障子があいた。芳村伊織が、ふところ手をして立っていた。酔っているのだろう、おもながな、すっきりした顔が少し赤く、着ながしの裾《すそ》がちょっと乱れて、粗毛の生えている脛《すね》が見えた。

「この女には近よるなと云った筈《はず》だ」と芳村はふところ手のままで云った、「——そろそろ帰ってもらおうかな」

七

その次にいったとき、おりうはぶあいそで機嫌がわるかった。どうかしたのかときいても、初めのうちは返辞をそらして、女には自分で自分の気持をどうすることもできないときがあるのだ、などと云い紛らわしていたが、そのうちにふと坐《すわ》り直し、眼を据えて安宅を見た。

「あんなふうに云われて」とおりうはなじるような口ぶりで云った、「どうしてなにか云い返さなかったんですか、どうしておとなしく帰ってしまったんですか」

安宅は眼を細めて庭を見た、「もみじが散ってしまったな」それからおりうに振り向いて微笑した、「――女でさえかなわないのに、男のおれにかなう筈はないじゃないか」

「なんのことを仰《おつ》しゃってるんです」

「本当を云うと、あのときはもう帰りたくなっていたんだ」

おりうは彼をにらんだ。そのとき障子の外で「おねえさん」と声をかけてから、だんごがはいって来た。だんごは酒と肴をのせた盆を持っていて、安宅に笑いかけ、こっちへ来てその盆をおりうの脇に置いた。おりうは膳の上の徳利や皿をおろし、新しい徳利や肴の皿小鉢を膳へ移した。

「先生」とだんごが呼びかけた、「この着物いいでしょ」

荒い滝縞《たきじま》の着物の、両袖《そで》を左右にひろげてみせながら、だんごは昂奮《こうふん》したような眼つきで安宅の表情をうかがった。およしなさい、ばかねえとおりうが云った。

「うん、いいね」安宅は頷《うなず》いた、「よく似あうよ」

「おりうねえさんにいただいたの、わりと似あうでしょ」

「よく似あうよ」

おかみさんもおわきねえさんも似あわないって云う、おわきねえさんが似あわないって云うのは、自分が欲しいからだと思う。だんごはそんなことを話し続けようとしたが、おりうに注意されると、盆を持って立ちあがり、なにやら残り惜しそうな動作で出ていった。

「おわきさんのお目付よ」おりうは安宅に酌をしながら云った、「みていてごらんなさい、こんどは自分でやって来るから」

「ちまらないことを気にするな、おわきはとちも三十だっちいうじゃないか」

おりうはふきだして「お上手だわ」と云った。安宅は眉をしかめながら酒を啜った。

おわきの口まねをした自分の軽薄さに、自分でうんざりしたようであった。

「ねえ」とおりうが含み声で云った、「こんど袖ケ崎へ伴れていって、ひと晩泊りで、いいでしょ」

「権八《ごんぱち》をきめこむとはなんのことだ」と安宅がきいた、「ここの隠居の呼び名でなく、江戸でそんなことを云うらしいがね」

「また話をそらす」
「知らないのか」
「居候《いそうろう》のことでしょ」とおりうが答えた、「あの人も権八をきめこんだわ、あの人こそ本当の権八よ、それであたしすっかり嫌いになってしまったの」
「袖ケ崎へはいつかいこう」安宅は酒を啜って云った、「ついては本当の権八がどうして嫌いになったか、聞きたいものだな」
「聞いてどうなさるの」
「焼いて食うわけじゃないさ」と安宅が云った、「おりうほどの女が江戸から逃げだすくらいだったとすれば、相当ないきさつがあったと考えてもいいだろう」
「それが二《に》一天作《いちてんさく》、いきさつどころか、はっきり割切れたはなしだったわ、あの人がのぼせあがって、あたしに付きまとえば付きまとうほど、あたしにはあの人がいやでいやでたまらなくなったの」
「それでも江ノ島へ三度、大山へゆき、くるわがよいにも伴れてゆかれたんだろう」
「あの人は稲毛ではいい客の一人で、主人夫婦が守り本尊かなんぞのように大事にしていたものですから、お供をしていけと云われれば断わるわけにはいかなかったんです、――それに、――一杯いただいていいかしら」

安宅は頷いて、膳の上に伏せてある盃を取っておりうに渡し、酌をしてやった。

「それにまだそのじぶんは」と酒を飲んでからおりうは続けた、「――嫌いといってもそれほど嫌いじゃありませんでしたし、旅をするときには二人っきりではなく、ほかにも伴れがいましたから」

「話がきれいすぎやしないか」

「袖ケ崎へいけばわからないけれど」と云っておりうは安宅をながし眼で見た、「あたしの軀はまだきれいですよ」

「そんなことを云ってやあしない、話のはこびがきれいすぎると云ったんだ」

「そこまではね」おりうは片頬で微笑し、手の中で盃をもてあそんだ、「――そんなことをしているうちに、お家が潰《つぶ》れてしまったんです」

放蕩《ほうとう》と借財に加えて、御朱引《ごしゅびき》の外へ出たということが咎《とが》められた。旗本、御家人は特に許可された場合のほか、原則として江戸から外へ出ることを禁じられていた。原則には必ず裏のあるものだ。そのきびしい掟《おきて》の目をくぐって、箱根や草津へ湯治にゆくとか、筑波《つくば》や赤城《あかぎ》、富士などへ山登りをするとか、水戸の浜から鹿島《かしま》、香取《かとり》に参詣《さんけい》するなど、結構よろしくやっている例も稀《まれ》ではなかった。けれども、いちど公然と摘発されれば遁《のが》れるすべはない。ことに芳村は二十三歳にもなるのに結婚もせず、放蕩のために借財も嵩《かさ》んでいたから、親族の人たちも敢《あ》えて周旋しようとはしなかった。「あれはあたしがはたちの年だったわ」おりうは安宅に酌をしながら云った、「いまからちょうど四年まえね、あの人がまっすぐにあるけないほど酔って来て、三河以来の家名が潰され、自分はいま知人のところで居候をしているって、ぐちをこぼしだしました」

庭で澄んだ鳥の声が聞えた。つぐみだな、と安宅は思った。さえの父の岡野久太夫は鳥を捕るのが上手で、捕った小鳥の幾種類かは自分で飼っていた。安宅には鶯《うぐいす》、めじろ、頰白《ほおじろ》くらいしかわからなかったが、益村家の庭からでも、久太夫の飼っているそれらの小鳥の声がよく聞えたものだ。そして冬になるとつぐみを捕って益村家へ持って来、自分で巧みに焙《あぶ》り焼きをつくった。祖父が好きだったからだろう、父は喰べなかったが、安宅は祖父の相伴《しょうばん》で、毎年その焙り焼きを喰べるのがたのしみだったし、久太夫が鳥さしにゆくときついていったりして、その鳴き声も覚えてしまった。

「こんどはおまえの番だって云うの」とおりうは話し続けていた、「おれはおまえのために家名も侍の面目も投げだした、こんどはおまえが自分を投げだす番だって、そして、いきなりとびかかってあたしを押し倒したわ」

おりうは抵抗しなかった。軀の力をぬき、眼をつむって、されるままになっていた。

芳村伊織は溺《おぼ》れそうになった人間のように、激しく喘《あえ》ぎながらおりうの帯を解き、着物をぬがせ下衣《したぎ》を剝《は》いだ。しかし彼にはそこまでしかできなかった。裸にされた素肌に、夜風の冷たさを感じて、おりうが眼をあけてみると、芳村はすぐ脇で仰向《あおむ》けにのび、苦しそうに両手で胸を押えて、頭を左右に振り動かしながら呻《うめ》いていた。おりうはすばやく、着物で肌を隠しながら起き直ったが、恥ずかしさと怒りで気が狂いそうになった。気が狂いそうになったというのは、その場で芳村を殺してやりたいと思い、芳村の脇差を取って抜いたのが証拠だ。

「刀ってこわいものね」おりうはぞっとしたように肩をすくめた、「——行燈《あんどん》の灯《あかり》が刀にうつって、ぎらっと冷たく光るのを見たら、急に軀《からだ》がすくんで、がたがたふるえだしてしまったわ」

おれに残っているものはおりうだけだ、芳村伊織は呻《うめ》きながら、苦しそうに喘《あえ》いだり身もだえをしたりしながら云った。おれはおまえをはなさないぞ、水の底、土の中、火の山へ隠れたっておれははなれない、おりうはこのおれのものだ、と芳村は繰返した。

「刀の刃を見てふるえだしながら、あの人がうわごとのようにそう云うのを聞いたとき、あたしは死びとの呪《のろ》いを聞くように思いました、死んだ人が地面の下から手を伸ばして、あたしのことを捉《つか》まえようとしている、本当にそんなような感じだったんです、——あたしその晩のうちに、稲毛から逃げだしました」

安宅はおりうに酌をしてやった。おりうが盃《さかずき》を口へ持っていったとき、おわきがはいって来、あちらでお呼びよ、とおりうに云った。おりうは盃の酒を飲みほして、あたしにですかとき返した。そう、あんたよ、ここはあちしがお相手をするからいっちらっしゃい、お座敷はいつもの菊よ、とおわきは答えた。いつもの菊と聞いたとき、おりうの顔色が変るようにみえた。おわきは安宅に一種の眼くばせをし、坐って燗徳利《かんどくり》を取った。

おりうは盃を置き、「お願いよおわきねえさん」と両手を合わせて云った、「今夜はあの人の顔を見たくないんです、すみませんけれど誰かに代ってもらって下さいな」

「あつらだって大事なお客よ」とおわきは安宅に酌をしながら冷たい口ぶりで云った、「それにあの方が、あんたのほかには誰もよせつけないっちことも知っちるでしょう」

おかしな訛《なま》りだ、この女はどこで生れたんだろう、と安宅は思った。おりうはなおもおがみ倒そうとしたが、おわきは冷淡にはねつけた。おりうは益村の顔を哀願するようにみつめ、益村安宅は盃を伏せて、帰ると云った。

「あら、どうなしったんです」とおわきは眼をみはった、「あちしのお酌じゃあお気に召さないんですか」

「云いがかりをつけるな」立ちあがりながら安宅は苦笑した、「帰りたいから帰るだけだ、どうしても酌がしたければ屋敷まで来てくれ」それからおりうに向って云った、「亡《な》くなった母が云ったことだけれど、女はどんな大身《たいしん》の生れでも、自分の着物は自分で縫うもんだそうだよ」

八

それから五日めに庄司家へ招かれた。

叔父の長男である祐四郎に二男が生れ、その七夜の祝いが催されたのである。五郎左衛門夫妻は子福者《こぶくしゃ》で、男が四人、娘が三人いた。二男と三男は早くから養子にやり、娘も二人は嫁にいったから、いまでは彦三郎という四男と、娘のしずだけしか残っていないが、長男の祐四郎には三十歳なのに、もう女の子が三人、男の子が一人いた。こんど生れたので男女五人という、親に劣らない子持ちであるし、「まだ若いんだからあと三人や五人は生めるだろう」と五郎左衛門は云っていた。——祝いの席には八人の客が集まった。女客は別の座敷で、これは三女のしずが相手をし、こちらのほうは叔母のせきと、若い二人の家士《かし》とでとりもちをした。八人の客のうち鵜殿の叔父と、祐四郎の役所の上役である安部斎宮《あべいっき》をのぞいた他の六人は、祐四郎と同じ年配の者ばかりで、安宅の知っている顔も二三みえたが、彼はそっちへは近よらず、もっぱら鵜殿の叔父と話した。かれらが自分に反感をもっていることは明らかであって、留守役は嫌われるという通念は、その場のようにこちらが一人、かれらの数の多いときなど、もっとも露骨にあらわれがちだからである。庄司の叔父は安部斎宮をつかまえて、例のふしぎな博物学を展開しているらしい、むろんそのなかまに加わる気持はなかったし、鵜殿の叔父は話し相手としては退屈であった。この人は酒が強いくせに、盃一つを四半刻《とき》もかけて飲むというふうであり、自分の屋敷のどこそこの柱が西方へ一寸がた傾いているという、およそ他人には興味も関係もないことについて、めんめんと半刻も話し続ける癖があった。そのときも昨日なにがし家に呼ばれて碁を打ち、一日じゅう打ちくらしてしまったということで、朝起きたときから始め、途中の路上で犬と犬が大喧嘩《おおげんか》をしていた、というように話し続けていた。この順でいくとなにがし家へ着くまでにどのくらいかかるかわからないし、着いてから碁盤に向い、さらに布石《ふせき》のもようまで説明されたらと考えると、とうてい自分の忍耐力ではかなわないと思い、ちょっとなつをみまって来ると、立ちあがってその座敷から逃げだした。

廊下で八歳になる長女のこそのをみつけ、産室への案内を頼んだ。なつは屏風《びょうぶ》で囲まれた夜具の中に寝て、赤子に乳をやっているところだった。彼女はもとから少し肥えているほうだったが、子を生んだいまでも痩《や》せたようすはなく、色の白い、やわらかそうな肌は、つやつやと張りきっているし、赤子に含ませている乳房の重たげな、たっぷりとしたふくらみは、眩《まぶ》しいくらい美しくなまめいてみえた。

「ごめんなさい、こんな恰好《かっこう》のままで」

「私こそ失礼しました、またあとでまいります」

「いいのよ」なつは微笑した、「もう五人の母になったんですもの、いまさら恥ずかしがってもしようがないわ」

安宅は坐《すわ》って、なつの胸を見ないようにしながら祝いを述べた。彼女はあっさりした口ぶりで、おとうさまが子福者だから、自分たちもその筋をひいているのだろうが、このとしで五人もの子持になるのは気が重い、もうこの辺でおしまいにしたいと思う、などと云《い》った。やがて眠った赤子を、並べて敷いた小さな夜具に寝かせると、彼女は寝衣《ねまき》の衿《えり》を合わせながら起きあがり、衣桁《いこう》から羽折《はおり》を取ってはおり、夜具の上に戻ってきちんと坐った。

「ねえ安宅さん」なつは声の調子を変えて云った、「いちど伺って聞きたいと思っていたんだけれど、杉原さんとの縁談をどうなさるおつもりなの」

「この秋の初めのことですがね、大滝の上流で釣りをしていたんです」と安宅が云った、「どうしたわけだか餌《えさ》をすっかり取られちまいまして、餌なしの鉤《はり》だけで釣っていました」

なつは「また始まった」といいたげな眼つきをしたが、黙っておとなしく聞いていた。

「そこへ畠中辰樹がやって来ましてね」彼は喉《のど》で笑った、「餌のない鉤で釣ってるんだってと眼を剝《む》きましたっけ、そのうえ浮子《うき》が動くたびに魚がくってるんじゃないかと思って、気持がおちつかないからどうにかしろって注文をつける始末でした」

「それでおよそのことがわかったわ」となつは云った、「つまりいまのところ安宅さんは、餌を付けない釣鉤というわけね」

「餌箱がからっぽだったんです」

「魚をよせつけたくないんでしょ」

「あなたはさきくぐりをなさりすぎる」と云って彼は微笑した、「私は釣りの話をしたまでですよ」

「もうひとつうかがうけれど」なつは彼の眼をじっとみつめ、声をひそめてきいた、「——衣笠に馴染《なじみ》の人がいるっていうのは、本当なんですか」

安宅はちょっと当惑したようすで、眩しそうに眼を細めたが、すぐにそっと頷《うなず》いた。

「そう、本当だったの、そう」なつの顔に心外そうな表情があらわれ、そこでさらに声をひそめた、「でもまさか、——その人を家へ入れようというつもりじゃあないでしょうね」

「そのときは御相談にあがります」

なつは口をあいた。もしもそうなったらの話ですと云って、安宅は彼女の詰問《きつもん》をそらすように頰《ほお》笑み、立ちあがってその部屋から出た。——そのときは相談に来ると云ったのは、かねてから考えていたのではなく、ふと思いついて口から出たものであった。なつの実家である藤井家は代々の年寄役であり、当代の主殿《とのも》は筆頭の席にいるし、長女のはまは側用人の郷田靭負に嫁《か》している。なつは三女で、母の乳がたりなかったのと、生来ひよわなたちだったので、城下の柴八という商家へ里子に出され、十二までそこで育てられた。ことばづかいや立ち居が、武家ふうとは違ってさばけているのも、町家で育ったためであろうし、気性もさっぱりとして開放的であった。こういう親族関係と彼女の人となりが、そうだこのなつなら相談にのってくれるだろう、と彼の頭にひらめいたのであった。

元の座敷へは戻らず、益村は若い家士に断わって、そのまま自宅へ帰り、独りで更《ふ》けるまで酒を飲んだ。本当におりうを妻にする気なのか、と彼は自分にきいてみた。幾十たびとなくきいてみた。留守役という特殊な役目では、その妻の役割も一般とは大きい差があり、おりうならその役に耐える、ということは初めからみぬいていた。にもかかわらず、なつと話してから逆に、自分の気持が動揺するのを感じたのだ。

「もちろんさ」彼は冷えた酒を手酌で啜《すす》りながら、声に出して呟《つぶや》いた、「おれはもう若くもないし男やもめだ、杉原の娘は若いうえに初婚だし、留守役の妻は重荷だろう」

この城下勤めならどうにかなるだろうが、江戸詰めとなれば交際も多く、客のとりもちに慣れるだけでもなみたいていではない。おりうならこれらの条件にぴったりだ。

「面倒なのは芳村という男だが、これは片をつける手段があろう」と安宅はまた呟いた、「肝心なことはおりうの気持だ、——ひとつ袖ケ崎へいったときにでも慥《たし》かめるか」

おりうのほうから云いだしたことだ。本当に袖ケ崎へいってみるとしよう、と益村は心をきめた。

十一月になるとすぐに、江戸の畠中から四通めの手紙が届いた。まえによこした便りのあと、ずっと鶴井清左衛門に付いていたらしい、どうやら幕府からの融資は許可されることになったが、そこまでこぎつけるのに、留守役がどれほど奔走し苦労したかを、実際にこの眼で見て驚嘆し、心から頭をさげた、ということが書いてあった。しばしば酒席を設け、遊里へ誘い、ときには妓《おんな》の面倒までみる。こんどの川普請《ぶしん》はのっぴきならぬ場合だから、あらゆる手段を使ったのだろう。いつもこんなことが繰返されるとは思わないが、自分の面目や意地や、自尊心などにこだわっては勤まらない、という点ではつねに変らないだろう。しかも最後にみのりの穂を摘《つ》むのは家老であって、留守役の名はその陰に隠れてしまう。この事実を知ったら、家中《かちゅう》ぜんたいの留守役に対する誤解や偏見は一掃されるに違いない。酒や遊興は自分の好ましいときに、自分の費用でまかなってこそたのしいものだ。役目のために心ならずも遊里に出入りし、飲みたくもない酒を口にするのは苦痛であろうし、よほどの忍耐力がなくてはなるまい。益村はいつか、祖父の代からこのように育てられた、と云っていた。幾たびか聞いたように記憶するし、そのたびに都合のいい自己弁護だと思っていたが、そうではなかったということが、自分でじかに接してみて、こんど初めてよくわかった。心の底からなどとは云わない、おれのこの肌でじかに感じたのである。――酒や遊興もこのように役立てるとすると、一朝一夕で身に付けるわけにはいかないだろう、益村の云うことが正しかったのだ。鶴井さんの場合も例外ではなかった。おどろいたことに、あの人が口べたですぐ返辞したり、吃《ども》ったり、鼻を揉《も》んだりするのは、留守役としてのあの人の技巧だったのだ。まことにおどろくべきことだが、鶴井さんは必要なときに赤面することさえできるのである。

「まさかね」安宅は苦笑した。

杉原との縁談のことが書いてあるだろうと思ったが、それにはひとことも触れてはいず、安宅は却《かえ》っておちつかない気持になり、その気持がおりうのほうへ傾くのが感じられた。畠中の手紙は、年内に帰国できるかもしれない、とむすんであった。ではこっちも早くきまりをつけなければいけない、安宅はそう思って衣笠へでかけた。

夕食を軽く済ませて出ると、外は雪になっていた。例年より半月以上もおそい初雪で、しかも積もるとは思えないくらい、僅《わず》かに白いものが舞っているという程度であり、いま降りだしたばかりなのだろう、まだ道も暗い土の色のままであった。――仁斎橋を渡って町人町へはいったとき、渡部《わたべ》という老人に会った。老人は郡奉行《こおりぶぎよう》で、提灯《ちようちん》を持った供が付いていて、雨具をつけていた。家格は益村のほうがはるかに上だから、安宅が気づくより早く、老人が笠《かさ》をぬいで会釈《えしやく》をした。渡部老人の息は酒の匂《にお》いがし、足もふらふらしていた。

「御無礼」と老人が云った、「雪が待ちきれないので一盞《さん》やりに出たんですがな、飲んでしまったら、このとおり降りだしました、いったいどういうつもりですかな、となんとわけがわかりません、どうも御無礼」

老人はもういちど会釈し、笠をかぶって去っていった。

九

「いやな方、思いだし笑いなんかなすって」おりうは酌をしながら云った、「なにかいいことでもあったんでしょ」

「おりうも飲めよ、今夜は話があるんだ」

「珍しいこと」おりうはすぐに盃《さかずき》を持ち、上眼《うわめ》づかいに安宅を見た、「やっぱりなにかいいことがあったのね」

「いいかわるいかはおりうしだいだ」

そう云いながら、安宅が酌をしてやった。おりうは神妙に、いただきますと云って一と口啜ってから、安宅の言葉を聞き咎《とが》めた。

「あたししだいって、——こわいようなこと仰《おっ》しゃらないで」

「いつか袖ケ崎へいこうと云ったな」

おりうは安宅の眼をみつめてから、ゆっくりと頷《うなず》いた。

「四五日うちにゆこう」と安宅が云った、「もちろん泊りがけでだ」

おりうは安宅の眼をみつめたまま、ちょっと息を詰め、そして静かにきき返した、

「——それ、本気で仰しゃるんですか」

「いやならむりにとは云わないよ」

おりうは俯向《うつむ》いて酒を啜った。

「こわいわ、あたし」

「むりにゆこうと云うんじゃないんだよ」

「そうじゃないんです、ゆくのがいやじゃないんです」おりうの声はふるえた、「あたしのほうからお願いしたくらいですもの、伴《つ》れていっていただけるのはうれしいんです、本当とは思えないくらいうれしいんです」

けれどもなんだかこわい、恐ろしいような気がする、とおりうはふるえ声で云った。もう少しいただいていいかしら、あたし軀《からだ》のふるえが止まらないんです。いいとも、飲むのは構わないが、酔いを借りた返辞は信じないぞ、と安宅が云った。

「いつだったか、あなたは」と盃に三つほど飲んでからおりうが云った、「——女のおまえにできないことが、男のおれにできるかって仰しゃったわね」

「そうだったかな」

「あの人がここへ文句をつけに来たあとのことよ、あなたはなにも云い返さずに、黙ってお帰りになったわ」とおりうは云った、「どうしてなにも云わないままでお帰りになったのかって、あたしがうかがったら、そう仰しゃったわ」

「つまらないことを云ったもんだな」

「いいえ、つまらないことなんかじゃありません」おりうはかぶりを振った、「あたしはあの人に、はっきりけじめをつけなければいけなかったんです、それをそうしないで逃げてしまった、あの人の執念には勝てないように思ったからです、小さいときから自分は男まさりで、どんな相手にも負けないつもりでいたのに、あの人にだけはどうにも立向えない、っていう気持からぬけられなかったんです」

「いまでもぬけられないのか」

おりうは首を振り、微笑した、「この土地へ来て、あなたにお会いしてからはね、――いまのあたしは誰にだって負けやしません」

安宅が「それはいさましいな」と云おうとしたとき、廊下でなにか囁《ささや》きあう声がし、すぐに障子の外でだんごが「お酒を持って来ました」と呼びかけた。おりうはだんごがはいって来ると、廊下にいたのは誰かときいた。だんごは誰もみかけなかったと首を振り、これは旦那《だんな》から先生にと云いながら、酒と肴《さかな》の皿をのせた盆をそこへ差出した。

「旦那が自分で釣って、自分で料理したんですって」だんごはそこへ坐って説明した、「たまごっていう魚で、白焼にして干したのをまた煮たんです、土鍋《どなべ》でとろ火にかけて、半日もかかって」

「もういいわよ」とおりうは盆を引きよせながら制止した、「こっちをさげてちょうだい」

だんごはつんとして出ていった。

「ここもいにくくなるばかりだわ」と云っておりうは酒と肴を膳に移した、「旦那やおかみさんまで、あたしがあなたのことをどうかするかと思ってるのよ、どうしてかしら、あたしってどこへいってもそねまれていにくくなるの、どうしてでしょう」

「まだ降っているかな」安宅は立って、庭に面した障子をあけ、降っているというだけだな、と呟いて障子を閉め、こっちへ来て坐りながら云った、「――ここへ来る途中、仁斎橋のこっちで老人と会ったんだ」

「あたししんけんなのに、またはぐらかすんですか」

「老人は息が匂うほど酔っていた」と安宅は構わずに続けた、「そしてこう云うんだ、――雪のくるのを待っていたが、待ちきれなくなって飲みに出た、ところが飲むだけ飲み、いい心持に酔って帰ろうとしたら、そこで肝心の雪が降りだした」

「またはぐらかすのよ」

「それが本当のことなんだ」安宅は喉《のど》で笑った、「そうして老人は、さも不服そうに云《い》ったよ、これはいったいどういうつもりのものか、一向にわけがわからないってね」

おりうは彼をにらんだ、「それを仰しゃりたかったのね」

「雪が降るのにどういうつもりもないだろう、おりうがいにくくなるのも自分の気のもちようじゃないのか」と彼は穏やかに云った、「このうちの者たちはみなおれのことをよく知っている、ことにあるじ夫婦はよくできた人間だ、遠い江戸から来ているおりうに、辛《つら》く当るようなまねはする筈《はず》がないよ」

おりうは眼を伏せて、暫《しばら》くなにか考えていたが、ふいと自分の盃に手酌で酒を注ぎ、眼をあげて安宅を見た。

「いつ袖ケ崎へ伴れていってくださるの」

「こっちはいつでもいい」

「では」と云っておりうは指を折って日を数えた、「そうね、では、——あさってにしていただけるかしら」

「いいとも」頷いてから、安宅は思いだしたように箸《はし》を取って、膳《ぜん》の上を見た、「——忘れないうちに箸をつけておこう、たまごっていう魚だそうだな」

「あたし魚のことはなんにも知らないんです、旦那が釣って来たのは夏のはじめごろでしたわ」

安宅は皿の魚を見て笑った、「やまめだ、——あまごともいうが、あのちびのやつ、たまごとはねえ」

その夜はいつもより早くひきあげた。それでも九時ごろにはなっていたろうか、雪はやんでいたし、道は白く氷《こお》って足許《あしもと》が明るいから、提灯は持たずに衣笠を出た。南小町へ曲る辻《つじ》のところで、左側の町家の軒下に、なにか高ごえで喚《わめ》く声が聞え、益村安宅は立停ってそっちを見た。——雨戸の閉まった小さな家の暗い軒下に、一人の男が両足を前へ投げだして坐り、頭をぐらぐらさせながら、片手を振りあげたり、拳《こぶし》でなにか打つようなまねをしたりして、よくまわらない舌で喚きたてている。男は四十がらみの町人で、黒の紋服に袴《はかま》、白足袋をはいていた。雨戸を閉めた家の中からは、酒宴でもしているらしく、賑《にぎ》やかに笑ったり話したりする声が聞えて来た。

——なにか祝いごとでもあるのだろう、と安宅は思った。この男は酒くせが悪いので放《ほう》りだされたんだな。

いずれ知人の集まりだろうのに、こんなめにあわされるのはよっぽど悪い酒に相違ない。それにしても紋服袴という姿で、雪と泥の上に坐《すわ》りこみ、わけのわからないことを喚きたてているようすは、気の毒というよりもむしろ滑稽《こっけい》であり、愛嬌《あいきょう》があるという感じで可笑《おか》しかった。

「面白いですか」と安宅のすぐうしろで声がした、「それともあなたの知り人ですか」

振り向いてみると芳村伊織だった。羽折もなしの素袷《すあわせ》、素足に雪駄《せった》ばきで、ふところ手をしてこっちを見ていた。跟《つ》けて来たなと思いながら、安宅は黙ってあるきだした。

「あなたに話がある」と云いながら芳村はついて来た、「そこまで来てくれませんか」

「あるきながら聞こう」と彼は云った。

「いい場所があるんですよ、このすぐ向う裏ですがね」そう云いながら、芳村はすばやく安宅の前へまわった、「てまはとらせません、ついそこだからつきあって下さい」

前を塞《ふさ》がれて、安宅は立停り、相手を見やった。芳村は硬《こわ》ばった顔で、にっと微笑しながら片手を振った。

「あの炭屋の角《かど》を左へはいったところです、往来の者などに聞かれたくない話でしてね」

安宅はまだ相手の顔をみつめていた。

「仮にあなたが不承知でも」芳村は微笑を湛《たた》えたままで云った、「今夜の私はあとへひきませんよ」

安宅は芳村から眼をはなして、空を見あげ、町の左右を眺めてから、僅《わず》かに頷いた。芳村はどうぞお先にと云って道をひらき、安宅はあるきだした。降りそびれたためか気温が低く、道に積もった薄雪は、踏みしめる草履の下でかすかにきしんだ。芳村のいう炭屋の角を左に曲ると、かなり広い空地《あきち》がひらけている、安宅はゆっくりそっちへはいっていった。

「私はあなたに忠告した」うしろからついて来ながら云った、「あなたは忠告をきくべきだった」

「おれのためにか、それとも自分のためにか」

「あなたのためにです」

芳村はそう云った瞬間に、うしろから安宅の背へ抜打ちをかけた。安宅は背中に危険を感じ、大きく跳んで振り返ると、芳村が二の太刀を打ちこんで来た。安宅はすばやく右へまわりながら抜き合わせたが、右足の踵《かかと》でなにかを踏み外し、軀の重心を失ってしりもちをついた。

「あなたはおりうと袖ケ崎へゆく約束をした」と芳村が冷たい声で云った、「しかも泊りがけでね——だがそうはさせない」

「だから騙《だま》し討ちにするのか」

「いまの私には、侍の作法や面目などは縁がないんだ」と云って芳村は笑った、「——もっと卑劣な闇討《やみう》ちだってできたんだぜ」

益村安宅は仄《ほの》かな雪明りで、芳村の身構えを見、彼が尋常の腕でないのを感じて、ぞっとそうけ立った。

十

ずっとあとになってからも、そのときの背筋からそうけだった気持は、思いだすたびにそのときそのままの感じで、益村安宅の感覚を戦慄《せんりつ》させたものであった。

安宅は自分の激しい呼吸の音を聞いた。だが芳村伊織の呼吸は聞えなかった。こいつは冷静だ、と安宅は直感した。氷のように冷静であり、おまけに馴《な》れている。こんなことはこれが初めてではないだろう、腕がたつうえに幾たびも経験している、というておれのかなう相手ではない。——ほんの一瞬間のことではあるが、安宅はこれらのことを紛れなしに感じとった。

「おれの負けだ」と安宅はふところ紙を出して刀にぬぐいをかけ、鞘《さや》におさめながら云った、「——勝負はわかってる、へたに手向いしてもむだだろう、好きなようにするがいい」

「こっちは本気なんだ」と芳村がするどい口ぶりで云った、「待ってやる、立って抜け」

「おれの親類に園部鎌二郎という若者がいる、おれの死んだ妻の弟で」

「ごまかすな、その口にはのらぬぞ」

「そう思うなら斬《き》れよ、どんな卑劣な騙《だま》し討ちだってやれるんだろう」彼は芳村の顔を見あげたままで云った、「その鎌二郎は、おれが死んだ妻の法要をしたとき、こんな法要はごまかしだと云った、そこには親類縁者がいならんでいた、鎌二郎は刀を左手に持って、立ったままでおれをそうどなりつけた、卑《いや》しい売女《ばいた》を囲っていながら、こんな法要をして生きている者はごまかせても、死んだ姉のたましいはごまかせないぞ、とね、いまにも抜打ちをしかけそうなけんまくだったよ」

「それがどうした」

「べつに」と云って、安宅は薄雪の上へ坐ったまま肩をすくめた、「——鎌二郎は実際には抜かなかったが、今夜は本当に斬られるらしい、そうなんだろう」

芳村は答えなかった。

「二度あることは三度というが」安宅は大きく溜息《ためいき》をし、首を振った、「——二度めでけりがつくとは思わなかった」

「おりうから手をひくか」

「斬るんじゃないのか」

「これが最後だ」と芳村は喉声《のどごえ》できいた、「今夜かぎりおりうに会わないと誓えるか」

安宅はじっと相手の眼をみつめた、「誓う、と云ったら信用するか」

「そっちは侍だからな」

安宅はまた溜息を吐き、眼を伏せた。殺意はもうぬけた、この男にはもうおれを斬ることはできない、と安宅は思った。

「刀をしまってくれ」と安宅は穏やかに云った、「刀を突きつけられたままでは返辞はできない」

芳村は一と足うしろへさがり、刀をよくぬぐって鞘《さや》におさめた。安宅は静かに立ちあがり、着物のうしろを払った、躰温《たいおん》で溶けた雪と泥とで、そこはきみわるく濡《ぬ》れていた。

「さあ聞こう」と芳村が云った。

「まだだな」安宅は首をそっと振った、「おまえさんにはおれのことがわかってるようだが、おれにはおまえさんのことがなんにもわかってはいない、あの人からあらましのことは聞いたけれども、おれは人の話を信じてひどい失敗をしたことがあるんだ」


芳村伊織は鼻でふんといった、「身の上ばなしでもしろというのか」

「おれはあの人を妻にしようとさえ思っているんだぞ」

芳村は仰向いて夜空を見あげ、それから益村安宅のほうへ振り向いた。

「立ち話もできないな」

「すっかり酔いがさめてしまった」と安宅が云った、「あったかいところへいきたいな」

「衣笠《きぬがさ》へでも戻るか」

「そこもとの住居にしよう」

芳村はすぐには答えなかった。

「住居はあるんだろう、聞く耳のないところがいいと思うんだ、尤《もっと》もぐあいの悪いことでもあればべつだがね」

「こじきごや同然ですよ」

「酒を買っていこう」と安宅が云った。

芳村の住居は川端と呼ばれる裏町で、古い長屋がごたごたと並び、はだら雪のほの白さが、それらをいっそううらぶれた、みじめな眺めに仕上げているようであった。ろじを突き当った向うに珂知川が流れているのだろう、横丁からそっちへはいってゆくと、流れの音がかすかに聞えて来た。芳村はその長屋の一軒の前で立停り、ここですと云って、雨戸をあけにかかった。たてつけが悪くなっていて、雨戸はなかなかあかず、すると、右隣りの家の戸があいて、お帰りですか、と女の呼びかける声がし、あたしがあけてあげますよと、その女が出て来ようとした。

「ありがたいがやっとあいたよ」と芳村は女に向って云った、「もう馴れてもいいじぶんだが、この戸にはいつもてこずる」

「お客さまですね」隣りの女がこっちを覗《のぞ》いて云った、「いま火だねを持っていきますよ」

芳村は礼を云い、益村安宅を見て、あいた戸口へ一揖《いちゆう》した、「どうぞ」

十一

「或《あ》る町かどへ来る、左側になにかの商家があり、窓の下に天水桶《てんすいおけ》が積んである」と芳村が話していた、「右側にもなにかの商家があって、その店先で小僧が道を掃いている、――そのときふっと、それとそっくり同じことを、ずっとまえに見たことがあるなと思う、左右の店の構え、天水桶、道を掃いている小僧、そっくりそのままのけしきを、いつか慥《たし》かに見たことがあったと、――益村さんにそんな覚えはありませんか」

「残念ながら代々の家柄でね、そういう瞑想《めいそう》的にはたらく頭を持っていないんだ、銭《ぜに》勘定をする商人のように、いつも俗っぽくって現実的なんだ」安宅は湯呑《ゆのみ》の冷や酒を啜《すす》りながら、ちょっと眼を細めて云った、「そうさね、――若いじぶんに一度か二度、そんなことがあったかもしれないな」

「初めておりうに会ったとき、私は同じような気持を感じてどきっとしたものです」

火鉢には炭火がよくおこっていた。隣りの女房が火だねを持って来て、自分でおこしていったものだ。三十がらみのはきはきした、いかにも世帯《しょたい》持ちのよさそうな女房で、芳村が酒を持っているのを見ると、残りものでよければ摘《つま》む物を持って来ようかと云った。芳村は竹の皮包みをみせて、肴《さかな》はあるからその必要はないと答えた。――酒を買うときに、芳村は味噌《みそ》もいっしょに買い、これで飲もうと云った。鎌倉のむかし北条時頼《ときより》が、夜半に僧兼好《けんこう》のところへ迎えをやり、二人で語り明かそうというので酒の支度をし、肴がなにもないために、味噌を舐《な》め舐め飲んだという。なにかの本で読んだうろ覚えであるが、時の執権《しっけん》が味噌で酒を飲み、語り明かしたというのは、すがすがしい話ではないか、と芳村は笑いながら云ったものだ。――それは違う、執権時頼に呼ばれたのは平《たいら》の宣時《のぶとき》で、兼好はその話を宣時から聞いて「徒然草《つれづれぐさ》」に書いたのだ。安宅はそう思ったけれども、兼好という法師はひねくれ者だから、平の朝臣《あそん》の昔がたりだなどといって、じつは自分のことだったかもしれないと思い、この話では執権と法師のほうが似つかわしいな。そう考えてなにも云わなかった。

最明寺《さいみょうじ》入道は驕《おご》らない人だったらしい、台所をくまなく捜しても、小皿に味噌しかなかったというのだから、御殿も質素なものだったに相違ない。芳村伊織の住居は裏長屋の一軒で、むろん比較にならない貧しさであるが、六帖《じょう》一と間の部屋の中は清潔に片づいていて、居心地がよかった。道具らしい物は小さな古い茶箪笥《ちゃだんす》と箱膳、火鉢と炭取だけで、ほかの物は戸納《とだな》へでもしまってあるのか、眼につく物はなにもないし、掃除もよくゆきとどいていた。なかなかしゃれたものだ、この部屋で飲みながら話すのに、味噌だけが肴というのは平仄《ひょうそく》が合っている、さすがに旗本くずれだな、と安宅は思った。

「おりうは自分が女だということを、しんそこいやらしく思っていた、私と会っているときには特に、女として扱われるのを嫌いました」

　胸がふくらみはじめたとき、それを切って捨てたかったと、おりうの口から安宅は聞いたことがある。自分の軀《からだ》に娘らしいまるみがついてくるにつれて、まるで誰かにけがされ、革袋が腐ってでもゆくかのように思えた、とも云っていたようだ。

「私はどうかしておりうに、女らしい気持をよびさまそうとして、できる限りの手をつくしました」と芳村は続けた、「——単に好きだというだけだったら、身をほろぼすまで溺《おぼ》れこみはしなかったかもしれない、だが私の場合はそうではなかった、女として扱われるのはもちろん、女とみられることさえ極端に嫌うおりうの心のしこり、——妄念《もうねん》とでも云ったらいいでしょうか、私はそれにとり憑《つ》かれてしまったのです」

　あたし小さいじぶんからお侍にあこがれていました、とおりうはいつか話した。平河町の料理屋へ移ったとき、そこは侍客が多いのでうれしかったという。そしてこの男とめぐりあったのだ。おちぶれてしまったいまでも、この男はなかなかの人品であり、さほどよごれた感じは身についていない。さっき見た隣りの女房でも面倒をみているのか、着ている物もさっぱりとして、仕立て直しではあろうが、きちんと折目がついていた。おそらく、おりうと初めて会ったころは、相当ひとめをひく男ぶりだったに違いない、と安宅は思った。

——この男にも父母があり、友人があり、親族があった、式服をつけて江戸城へ登ったこともあろうし、学問をし武芸もならったことだろう、と安宅は思った。世襲の役がなかったにしろ、やがてめざましく出世したかもしれないし、平凡に妻をもらい子を儲《もう》けて、安穏《あんのん》に一生をくらせたかもしれない、だがこの男はそうはならなかった、三河以来という由緒《ゆいしょ》ある家柄と、八百石の禄を捨てたうえ、いまこのような田舎の城下町までながれて来てしまった、ただ一人の女のためにだ、と安宅は心の中で呟《つぶや》いた。

芳村伊織は語り続けていた。彼もまた湯呑で冷や酒を飲み、ときたま小皿に分けてある味噌を、箸《はし》の先につけて舐めた。彼の話の大部分は、おりうからすでに聞いていたものだ。けれどもそれらの話から受ける印象はかなり違っていた。おりうの話が反物をひろげたようだとすれば、芳村のほうはその反物を裁ち、身丈に合わせて縫いあげるような感じであった。

「家が改易《かいえき》になり、軀ひとつで放り出された私は、或《あ》る知りびとのところへ転《ころ》げこんで、酒浸りになりました」と芳村は云《い》った、「——知りびとといっても武家ではなく、古くから出入りしていた町人でした、数多い親族たちがそっぽを向くなかで、その町人だけは私を避けることもなく、なんとか立直らせようとさえしてくれたものです」

おりうは侍にあこがれていたし、初めて出会ったころの芳村は、まわりの者より際《きわ》立《だ》った男ぶりだったに相違ない。その二人がどうして合わなかったのか、芳村伊織のどういうところがおりうに反感をもたせたのか、ただ性分が合わなかったというだけだろうか、と安宅は考えた。

「或る晩、私はひどく酔っておりうに会い、自分はおまえのため裸になった、こんどはおまえの番だ、おりうはこのおれのものだぞ、と云いました」と芳村は続けていた、「――するとおりうは、あたしはものではない、人間だと云い返しました、あたしは誰のものでもないし誰のものにもならない」

芳村はそこで口をつぐみ、次に云うことをどう表現したらいいかと迷うように、壁の一点をみつめたまま暫《しばら》く黙っていた。その話はしなくともいいよ、と安宅は心の中で呼びかけた。酔っていたそこもとはおりうにとびかかって、彼女の着ている物を剝《は》ぎ、裸にしてしまったのだ。しかも結局なにもできずに酔いつぶれたのだ。

「おりうはそう云いながら、自分も乱暴に酒を呷《あお》っていました」芳村は低い声で話を続けた、「そのうちに私はつぶれてしまい、そのままうとうとしていたんでしょう、なにか異様なけはいを感じて眼をさますと、おりうが脇差《わきざし》を抜いて私をにらんでいるんです、――いまでも覚えているが、おりうの血ばしってつりあがった眼や、灰色に硬《こわ》ばった顔や、抜き身の刃の光など、まるで悪夢でもみているようなすさまじい感じで、ああ殺されるなと思いながら、私はその刃が自分の胸に突き刺さってくるのを、息もできずに待っていました、けれども、——私が眼をさましたと知ると、おりうはその脇差を私のほうへ差出して、二人いっしょに死のう、と云ったのです、あたしを殺してあなたも死んでくれと、ふるえながら繰返し云うんです、ひどくしんけんな、思い詰めた口ぶりでした」

風のぐあいだろうか、長屋のうしろのほうで聞える川波の音が、まえより少し高くなったように思えた。おりうはそのことは云わなかった。さむざむと肌にしみるような川波の音を聞きながら、安宅はそう思いだした。芳村を殺そうと思ったが、刃の光を見て恐ろしくなったとは云った。けれども心中しようと云い迫った、などとは話さなかった。待てよ、そこになにかあるぞ。この芳村は言葉を飾るような男ではない、またこの場合そんな必要は少しもないだろう。とすれば、おりうが心中を迫ったというのは事実だと信じていい。ではどうしておりうは二人で死ぬ気になったのか、——そこだな、そうだと安宅は考えた。稲毛という麴町のその料理屋で芳村と出会ってから、おりうは自分の軀の中で初めて、女らしい感情がめざめたようだと云った。こうしてひところは芳村の顔を見るだけで、からだの奥になまなましい変化がおこる、とさえも云っていた。それがいつからか嫌いになり、芳村と聞くとうんざりしたという。

どこかで糸が切れたのだ。二人をつないでいた糸が、どこかで、なにかの理由で切れたのだ。なにかの理由で、と安宅は考えていた。

「そしておりうは私から逃げはじめました、稲毛の店を出てからここへ来るまで、同じ店に半年といたことはありません。どこをどう逃げて来たかは云う必要がないでしょう、ただ、これだけは知っておいて下さい、おりうは逃げだすたびに、ちゃんと足跡を残していったものです」

安宅は眼をあげて相手を見た。自分の考えにとらわれていた彼の耳が、いつも足跡を残していったという芳村の言葉を聞きとめ、注意力をよびさましたのだ。

「そのとおりなんです」と芳村は安宅の眼に頷《うなず》き返した、「いつも必ずそうしたんです」

十二

甲の店から乙の店へ移るとき、おりうは甲の店の者に「ないしょだ」と断わって乙の店のことを告げてゆく。乙から丙、丙から丁へと、店を変えるたびに必ず、「これは誰にも云わないでね」と云って、次にゆく店のことを告げたというのだ。

「仲のいい朋輩《ほうばい》があって、その者に告げてゆくというわけではなかった、おりうはどこの店でも独りで、親しく語りあうような朋輩は一人もないし、どこの店でも女中なかまには嫌われていたようです、嫌われる理由の一つは、どこへいってもおりうは客のにんきをさらい、客たちは必ずおりうの奪いあいを始めるからです」

芳村の話しぶりはこのあたりからたどたどしくなった。それは話の内容を的確に云いあらわすため、言葉を選んでいるというようでもあり、また、話に独り合点《がてん》な解釈を入れないために、用心しているというふうにも感じられた。

「おりうは決して男には惚《ほ》れません」と芳村は話を続けた、「――男たちを夢中にはさせるが、自分では決して男に惚れず、男が自分のためにのぼせてきたとみると、手のひらを返すように冷酷になってしまうんです、男を夢中にさせるまでは、思いつく限りの手くだを使いますが、いざというときになると石になってしまうんです、冷たく冰《こお》った石のようにです」

珍しいことではない、そういう性分の女はどこにでもいるものだ。もともと女には、多少の差こそあれそういう本性があるのではないか、と安宅は思った。安宅がそう思うであろうことを予期していたかのように、芳村は唇を歪《ゆが》めて微笑した。

「わかっています、私の話はありふれていて、あなたには興味もなしさぞ退屈でしょう」と芳村は云った、「けれども、あしかけ四年ちかいあいだ、私は自分の眼でそれを見てきたのです、骨の髄までとり憑《つ》かれてしまい、家名も、侍の誇りまでも投げ捨ててしまった男が、あしかけ四年ちかくも跟《つ》けまわしながら、現実にこの眼で見とどけたことなんです、あなたにとってはありふれた話かもしれないが、私にはその一つ一つが、血をふく傷のようになまなましく、思いだすたびにいまでも胸を抉《えぐ》られるように感じるんです」
「べつに退屈ではないが」安宅は冷や酒を啜《すす》ってから、なだめるような眼で相手を見た、「そこまでつきつめた気持でいて、今日までになにか打つ手はなかったのかね」
芳村伊織はそっと首を振った、「ええ、待つこと以外にはね」
「待つとは、なにを」
「初めてあなたに話しかけたとき」と芳村は力のぬけた調子でゆっくりと云った、「あの女のために身をほろぼした男が幾人もあった、と云いました、実際に身をほろぼした男が幾人もいたのを、私は知っているんです」
益村安宅がきき返した、「なにを待っているのか、とおれはきいたんだよ」
「これまで話したことで、察してもらえると思ったんですがね」
「おれは銭勘定をする商人のように、現実的な人間だと云った筈《はず》だ、想像や推察でものごとの判断などはしないよ」安宅はちょっと皮肉な口ぶりで云った、「けれども、男がそんなに長いあいだ、一人の女を思い詰めていたということは信じかねるな」

「世の中には、あなたの思いもよらないような人間や出来事が、幾らもあるものです」

「なにを待っているか、という返辞はまだ聞けないのかね」

芳村は一升徳利の酒を、二つの燗徳利《かんどくり》に移した。安宅と同じように、芳村もあまり量は飲まないらしい。半刻《とき》ちかくも経《た》っているのに、酒はまだそれほど減ってはいなかった。こういうふうに転落してきた人間は、自分の転落してきたことを看板にのんだくれるものだ。と安宅は思い、同藩の侍たちにも幾人かそういう男がいたことを、心の中で数えてみた。だがこの芳村はそうではない。おりうのために家を潰《つぶ》し、侍であることも捨てながら、やけになったり、のんだくれることで自分を悲愴《ひそう》にみせかけようとしたりはしない。するとこの男は本気なんだ、本気になってなにかを待っているんだな、と安宅は思った。

「自分を弁護するわけではないが」と芳村は云った、「おりうのために身をほろぼした者がいること、おりうには近よらないほうがいいと、あなたに忠告したことに嘘《うそ》はないんです」

「それならどうして袖ケ崎へゆかせなかった、たとえ身をほろぼす男がもう一人できても、そこもとには関係のないことだろう」

芳村伊織は十拍子ほど黙っていて、それからおもむろに云った、「嫁菜という草がありますね、こちらではなんというか、江戸にいたころ野がけにいって摘んできて、浸し物にしたり、めしに炊《た》きこんだりして食べた覚えがあります」

「ここでも嫁菜というのはあるよ」

「だがそれは、春の双葉のころだけです、秋になって紫色の花が咲くころには、野菊と呼ばれるようになるのを知っていますか」

「そいつは知らなかった」と云って安宅は相手の顔を見た、「本当だろうな」

「おりうもそうなりかかっているんです、ちょっと待って下さい」芳村はいまこそ言葉を選ばなければならないというように、手酌で湯呑《ゆのみ》に酒を注ぎ、一とくち啜《すす》ってから、両手で持った湯呑を膝《ひざ》におろしながら云った、「いい寄ってくる男を手だまにとっていたおりうの中に、変化が起こりだしたんです、おりうも今年で二十四になりますからね、あたりまえなら子供の二人や三人はあってもいいとしごろです」

嫁菜が野菊になるようにか、と安宅は思った。おまえさんもまた、昔のおまえさんのままでいたわけじゃあないだろうし、ものごとをそう譬《たと》えに当て嵌《は》めないほうがいいな、と思ったが、安宅は口にだしてはなにも云わなかった。

「失礼になるかもしれないが、袖ケ崎へゆくのは益村さんでなくってもよかったと思う。おりうにとっては、好ましい相手なら誰でもよかったと思うんです」

「これは手きびしい」

「私にあてつけたいんです、自分が女だということをしんそこ嫌っていたおりうの中に、自分が女だったということをめざめさせたのは私でした、こんな思いあがった、きざなことを云うのを勘弁して下さい」芳村は気まずそうに眼を伏せ、すぐにゆっくりとその眼をあげた、「――おりうはたぶんあなたにも、この芳村伊織が嫌いだと云ったでしょう、どこでもそうだったんです、嫌いというより憎悪《ぞうお》し、軽侮していた、そのくせ逃げだすときには必ず、ゆく先のわかるようにしていたんです」

「おりうが私から逃げ、私を憎んだり嫌ったりするのは」と芳村はさらに低い声で続けた、「――私がおりうに、自分が女だということを悟らせたためです、そして、おりうが嫌ったり憎んだりしているのは、この私だけではなく、小さいころから女でありたくない、という自分の心のしこりそのものでもあると思うんです」

益村安宅は暫く考えていたのち、芳村の顔を見ながら反問した、「もしそれが事実だと信ずるなら、おれと二人を袖ケ崎へやって、ためしてみてもよかったんじゃないか」

芳村は極めてゆっくりと首を横に振った。

「それだけの自信はなかったのか」

「人間にはでき心というやつがあります」と芳村は答えた、「また、おりうはあなたに対しては、もう女になっていますからね」

安宅は酒を啜ってから、ふと眼をつむった。幾たびかしがみついてきたおりうの、熱いような軀のほてりや、ときとすると強く匂《にお》った躰臭《たいしゅう》が、現実のように思いだされたのだ。安宅の眉間《みけん》に皺《しわ》がよった。けれどもそれはすぐに消え、彼は眼をあけた。

「よけいなことをきくが、いまなにをしてくらしているんだ」

「用心棒です」

安宅は不審そうな顔をした。

「博奕打《ばくちうち》のね」と芳村は云った、「あなたなどは知らないだろうが、賭場《とば》のたつときとか、博徒《ばくと》どうしの争いなどに、この刀を役立てるというわけです、人間の屑《くず》でなければやらない仕事ですがね、金にはなるし、おりうのあとを追うには都合がいいんです、たいていの土地で仕事にありつけますからね」

「それに、あれだけの腕があればな」

「腕ですって、冗談じゃない」

「むろん冗談じゃあない」と云って安宅は酒を飲んだ、「さっきあの空地でみたが、おれにはまったく勝ちみがなかった」

「冗談を云わないで下さい」芳村は苦笑いをした、「私のは実地に斬《き》りあっただけの、法もなにもない乱暴なものです、私のほうこそ、あなたに抜き合わされたとき、これはしまったと思いました」

　安宅は笑った、「お互いにおくゆかしい話になってしまったな、――ついでにもう一つきくが、仮におれが身をひき、そこもととおりうと無事に結婚したとして、そのあとどうしてやってゆくか、思案はついているのか」

「なんにも」と芳村は答えた、「――しかしおりうといっしょになれば、なにかが始まるだろうとは思っています、ここまで落ちればどん詰りですからね」

　安宅はなにか云いかけたが、思いとまり、空《から》になった湯呑をみつめた。

「相談があるんだ」安宅はそう云ったが、そこでまた自分の言葉を否定するように首を振り、「いや、その必要はないだろう」と湯呑を膳《ぜん》の上に置いた、「――もしも用事がないのなら、このままここにいてもらいたいんだがね」

「べつにでかける用もありません」

「それはよかった」

「というと、ここへ戻って来るんですか」
ことによるとね。そう云って安宅は、刀を取って立ちあがった。

十三

外はまたささめ雪が降りだしてい、ろじから横丁まではそれほどでもなかったが、表通りの道はまっ白になっていた。ふだんより酒を飲みすぎているせいか、寒さは感じなかった。そうかもしれない、と益村安宅は心の中で呟《つぶや》いた。おりうが嫌っているのは、自分の心のしこりだと芳村伊織は云った。安宅はそれを聞いて、こじつけだと感じた。あんまりうがちすぎている、塗りの剝《は》げた鞘《さや》を見て、あの刀身はなまくらだと鑑定するようなものだと。けれどもいま、彼は考え直してみて、自分の感じたことが疑わしくなった。

「そうかもしれないな」あるきながら彼は声に出して呟いた、「慥《たし》かにおりうは女になりきっている、したたるような嬌《なまめ》かしさも媚《こ》びだけではない、けれども、そのなかにどこかひとつ、こちんと固いようなものがあった、あの溶けるようないろっぽさが、抑えようのない、自然にあふれ出るものであるのとともに、どこかに固く解きがたいなにかがあるのも、おりう自身どうしようもないものだったかもしれない」

安宅は顔にかかる粉雪を手で払いながら、意味ありげな微笑をうかべ、口の中でなにやら呟いてから足を早めた。そんな時刻にあるいたことのない街であり、両側の家並はみな雨戸を閉めているため、自分が目的の方向へあるいているのかどうかわからなくなった。そのとき町角に赤い提灯《ちょうちん》が見えた。近よってゆくと煮売りやの屋台店で、町の片側に十軒ちかくも並んでいた。——ここから川下の宇木野では、いまでも昼夜ぶっとおしで川普請《ぶしん》が続けられている。工事人足の過半数はよそから来た者だというが、交代して休む者のため、特にその屋台店が許されたのだそうで、工事に関係のある者以外は、そこでの飲食を禁じられていた。益村安宅はその端の店へはいった。客は誰もいず、六十あまりの老人がたばこをふかしながら、人をこばかにしたような顔つきで腰掛けていた。

「あつ燗《かん》が二本」と安宅は指を二本立ててみせながら云《い》った、「肴《さかな》はいらない」

老人は唇を歪め、無遠慮に安宅の恰好《かっこう》を見あげ見おろしてから、きせるをはたいて、お武家さんですねと云った。

「ああ、川普請の係の者だ」と安宅はあっさりと云った、「ばかに静かじゃあないか」

「あいのときといいましてね」老人は酒を徳利に移し、湯のたぎった銅壺《どうこ》へ入れた、「交代と交代のあいのときなんです、もう半刻もすればこの十三の屋台店がくまん蜂《ばち》の巣みたようになっちまいます、――お武家さんは知らねえんですか」

「ここへ来るのは初めてなんでね」

「何番方へお詰めですか」

「やぼな吟味《ぎんみ》をするじゃないか」

「お取締りがきびしいもんですからね」

「そいつはいい心掛けだ」と云って安宅はきまじめに頷《うなず》いてみせた、「係の者にそう云っておこう、――じいさんの名はなんていうんだ」

「そののれんにあるとおりです」

安宅は振り向いて見た。紺木綿《こんもめん》ののれんに白く「弥六《やろく》」と染め抜いてあった。そしてまた老人のほうへ向き直った彼は、この土地の者かときいた。弥六は燗のついた徳利と、細長い湯呑をつけ台の上へ置きながら、そうだと答えた。酒はまさに熱燗だった。安宅は湯呑に注いで啜りながら、熱い酒の香にむせて咳《せき》こんだ。

「熱すぎましたかな」と老人は云った。やはり人をこばかにした顔つきで、唇のあたりに嘲《あざけ》るような微笑をうかべていた。

「燗にはやかましいらしいな」と安宅は穏やかに笑い返した、「勘弁してくれ、知らなかったんだ」

「酒は燗のぐあいで生きもし死にもします、むろん御存じでしょうがね」老人は次の徳利を銅壺へ入れながら、ぶあいそに云った、「私ああつ燗で飲むような酒は、昔っから置いたこたあねえんですよ」

「おそれいった」安宅はにこっと笑った、こんどはあいそよく眼を細めて、「なにしろこっちは、酒にはしろうとなんでね」

そして急に、安宅の顔がひき緊《しま》った。どういう連想作用かわからないが、弥六というその老人との短い問答のあいだに、おりうの本心をどうしたら突き止められるか、ということを思いついたのである。彼はふところから銭入れを出し、小粒銀を一つ、つけ板の上に置いて老人に笑いかけた。

「こんどはじいさんの燗で飲むよ」

「そんな」と老人は小粒銀を見て眼をみはった、「お武家さん、そんな金につりはありませんぜ」

「燗の伝授料だ。つりはいらない」と安宅は云った、「あとの一本は馴染《なじみ》の者にやってくれ」

屋台店から出ると、雪は小降りになっていた。一町ほどゆくうちに林昌寺の鐘が鳴りだし、その音を数えて「十一時だな」と安宅は呟いた。「衣笠」の表は閉まっていた。彼は裏へまわりながら、地面から泥と雪を取って、顔や着物にこすりつけ、髪の毛を二三十本ばらっと顔へ垂らした。

「博奕だな」黒板塀《くろいたべい》の勝手口を叩《たた》きながら、安宅はそっと呟いた、「うまくゆけばいいが」

もちろん勝手の者はまだ寝てはいない、まもなく返辞が聞え、勝手口の油障子をあけて誰か出て来た。くぐり戸の向うへ来たのは男の声で、わかったよ、そう叩くな、みんなに聞えるじゃねえか、と云った。

「益村安宅だ」と彼はひそめた声にちからを入れて云った、「ちょっとおりうを呼んでくれ」

「益村の旦那《だんな》ですか」相手は吃驚《びっくり》したらしい、いそいでくぐり戸をあけながら弁解した、「まさか旦那だとは気がつかなかったもので」

「おりうをここまで呼んでくれ、いや、中へははいれない、いそぐんだ」

ただいま、と答えて男は戻った。

「佐助だな」と安宅は呟いた、「これからぬけ遊びにでもゆく約束があったんだろう」

板前の佐助はもう四十のとしを越している、軀《からだ》こそ小柄であるが、なかなかのおとこまえであるし、庖丁《ほうちょう》を持たせたらこの城下で第一に指を折られる料理人であった。

したがって彼にのぼせあがる女は幾らもいたが、彼はどんな女をも近よせず、いまだに独身をとおしている。軀のどこかに故障でもあるのだろう、などという噂《うわさ》を聞いたことがあった。

「そう叩くなよ、みんなに聞えるじゃねえか、か」と呟いて安宅は微笑した、「佐助には佐助の生きかたがあるんだな」

勝手口に提灯の光があらわれ、下駄の音といっしょにこっちへ来た。

「まあさまですか」とくぐり戸のところでおりうの声がした、「どうなすったんですか」

「こっちへ来てくれ」と安宅が云った。

おりうがくぐり戸から出るまでに、彼は刀を抜いていた。出て来たおりうは、提灯をかかげるなり、口をあけて「あ」と息をひき、片手でその口を押えた。雪泥にまみれ、さんばら髪で、抜き身の刀を持っている安宅の姿が、片明りの提灯の光のため、実際よりもはるかにすさまじく見えたらしい。

「驚かして済まない」安宅は右手に持った抜き身の刀をひらっと動かした、「これからいっしょに逃げてくれないか」

おりうは吃《ども》った、「いったい、なにがあったんですか」

「あいつを斬った」

「斬った」おりうはけげんそうに安宅のようすを見た、「なにを仰《おっ》しゃってるの」

安宅はふところ紙を出し、念入りに刀身をぬぐった。

「あいつが騙《だま》し討ちをしかけた」と彼は白刃をみつめながら云った、「それで斬った」

おりうはまた大きく息をひき、それからふるえ声で、「あの人をですか」ときいた。

「芳村伊織をだ」と安宅は答えた、「浪人者でも人間ひとりを斬ればこの土地にはいられない、いっしょに逃げてくれ」

「あの人を斬ったんですか」おりうの手から提灯が落ちそうになった、「あんな気の弱い、可哀《かわい》そうな男をあなたは殺しちまったんですか」

「向うが騙し討ちをしかけたんだよ」

「あなたほどの方が、騙し討ちをしかけるようなみれんな男を、斬ったんですか」とおりうは叫んだ、「女ひとりのために身をほろぼしたあげく、こんな遠い田舎の城下町まで追って来て、うろうろ付きまとうようなだらしのない男を、情け容赦《ようしゃ》もなく斬っちまったんですか」

「おまえもそれを望んでいたんじゃあないのか」

「あたしがですか」

「そうじゃあなかったのか」

「ああ」おりうは悲鳴をあげ、片手で安宅の着物の衿《えり》を摑《つか》んだ、「あなたは人殺しよ、あんな可哀そうな人を殺すなんて、どこでやったの、あの人はいまどこにいるの」

「川端町の裏長屋だ」安宅は小突かれてうしろへさがりながら云った、「——まだ死んではいないかもしれないよ」

「じゃあ生きているっていうんですか」

「わからない」と安宅はあいまいに首を振った、「だがおりうはおれと、いっしょにゆく筈じゃあなかったのか」

おりうは敵意のこもった眼で安宅を睨《にら》み、なにも云わずに走りだした。いちど下駄を踏み外して転びそうになったが、はき直そうとはせず、そのままはだしになって走り続け、すぐに町角を曲って見えなくなった。——いまにも消えそうに揺れはためく提灯の光が、町角を曲って見えなくなってから、安宅は刀を鞘におさめながら、「衣笠」の裏をはなれてあるきだし、なにやら満足そうに微笑した。

「脱兎《だつと》の如《ごと》しか」と彼は呟いた、「——うまくやってくれよ、芳村」

十四

畠中辰樹が江戸から帰ったのは正月の八日であった。元旦《がんたん》の登城から八日まで、益村家には客が絶えず、畠中が帰藩の挨拶《あいさつ》に来たときも、鵜殿の従弟《いとこ》が二人と、友人たちが五人集まっていた。その中には園部の金三郎と鎌二郎もいて、特に鎌二郎はきげんよく酔い、能弁に饒舌《しゃべ》っていた。給仕は家扶《かふ》と若い家士たちで、鎌二郎はかれらを見るたびに、この家にも早く嫁を迎えなければならない、と繰返し云った。母も妹も来たがっているのだが、男ばかりの家ではたずねて来るわけにいかない、「いいかげんに再婚したらどうですか」などと云った。畠中はいちど座敷へはいって来、帰藩の挨拶をしたが、あんまり座が騒がしかったからだろう、いつのまにか黙って去ってしまった。鎌二郎のきげんのいいのは、おりうが「衣笠」からいなくなったためであろう。あれから三日ほどして飲みにいったとき、彼女はすでにいなくなっていた。

——あら、あなたにも挨拶なしにですか、ひどいしとだこと、とおわきが云った。お帳場からも来月分のお手当までそっくり持っていったんでしってよ。

——あっぱれだな、とそのとき安宅は云った。嫁菜が野菊になったんだ、この衣笠ならそのくらいの損はすぐに取り返せるさ。

嫁菜がどうしたんですか、とおわきが問い返した。安宅は笑って答えなかった。

九日は城代家老に招かれた。相客が十人あまりあったし、「衣笠」からも料理人が呼ばれ、日の昏《く》れるまで盛宴が続いた。城代の松島悠斎《ゆうさい》は酒が飲めないのに、こういう賑《にぎ》やかな催しが好きで、しばしば人を集めて宴を張る。あるじがげこだから、酒よりも料理のほうが主になるし、それも冬期だと鳥獣の皿や鉢が多いので、敬遠する者のほうが多かった。その日も鹿《しか》と猪《いのしし》と山鳥に、しぎのつくね煮という献立てで、芹《せり》と胡桃《くるみ》の叩いたのを詰めた山鳥の焙《あぶ》り焼きはうまかったが、鹿と猪には安宅も手が出なかった。

「おい、もうそろそろぬけだそうじゃないか」うしろから囁《ささや》きかける者があった、「これ以上ここにいると胃袋が裂けちまうぞ」

振り向くと畠中辰樹であった。知らなかったので安宅はおどろいて眼をみはった。

「いつ来たんだ」

「初めからさ」と云って畠中は末席のほうへ手を振った、「身分が違うからな、あっちの隅でおそれいってたんだ」

「江戸のほうの結果はどうだ」

「うまくいったさ、知らなかったのか、とにかくここを出よう」

安宅は隣りにいた諸岡主馬《もろおかしゅめ》に断わり、急用ができたから城代によろしく、と伝言を頼んで立ちあがった。外はすっかり昏《く》れてしまい、冰《こお》りかけた雪の道はあるきにくかった。どこへゆくんだときくと、衣笠がいいんだろう、と畠中が問い返し、今日は褒《ほう》美《び》が出たんだと、ふところを叩いてみせた。

「だめだ」安宅は手を振った、「今日は料理人がみな城代の屋敷へ雇われて、あの店は休んでる筈《はず》だ」

「では兼しげにするか」

「食うのも飲むのも今夜はもう飽きた、うちへいって茶にしよう」

　残念だな、せっかく軍資金があるというのに、畠中はそう云ったが、おとなしく安宅についてあるきながら、旅の途中の宿で、女客が他の客の座敷へ忍びこみ、金を盗もうとしたのがみつかって、夜なかに大騒ぎをした、などという話をした。病気の亭主を抱えた旅先で、宿賃も溜《たま》っていたし、薬礼が払えないために医者も来てくれなくなったからだと、その女は泣いて詫《わ》びたそうである。

「まだ若いきれいな女だったがね」

「あとはどうなった」

「主人が客座敷をまわって心付を集めた」と畠中が云った、「親切なあるじだったが、客の一人が女の素姓《すじょう》を知っていた、女は亭主と組んでそれをしょうばいにしているんだそうだ、結局、集めた心付は客に返し、女と亭主は追いだされてしまった」

おりうではないな、自分を云《い》いくるめるように、安宅は心の中で首を振った。芳村という男もそんなおろか者ではないようだし、おりうはなおさら、そんなことのできる性分ではない。まったく違う人間だ、と彼は断言するように思った。

「畠中は滝口っていう言葉を知っているか」

「話の腰を折るじゃないか」畠中は振り向いて安宅を見た、「それがどうした」

「知っているかときいたんだよ」

「滝の落ち口のことをいうんだろう」

「そのとおり」安宅はにっと微笑した、「——珂知川の上流に十三の洲《す》がある、水はその洲にさまたげられて、離れたり合ったりしながら流れている」

「なんの話だ」

「合ったり離れたりして来たその流れが、滝口のところで一つに合《がっ》し、すさまじい勢いでどうどうとなだれ落ちるんだ」

あの夜「衣笠」の裏手から、狂ったように走りだしていった、おりうのはだしの姿を思いだしながら、なにかをいとおしむように、もう一度やわらかな微笑をうかべた。

「おまえ酔っているのか、益村」

「らしいな」と安宅が云った、「だから杉原の縁談のことなんぞもちだしっこなしだぜ」

畠中は振り向いて睨《にら》みつけたが、安宅はぜんぜん気がつかないようであった。

（「小説新潮」昭和三十八年十一月〜三十九年二月号）

超過勤務

「だめ、だめ」と若い女が云《い》った、「いやよ、そんなことするんならあたし帰るわ」

「ばかだなあ、なんでもないじゃないか」と青年が云った、「こうしたって、こうしたって平気なのに、どうしてそれだけいけないんだ」

「知らないふりしないで」と女が云った、「あたしまだ嫁入りまえなんですからね」

「古臭いよそんなこと、きみの軀《からだ》はきみのもんじゃないか」と青年が云った、「握手をする手だってキスをする唇だってきみのもんだし、そこだって同じきみの軀じゃないか」

「いやだったら、さわらないで」

「ばかだなあ」と青年は云った、「同じ軀の一部なのに、そこだけどうして区別するのさ、頰《ほっ》ぺただって足だってそこだって、みんな同じ組織なんだぜ」

「あなたがくどき魔だってことは知ってるわ、あなたはきまってこう云うんだって」と女は作り声になって云った、——「ザーメンさえはいらなければ完全な処女だ、トアレへいってさっぱりするのと同じことだって、ふふ、知ってますよ」

「だってそのとおりなんだよ」

「さわらないで」女は身をそらした、「胸へさわられるとあたし死ぬほどくすぐったいのよ」

「くすぐったいだけかい」青年は女の肩を捉《つか》まえた、「そうじゃないんだ、くすぐったいだけじゃなく、もっとほかの」

「しっ、誰か来るわ」女は青年を押しのけた、「ほら聞いてごらんなさい、あの足音」

「ちえっ」と青年が云った、「きみがじらしてるから悪いんだ、損しちゃったじゃないか」

「いきましょう、堪忍袋《かんにんぶくろ》が残業してたのよ」女は青年を押しやった、「みつかるとうるさいじゃないの、早くう」

彼らはドアをあけて去り、ドアをそっと閉めた。

二人の去ったドアの反対側にあるドアがあき、なんだと云う声がした。誰が電燈《でんとう》を消したんだ、それとも停電かな。生気のない呟《つぶや》き声に続いて、スイッチの音がし、電燈が明るくついた。

「おかしいな」彼は室内を眺めまわしながら首をひねった、「自分で消したのかな、そんな覚えはないんだが」

彼は持っている帳簿を置き、大きなデスクに向って腰をおろし、神経質に椅子《いす》のぐあいを直してから、並んでいるベル・ボタンの一つを押し、ボイス・パイプの蓋《ふた》をあけた。

「給仕くん、お茶」

パイプの中へそう云うと、蓋を閉めて、ペンを取り、記帳にかかった。

七メートルに五メートルほどの、うす暗く湿っぽい部屋である。左と右に出入りのドア。彼がはいって来たのは右側のドアだから、いましがた二人の男女が出ていったのは左側のドアであろう。他の二方はコンクリートの壁で、いまデスクに向っている彼のうしろの壁の上部に、金網張りの通気口が二つあるほか、窓らしいものがないのは、ここが地下室であることを示していた。——部屋の中でいちばん眼につくのは、彼の掛けている大きなデスクであるが、それは彼のものではない。彼のデスクは通気口のある壁際《かべぎわ》にあり、電話が二つと、書類入れや帳簿やインク・スタンド、ペン皿などが、きちんと整頓《せいとん》してあった。右側のドアの脇《わき》にも、テーブルと椅子があり、たぶん女事務員の専用であろう、しなびたカーネーションを挿《さ》した緑色ガラスの一輪挿と、小さな立て鏡と、鏡の下にちびたルージュが転がっていた。

このほかにはガラス戸のある大きな書棚が三つ、スチール製の防火キャビネットが二つ、二た組のテーブルと椅子などのあいだに、麻紐《あさひも》で束ねた書類が積み重ねてあり、包装のやぶれたボール箱の山があり、またおびただしい数の外国雑誌やカタログ類が、床いちめんに置かれてあった。——いま彼が向っているデスクの上は、大小さまざまな帳簿と、クリップされた伝票の束ですき間もない。サイド・テーブルにはやはり帳簿を入れた帳簿立てと、電話が五つ。それにエア・キャリアの太い真鍮《しんちゅう》パイプと、伝声管とが並んでい、彼の頭上には彼らが「籠便《かごびん》」と呼ぶオートマティック・キャリア用の架線が二重に通じていた。

「ステルンホフ、ステルンホフ」彼はそう呟きながら帳簿をめくり、そこをあけて、伝票の文字を丁寧に書きこむ、「——縞柄《しまがら》が二十ダズンと、三、縞柄が二十ダズン、と、三、無地物、無地物が十八ダズン、十八ダズンと、五、十八ダズンと」

彼はとしのころ六十くらいにみえる。小柄なやせた男で、あるくときに少し右の足をひきずるが、いつもそうするわけではないし、もちろんちんばでもなかった。くたびれた背広をきちんと着、古ぼけたネクタイもきちんと結び、肱《ひじ》まで隠れる黒い袖《そで》カバーをつけている。頭髪はすっかりしらがであるが、左右とも耳の上のところだけ黒く、——ちょうど、黒い髪毛《かみのけ》がしらがになり始めるときそうなるのと反対に、いましもそこから黒くなりかけているようにみえる。あまり日光にあたらない者に特有の、白ちゃけた、しぼんだような顔は皺《しわ》だらけで、干《ひ》からびたような細い唇にも血のけは薄かった。

彼は思いだしたように、さっきと同じベル・ボタンを押し、ボイス・パイプの蓋をあけた。

「どうしたんだ給仕くん、お茶をくれたまえ、お茶を」彼はそう云って返辞を待ったが、返辞がないのでまたベル・ボタンを押し、パイプの中へどなり声を吹き込んだ、

「――おい給仕くん、柴田くん、おい、きみ」

彼はボイス・パイプの蓋を閉め、ポケットからハンカチを出して額の汗を拭《ふ》き、大きな溜息《ためいき》をついた。

「土曜日だった」そう呟いて彼は腕時計を見る、「もう四時か、土曜日の午後四時二分前、みんな帰っちまった、残っているのは宿直と夜警と掃除婦くらいのもんだろう」

低くモーターのうなりが聞えて、頭上の架線が動きだし、彼の右側のほうから金網の籠が進んで来た。それは壁の四角い穴から出て来たものだが、彼の頭上のところで停止すると、彼が手を伸ばすより早く浚渫機《しゅんせつき》が口をあけるように、籠が二つに割れて、浚渫機が泥を吐き出すように、中にはいっていた書類をデスクの上へ吐き出し、すぐに口を閉めて、もと来た方向へ戻っていった。それはあたかも、誰かが彼のひとり言

を聞いていて、まだみんな帰っちまったわけじゃないぞと、彼に警告したかのように感じられた。

「やれやれ、発送の中島はまだいるんだな」彼は吐き出された書類を取り分けながら、げっそりしたように呟いた、「――こんなものは月曜でいいじゃないか、あいつは成績をあげるのに夢中なんだ、そのために他人が迷惑しようとなんだろうとかまわない、ただもう自分の点数をかせぐことでいっぱいだ、ふん、その結果がどうなるか見ているがいい、部長クラスから役員まで、社長と一族でぎっちり固められているんだ、どんなに成績をあげたところでいまの椅子から蹴《け》おとされずにすめば万歳だということを知ってびっくりするな」

分類を終った彼は、まだハンカチを手に持っているのに気づき、それをたたみ直してズボンのポケットにしまった。また記帳にかかったが、まもなくデスクの上の電話の一つが鳴りだし、彼は左手で受話器を取った。

「はあ」と彼は喉《のど》で声をころしながら、電話機に向って反射的に微笑した、「こちらはにほん屋百貨店の輸入品整理部でございます、私は整理部副部長代理の木内徳三でございますが、はあ」

電話の相手はなにか云い、彼はさえぎろうとし、相手はかまわず云い続け、彼はぺンを持った右手を振り、それからおもむろに声を高めた、「——失礼ですが、こちらはにほん屋百貨店の輸入品整理部でございます、バー・ボンポンクラブではございませんし、したがってまりっぺという女給さんもおりません」彼は辛抱して相手に誤りを告げる、「はあ、いいえ嘘《うそ》などは申しません、こちらはにほん屋百貨店の輸入——」

　電話は先方から切れた。彼は受話器をみつめて、首を振りながらそれを戻し、伝票と帳簿に向き直った。

「ハンド・バッグ六ダズン、六ダズン、七、どうしてこうハンド・バッグが売れるんだろう」と彼は呟く、「それもみんな高価なやつばかりだ、おれのサラリーより高いのがぱっぱと売れるんだが、いったいどんなやつが買うのか、そういう客のふところがどんな仕掛けになっているのかみてやりたいもんだ、ええと次は手袋か、手袋が十三ダズンと二、十三ダズンと、二」

　エア・キャリアのブザーが鳴った。彼は手を伸ばしてパイプの蓋をあけ、中からまるい筒を取り出し、それを逆にして、筒にはいっていた書類をデスクの上に振り出すと、円筒をパイプへ戻して蓋を閉め、返送のボタンを押しながら、鳴りだしたべつの電話の受話器を取った。

「はあ」と彼は喉で声をころして云う、「こちらは、——はあ、整理部でございます、いいえ副部長はおりません、私は副部長代理の木内徳、――はあ、副部長は部長さんとごいっしょでゴルフにゆかれました、はあ、午後一時ごろおでかけで、私にも来いと申されたのですが、私には仕事が残っていますものですから、はあ、はあ、はい、いまここへ届きました、はあ、はいかしこまりました、はいどうも」

彼は受話器を置いて、いまエア・キャリアで届いた書類のゴムバンドを外し、それをデスクの上にひろげた。彼はそれらをずっと眺めてから、ごく軽くうなり声をあげ、立ちあがって書棚のところへゆき、ガラス戸の外から中をのぞいてみて、一つの書棚から三冊の大きい帳簿を抜き出して戻った。

「これもかせぎさ」彼は帳簿をデスクの上に置いて呟く、「おかげで超過勤務手当がもらえるんだからな、これあればこそ、どうにかくらして来られたんだから、文句はないさ」

彼はいま届いた書類と、大きい帳簿との照合をはじめた。陽気な感情を駆りたてようとして、彼は低く鼻唄《はなうた》をうたい、顔の筋肉をほぐした。そうすれば気分もしぜんと明るくなるし、愉快に仕事ができると信じているらしい。彼は自分をあやすように、わざと眼をむいたり、舌さえ出してみたりした。

「人間は気の持ちようだからな、おい木内徳三」と彼は自分に呼びかける、「世間には失業して職のない者、停年退職でおなさけの夜警に雇われる者さえいるんだぞ、おまえなんか幸運児といってもいいんだ」

彼は照合を続ける。

「この店へはいれたからこそ」と彼はうわのそらで呟く、それはいつも自制心を呼びおこすため、習慣になっている内心の呟きのようであった、「とにかく結婚もし、五人の子供も育ててこられた、店がつぶれて職捜しにとびまわるようなこともなかったし、くびにされて途方にくれたこともない、超過勤務のおかげで、ほかの者より収入も多かった、実収入はいまでも副部長より多いくらいだろう、なんの不平があるか、来年になれば伜《せがれ》も大学を出る、そうすれば一と息つけるというもんだ、ざまあみろというところさ」

低いモーターのうなりが聞え、こんどはべつの架線が動きだし、彼の左側から金網の籠が進んで来た。彼はあっけにとられてそれを見まもり、籠は彼の頭上までくると停止し彼はあわてて手を伸ばした。こんどはあぶなくまにあい、そいつが浚渫機のように口をあけたとき、吐き出された書類を両手で受け取ることができた。籠は口を閉めて、ゆっくり元のほうへ戻ってゆき、彼はデスクの上を見まわしたのち、隅の物を押しのけて、その書類を置いた。

「やれやれ、受注の半沢もまだいたのか」と彼は云った、「これではきりがない、これ、――まあ待て、おちつくんだ、おまえのことを蔭《かげ》では、いじらしい堪忍袋と云っているんだぞ、いじらしいだけはよけいだが、堪忍袋という綽名《あだな》は悪くない、いまどき堪忍袋などといわれるには、十年や二十年の辛抱で、できるもんじゃない、おれは三十年、いや三十九年も勤めていて、それでもよく辛抱しぬいたからこそなんだ、役員だってこの綽名が耳にはいれば、停年の延長も考えてくれるだろう、おい木内、このいじらしい堪忍袋め、きさまもなかなか隅におけないやつだぞ」

彼はほくほくするように気分をひきたて、揉《も》み手をして照合を続けた。

右側のドアがあいて、一人の少女がはいって来た。おとなっぽいスーツを着、髪も化粧もおとなっぽくつくっているが、よく注意して見ると十八歳そこそこ、まず十七歳のなかばというところであろう。まだ細い体に、ふくらみはじめた胸と腰とが発達して、他の部分の育ちきらないのと奇妙に不均衡な対照を示し、不均衡であることから一種のいろけをふりまくようにみえた。

「あらよかった」と少女はおおげさな身振りで彼のほうへ駆けよった、「おじさんいてくれたのね、もう帰っちゃったんじゃないかと思って、心配してとんで来たのよ」

「こらこら、静かにしないか」と彼はむずかしい顔つきで云った、「いそがしいんだから僕にかまわないでくれ、これを見ろ、まるで」
「あちしもいそぐのよ」少女は彼の肩に手をまわし、彼の頬へキスをした、「ねえー お願い、お小遣かしてえ」
「こら、ばかなまねをするな」彼はキスされた頬へ手をやりながら、少女をそっと押しのけた、「人が見たらどうする、すぐうわさになってしまうぞ」
「平気よ、こんなキスくらい親子だってするんだもの」少女は鼻声をだしながらまたすり寄った、「——おじさんさえよければ、いつかのように口と口でしてあげてもいいわ」
「ばかなことを云うな、こら、おとなをからかうやつがあるか」
「だって本当はしたいんでしょ、だからこないだみたいにしたんじゃないの、いまだってしたいのをがまんしているだけよ、あちしちゃんとわかってるわ」
「きみは誤解してる、きみにはおとなの気持がわからないんだ、僕はね」と云いかけて彼はまぶしそうな眼つきになった、「あのとき僕はセンチになってたんだ、きみが化粧室でひとりで顔を直しているのを見て、急になんとも云えず悲しい気持になったんだよ」
「あらどうして」

「つまり、きみのような若さでもう生活の波に巻き込まれている、つまり」彼は言葉を捜しながら続けた、「きみのような若さで、もう子供ではなくおとなになりかかっている、これから苦労が始まるんだ、いろいろと辛《つら》いことや苦しいこと、悲しいことを経験しなければならないんだと思うと、なんとも可哀《かわい》そうでやりきれなくなったんだよ」

「それであたしにキスしたの」少女は声をあげて笑った、「あたしが可哀そうだからって」

彼は叱責《しっせき》の眼で少女を見た。それは神聖を冒瀆《ぼうとく》されたというふうな、威厳を示すつもりらしいが、反対に、秘していた自分の弱点をあばかれたための、屈辱感のあらわれのようであった。

「おじさんこそ誤解してるわ、あたしは可哀そうでなんかありゃしなくってよ」と少女は云った、「これまでは可哀そうだったわ、うちがひどい貧乏で、きょうだいが六人もいて、うすぎたない狭いうちにごちゃごちゃと、みんなぼろを着ておなかをすかして、まるでのら犬の親子みたいなくらしをしていたわ、ああいやだ、考えてもぞっとする、ああいやだ」少女は外国映画で覚えたのだろう、両手を左右へひらっと振り、肩をすくめながら顔をしかめた、「いまはちがうわ、あたしはのら犬の巣から出られたのよ、ようやく人間らしいくらしができるようになったし、これからの一生もたのしさがいっぱい、おなかをへらしたのら犬がなんでも食べるように、たのしいことならなんでも、片っ端からあちし食べてやるわ、どんなことだってもよ」「できればね」彼はもの憂《う》げに云《い》う、「——それができるなら、この世で苦労することはないんだがね」

野　「時代が変ったのよ」少女は聞き覚えのことばをすらすらと云う、「おじさんなんか天皇制の封建制度に縛られて育ったんでしょ、あちしたちはそんなもの知りゃあしないわ、親にだってむりなことは云わせやしないし、自分でこうしたいと思えば、人がなんと云おうと、世間がどんなに騒ごうとかまやしない、やりたいことをやりたいようにやるのよ」

扇　「きみは不良少女のようなことを云う」

「羨《うらや》ましいでしょ、あーっ」少女は胸を張って叫ぶように云った、「人生は短いのよ、不良だとかずべ公だとか云われるのを恐れて、やりたいこともやらずにちぢこまっているような生活は終ったのよ、あ、いけない」少女は急に調子を変えて云った、「あちしこんなおしゃべりしてる暇なんかなかったんだわ、ねえ、お小遣かしてえ」

「だめだよ、こないだ貸したばかりじゃないか、いったいどうしてそんなにお小遣がいるんだ」
「デ、イ、ト」と少女は云った、「わかってるじゃないの、そんなの意地わるよっ」
「ごめんだね」彼はペンを取る、「僕だってふところは楽じゃないんだ、時代がきみたちのほうに変ったんなら、僕は僕の時代に坐《すわ》ってるよ、僕にうるさくしないでくれ」
「それ本気で云うの」少女は遠くから見るような眼で彼を見た、「いいわ、——おじさんがそういうつもりなら、あちしいつかの化粧室のことをピー・アールしちゃうから」
「ピー・アールってなんだ」
「てんカムだなあ、ほんとに」
「てんカムとはまたなんのことだ」
「頭へきちゃうってことよ」と少女は得意そうに云った、「頭へきちゃうなんてもう古いでしょ、だからさ、頭はおてんてんだし、くるはカムだからてんカムじゃないの、そのくらいのこと覚えときなさいよ」
「ピー・アールとは」
「トアレの壁へ書いちゃうの、ルージュでさ、誰と誰とがどこでなにしてたかってこと、ぱあっとすぐに広まっちゃうのよ、面白いくらい」

「ばかな」彼は少しばかり不安になる、「そんなこと誰が信用するもんか、らく書なんて昔から、でたらめなものときまってるんだ」

「あーらおとなのくせに」と少女は彼を指さして笑った、「でたらめだから人は信じちゃうんじゃない、ほんとのことなんかに興味をもつ人なんかあると思って」

「週刊誌が多すぎる」と彼は嘆息する、「わさわさ週刊誌を出してつまらない知恵をつけるから、みんなが一知半解の理屈をこねる、実際に経験しもしないことを、頭だけで知ったかぶりをするんだ、週刊誌はみんなつぶしちまわなければだめだ」

「頭だけ、ですって」少女は云った、「おじさんはあちしがなにも知らないって云うの、ほんとに」

少女は猫のようななめらかな動作で、彼にとびつき、両手で彼の首と頭をかかえると、唇と唇をぴったり合わせた。彼の鼻からむーという声がもれ、その手はいたずらに少女の軀《からだ》を押しのけようとした。けれども、彼の首と頭をかかえた少女の腕には、意外なほどの力があり、どうもがいてものがれるすべはなかった。

「どう、おじさん」少女は唇を放して云い、すぐにまた唇を合わせた、「どんな気持」

彼は本気になって唇をもぎ放した。

「なんて娘だ」彼は少女を押しやった、「いいよ、少しぐらいなら貸してあげるから、もうふざけるのはよしてくれ」

「悪い気持でもないくせに、ふ」少女はコンパクトを出して、唇のルージュを直しながら彼にながし眼をくれた、「知らないのはおじさんじゃない、おじさんはいまのようなキス初めてでしょ、すぐわかっちゃったわ」

「ませたことを云うもんじゃない」彼は上着の内ポケットから札入を出し、中から紙幣を一枚ぬき出して云った、「口で云うことが癖になると、軀までいつかそうなってしまうぞ、さあ、これを持っといで」

少女は奇声をあげ、コンパクトを持ったなり片手で紙幣をさっと取った。

「もういい、たくさんだ」少女がまた抱きつこうとするのを、彼は手を振ってこばんだ、「早くいかないと彼に怒られるぞ」

「おじさんてやっぱりたのもしいな」少女は紙幣といっしょにコンパクトをしまった、「これで今夜のデイトも恰好《かっこう》つくわ」

「ちょっときくけれどね、いつもそんなにデイトばかりしていて飽きないのかい」彼はげせないというふうに云った、「僕なんかは一週間に一度がせいぜいだったけれど、それでさえ二時間もいっしょにいると、もう話すこともなくなって困ったもんだがね」

「話すばっかりでしょ、ふ、あちしっちなんか時間が足りなくって困るくらいよ」

「ジャズ喫茶か」

「ペッティング」と少女は顎《あご》を突き出す、「あちしなんか軀がしびれちゃって頭がからっぽになっちゃって、時間の経《た》つのなんかてんでわかりゃしないわ」

「この不良少女」彼はにらみつけたが、好奇心のために身を乗りだした、「きみはただ人の口まねをしているだけさ、頭も軀もしびれちまうなんて、そいつも週刊小説の受け売りなんだろう」

「あちしもうオールモスト・エイティーンよ、失礼なおじさま」少女はおゝ、ゝ、ゝじさまを気取った鼻声で云った、「あなたこそご存じないんでしょ、あちしおじさんが知らないってほうに賭《か》けるわ」

「天皇制で育ったからね」

「教えてあげようか」少女は猜《ず》るそうに彼の顔色をうかがう、「――そうら、隠してもだめ、教えてもらいたいって、ちゃんと顔に出ているわ」

彼は帳簿に向き直って伝票を繰った。

「へえーほんとだ」と少女が云った、「みんながおじさんのこといじらしい堪忍袋《かんにんぶくろ》って云うけれど、そうしているところを見るとぴったりだわ」

「よさないか、本当に怒るぞ」

少女はくすっと笑い、すばやく側へ寄ると、彼の耳へ口を近づけた。ペッティングっていうのはね、とささやいたあとは、なにを云っているのかまったく聞えなかった。彼は初めだらしのない微笑をうかべていたが、少女のささやきが進むにつれてその微笑がちぢまり、表情がしだいにこわばっていった。

「これでフィン」やがて少女は彼からとびのいた、「わかったでしょ」

「あきれたもんだ」と彼は云った、「みんなそんなことをするのかい」

「個人差はあるでしょ」少女は肩をすくめて笑い、おとなぶった調子で云った、「人のことは知らないけどあちしはそうなの、あちしはね、少しね、露出症なんですってよっ、チャオ」

少女は身をひるがえし、片手を振りながら走り出て、外からドアを乱暴に閉めた。

——彼はまっすぐに、前方の壁をみつめ、三十秒ほど身動きもしなかった。いま聞いた少女のささやきが、彼には強烈すぎたらしい。頭の中で多彩なイメージが展開し、それが彼の思考力を麻痺《まひ》させているようにみえる。——しかしまもなく、いちばん初めに鳴った電話が、ベルを鳴らせて彼を呼びさました。

「はあ」彼はその受話器を取った、「こちらはにほん屋百貨店の輸入品整理部でございます、私は整理部副部長代理の、はあ、——いえ冗談などは申しません、こちらはにほん屋百貨店の輸入、はあ、いいえ違います、ここはバー・ボンポンクラブではございません、まりっぺなどという女給さんもおりません、もういちど申し上げますがこちらはにほん屋、——ええ、切っちまやがった」

彼は受話器を戻した。

「人をばかにしたやつだ、なんだと思ってるんだ」彼は伝票を繰り、記帳にかかる、「——ボンポンクラブかい、おっさん、まりっぺを出してくれよ、だってやがる、ごまかすなよおっさん、こっちは冗談じゃねえんだから、だって、——そして間違ってすまなかったとも云わずに、がちゃりと切っちまやがる」

おっさんとはなんだ、と彼が云いかけたとき、エア・キャリアのブザーが鳴り、彼が手を出すまえに蓋《ふた》をぽんとはねて、円筒がデスクの上へとび出した。彼は口をあけて、信じられないとでもいうように、いまとび出した円筒をじっと見まもっていた。

「なんだいまじぶん」彼は呆然《ぼうぜん》と呟《つぶや》いた、「このうえなにをさせようというんだ」

電話のベルが鳴り、彼は受話器を取りながら、自分の腕時計を見た。

「四時二分前、まだこんな時間か、——はあ、いえなんでもありません」彼は明るく微笑してみせる、「はあ、はあいま届きました、はあ、いえまだ時間がございますから、はい、はあ月曜日にでございますね、承知いたしました、はい、はい、承知いたしました、いいえまだ仕事が残っておりますから、はい、ごめんくださいまし」

彼はおじぎをして受話器を置き、ベル・ボタンの一つを押してボイス・パイプの蓋をあけながら、ハンカチを出して額をふいた。

「給仕くんお茶」と彼はパイプの中へどなった、「きみ給仕くん、——」

彼はパイプの蓋を閉め、もういちど額をふいて、ハンカチをしまい、記帳にかかろうとして、そこにある円筒をみつけた。

「神よ、忍耐力を与えたまえ」彼は円筒の中から書類の束を振り出し、円筒をパイプに入れて蓋をし、戻しのボタンを押した、「——土曜日の午後四時、もうみんな帰っちまった、残っているのは宿直と夜警と——」

彼は口をつぐんだ。無意識に口から出た言葉が、そっくり繰り返しだということに気づいたらしい。彼はペンを持った手で、自分の口尻《くちじり》をつねった。

「こんどは、バンサン・アレか」

彼は伝票を見て、帳簿のページをめくる、「バンサン・アレ、——と、黒貂《くろてん》のケープ、七、次にミンクのケープ五、五、と、それから銀狐《ぎんぎつね》のケープ一ダズン、三、一ダズンと三」

彼はしばらく無言のまま続ける。そのあいだに頭は頭でかってに動きだし、さまざまな空想があらわれたり消えたりするのだろう、記帳を続けながら、顔をぎゅっとしかめたり、にたにた微笑したり、急に頭を振ったり、口の中でなにか呟いたりした。

「ペッティングだって、いやはや」と彼は低い声で云う、「おれなんかぜんぜん知らなかったな、三十二で結婚するまで、女の手さえ握ったことがなかった、まわりには女店員がくさるほどいたっけ、化粧品売場だったかな、堀田きよかという女の子がいて、おれは生れてはじめて恋をしたものだ、——堀田きよか、もう三十四五年もむかしのことだが、いまでもこの名だけは忘れない、顔の小さな、きりっとしまった軀つきで、——その後もあんなきれいな女の子は見たことがなかった、あのころは規則がきびしくて、店員同士の恋愛沙汰《ざた》は厳重に禁じられていた、うわさをたてられただけでもくびになりかねなかったものだ」

彼のペンは動かなくなった、「おれは二十二か三だったな、あの人恋しさに仕事も手につかず、一日のうち幾たびも、あの人の立っている売場の前をいったり来たりした、あの人がおれのほうを見たりすると、全身がかあーっとして眼がくらむような気がしたっけ、——それでもなにをする勇気もなかった、ほかの者は適当にやっていたんだ、規則がきびしければきびしいほど、それをやぶりたくなるのが人情なんだろう、そのためにくびになった者もあるが、うまくたちまわって結婚したやつも少なくない、やろうと思えばできたんだ、それをおれはやらなかった、死ぬほど恋していながら、話しかけることさえできず、胸のつぶれるようなおもいで、遠くから眺めているだけだった、そうだ、——おれはそのころから欠かさず残業をした、残業手当はうちの家計になくてはならないものだったからな、そうやって残業しながら、あの人のことを思ってはよく涙をこぼしたものだ、——もしおれにも青春というものがあったとすれば、残業しながら泣いた、あの時期だけがそれだろうな」

電話のベルが鳴って、彼を空想の中からひきずり出した。彼はいそいで記帳にかかろうとし、それから気がついて、受話器を取った。

「はあ」彼は喉《のど》で声をころして云う、「こちらは輸入品整理部でございます、あ」と云って彼はデスクの一点を見てあわてる、「はい、はあやっております、はあ、いえそんなことはございません、帳簿がしまいこんであったものですから、捜すのにちょっと暇をとられましたが、もう照合にかかりましたから、はあ、はあ、はい、月曜日でよろしいとおっしゃるのですか、はい、いえ私はべつに、はい、はい、はあそれはどうも、はい承知いたしました、ではごめんください」

　彼は受話器を置いて深い大きな溜息《ためいき》をつき、ふん、と鼻を鳴らした。さっきまでやっていた照合をすっかり忘れ、うっかり記帳にかかっていたことがいまいましかったし、いまになって月曜日でいいと云われたことが、いまいましさを十倍にもしたようであった。

「まあそうむきになるな」と彼は記帳に戻りながら云った、「こういうぐあいに辛抱したからこそ、今日まで無事にやって来られたんじゃないか、三十二で結婚するまで、女の手も握らなかった、無欠勤で、いつも残業をして、かりにも人に憎まれないように、できるだけ腰を低く、眼だたないようにつとめて来た、そしてもう五十五歳、この十一月には停年というところまで漕《こ》ぎつけたんだ」

　彼の背後にあるデスク、つまり彼自身のデスクで電話のベルが鳴りだした。彼はペンを区切りのところまで動かしてから、ペンを持ったまま立ってゆき、その電話の受話器を取った。

「はあ、こちらはにほん屋百貨店の輪」とまで云って、彼の声が急に変った、「——次郎じゃないか、いまじぶんなんだ、え、うん、まだ仕事が残ってるからいるよ、どこからかけてるんだ、え、なに、いまどこにいるんだときいてるんだよ、はい、はい、銀座だって、銀座のどこなんだ、きみ一人か、うん、いますよ、まだ一時間くらいはここにいるが、なに、うん、うん、だめですね、ノ・サンキューだ、僕がお金なんか持ってるわけがないじゃないか、毎日かあさんから僕が幾らもらっているか、次郎だって知っているだろう、だめですよ、だめ、それより早くうちへ帰んなさい、そんなところで、——おい次郎、もしもし、おい」

彼はしばらく受話器を耳に当てたままで、やがて舌打ちをしてそれを置き、こっちのデスクへ戻った。

「困ったやつだ、ひとをなんだと思ってるんだ」彼はペンを取りながら云った、「友達におごられたから、お返しをしなければ悪い、ふん、親の脛《すね》をかじってる分際で、おごられたお返しもくそもあるか、あいつだんだん不良じみてくるぞ」

彼は記帳を続け、伝票をめくる、「——ロンバールか、ロンバール」そして帳簿のページをめくって、そこをひらいたが、そのままなにか考えこんだ。表情が固くなり、眉《まゆ》がしかみ、眼が一点をみつめたまま動かなくなった。

「いや、——」とやがて彼はゆっくり首を左右に振った、「そっとしといてやろう、誰にでもそういう時期がある、つまずいたり、転んだり、あっちへぶっつかりこっちへぶっつかりして、それでだんだん成長してゆくんだ、子を育てるにも辛抱が」

電話のベルが彼の独白をさえぎり、彼は受話器を取った。

「はあ、——」声をころして云《い》いかけたが、突然、彼はとびあがりそうになり、わめきだそうとするようにみえたが、そこでまた突然、にこっと笑って電話機におじぎをし、グロテスクな作り声をだして云った、「——はい、こちらはバー・ボンポンクラブざあます、まりっぺはあたくしざあますのよ、どうだ」と彼は赤くなってわめいた、「どうだ、この、なに、なんだと、老いぼれの腰抜けだと」

彼は立ちあがり、片手でデスクを殴りつけながら、「おれが老いぼれの腰抜けなら、きさまなんぞは、その、あの」彼はもっとも痛烈な悪罵《あくば》を思いだそうとしてあせる、「おい、きさま、そのきさまなんぞはな、その、あれだ、その、——えいくそ、また切っちまやがった」

彼は受話器を叩《たた》きつけるように戻し、椅子《いす》を押しやって荒い呼吸をしながら、事務室の中をあるきまわる。いちど赤くなった顔色がしだいにさめ、灰色の古いなめし皮のようにひすばってきた。

「もうたくさんだ、考えなくちゃあならない、このへんでおれも考えてみなくちゃあならないぞ」と彼はあるきまわりながら云う、「——おれはこの店に三十九年勤めて来た、妻をもらい、五人の子を育てた、長男は来年で大学を出るし、下の四人もまあまあ人並だろう、女房は太りかえってすっかり尊大に構えている、それはそれでいい、それはそれでべつに文句はない、なあ、文句はないだろう、ない」と彼は自分にうなずく、「ところで、このおれはどうだ、おれはこれまでになにか得たか、なにか得たものがあるか、死ぬほど恋した娘にも手を出さず、人のいやがる超過勤務をよろこんで引き受け、腰を低く、出しゃばらないように絶えずびくびくし、さて、この十一月には停年なんだ、――長いあいだの地下室生活で、右の膝《ひざ》の痛風が持病になった、これだけはたしかに自分の得たものだ、ほかになにがある、なにかほかに、――うんある、もう一つだけある、いじらしい堪忍袋という綽名《あだな》だ、たしかに、この二つだけはおれの得たものだ」

彼はせかせかと右のほうへゆき、くるっと振り向いて、せかせかと左のほうへゆき、急に立ちどまると、いんぎんに一揖《いちゆう》した。

「みなさん、私を見てください」彼はそこに誰かがいるように、自分を指さしてみせながら云った、「この私をどうぞよく見てください、この瘦《や》せた、しらが頭の、膝に痛風を病む小男の姿を」それから、自分を指さしていた手で、拳《こぶし》をにぎり、天突き体操のように、二度、それを上へ突きあげた、「だが、いまこそこんなみじめな姿になったが、私にも若いときがあったし、人並に夢もいだき野心に燃えたこともあった

——ごく短い期間でしたけれどもね、とにかく自分の将来にかがやかしい夢をいだいたり、野心に燃えて胸をとどろかしたこともあったんです、信じてください、私だっていちおう人間なんですから」

彼はせかせかとあるきまわる。それはどろぼうが他人の家へはいって、なにも盗む物がないので脱出しようとしたが、こんどは出口がわからなくなった、というようにみえた。

「だがおれはすぐに悟った」と彼はあるきながら云った、「そんな夢や野心が、自分には実現しないだろうということを、おれは貧乏人の子に生れ、十六の年から稼《かせ》がなければならなかった、高等小学を出るとすぐ小さな洋品屋の小僧になり、まもなくこのにほん屋百貨店に移った、するとすぐ主任の一人が、にんげん学問がなければ出世はできない、おれがいい手本だと云って夜学の学資を出してくれ、おれは簿記と英語の夜学へかよった、その主任は云ったものだ、にんげん辛抱がかんじんだ、石の上にも三年というが、縁の下で三十年と思え、人の眼につかないところで辛抱することが、ついにはかえって人の眼につくものだって、——その結果がこんにちのこのおれさまだ、英語と簿記、は、は、は」

そら笑いをして、その声にびっくりして彼は立ちどまり、あたりをせわしく眺めまわした。

「笑ったな、誰だ」彼は両手を拳にする、「さぞおかしいだろう、いくらでも笑え、さあ笑え、腹の皮のぶっ裂けるほど笑え、おれは怒りはしない、縁の下に三十年、はあ、はい、はい、こちらはにほん屋百貨店でございます、はい、はあいらっしゃいませ」

彼は片方へ向いておじぎをし、次に反対側へ向いておじぎをし、あいそ笑いとともに「はあ」と云って揉《も》み手をする。

「この、はあ、と喉で声をころした調子を出すのは、おれが売場主任に提案したものは、はい、とはっきり発音するより、喉で声をかすらかすほうがいかにも恐縮しているように聞えるからな、はあ、――」と彼は声を喉でころしてみせる、「この声を出すようになったとたんに、おれは人間性を放棄したんだ、どなられようが笑われようが、反抗はもちろん怒ることさえできなくなった、どんなに笑われたって怒りゃしないぞ、そのおかげでおれは輸入品整理部の副部長代理になったんだ、――副部長代理？」彼は考えてみて急に顔をあげる、「――部長代理ならわかる、副部長というのがすでに部長代理ということだろう、とすれば、副部長代理というのはなんだ、代理のまた代理か、人をばかにするな」

彼の眼から涙がこぼれ出る。自分では気がつかないとみえ、それをこぼれ出るままにして、またせかせかとあるきまわる。

「もう充分だ、おれにだって生きる権利はある、おれにだって自分の人生があり、自分の人生を生きる権利があるはずだ」彼は意識せずにズボンのポケットからハンカチを出し、眼をふきながら云う、「——ここにいるこのおれは、本当のおれ自身じゃない、これは現実じゃあない悪夢だ、おれはここから脱出する、おれは自分の人生をとり戻すぞ、デイト、ペッティング、もう超過勤務はお断わりだ」

彼はデスクへ歩み寄り、その上にある帳簿や伝票の束や書類などを、両手でさっと払いのけた。それらは賑《にぎや》かな音を立てて床へ落ち、彼は鉛筆やペン軸を「えい、えい」と叫びながら折って捨てる。万年筆も手に取ったが、それは高価だと気づいたのか、折るのをやめてデスクの上へ戻し、こんどは床の上に積み重ねてあるカタログや、外国雑誌やパンフレットの類を、手当りしだいに取って引き裂き、引き千切ってあたりに投げ散らす。

「えい、どうだ、えい、これでわかったか、もう止めてもだめ、なだめてもだめだ、おれは出発だ」

そのときモーターのうなりが起こって、左右の「籠便《かごびん》」が動きだし、両方から金網の籠が進んでくると、デスクの上でとまり、浚渫船《しゅんせつせん》の浚渫機のように、二つとも口をあけて書類を吐きだし、エア・キャァリアのブザーが鳴って、パイプの蓋をはねあげながら、すぽんと円筒がとびだし、同時に二つの電話のベルがやかましく鳴り始めた。――出発だと、右手の拳をあげて宣言した彼は、その手をあげたままで「籠便」の動きと、エア・キャリアの動きと電話のベルのけたたましい共鳴音とを放心したような顔つきで眺めていた。――およそ十秒。だがそのあいだに彼の内部では、長い時間の経過があったようだ。彼の振り上げていた右手が操り糸を切られた人形の腕のように、力なくだらっとさがり、彼は右足を少しひきずりながら、デスクへ歩み寄って、椅子に掛け、持っているハンカチでゆっくり顔をふいた。彼は受話器の一つへ手を伸ばしながら、その手首に巻いてある腕時計を見、なんだ、まだ四時二分前か、と呟《つぶや》いた。

「まだこんな時間とは知らなかった」彼は一つの受話器を取り、喉で声をころして、微笑しながら答えた、「はあ、もしもし、こちらはにほん屋百貨店の輸入品整理部でございます、私は整理部副部長代理の木内でございますが」

（「文芸朝日」昭和三十七年六月号）

解説

木村久邇典

小説作者が作品に取り組むに当たって、たったこの一行を書きたいがために一編の小説を構成する……という場合がよくあるという。

山本周五郎もまた、しばしばその一行を書くために、読者をうならせる名編をものした作者である。たとえば『かあちゃん』では、泥棒にはいった青年が〝かあちゃん〟のお勝に不心得をさとされて後悔し、自分の恵まれなかった過去を語りだす。彼が泣きながら「初めてだ、おらあ、……生みの親にもこんなにされたこたあなかった」といったとき、〝かあちゃん〟は、眼をあげて鋭く叱《しか》りつける「あたしは親を悪く云《い》う人間は大嫌いだ」と。

山本周五郎は、このお勝の一言が書きたくて『かあちゃん』の筆を執ったのだ、とよく語ったものであった。

もうひとつ例をあげてみよう。名作『よじょう』は、作者自身が〈後半期の道を開いてくれた〉と自負する野心作であって、剣聖にして人生の求道者だったと評価する吉川英治流の宮本武蔵観を真っ向から否定し、単なる見栄《みえ》っぱりの棒ふり男ときめつけた痛快至極の小説だった。

一の発端はこうなっている〈肥後のくに隈本城《くまもとじょう》の、大御殿の廊下で、宮本武蔵という剣術の達人が、なにがしとかいう庖丁人《ほうちょうにん》を、斬《き》った。さしたることではない。〉この〈さしたることではない〉は二行めに出てくるのだが、さらに三行あとに〈その庖丁人が待伏せていて、襲いかかった。するとと宮本武蔵のほうでは、声もあげずに、ただ一刀でこれを斬り倒した。さしたる仔細《しさい》はない、それだけのことであった。〉と〈さしたる……〉という言葉が重ねられてい、全部で六行のプロローグは、そこで終わっている。

物語は庖丁人のドラ息子と周囲の人にみられていた岩太が、女たちにも総スカンを喰《く》い、水前寺道の白川にかかる橋のそばに乞食《こじき》小屋を立てる。彼は本当に乞食に成り下がって世間を笑ってやるつもりだったのだが、そこは武蔵が控え家から登下城する往還に当たっており、見廻《みまわり》に立ち寄った下役人が、岩太に仇討《あだう》ちの宿望ありと誤解したことから、にわかに世間の同情や激励が集まる。寄付金や到来物が相いつぎ「小屋を拡張しなくちゃならねえ」ほどの人気である。武蔵は小屋の前を通りすぎるときは、いかなる襲撃にも応ずる姿勢でしばらく立ちどまるが、決して武蔵のほうから切り込むことはしない。達人の沽券《こけん》にかかわるからだ。もちろん岩太は武蔵の心裡《しんり》を見ぬいており、世人の同情や人気も半年と踏んでそろそろ逃げ出そうかと思い始めていたとき、とつぜん武蔵が病死してしまう。臨終にさいして武蔵は岩太に、晋《しん》の予譲《よじょう》の故事にならって恨みをはらせ、と垢《あか》つきの帷子《かたびら》を遺《のこ》す。いかにも武士道の実践者にふさわしい武蔵の奥床しい振る舞いであるが、岩太が予譲の故事を知らなかったために、武蔵のひとりよがりに帰しそうになる。だが故事の来歴を教えられた岩太は、抜け目なく帷子を逆利用することを思いつき、情婦と始めた旅館「よじょう」の客寄せ展示物とする。そして商売は盛業していった……というのである。

　エピローグ十一は、おそらく作者の計算であろう、一とまったく同じ六行で、最後は〈さしたる仔細はない、そのために旅館は繁昌《はんじょう》していった。〉とあって〈さしたる仔細はない〉という言葉でしめくくられている。作者はこの印象的な文章を発端と結尾に配置してみごとな効果をあげているのである。

　山本周五郎はこの言葉を、実は彼の親しい友人三木蒐一（故人・博文館の編集者で作家でもあった）の口ぐせ「てえしたこたあねえや」にヒントを得て止揚させたのである。〈さしたる仔細はない〉のひとことが『よじょう』を構成させるひとつの鍵《かぎ》であった、と作者自身、しばしば述懐したものだった。ところで最近、清田陽一の「山本周五郎論」で、わたくしはきわめて大きな教示を得た。清田陽一によれば、プロローグの〈さしたる仔細はない〉は、宮本武蔵に代表される上層・権力階層から、下層の社会に振り降ろされた、斬り捨て御免の情け容赦のない蔑《さげす》みであり、エピローグにおける〈さしたる仔細はない〉は、岩太に代表される零細な弱者の立場から、上層社会へ吐きかけた嘲《あざけ》りないしプロテストとして投げ返されている。作者はもちろん岩太の側に大きな比重を配分して『よじょう』の感銘度を盛りあげ、ずしりとした重量感を与えたのだ。ここにも山本周五郎が、まことの庶民の味方としての文学態度を貫きとおした一端を窺《うかが》うことができる――というのである。まさに目から鱗《うろこ》が落ちたようなおどろきと新鮮な感銘を味わわされたことであった。

本書では、夫婦や男女の愛情の機微をテーマにした作品を主として集めた。作者がなに気なく書いたようにみえる短い会話、独白も、読み終えてみると主題と直結する重要な伏線であったと思い知らされる作品がいかに多いかに驚嘆させられる。短編小説の名手をもって自他に許した作者の面目が、ここでも存分に発揮されていると評してよいであろう。

『夫婦の朝』恋を恋する少女が、いちばん身近な青年を対象として、まだ見ぬ恋の手習いをする……乙女にはきわめて一般の心理だ。今はよき良人《おっと》三右衛門の妻となったお由美にもそのような過去があった。相手の沼部新五郎は才気と美貌《びぼう》が災して身を誤まり、現在はごろつき同然の浪人である。金に窮した新五郎は、昔、お由美に書かせた自分あての恋文をゆすりのかたに大金を捲《ま》きあげようとするが、妻の苦悩を知った三右衛門は、新五郎に金子を与えて数通の手紙を取り戻そうとする。卑怯《ひきょう》な新五郎は金子だけ受け取って立ち去ろうとするので三右衛門は彼の片足を斬って不心得を諭す。翌朝、自害を決意して遺書の上書きをしようとするお由美に、良人が庭から声をかける。「古い手紙があるだろう、そいつを焼いて了《しま》おうと思うんだ、おまえ小さく裂いて渡してくれ」。

良人のおおきな愛情と、妻の可憐《かれん》で素直な心情がしっかりと融《と》けあい、文反古《ふみほご》は薄青い煙となって霜柱のたつ朝の庭にあがってゆく。身のひき締まるような寒い朝という情景が、作品のさわやかさをいちだんとひき立てているようである。

『合歓木《ねむ》の蔭《かげ》』奈尾は小さいときから現実の自分とは別の自分がどこかに生きているような空想を、現実以上に実感しうる夢想家だ。演能の会で何者かに視線を浴び、つけ文されて指定された庭の片隅《かたすみ》の合歓木のもとへ抜け出てゆくと、男のめんめんたる恋情をこめたささやきが聞こえてきた。その声は半三郎と結婚したあとでも奈尾をとらえて放さない。男は老職の次男で札つきの女たらしだが、半三郎の家の庭に植えた合歓木の蔭にまでやってきて、奈尾を誘惑しようとする。男の正体を知った半三郎は手荒く追い払ったあと、男に代わって甘い言葉を奈尾にささやきつづける。事情を知らぬ彼女が、やがて良人の半三郎こそ自分に語りかけてくれた当人であると理解したとき、いいしれぬ幸福感に満たされて、良人《おっと》の胸に倒れかかる――。後年の『その木戸を通って』『肌匂《にお》う』『屏風《びょうぶ》はたたまれた』などの不思議小説に共通の気脈が感じられて興味ぶかい。山本周五郎は人間の知覚以外の視覚、聴覚、嗅覚《きゅうかく》、触覚などを生き生きと描いて、人間像をより生身のものとして造形する点でも抜群の冴《さ》えを示した。良人の深く温かく、大きな愛情が、夢想家である妻を現実の愛に目覚めさせるこころよい物語だが、彼が熱読したシラノ・ド・ベルジュラックのロクサーヌへのささやきが、形を変えてこの作品に描かれたかの趣がとり分け面白く感じられる。

『おれの女房』　絵師平野又五郎の、糟糠《そうこう》の妻お石に寄せるふかい夫婦愛の物語である。狩野《かのう》派から離脱して新しい画境を追究すべく苦心惨憺《さんたん》のすえ、ついに新境地の開拓に成功し、世評も高まった又五郎のもとへ、彼を見限って出て行ったお石が復縁を求めて訪ねてくる。又五郎の支持者たちは、もちろん全員が反対する。そのとき又五郎は決然という「おれのためにはできない辛抱をしてくれた。口には云えないような貧乏ぐらしをよくがまんしてくれた。その辛抱もがまんもしつくして、どうにも堪《たま》らなくなったから出ていったんだ、みんなにそれがわかるか、女房の悪いのは亭主が悪いからだ、責めるならおれを責めてくれ、お石は又五郎の女房だ」。

　小説の主題を感動的にもりあげる手練はさすがである。この作品は本書の『扇野』とともに絵師が主人公であり、芸術に対する精進が克明に描かれている。一種の芸術小説といえないこともないのだが、山本周五郎はこのようなテーマの選択に終生野心を内蔵しつづけて、最晩年の『虚《こ》空《くう》遍歴』に至るのである。「百姓も猟師も、八百屋《やおや》も酒屋も、どんな職業も、絵を描くことより下でもなく、上でもない、人間が働いて生きてゆくことは、職業のいかんを問わず、そのままで尊い、――絵を描くということが、特別に意義をもつものではない、……私はこう思い当ったのです」という又五郎の述懐は、そのまま作者の感慨でもあるようだ。晩年の現代小説『季節のない街』の一章「僕のワイフ」は、本編のテーマをさらに異なった角度から照射した作品である。併読をおすすめしたい。

『めおと蝶《ちょう》』まことの夫婦愛とはどんなものなのかを、静かな調べで問いかける好短編である。

信乃《しの》には上村良平と結婚するまえ、唇を合わせたことさえある西原知也という慕う人がいた。彼女が井巻国老のすすめた良平に嫁ぐのを承諾したのは、知也に抱かれたときに覚えた戦慄《せんりつ》に似た深い歓《よろこ》びを、なにか不道徳な忌《い》むべきもの、恥ずべきものと意識したためであった。このあたり、信乃の行動には当為性があり、こころ憎いほど巧妙である。だが小身者から大目附にまで成り上がった良人は、生まれた子供さえ妻から遠ざけ、病気の看護もさせようとせず、いつも妻を身辺にひきつけておこうとする自己中心主義者であった。「私とおまえとは、もとは他人だ、……おまえがなにを望み、なにを考えているか、私には心底まではわからない、……それでは堪《たま》らない、夫婦であるからには、お互に心の底までわかりあいたい、それには二人の密接な時間が必要だ。／底の底からおまえを知り、身も心も私の妻にしたかった、それで子供もおまえから離したのだ」という良平の告白も、信乃には身勝手な自己主張としか聞こえない。知也は井巻国老の瀆職《とくしょく》を探知し江戸表《おもて》の藩主に上訴しようとするが、未然に発覚、入牢《ろう》のうえ死罪と決定する。脱牢して信乃に助けを求めた知也を、彼女は死を賭《と》してかくまい、ついに上訴を成功させる。ために井巻国老と連坐《れんざ》した良平は追放の身となるのだが、獄中から離別状をうけた信乃は、そのとき良人の真の愛情を理解するのだ。

〈おれを軽侮しないでくれ、五年の余もいっしょに暮し、子供まであって、それでなおそういう告白をするのが、単に自己中心な考えだけであろうか〉という信乃の良人への再認識が、藩外へ追い放たれる良平と行旅を共にさせるのである。どんな人間にも過《あやま》ちはある。過失を償うために夫婦は、これからも幾多の苦艱《くかん》をなめなければならないだろうが、真実の愛に目ざめた彼らは、おそらく新しい意義ある人生を切り拓《ひら》いてゆくにちがいない、という余韻を、菜畑から舞い出て二人にまつわる蝶に託した幕切れは、山本周五郎の人間肯定を象徴的に物語っているようである。

『つばくろ』主人公紀平高雄の妻おいちに対する寛容と信頼が、紀平家の幸福を回復するという感銘ふかい作品である。――人の一生は重荷を負うて遠き道をゆくが如《ごと》し、いそぐべからずという家康の人生訓が、高雄をしてよく人生の、夫婦の危機を克服させる。妻のおいちは少女にしてふた親を失い、世間苦を凌《しの》いできた小足軽の娘だが、明るい性格を見込まれて紀平の嫁になる。大助という男子に恵まれ、姑《しゅうとめ》の死後、主婦の座についてから夫婦の仲はより緊密なものになった。そのおいちが少女時代、妾腹《しょうふく》ゆえに冷遇されている森三之助に同情を寄せたことがある。某日ふと三之助に再会し、今後も会ってくれとの強請を拒みきれなかったことが良人に知れて高雄の苦悩が始まる。

三人の苦悩を活《い》かす方法として高雄が選んだのは、おいちと三之助を山里の湯治場に一年間同居させて、ともに生きる手蔓《てづる》を捜そう、というものだった。〈不運なめぐりあわせだったんだ。誰にも責任はないし、誰を不幸にもしたくない〉〈おれは人の苦しむのを見るより、自分で苦しむほうがいい〉という紀平高雄の人間観は読者を感動させずにおかない。結局、三之助のおいちに対する慕情は、母や姉に対するそれであり、おいちの三之助に対する感情も、初めから同情とあわれみだったことが確認され、紀平家の脇《わき》玄関に巣をかけた燕《つばめ》が南の国へ去ったあとに、おいちが再び戻ってくることを高雄が大助に語るところで物語を結んでいる。三之助の労咳《ろうがい》が重く、短い余命を暗示した布石が、読者には一脈の救いになっているのも老練の作者にして始めて可能なことであろう。

『扇野』まことに甘やかでロマンチックな作品である。昭和二十八年一月から九月末にかけ、山本周五郎は週刊読売に『栄花物語』を発表した。初めての週刊誌執筆である。一回分二十枚を書き上げると、ひと仕事したような気分になり、ほっと息をつきたくなる。するとたちまち次週の締め切りが迫ってくるといったあんばいで、最終回まで悲鳴をあげっぱなしであった。なんとか打開の道をみつけようと、ある日作者は、丘の上の仕事場からほど近くの海べりに紅灯を連ねる横浜・磯子へ気分転換のための足を伸ばした。『扇野』はそこで得た作者の経験を、めずらしくあまり潤色せずに小説化したものである。『栄花物語』を擱筆《かくひつ》すると間もなくとりかかったのも、数年あたためたテーマでなければ作品化しないのを原則とした作者には異例のことであった。そのためか、わたくしが初めて『扇野』を読んだとき、やや発酵度の稀薄《きはく》さに不満を覚えたものだったが、いま読み返してみると、作品の筆調ぜんたいがまさに絵画的な手法によって描き切られており、人物の動きもあでやかな舞踊劇をみる思いがする。奥野健男は『扇野』に、〈ひたむきな女の愛の勝利〉を見、〈眠れぬほど〉深い感銘をうけ〈一途《いちず》のおつるといじらしく大きな愛を夢見る少女おけいがぼくの心身に焼きつ〉いたと評している。もっとも好きな山本作品として、『扇野』をあげた若い女性読者があったのも肯《うなず》けるような気がするのである。

『三十ふり袖《そで》』好人物の見本のような、お幸《ゆき》、お文、お松、平吉と喜兵衛らの織りなす心温まる物語である。「三十ふり袖、四十島田」のたとえに流れる女の哀《かな》しさが作品の旋律の基調をなし、結末でめでたく歓喜のしらべに変わって幕を閉じる。市井の片すみでの小さな人間の善意の営みが、こころよい読後感を与えるのは、とりわけ喜兵衛のひかえめで誠実一途の、お幸に対する愛の清らかさがわれわれをとらえるからである。

だが、さり気なく認《したた》めたような行文のなかに、ときは天明の大飢饉の翌年であって不況のさ中、幕府は薬用人蔘《にんじん》などを専売制にして「人蔘座」を設け、庶民の持薬としては高価すぎるほどのものになっていた……等々の社会情勢が的確に描き込まれ、市民生活を現実感あるものとしているのはさすがである。こうした作者の眼が、山本作品に独特のリアリティーを与えているのである。

『滝口』短編技術としては、ほとんど完璧《かんぺき》の域に到達した作品である。登場人物の慎重な配置、なんの気なしの呟《つぶや》きのひとつひとつも、すべてが「友人でも夫婦でもいい、心と心がぴったり合っているかと思うと、川の水が洲《す》にぶっつかったように、なにかの拍子でふっと、身も心もはなればなれになってしまう、それがいつかまた、洲のうしろで水が合流するように、しぜんと双方からよりあい、愛情や信頼をとり戻すが、やがてまた次の洲にぶっつかって分れ分れになる、――この川の洲は十三しかないけれども、人間の一生には数えきれないほどの洲がある」そして「合ったり離れたりして来たその流れが、滝口のところで一つに合《がっ》し、すさまじい勢いでどうどうとなだれ落ちる」――という作品の基本テーマに密接につながっている。精妙を極めた小説技術というべきであろう。

おりうは益村安宅《ますむらあたか》にとっては、成熟した魅力的な女性である。だが芳村伊織は（おりうのために身を滅ぼすほど彼女を愛しているにかかわらず）おりうからすればむしろ憎悪《ぞうお》の対象でさえある。それは伊織が、心底、自分が女であることを厭悪《えんお》していた彼女に、まさしく女であると自覚させたゆえであった。おりうが伊織を避けて転々と所在を移しながら、しかも、誰かにつぎの行先を告げて立ち去るという矛盾した行為をくり返してきたのは、つまり、心の本質的な部分で伊織を愛しているからだ。その不思議な女性の深層心理を、作者は鋭くえぐってあますところがない。『滝口』のように設定された小説に現われる落ちぶれた浪人者は、精神までが汚泥《おでい》に染まっているごとくに描かれるのが通り相場である。しかし山本周五郎は、伊織の人間像を最初は香ばしからざる印象で登場させ、次第に彼が侍として失敗したとはいえ、あくまでも真剣におりうを愛しぬこうとしている点で、人間的に失格した青年ではないという正体をあきらかにしてゆく。益村安宅の失恋の傷はたとえようもなく深刻なものだが、そのようなおりうにかかわりあったこと自体に安宅の不運がある。

本編の主人公は、益村安宅、おりう、芳村伊織の三人だが、恋の当事者であろうとした安宅が、おりうと伊織の恋の好意的な傍観者の位置に収まらざるをえないめぐり合わせに、作者は人間の意思ではどうにもならぬ人生の存在することを嘆息しているかのようだ。山本周五郎には『法師川八景』（昭和三十二年）のように、川の流れに人生を象徴して鳥瞰《ちょうかん》した作品があり、『滝口』もこのジャンルに属している。おりうは二十四歳、益村は三十一歳、芳村二十七歳、という年齢の人物たちにしては、思慮分別が年寄りくさい点が気にかからぬでもないが、人間の営為を高い視座から眺めわたすのがテーマのこの作品では、許容さるべき瑕瑾《かきん》なのかもしれない。

『超過勤務』　山本周五郎には自ら〝一場面もの〟と名づけたいくつかの作品があった。『超過勤務』はそれらのなかのただ一編の現代小説である。場面転換がない作物においては、作中人物たちの動きや科白《せりふ》は、とくに選びぬかれたものでなければならない。じきに読者の退屈をまねきかねないからである。この作品では、冒頭に若い男女の百貨店店員が、地下の整理部の密室でのデートを中断して立ち去ったあとは、入れ違いに戻ってきた副部長代理木内徳三の、ほとんど一人芝居で終始している。小遣いをせびりに来て、木内を翻弄《ほんろう》するやや不良めいた現代少女を除いては――。

つまり小説技法としては、相当高度の手練を用いなければ〝間〟のもてない作物となってしまうばかりか、失敗作におわる確率のかなり高い冒険を、作者は敢《あ》えてしているのだ。作者はそれらの困難と危険を百も承知のうえで、この作品にとり組んだものと思われる。

三十九年もつとめた挙句、おそらく使い棄《す》て同然に百貨店を逐《お》われるであろうロートル社員の悲哀が、その勤務態度や現代的な若者たちの奔放な生き方を通して、けざやかに読者に伝わってくる。作品の底に息づく自嘲《じちょう》のわらいが、人生の哀傷におどけた味を加えている。最後の最後まで現代小説に野心を燃やしつづけた山本周五郎の、晩年の異色作である。

（昭和五十六年五月、文芸評論家）

表記について

新潮文庫の文字表記については、原文を尊重するという見地に立ち、次のように方針を定めました。

一、旧仮名づかいで書かれた口語文の作品は、新仮名づかいに改める。
二、文語文の作品は旧仮名づかいのままとする。
三、旧字体で書かれているものは、原則として新字体に改める。
四、難読と思われる語には振仮名をつける。

なお本作品集中には、今日の観点からみると差別的表現ととられかねない箇所が散見しますが、著者自身に差別的意図はなく、作品自体のもつ文学性ならびに芸術性、また著者がすでに故人であるという事情に鑑み、原文どおりとしました。

（新潮文庫編集部）

山本周五郎著

大炊介始末《おおいのすけ》

自分の出生の秘密を知った大炊介が、狂態を装って父に憎まれようとする姿を描く「大炊介始末」のほか、「よじょう」等、全10編を収録。

山本周五郎著

日日平安

橋本左内の最期を描いた「城中の霜」、武士のまごころを描く「水戸梅譜」、お家騒動をユーモラスにとらえた「日日平安」など、全11編。

山本周五郎著

虚空遍歴（上・下）

侍の身分を捨て、芸道を究めるために一生を賭けて悔いることのなかった中藤冲也——苛酷な運命を生きる真の芸術家の姿を描き出す。

山本周五郎著

お さ ん

純真な心を持ちながら男から男へわたらずにはいられないおさん——可愛いおんなであるがゆえの宿命の哀しさを描く表題作など10編。

山本周五郎著

おごそかな渇き

〝現代の聖書〟として世に問うべき構想を練った絶筆「おごそかな渇き」など、人生の真実を求めてさすらう庶民の哀歓を謳った10編。

山本周五郎著

つゆのひぬま

娼家に働く女の一途なまごころに、虐げられた不信の心が打負かされる姿を感動的に描いた人間讃歌「つゆのひぬま」等9編を収める。

山本周五郎著

花匂う

幼なじみが嫁ぐ相手には隠し子がいる。それを教えようとして初めて直弥は彼女を愛する自分の心を知る。奇縁を語る表題作など11編。

山本周五郎著

風流太平記

江戸後期、ひそかにイスパニアから武器を密輸して幕府転覆をはかる紀州徳川家。この大陰謀に立ち向かう花田三兄弟の剣と恋の物語。

山本周五郎著

艶書

七重は出三郎の袂に艶書を入れるが、誰からか気付かれないまま他家へ嫁してゆく。廻り道してしか実らぬ恋を描く表題作など11編。

山本周五郎著

菊月夜

江戸詰めの間に許婚の一族が追放されるという運命にあった男が、事件の真相を探り許婚と劇的に再会するまでを描く表題作など10編。

山本周五郎著

朝顔草紙

顔も見知らぬ許婚同士が、十数年の愛情をつらぬき藩の奸物を討って結ばれるまでを描いた表題作ほか、「違う平八郎」など全12編収録。

山本周五郎著

夜明けの辻

藩の内紛にまきこまれた二人の青年武士の、友情の破綻と和解までを描いた表題作や、〝こっけい物〟の佳品「嫁取り二代記」など11編。

山本周五郎著

ならぬ堪忍

生命を賭けるに値する真の〝堪忍〟とは――。「ならぬ堪忍」他「宗近新八郎」「鏡」など、著者の人生観が滲み出る戦前の短編全13作。

山本周五郎著

明和絵暦

尊王思想の先駆者・山県大弐とその教えをめぐり対立する青年藩士たちの志とは――剣戟あり、悲恋あり、智謀うずまく傑作歴史活劇。

山本周五郎著

正雪記（上・下）

染屋職人の伜から、〝侍になる〟野望を抱いて出奔した正雪の胸に去来する権力への怒り。超大な江戸幕府に挑戦した巨人の壮絶な生涯。

山本周五郎著

天地静大（上・下）

変革の激浪の中に生き、死んでいった小藩の若者たち――幕末を背景に、人間の弱さ、空しさ、学問の厳しさなどを追求する雄大な長編。

山本周五郎著

樅ノ木は残った（上・中・下）
毎日出版文化賞受賞

仙台藩主・伊達綱宗の逼塞。藩士四名の暗殺と幕府の罠――。伊達騒動で暗躍した原田甲斐の人間味溢れる肖像を描き出した歴史長編。

山本周五郎著

さぶ

職人仲間のさぶと栄二。濡れ衣を着せられ捨鉢になる栄二を、さぶは忍耐強く支える。友情を通じて人間のあるべき姿を描く時代長編。

山本周五郎著

赤ひげ診療譚

貧しい者への深き愛情から〝赤ひげ〟と慕われる、小石川養生所の新出去定。見習医師との魂のふれあいを描く医療小説の最高傑作。

山本周五郎著

日本婦道記

厳しい武家の定めの中で、愛する人のために生き抜いた女性たちの清々しいまでの強靭さと、凜然たる美しさや哀しさが溢れる31編。

山本周五郎著

ながい坂（上・下）

人生は、長い坂。重い荷を背負い、一歩一歩、確かめながら上るのみ――。一人の男の孤独で厳しい半生を描く、周五郎文学の到達点。

山本周五郎著

青べか物語

うらぶれた漁師町・浦粕に住み着いた私はボロ舟「青べか」を買わされた――。狡猾だが世話好きの愛すべき人々を描く自伝的小説。

山本周五郎著

五瓣の椿

連続する不審死。胸には銀の釵が打ち込まれ、傍らには赤い椿の花びら。おしのの復讐は完遂するのか。ミステリー仕立ての傑作長編。

山本周五郎著

柳橋物語・むかしも今も

幼い恋を信じた女を襲う悲運「柳橋物語」。愚直な男が摑んだ幸せ「むかしも今も」。男女それぞれの一途な愛の行方を描く傑作二編。

新潮文庫最新刊

矢野隆著
とんちき　蔦重青春譜
写楽、馬琴、北斎――。蔦重の店に集う、未来の天才達。怖いものなしの彼らだが大騒動に巻き込まれる。若き才人たちの奮闘記！

V・ウルフ
鴻巣友季子訳
灯台へ
ある夏の一日と十年後の一日。たった二日のできごとを描き、文学史を永遠に塗り替え、女性作家の地歩をも確立した英文学の傑作。

隆慶一郎著
捨て童子・松平忠輝（上・中・下）
〈鬼子〉でありながら、人の世に生まれてしまった松平忠輝。時代の転換点に己を貫いて生きた疾風怒濤の生涯を描く傑作時代長編！

芥川龍之介・泉鏡花
江戸川乱歩・小栗虫太郎
折口信夫・坂口安吾
ほか著
タナトスの蒐集匣
―耽美幻想作品集―
おぞましい遊戯に耽る男と女を描いた坂口安吾「桜の森の満開の下」ほか、名だたる文豪達による良識や想像力を越えた十の怪作品集。

午鳥志季・朝比奈秋
春日武彦・中山祐次郎
佐竹アキノリ・久坂部羊
遠野九重・南杏子
藤ノ木優著
夜明けのカルテ
―医師作家アンソロジー―
その眼で患者と病を見てきた者にしか描けないことがある。9名の医師作家が臨場感あふれる筆致で描く医学エンターテインメント集。

安部公房著
死に急ぐ鯨たち・もぐら日記
果たして安部公房は何を考えていたのか。エッセイ、インタビュー、日記などを通して明らかとなる世界的作家、思想の根幹。

扇《おうぎ》野《の》

新潮文庫　や-2-33

昭和五十六年六月二十五日　発行
平成十六年二月十日　三十刷改版
令和六年十月十日　三十六刷

著者　山《やま》本《もと》周《しゅう》五《ご》郎《ろう》

発行者　佐藤隆信

発行所　株式会社　新潮社

郵便番号　一六二―八七一一
東京都新宿区矢来町七一
電話　編集部(〇三)三二六六―五四四〇
　　　読者係(〇三)三二六六―五一一一
https://www.shinchosha.co.jp

価格はカバーに表示してあります。

乱丁・落丁本は、ご面倒ですが小社読者係宛ご送付ください。送料小社負担にてお取替えいたします。

印刷・錦明印刷株式会社　製本・錦明印刷株式会社
Printed in Japan

ISBN978-4-10-113434-5 C0193

新潮文庫

扇野

山本周五郎著

新潮社